YAN GE

FRAU DUAN FEIERT EIN FEST

Roman

Aus dem Chinesischen
von Karin Betz

WILHELM HEYNE VERLAG
MÜNCHEN

Die Originalausgabe *Women Jia*
erschien 2013 bei Zhejiang Literature and Art

Sollte diese Publikation Links auf Webseiten Dritter enthalten,
so übernehmen wir für deren Inhalte keine Haftung, da wir uns
diese nicht zu eigen machen, sondern lediglich auf deren Stand
zum Zeitpunkt der Erstveröffentlichung verweisen.

Die Übersetzerin dankt der China Writers Association
für die Auszeichnung mit dem Förderpreis für
Übersetzungen chinesischer Literatur 2017.

Verlagsgruppe Random House FSC® N001967

Vollständige deutsche Erstausgabe 11/2018
Copyright © 2013 by Yan Ge
Copyright © 2018 der deutschsprachigen Ausgabe
by Wilhelm Heyne Verlag, München,
in der Verlagsgruppe Random House GmbH,
Neumarkter Straße 28, 81673 München
Printed in Germany
Redaktion: Rebecca Ehrenwirth
Umschlaggestaltung: Eisele Grafikdesign, München
unter Verwendung von Motiven von © Bigstock (vasiliybudarin,
pikepicture); Shutterstock (WWW, Lisovskaya Natalia)
Satz: Vornehm Mediengestaltung GmbH, München
Druck und Bindung: GGP Media GmbH, Pößneck
ISBN 978-3-453-42255-1

www.heyne.de

»Diese Geschichte ist etwas langsam.
Am besten vor dem Einschlafen zu lesen.«

Die handelnden Personen

Familie Xue und Duan:
(In China ist es üblich, dass Verheiratete ihren jeweiligen Familiennamen behalten und die Eltern entscheiden, wessen Namen ihre Kinder tragen sollen. Im Familienklan dieses Romans herrscht die Sitte, den Kindern abwechselnd den Familiennamen Xue oder Duan zu geben.)

VATER, XUE Shengqiang, Direktor des Familienunternehmens (Chunjuan Bohnenpastenfabrik)
MUTTER, CHEN Anqin
ICH-Erzählerin, DUAN Yixing, genannt Xingxing (lebt in einer Heilanstalt)
GROSSMUTTER, XUE Yingjuan (Besitzerin der Bohnenpastenfabrik)
GROSSVATER, DUAN Xianjun
ONKEL, DUAN Zhiming, Vaters älterer Bruder
TANTE, XUE Lishan, Vaters ältere Schwester
ONKEL, LIU Jukang, Tante Lishans Ehemann
LIU Xingchen, ihr Sohn, Vaters Neffe

Weitere Personen:
ZHONG Xinyu, Vaters Geliebte
ZHONG Shizhong, alter Zhong, Vaters bester Freund
ZHU Cheng, Vaters Chauffeur
GAO Tao, Zhong Sihzhongs Schwager

ZHOU Xiaoqin, Onkel Duans Jugendfreundin
CHEN Xiuliang, Meister Chen, Vaters Lehrmeister in der
  Fabrik
CHEN Xiuxiao, Vaters Schwiegervater, ein entfernter
  Verwandter von Meister Chen
HONG Yaomei, legendäre Prostituierte

Ort der Handlung ist die Kleinstadt Pingle in der Provinz
Sichuan, Südwestchina.

Kapitel 1

Im Adressbuch von Vaters Handy hieß Großmutter einfach »Mama«. »Mama« blinkte auf dem Display besonders gerne dann auf, wenn es gerade gar nicht passte.

Bei den morgendlichen Versammlungen in der Fabrik zum Beispiel, wenn er die kichernden Mädchen vom Verkauf zur Ordnung rufen wollte. Oder wenn er mit fünf Freunden beim Saufen bei der dritten Flasche Maotai angelangt und die Luft in ihrem Separee vom Tabakqualm schon zum Schneiden war. Oder, und das hasste er immer besonders, wenn Vater gerade mit einer Frau im Bett war, bei der es sich nicht unbedingt um Mutter handelte.

Es war jedes Mal dasselbe. Pünktlich in dem Moment, in dem es so richtig zur Sache ging, ertönte die Melodie von »Die schöne Jasminblüte«, und Vater erschlaffte. Wenn der Blick auf sein Handy ihm dann unbarmherzig bestätigte, dass es Großmutter war, verließ ihn endgültig jede Manneskraft. Einer sanft zur Erde schwebenden Gänsefeder gleich, nahm er sein Telefon, räusperte sich diskret und ging hinaus auf den Korridor: »Ja, Mama?«

Am anderen Ende der Leitung zerrte meine Großmutter hörbar an ihrer Telefonschnur. Vater zerrte es an den Nerven. »Hallo, Shengqiang!«

»Was gibt's, Mama?« Er lehnte sich gegen die Wand des schmalen Korridors, nur ein paar Straßen von Großmutters Wohnung entfernt. »Ich weiß doch Mama, keine Sorge, Mama, geht in Ordnung, Mama.« Dann legte er auf und ging zurück ins Schlafzimmer.

Diese wenige Minuten dauernden Gespräche genügten, um ihm alles zu verderben. Die Mädchen vom Verkauf schwatzten lautstark über irgendwelchen Mädchenkram, seine Freunde verschickten SMS und steckten sich eine nach der anderen an, die Frau auf seinem Bett war plötzlich eifrig mit den Schwielen an ihren Füßen beschäftigt. Mit einem Hüsteln zog Papa die Tür zu, und sie machten da weiter, wo sie aufgehört hatten.

Außer, wenn es sich bei dieser Frau zufällig um meine Mutter handelte. Dann kam er nicht darum herum, ein paar Worte über Großmutters Anruf zu verlieren. »Was will sie jetzt schon wieder?«, würde Mutter fragen. Und Vater würde zu ihr hinübergehen, seine Pantoffeln ausziehen und unter die Bettdecke kriechen. »Ach, nichts weiter.« Und dann würden sie da weitermachen, wo sie aufgehört hatten.

Mal mehr, mal weniger kurz darauf zog sich mein Vater

sein dunkelrotes Streifen-T-Shirt über, ging in den Flur und rief Zhu Cheng an: »Wo bist du gerade? Gut, komm her, und hol mich ab.«

Auf dem Weg ins Erdgeschoss hielt er kurz auf dem Absatz inne, um sich Luft zu machen. »Verdammte Hühnerficker, euch werd ich's noch mal richtig besorgen, elendes Pack«. So ging es weiter, bis er unten angekommen war. Dort zündete er sich erst einmal eine Zigarette an und rauchte, bis der schwarz glänzende Audi um die Ecke gebogen kam. Er trat die Kippe aus, stieg ein und ließ sich schwer auf den Rücksitz plumpsen. »Qingfeng-Garten«, wies er seinen Fahrer an.

Zhu Cheng riss das Steuer herum, und der Wagen schoss die Weststraße entlang stadtauswärts. An der nächsten Kreuzung streckte Vater seinen Kopf zum Fenster hinaus. Hier herrschten Hauen und Stechen. Seit an dieser Kreuzung das Tian Mei Kaufhaus eröffnet hatte, ging gar nichts mehr. Ein verliebtes Paar lief eng umschlungen auf die Straße, ohne sich um den Verkehr zu kümmern. Eine junge Mutter war so mit Einkaufstüten beladen, dass ihr das Kind aus der Hand glitt und ihnen fast in den Seitenspiegel rannte. Zhu Cheng machte gerade noch rechtzeitig eine Vollbremsung, dann ließ er die Scheibe herunter, um die Ahnen der Frau mit allerhand einfallsreichen Kommentaren zu bedenken.

»Lass es gut sein, Zhu Cheng«, sagte Vater vom Rücksitz.

»Diesen Leuten muss man mal richtig Bescheid sagen, Chef.« Zhu Cheng lenkte den Wagen durch das Gedränge. »Die meinen wohl, es würde ohnehin keiner wagen, sie anzufahren!«

»Verkehrte Welt«, meinte Vater. »Wer Schuhe hat, fürchtet die Barfüßigen, und die Autofahrer haben Angst vor den Fußgängern.«

»Genau«, pflichtete der Fahrer ihm bei, »die Chinesen sind einfach Banausen.«

So ungefähr gestaltete sich ihre Unterhaltung bis zur Kreuzung an der Siebenheiligenbrücke. Auf einer stinkenden Müllkippe, die man vor drei Jahren stillgelegt und zugeschüttet hatte, war neben der Brücke ein neuer Park entstanden. Hier tummelten sich die alten Leute, turnten, unterhielten sich, oder saßen einfach schweigend da. Großmutter war sicher nicht darunter. Er zog sein Handy hervor und schaute auf die Uhr.

Am Tor zur Qingfeng-Garten genannten Wohnanlage sagte Vater: »Du brauchst nicht hinein zu fahren, Zhu Cheng. Lass mich einfach hier raus, ich gebe dir für den Rest des Tages frei. Ich gehe später zu Fuß zurück.«

»Ich warte hier auf Sie, das ist zu weit zum Laufen«, sagte Zhu Cheng pflichtschuldig.

»Ach was, das kurze Stück kann ich gut zu Fuß gehen. Fahr das Auto aber nicht zurück zur Fabrik, sondern hol mich morgen früh um acht gleich bei mir zu Hause ab.« Vater stieg aus.

Großvater war vor zwei Jahren gestorben, und im letzten Frühjahr hatte die Haushälterin verkündet, dass ihr Sohn sie zu Hause im Dorf brauche, damit sie sich um ihr Enkelkind kümmere. Daraufhin hatte sie alles stehen und liegen gelassen und war gegangen. Großmutter behauptete, sie fände keinen Ersatz, aber sie versuchte es auch gar nicht. Also lebte sie jetzt allein in der alten Wohnung der Familie mit ihren drei Schlafzimmern und zwei Wohnzimmern. Nicht einmal eine Putzfrau hatte sie. Sie wolle einfach ihre Ruhe haben, sagte sie.

Sie hatte abgenommen seit dem vergangenen Jahr und schrumpelte zusehends ein. Vater nahm die Treppe bis zum dritten Stock und schloss auf. Zuerst konnte er Großmutter gar nicht sehen, was nicht weiter ungewöhnlich war. In der Wohnung stapelten sich Bücher, Zeitschriften und Zeitungen, und es sah aus, als wohne hier schon seit Monaten niemand mehr. »Mutter!«, rief er. Und noch einmal, diesmal etwas besorgter: »Mama!«

»Ich komme ja schon«, rief Großmutter zurück, während sie irgendwo aus dem Dunkeln hervortrat. »Ah, du bist es, Shengqiang.«

»Jawohl, ich bin's.« Vater ging hinaus auf den Balkon, um den Aschenbecher zu holen, den Großmutter neben den Topf mit Wasserhanf gestellt hatte. Er trug ihn ins Wohnzimmer, stellte ihn auf den Beistelltisch, zündete sich eine Zigarette an und setzte sich auf das Sofa.

»Rauchst du schon wieder?« Großmutter schaukelte auf ihrem Rattansessel und schüttelte missbilligend den Kopf.

»Bitte, Mutter, lassen wir das jetzt.«

»Wenn ich nichts sage, dann sagt dir doch keiner was«, schimpfte Großmutter.

»Schon gut«, sagte Vater und blies Rauchkringel in die Luft.

»Ich muss mit dir reden«, sagte Großmutter.

Er musterte sie aufmerksam. Ihr Haar war nun schon seit geraumer Zeit schlohweiß, aber sie ließ sich immer noch eine Dauerwelle machen, sodass es in fein ondulierten Wellen ihren Kopf umschloss. Sie trug eine wattierte hellgrüne Seidenjacke über einem knielangen grauen Seidenrock mit weißem Muster. Darunter lugten ihre blassen, wabbeligen Waden hervor, so schwer, als hingen Gewichte daran.

Vater versuchte sich an den Augenblick zu erinnern, als ihm zum ersten Mal aufgefallen war, dass seine Mutter alt wurde.

1996 war das gewesen, vielleicht auch schon 1995, so um März, April herum, als Großmutter auf die fixe Idee kam, Vater solle sie nach Chongning fahren, um dort im Birnenblütental die Birnenblüte zu bewundern. Als sie ankamen, herrschte ein dichtes Gedränge von Ausflüglern, und Großmutter war stirnrunzelnd im Auto sitzen geblieben. Zhu Cheng hatte damals frisch bei ihnen angefangen, war mit seinem Job noch nicht so gut vertraut und saß steif auf dem Fahrersitz. Es war Vater, der ihr aus dem Wagen half. Er nahm sie an der Hand, und mit seiner anderen Hand auf ihrer Schulter lenkte er ihre Schritte. In diesem Augenblick war sie ihm zum ersten Mal alt vorgekommen. Vater konnte durch ihre Kleidung hindurch ihre schlaffe Haut spüren. Als er bemerkte, dass sie beim Gehen zitterte, war er erschrocken zusammengezuckt. Doch Großmutter meinte nur unwirsch: »Geh mal ein bisschen zur Seite, Shengqiang. Ich kann ja keinen Schritt tun, wenn du mir so im Weg stehst.«

Vater war ein Stück zurückgewichen und hatte zugesehen, wie sie in Richtung Birnenblütental ging. »Mutter«, hatte er gerufen.

Sie hatte angehalten und sich zu ihm umgedreht. Sie hatte ganz normal ausgesehen, nicht anders als nur wenige Minuten zuvor, aber Vater hatte Mühe, ihr ins Gesicht zu blicken.

»Jetzt komm schon!«, hatte sie gerufen.

1995 musste das gewesen sein, nicht 1996.

»Lass dich bloß nicht von Anqin scheiden. Was sollen die Leute denken?«, sagte Großmutter. »Schließlich ist sie vor dir in die Knie gegangen. Also Schwamm drüber. Gebt euch eine zweite Chance. Wie würde das aussehen? Wie soll ich ihrer Familie noch ins Gesicht sehen können?«

»Hm«, antwortete Vater geistesabwesend.

»Hörst du mir überhaupt zu?«

»Mhm. Schon gut.« Vater drückte seine Zigarette aus, wandte seinen Blick von ihren Waden ab und nickte.

»Geh jetzt mal nach Hause. Ich lese noch ein bisschen und gehe dann ins Bett.«

»Ja, es ist sicher gut für dich, wenn du zeitig schlafen gehst«, sagte Vater schwerfällig.

Vor ihrer Wohnungstür verharrte er einen Augenblick still auf dem Absatz, bevor er langsam in den fünften Stock hinauf schlich. Hier endete die Treppe vor einer zweiflügeligen Tür. Vater zog sein Handy aus der Tasche und wählte eine Nummer. Nach nur einem Klingeln hob jemand ab.

»Mach auf«, sagte Vater.

Sofort öffnete sich die Tür. Sie musste sich gerade die Haare gemacht haben. Pechschwarz umspielten sie ihr hübsches Gesicht.

Endlich lächelte Vater. Er ging hinein und zog die Tür hinter sich zu.

Zhong Xinyu war in Vaters Handy schon unter einigen Pseudonymen gelistet gewesen, ausschließlich männlichen. Zuerst tauchte sie dort als Zhong Zhong auf, dann als Zhong Jun, und vor Kurzem hatte Vater beschlossen, die Sache etwas zu vereinfachen, und nun war sie einfach »Zhong«.

Einmal saß Vater zu Hause beim Abendessen, und auf dem Tisch klingelte sein Handy. Er ging nicht sofort dran, sodass Mutter Zeit genug hatte, sich nach vorn zu beugen und einen Blick darauf zu werfen. »Es ist der alte Zhong«, sagte sie.

»Ach so«, sagte Vater, nahm den Anruf an und sagte: »He, Zhong, ich bin gerade zu Hause beim Abendessen. Eine Runde Mahjong gefällig, wie?«

»Oh«, sagte Zhong Xinyu am anderen Ende.

»Wenn ich mit dem Essen fertig bin«, schauspielerte Vater weiter, »aber erst muss ich noch das Geschirr spülen.« Er legte auf.

»Der alte Zhong hat sich eine ganze Weile nicht gemeldet, nicht wahr?«, meinte Mutter.

»Stimmt«, brummte Vater, nahm mit seinen Stäbchen ein bisschen von den Auberginen in scharfer Fischsoße und stopfte sie sich mit Reis in den Mund. »Wenn ich den Abwasch erledigt habe, gehe ich mal bei ihm vorbei.«

»Geh ruhig gleich nach dem Essen«, sagte Mutter. Sie warf ihm einen Blick von der Seite zu. »Ich seh's dir doch an, dass du deine Partie Mahjong kaum erwarten kannst. Ich kümmere mich um den Abwasch.«

Als Vater frohgemut das Haus verließ, beglückwünschte er sich innerlich zu der göttlichen Eingebung, Xinyu einfach unter »Zhong« abzuspeichern.

»Ich heiße jetzt also ›alter Zhong‹?«, fragte ihn Xinyu wenig später.

»Mhm«, sagte Vater, der gerade mit ihren Brüsten spielte. Sie waren nicht gerade groß, aber sie lagen so angenehm kühl und schwer in der Hand wie alte Jade.

»Dann nenn mich mal so, jetzt gleich«, befahl sie ihm kichernd.

»Alter Zhong!«

»Du alter Schlawiner«, rief sie entzückt, reckte ihr hübsches Hinterteil in die Höhe und schmiegte sich an ihn.

Ehrlich gesagt, war es gerade diese Albernheit, die Vater an ihr so schätzte. Wenn sie Sex hatten, schrie er manchmal: »Du verrückte Kuh!« Xinyu störte das nicht im Geringsten. Schließlich tat sie alles dafür, um sich ihre Titel zu verdienen.

Die Geschichte zwischen den beiden hatte vor fast zwei Jahren begonnen, und das war vor allem Großvaters Verdienst.

Jedenfalls fing es etwa drei Monate vor Großvaters Tod an. Vater erinnerte sich noch genau. Großvater stand kurz vor seinem 85., und Großmutter feierte ihren 78. Geburtstag. Zwei Wochen nach dem Neujahrsfest läutete frühmorgens Vaters Telefon. Er und Mutter schreckten aus dem Schlaf.

Im Halbschlaf warf Vater einen Blick auf das Display.

»Mama«. Er unterdrückte seinen Ärger und ging dran. »Ja, Mama?«

Am anderen Ende hörte er seine Mutter wimmern. Er wälzte sich herum und setzte sich auf. »Mama, was ist los?«

»Ich lasse mich von deinem Vater scheiden, jawohl, ich tu's!«, schluchzte Großmutter ins Telefon.

Schon waren Mutter und Vater angezogen und auf dem Weg zum Qingfeng-Garten. Mutter fuhr. »Deine Mutter will sich scheiden lassen, habe ich das richtig verstanden?«

So sah es aus. Als sie ankamen, sprang Vater aus dem Auto und rannte die Treppe hinauf, zwei Stufen auf einmal nehmend, während Mutter den Wagen parkte. Oma saß mit tränenüberströmtem Gesicht im Wohnzimmer.

»Mama, jetzt wein doch nicht«, sagte Vater. »Sag mir, was los ist.«

»Frag deinen Vater«, schimpfte Großmutter und deutete in Richtung Balkon.

Dort saß Großvater in seinem Korbstuhl, in langen Unterhosen und mit einem Fellmantel gegen die eisige Kälte gewappnet, und zog an seiner Zigarette. Sein Kragen war voller Asche.

»Vater, was hast du angestellt?« Vater trat zu ihm auf den Balkon hinaus.

Großvater schüttelte den Kopf und schwieg.

»Dein Vater hat eine andere!«, ließ sich meine Großmutter von drinnen vernehmen.

Vater wusste nicht, ob er lachen oder weinen sollte. Er zwinkerte seinem Vater zu und sagte: »Du bist mir einer, Vater! Und das in deinem Alter.«

Großvater lachte trocken. Keuchend kam Mutter die Treppe heraufgetrampelt. Großmutter jammerte, als sei sie es, auf der man herumtrampelte.

»Mutter!«, rief meine Mutter. Sie blieb auf der Türschwelle stehen und suchte den Blick meines Vaters.

Vater winkte lässig ab, und Mutter hockte sich neben Großmutters Sessel und legte ihr tröstend die Hand auf die Schulter. »Komm, Mutter«, sagte sie sanft, »erzähl mir alles in Ruhe.«

»So geht es nicht weiter«, sagte Großmutter. »Ich habe es satt, sein Kindermädchen zu sein. Soll er doch zu der anderen gehen und mich in Frieden lassen.«

Nur wenige Tage zuvor hatten sie das Spiel schon einmal. Großvaters und Großmutters Haushälterin war zum Neujahrsfest nach Hause gefahren. Mutter hatte sich deshalb um alles gekümmert, Hühnersuppe aufgewärmt und für meine Großeltern Nudeln und eingelegtes Gemüse zum Frühstück vorbereitet.

»Shengqiang, gleich nach dem Frühstück rufe ich deine Schwester an, damit sie herkommt. Ich lasse mich noch heute von deinem Vater scheiden. Ich war immer eine anständige Frau. Von mir wird er zu nichts gezwungen. Soll er seinen Spaß haben, mit wem er will, aber ich werde nicht länger dabei zusehen.«

Großvater steckte den Kopf in seine Schüssel und sagte kein Wort. Vater wollte etwas sagen, aber Mutter zog ihn am Ärmel.

Großmutter rief nie bei meiner Tante an, und Vater dachte, die Sache sei gegessen.

Drei Monate später hatte Großvater plötzlich sehr

hohen Blutdruck und wurde ins Krankenhaus von Pingle eingewiesen. Doch Großmutter weigerte sich bis zu seinem Tod, auch nur ein einziges Mal das Haus zu verlassen, um ihn zu besuchen. Alle versuchten sie umzustimmen, Vater, Mutter, Tante, die Haushälterin. Es war zwecklos.

»Niemals«, sagte sie, »soll doch diese blöde Kuh ihn besuchen gehen, wenn sie will.«

Vater brauchte eine Weile, bis er sich dazu durchrang, das Thema Großvater gegenüber zur Sprache zu bringen. Er setzte sich zu ihm ans Bett und fragte: »Gibt es etwas, das ich für dich tun kann? Ich kümmere mich schon darum.«

Doch Großvater sah ihm nur in die Augen und atmete tief ein. Aus atmete er nicht mehr. Er schüttelte den Kopf, nahm Vaters Hand, und starb.

Dieser Held hatte seine letzte Schlacht geschlagen. Obwohl Vater traurig war und am liebsten geheult hätte, hätte er gleichzeitig durchdrehen können vor Wut. *Verdammt noch mal. Jetzt hat sie ihn allein sterben lassen.*

Es dauerte keine zwei Monate, bis er mit Zhong Xinyu anbandelte, die in der Longteng Telecom City arbeitete, und sie absichtlich ein paar Stockwerke über Großmutter im selben Wohnkomplex unterbrachte. *Lauter Schlampen unter einem Dach*, dachte Vater. *Irgendwann, irgendwann bin ich fertig mit euch.*

Das waren nicht die einzigen Sprüche, die Vater auf Lager hatte. Besonders kreativ war er, wenn er mit einer Frau im Bett war.

Aber mal ganz ehrlich, Vater war kein schlechter Mensch. Keine zwei Monate nach seinem 17. Geburtstag hatte er auf Großmutters Anweisung hin in der Bohnenpasten- fabrik zu arbeiten begonnen. Sein Chef Chen Xiuliang war auch kein schlechter Mensch, nur ein bisschen faul und passionierter Kettenraucher. Jeden Morgen, wenn Vater zur Arbeit ging, wies ihn Großmutter an, unterwegs eine Packung Mudan für Meister Chen zu besorgen. Wenn er seine Zigaretten bekam, strahlte Meister Chen über das ganze Gesicht und schickte Vater an die Arbeit. Bekam er sie nicht, schimpfte er ihn eine verdammte Rotznase. Dann schickte er ihn an die Arbeit.

Mutter erzählte mir einmal, dass Vater in seinem ersten Jahr in der Fabrik, 1984 war das, für die Gärtöpfe zuständig war: Es war Ende Mai, Anfang Juni, am Himmel schwirr- ten Fliegen, und der Boden war voll von Maulwurfsgril- len und Jiuxiangkäfern. Diese Zeit der Blüten und des jungen Grüns war auch die Zeit, in der die Leute vom Dorf den Bohnenbrei, aus dem einmal scharfe Sauboh- nenpaste werden sollte, in der Sonne fermentieren lie- ßen. Ein Wink von Großmutters schneeweißer Jadehand genügte, und Vater wurde von Meister Chen zum alten Gärhof am Damm geschleppt, wo er sich den ganzen Tag Däumchen drehend um die Beaufsichtigung der Fermen- tation kümmern musste.

Für Außenstehende mag es ganz interessant sein, Zeuge der ungewöhnlichen Dynamik zu werden, mit der der Bohnenbrei in der Sohne gärt. Vater stand es bis oben- hin. Es war nichts als eine lange Reihe von mannshohen Tontöpfen von einem solchen Umfang, dass man sie nur mit zwei Armpaaren umspannen konnte. Darin blubberte eine Mixtur aus leicht angeschimmelten Saubohnen, zerstoßenem scharfem Blütenpfeffer und Gewürzen wie Sternanis, Lorbeer und eine Menge Salz. Unter der Sonne veränderte sich die Masse von Tag zu Tag, anfangs verströmte sie noch einen angenehmen Duft, wenig später stank es säuerlich vergoren. Manchmal, wenn die Hitze besonders groß war, begann die ziegelrote Bohnenmasse zu brodeln und Blasen zu werfen. Dann musste Vater einen knüppeldicken Stab zur Hand nehmen, der so lang war wie er selbst, und damit den Inhalt jedes einzelnen Tontopfs umrühren. Dieser Prozess des Umrührens war essenziell. Meister Chen hatte das Vater lang und breit erklärt und ihm zur Sicherheit noch ordentlich die Ohren lang gezogen, damit er begriff, dass es ihm ernst war.

»Langsam, langsam«, rief er immer wieder, wenn er mit der Zigarette im Mundwinkel danebenstand und dabei mit beiden Händen eine beschwichtigende Geste machte. Also rührte Vater langsamer und versuchte, den Stab wie einen Kochlöffel zu handhaben, aber Meister Chen war nicht zufrieden. »Jetzt schneller«, rief er, »los, mach schon!«

Während er den Stab im Topf kreisen ließ, stieg Vater der scharfe Geruch des verdampfenden Chiliöls in die Nase. Der beißende Dampf schien ihm bis in die Eingeweide zu dringen und sie grellrot zu färben. Irgendwann wurde es Vater zu viel, er schmiss den Stab in den Topf und schrie: »Was denn jetzt? Langsam oder schnell? Mir reicht's!«

»Dein Vater war sich sicher, dass es jetzt Prügel setzen würde«, erzählte mir Mutter.

Es setzte keine Prügel. Stattdessen rauchte Meister Chen in Ruhe seine Zigarette zu Ende, warf den Stummel auf den Boden, trat ihn aus, und ging dann mit einem breiten Grinsen auf dem Gesicht zu Vater, nahm den Stab auf und zeigte ihm, wie man es richtig machte.

»Xue Shengqiang«, sagte er, »sieh genau hin. Du musst den Stab fest im Griff haben, ihn dabei aber locker aus dem Handgelenk von einer Seite auf die andere bewegen. Und dann sag ich dir noch was, und ich sag es nur einmal: Du rührst den Bohnenbrei so, wie du eine Frau fickst, kapiert? Der Topf ist eine Möse, und wenn du sie glücklich machst, machst du es genau richtig.« Vater hatte noch nie etwas mit einer Frau gehabt, er hatte noch nicht einmal eine Vorstellung davon, wie dieser Teil einer Frau beschaffen war. Er glotzte seinen Meister mit aufgerissenem Mund an.

Der rührte rhythmisch den Bohnenbrei um, als rühre er in einem Hexenkessel, langsam, langsam, dann schneller, locker aus dem Handgelenk, wieder langsam, bis der Rührstab dem Brei ein feuchtes Stöhnen abrang, das leuchtend rote Chiliöl austrat und einen betörenden Duft verströmte. Und Vater stand daneben, schaute in den Gärtopf und bekam eine gewaltige Erektion.

Ich brauche nicht zu sagen, dass Vater im Lauf der Zeit zu einem hervorragenden Bohnenbreirührer wurde. Er ging daher selbstverständlich davon aus, dass er ein ebenso hervorragender Liebhaber war.

Nun habe ich immer noch nicht erzählt, warum mein Vater kein schlechter Mensch war. Der Grund ist auch weder so glamourös wie die Geschichte, wie er den scharfen Bohnenbrei umrühren lernte, noch ist es etwas, wovon Mutter mir erzählt hat, aber in Pingle spricht sich früher oder später alles herum.

Vater verlor nie ein Wort darüber, aber es war klar, dass er in jenem Sommer 1984 fast durchdrehte, weil er ständig an Frauen denken musste.

Und schuld daran war einzig und allein der verdammte Meister Chen. Vater lag schweißgebadet auf seiner Bambusmatte, holte sich einen nach dem anderen runter und verfluchte ihn. Zwischendurch dachte er an die Mädchen der Stadt, die ihm gefielen, und malte sich aus, wie sie wohl nackt aussahen. So ging das die ganze Zeit.

Aber Vater hatte noch seinen Verstand beisammen. Wie er die Sache sah, war es ziemlich unwahrscheinlich, sich mit einem dieser Mädchen vergnügen zu können, jedenfalls nicht, ohne dass das ganze Dorf davon erfuhr und am Ende Großmutter. Nach einigen Woche einsamen Onanierens entschloss er sich, in die 15-Yuan-Straße zu gehen und dort einen angemessenen Preis für den nackten Hintern einer Frau zu zahlen.

Die 15-Yuan-Straße gibt es heute nicht mehr. Zumindest sieht es so aus, *als ob* sie nicht mehr existiere. Wer das richtige Passwort kennt, findet immer noch seinen Weg dorthin. Jeder abgehalfterte Langfinger Chengdus weiß, wo sie ist, und die anderen tun nur so, als ob sie es nicht wüssten. Tatsache ist, dass man nur auf der Weststraße stadtauswärts fahren muss, und kurz vor der Fabrik 372 findet sich eine unverdächtig aussehende kleine Straße, die rechts und links mit Osmanthusbäumen bepflanzt ist, zwischen deren Zweigen Seile gespannt sind, an denen manchmal Handtücher oder nasse Sachen zum Trocknen hängen. Das ist die berüchtigte 15-Yuan-Straße. Genau genommen hieß die Straße, als Vater jung war, gar nicht 15-Yuan-Straße, es gab dort nämlich gar keine Straße, es gab nur ein Mädchen namens Hong Yaomei. Man schloss die Tür hinter sich und wurde sich einig. In der Regel nahm sie fünf Yuan, mit etwas Glück ließ sie sich auf vier fünfzig herunterhandeln. Zehn Jahre später wurde daraus die berühmte 15-Yuan-Straße, denn in Hong Yaomeis Nachbarschaft gab es noch allerhand andere Mädchen, und der Preis lag bei 15 Yuan. Zu dieser Zeit war die Straße schwer angesagt, selbst aus Yong'an nahmen sie den Bus für eins fünfzig, um dort die Mädchen aufzusuchen. Das war die Zeit, in der auch Vater hier seine fünfzehn Yuan auf den Tisch legte. Als er viele Jahre später einmal wiederkam, es wird um 2002 gewesen sein, streckte die Frau ihre Hand aus und sagte: »150 Yuan«. Und da wusste Vater, dass es mit der guten alten Zeit vorbei war.

2002 waren 150 Yuan für Vater Peanuts. Aber zwanzig Jahre zuvor sah das noch anders aus. Damals bereitete ihm die Frage, wie er bloß an fünf Yuan kommen sollte, einiges Kopfzerbrechen. Jeden Morgen ging Vater nach dem Frühstück in die Bohnenpastenfabrik, wo er ein kostenloses Mittag- und Abendessen bekam. Abgesehen von dem Geld, mit dem er für Meister Chen Zigaretten kaufen sollte, hatte er keinen Fen in der Tasche. Also bildete das Zigarettengeld die Grundlage für seine Berechnungen. Ein Päckchen Mudan kostete 53 Fen, ein Päckchen Jiaxiu dagegen nur 24 Fen. In 18 Tagen hätte er so genug für einen Besuch bei Hong Yaomei zusammen. Es ging aber noch ein bisschen dreister: ein Päckchen Yinshan kostete sogar nur 13 Fen, das hieß, er konnte 40 Fen pro Tag sparen und sein Ziel in nur 13 Tagen erreichen.

Dreimal kritzelte Vater seine Berechnungen auf einen Fetzen Papier und wälzte den Gedanken hin und her, während er unschlüssig vor dem Zigarettenladen stand, im Kopf nichts als Frauen. Schließlich fasste er sich ein Herz und sagte: »Ein Päckchen Yinshan, bitte.«

Meister Chen verlor kein Wort darüber, nahm mit zusammengekniffenen Augen die Zigaretten an und gab einen Brummton von sich. Nun gut, Kippe war Kippe. Mit einer halb gerauchten Yinshan im Mundwinkel setzte er sich hemdsärmelig zum Schutz vor der sengenden Hitze unter den Eukalyptusbaum. Die Sonne brannte, der Bohnenbrei blubberte, und Vater machte sich mit gesenktem Kopf auf zu den Tontöpfen, um die Bohnenmasse umzurühren, bis sie stöhnte.

Der Klang der blubbernden Bohnen machte Vater damals völlig fertig, sodass er heute noch, wenn er am alten Gärhof vorbeigeht, einen verstohlenen Blick auf die säuberlich aufgereihten Tontöpfe wirft, die einmal von seiner ersten Liebe überkochten.

Um es kurz zu machen: Vater hielt durch und kaufte Meister Chen dreizehn Tage lang die billigen Yinshan-Zigaretten. Endlich hatte er 5,20 Yuan zusammen und stolzierte noch am selben Tag mit gereckter Brust in die 15-Yuan-Straße, um dort seine Jungfräulichkeit zu verlieren. Seine Erinnerung an diesen Tag ist etwas verschwommen, aber das Stöhnen und die Schreie der Frau musste man gehört haben, um sie zu glauben, so viel wusste er noch. Vielleicht machte sie nur ihre Arbeit gut, vielleicht war er ein Naturtalent, so genau konnte man das nicht sagen. Als er fertig war, gab er ihr alles Geld, das er hatte.

»Du hast mir zwanzig Fen zu viel gegeben, Kleiner«, sagte sie freundlich.

»Ist für dich«, sagte Vater gönnerhaft.

Großmut zahlt sich aus. Letztendlich hatten die Maximen, die ihm Großmutter eingebläut hatte, Früchte getragen, und aus Vater war schön früh ein wahrer Menschenfreund geworden.

Als Vater nun an diesem Abend mit seinem Freund Gao Tao und dem echten alten Zhong beim Essen im Restaurant Piaoxianghui saß, kam die Sprache auf Hong Yaomei. Gao Tao nahm einen tiefen Zug von seiner Zigarette und drückte den Stummel auf dem Schnabel der Ente aus, die vor ihnen auf dem Teller lag. Er schüttelte seinen Finger vor Vaters Nase und sagte leicht lallend: »Sagt dir der Name Hong Yaomei etwas, Zhong? Das war Shengqiangs erste Liebe!«

»Ach, halt doch die Klappe«, sagte Vater sauer. Niemals hätte er zugegeben, dass er mit ihr seine Unschuld verloren hatte.

»Na gut, jedenfalls warst du als junger Kerl ständig in der 15-Yuan-Straße unterwegs. Einmal hast du den Huangs sogar ein Kaninchen geklaut und es verkauft, damit du die kleine Hong Yaomei flachlegen konntest, weißt du noch?«

Keine Ahnung, wann genau es angefangen hatte, aber Vater und seine Freunde waren mittlerweile in dem Alter, in dem sie nach dem ersten Schluck Schnaps immer auf die guten alten Zeiten zu sprechen kamen.

»Ich weiß es noch!«, sagte Zhong. »Seine Mutter hat ihm so die Hölle heiß gemacht, dass er zu uns rüber kam und zwei Nächte lang geblieben ist, das arme Würstchen.«

»Ihr Arschlöcher, das ist eine Ewigkeit her! Fällt euch nichts anderes ein, worüber ihr euch das Maul zerreißen könnt?« Vater warf Zhong eine angebrochene Schachtel Zigaretten an den Kopf. Zhong fing die Schachtel im Flug auf, schüttete eine Zigarette heraus und zündete sie sich an. Die Bedienung war peinlich berührt und kicherte verhalten.

»Sei's drum«, sagte der alte Zhong, nahm ein paar Züge und wechselte das Thema. »Wie geht's der alten Dame, deiner Mutter?«

»Die ist gesund und munter«, sagte Vater, »vorgestern hat sie mich einbestellt, um über die Feier zu ihrem achtzigsten Geburtstag zu sprechen.«

»Mensch«, Gao Tao klopfte ihm auf die Schulter, »große Sache, so ein achtzigster Geburtstag. Dann halt dich mal 'ran mit der Organisation.«

»Keine Frage.« Vater nahm mit seinen Stäbchen ein Stück Ente und mampfte es knirschend mit Haut und Knochen. »Die alte Dame will die ganze Familie beisammen haben, meine große Schwester, meinen großen Bruder, alle. Dann gibt es in Pingle noch etliche Verwandte und Freunde, das wird eine Riesenfeier, und ich muss das alles allein auf die Reihe bekommen, während meine ehrenwerte Verwandtschaft, von der man kein Haar zu Gesicht bekommt, sich sonst wo herumtreibt.«

»Mensch«, sagte Gao Tao noch einmal. »Aber das ist doch ein Kinderspiel für dich, Shengqiang, und außerdem wohnst du ganz bei ihr in der Nähe. Wer sonst sollte sich darum kümmern?«

Ein Kinderspiel! Vater fand das gar nicht witzig. »Ein Kinderspiel, was? Als ob ich eine Wahl hätte. Ständig werde ich zu irgendetwas genötigt, vom Staat, von der Gesellschaft ...«, er hob sein Glas und sie prosteten sich zu und tranken ihren Maotai auf Ex, »und von meiner Mutter.«

Damit hatte er recht. Wenn er ehrlich war, musste Vater allerdings zugeben, dass er sich nur deshalb nicht mit den Mädchen aus der 15-Yuan-Straße das Hirn aus dem Kopf gevögelt hatte, dass es ihm nur deshalb so gut ging und er in Pingle ein allseits respektierter Mann war, weil Großmutter ihn ständig unter Druck gesetzt hatte.

»Aus einer goldenen Rute wächst ein guter Mensch«, pflegte Großmutter zu sagen, und: »Eine gute Mutter verzieht ihr Kind nicht.« Dieser Satz ging ihm jedes Mal durch den Kopf, wenn sie ihm mit dem Staubwedel den Hintern versohlte. Es war schwer, sich nicht daran zu erinnern, wo ihm doch seine Mutter noch mit Anfang zwanzig, als er schon mit meiner Mutter liiert war, die Hosen runterzog, ihn über den Tisch legte und in seinen Unterhosen verdrosch, weil sie ihn beim Mahjongspiel erwischt hatte. Zugeben würde er das natürlich nie.

Großmutter legte viel Wert auf gute Manieren, und sie war eine gründliche Frau. Mit gründlicher Eleganz stand sie Vater zur Seite, und gründlich ließ sie Hieb um Hieb auf seinen Hintern niedergehen. Dabei deklamierte sie seelenruhig: »Du musst auf mich hören, Shengqiang.

Die Verantwortung der gesamten Familie Xue ruht auf dir. Also mach mir keine Vorwürfe, weil ich dich schlage. Eine gute Mutter verzieht ihr Kind nicht.«

Blödsinn! Seine ganze Kindheit hindurch bis zum Erwachsenenalter hatte Vater sie innerlich verflucht. *Warum immer ich, und meine Schwester und mein Bruder nie?*

Laut hat er das nie gesagt, zwanzig Jahre lang nicht. Er musste sich damit abfinden, dass er vom Tag seiner Geburt an für immer der Prellbock der Familie sein würde.

»Noch eine Flasche, Mädchen!«, brüllte Vater und zeigte auf die noch volle Maotaiflasche auf dem Tisch. Geld spielte keine Rolle. War doch bloß Papier. Und wenn es weg war, war es weg. Er verdiente einen Haufen Geld mit der Bohnenpastenfabrik, und er gab es gern mit vollen Händen aus.

Ganz oben im Adressbuch von Vaters Handy stand der Name Duan Zhiming. Es nervte ihn furchtbar, dass ausgerechnet ein Name, den er nicht sehen wollte, ihm ständig als erster ins Auge sprang, weil Duan nun einmal im Alphabet vor den anderen Namen kam. Manchmal schaffte er es, den Namen einfach zu ignorieren, manchmal machte er ihn rasend. Einmal hätte er fast den Familiennamen Duan gelöscht, damit er ihn verdammt noch mal ganz hinten unter Zhiming einordnen konnte, aus den Augen, aus dem Sinn. Aber den Vornamen zu verwenden hätte so ausgesehen, als stünde dieser Mensch ihm nahe. Dann nahm er lieber in Kauf, dass er den Namen dieses Widerlings ständig lesen musste. Duan Zhiming war sein älterer Bruder.

Bei meiner Tante war das anders. Sie hatte er, wie es sich gehört, unter der Bezeichnung »Große Schwester« abgespeichert. Wenn er sie anrief, war er stets bemüht, eine ruhige Ecke zum Telefonieren zu finden, bevor er wählte. Sie hob immer gleich ab und antwortete freundlich: »Ja, Shengqiang?«

Er konnte sich nicht erinnern, dass seine Schwester jemals im Pingle-Dialekt geredet hatte. Sie sprach immer lupenreines Hochchinesisch, und schon deswegen bemühte er sich um eine gepflegte Wortwahl, wenn er mit ihr sprach. Er mochte es, wenn sie mit ihrer Fernsehansagerinnenstimme fragte: »Was gibt es Neues zu Hause, Shengqiang?«

Und Vater würde die zynischen Bemerkungen, die ihm auf der Zunge lagen, unterdrücken und in einem Ton wie zum Rapport beim Leiter der Produktionsbrigade sagen: »Ach, nichts Besonderes. Es ist nur, dass Mutter nächsten Monat ihren Achtzigsten begeht und sie gerne mit allen zusammen feiern möchte.«

»Ach, natürlich!« Meine Tante klang tatsächlich überrascht. »Fast hätte ich das vergessen. Ich werde auf jeden Fall kommen. Leg du einfach das Datum fest, und ich werde da sein.«

»So«, antwortete Vater, aber auch nur, weil es sich um meine Tante handelte. Bei jedem anderen hätte er geflucht, bei seinem Bruder zum Beispiel: *Na klar, Duan Zhiming, ich soll also den Tag festlegen, das Restaurant buchen, und wenn ich alles schön organisiert habe, kommst du einfach vorbei und setzt dich an den gedeckten Tisch.*

»Und bei euch ist alles in Ordnung?«, fragte meine

Tante. »Wie geht es Anqin? Und was macht die kleine Xingxing?«

»Alles bestens«. Er sagte es herzlich, trotz allem.

»Na, dann ist es ja gut«, sagte meine Tante.

Ihre Frage hatte die Worte, die Vater auf der Zunge lagen, im Keim erstickt.

Niemand, wahrscheinlich nicht einmal Großmutter, ahnte, was Vater nur allzu bewusst war. Ohne meine Tante wären er und Mutter wohl nicht mehr zusammen. Es war meine Tante, und nicht Großmutter, die ihn davon abgehalten hatte, sich scheiden zu lassen.

Es war das erste Mal, dass meine Tante ihn von sich aus angerufen hatte: »Shengqiang, du willst dich doch nicht etwa von Anqin scheiden lassen?«

Vater erwiderte nichts. Am Vorabend hatte er Großmutter fortlaufend Versprechungen machen müssen, aber es war ihm schwergefallen, seine Wut zu bezähmen.

Meine Tante wusste sein Schweigen zu deuten. Mit einem Seufzer fuhr sie fort: »Shengqiang. Ich weiß, wie das ist. Ist so etwas erst einmal passiert und du bist entschlossen, dich scheiden zu lassen, ist es schwer, dich davon abzubringen. Aber ich war es, die euch zusammengebracht hat, und daher möchte ich auch etwas dazu sagen. Wirst du mich anhören und dir die Sache noch einmal überlegen?«

»Gut«, sagte Vater ernst und setzte sich auf das Sofa, die Augen auf die Wohnungstür gerichtet.

»Anqin und ich haben zwei Jahre lang in derselben Firma gearbeitet. Anqin ist in Ordnung, sonst hätte ich sie dir nie vorgestellt. Und nun seid ihr ein Paar und ich

kann es nicht ertragen, euch auf diese Weise auseinander-
gehen zu sehen. Deshalb will ich jetzt in ihrem Namen
mit dir reden, hörst du?«

»Schon gut, fahr fort«, sagte Vater.

»Es geht nicht darum, ob sie im Recht ist oder nicht.
Alles, was ich von dir wissen will, ist: Angenommen, du
lässt dich von Anqin scheiden, was dann? Was wird aus
Xingxing? Mit ihrer Krankheit? Du darfst nicht glauben,
dass ein kleines Kind nichts versteht, natürlich leidet sie
darunter, wenn du und Anqin zerstritten seid. Denkst du,
du findest so leicht eine Ersatzmutter für die Kleine? Es
mag für dich in deinem Alter und mit deinen Fähigkeiten
kein Problem sein, eine Neue zu finden, aber eine Mutter für Xingxing? Wenn du eine in deinem Alter findest,
dann bringt sie ihre Geschichte mit und einen Haufen
Probleme. Und eine Jüngere, wie würde das aussehen?
Ich bin deine Schwester, ich kenne dich, du machst gute
Geschäfte mit deiner Fabrik, du bist beliebt, und die
jungen Dinger laufen dir nach. Aber mit denen kannst
du deinen Spaß haben, mit nach Hause nehmen willst
du sie bestimmt nicht. Überleg doch mal, Shengqiang,
würdest du eins von diesen Mädchen heiraten?« Ihre Art
zu sprechen war ganz so, wie er sie aus dem Fernsehen
kannte, als würde sie ihre Zeilen vom Teleprompter ab-
lesen.

Vater fixierte die Wohnungstür und wusste nichts zu
entgegnen. Seine Schwester war eine professionelle Spre-
cherin, jeder Satz saß. Was sollte er schon antworten?
War das wirklich die Frage? Wie er eine neue Mutter
für die Kleine finden sollte? Seine Frau, das stand außer

33

Frage, liebte natürlich ihre Tochter, auch wenn sie Mist gebaut hatte.

»Das weiß ich doch alles«, sagte er schließlich.

Sie redeten noch eine Weile miteinander, und Vater hatte eben aufgelegt, als er das Geräusch des Schlüssels in der Eingangstür hörte und Mutter hereinkam, mit einer Einkaufstüte in der Hand. Zögernd blieb sie an der Tür stehen und vermied es, ihn anzusehen. Dann ging sie mit gesenktem Kopf Richtung Küche.

»Anqin.«

»Hm?«, sagte Mutter. Der Klang seiner Stimme ließ sie zittern. Sie drehte sich zu ihm um. Sie war immer noch eine schöne Frau, Vater wusste das, eine charmante Frau mittleren Alters mit einem hellen, ovalen Gesicht, das eine feine Nase und leuchtende Augen zierten.

»Was gibt es zum Abendessen?«, fragte Vater und griff nach der Fernbedienung, als sei es ein Abend wie jeder andere.

Es dauerte einige Jahre, bis Mutter zu alter Form auflief, den Rücken durchdrückte und wieder von der Ertappten zur Ertappenden wurde. Am Ende war es zu Hause wie früher, es war hell und sauber, Familie war Familie und alles war eitel Sonnenschein. Und Vater wusste, wem er das zu verdanken hatte. Deshalb fiel es ihm jetzt so schwer, zu sagen, was er sagen musste.

»Mutter hätte gerne, dass auch Liu Jukang und Xing-chen mitkommen.« Jetzt war es heraus, und er konnte es nicht mehr zurücknehmen.

»Das hat sie gesagt?«

»Ja, sie möchte, dass alle dabei sind, ohne Ausnahme«,

sagte Vater. »Sie wird achtzig und will eine große Party, sagt sie.«

»Ich verstehe. Gut, dann kümmere du dich so schnell wie möglich um den Termin. Ein Wochenende wäre am besten, Xingchen und Xiaozhao haben eine anstrengende Arbeitswoche, und Diandian geht in den Kindergarten.«

»Gut, morgen oder übermorgen lasse ich es dich wissen«, sagte Vater. Dann fügte er noch rasch hinzu: »Wenn das ein Problem für dich ist, dann rede ich noch mal mit ihr …«

»Lass nur«, unterbrach meine Tante. »Mach dir keine Sorgen, Shengqiang. Familie ist Familie.«

Er hatte zwanzig Jahre seines Lebens mit ihr verbracht und wusste nur zu gut, wie entschieden seine Schwester sein konnte. Darum ließ er es dabei bewenden. Er wollte schon auflegen, als Tante Lishan plötzlich nach ihrem Bruder fragte: »Was ist mit Zhiming? Hast du ihn angerufen?«

»Das erledige ich später«, sagte Vater. »Mach dir keine Gedanken.«

Er legte auf und öffnete noch einmal das Adressbuch seines Handys. Zuoberst Duan Zhiming. Eine Weile starrte er auf den Namen. Fast hätte er angerufen, aber er überlegte es sich anders.

Jetzt ist nicht der richtige Zeitpunkt, ich rufe ihn morgen an, dachte er.

Er scrollte die Liste hinunter, bis er bei »Alter Zhong« angekommen war. Kaum hatte der abgenommen, fragte er ihn: »He, Alter, wollen wir zusammen essen gehen? … Wie, du isst gerade? Dann leg die Stäbchen hin, und los! … Unsinn! Ich gebe einen aus. Ich rufe Zhu Cheng an und spendiere uns ein paar Flaschen Maotai, wir machen einen drauf!« Er kannte seinen Freund. Zu so einer Einladung würde er nicht Nein sagen, der alte Säufer. Zhong sagte zu, wollte aber auch Gao Tao dabeihaben.

»Okay, okay!« Vater wusste, was Sache war. Gao Tao war scharf darauf, seiner Firma den Werbevertrag für die Bohnenpastenfabrik zu sichern. Er rief ständig bei ihm an und schickte Geschenke. Das ging nun schon seit zwei Wochen so. Zhong war ein guter Freund Gao Taos und gab sich Mühe, ihn und Vater ins Geschäft zu bringen.

»Wir drei haben uns lange nicht gesehen, das wird sicher ein guter Abend«, sagte Vater. Was er dachte, war eher: *Gao Tao, diese Niete. Der hat Nerven, seinen Laden eine Werbefirma zu nennen, und noch mehr Nerven, mit mir ins Geschäft kommen zu wollen.*

»Heute lass ich mich volllaufen, aber wie«, brummte er, als er zur Tür hinaus ging.

Gerade als Vater, Zhong und Gao an jenem Abend bei der dritten Flasche Maotai angelangt waren, Vater schnaufend am Tisch saß und die Bedienung ihm in seinem Rausch wie eine schöne Fee erschien, klingelte sein Telefon.

Es war schon fast elf. »Deine Alte wartet wohl zu Hause auf dich?«, frotzelte Zhong.

»Die?« Vater stöhnte, griff aber trotzdem zu seinem Handy.

Auf dem Display blinkte »Zhong«. Er warf Zhong einen vielsagenden Blick zu und ging hinaus auf den Gang, bevor er sich meldete. »Es ist mitten in der Nacht«, blaffte er, »ist jemand gestorben, oder was?«

Er war über seine eigenen Worte erschrocken. Vielleicht stimmte etwas nicht mit Großmutter? An die Wand gelehnt, hörte er Xingyu etwas sagen, aber seine eigene spontane Bemerkung hatte ihm die Sprache verschlagen. Wenn Großmutter sterben würde, dann würde diese Familie im Chaos versinken, und wie sollte er sie dann wieder zusammenflicken? Ihm wurde schlecht vor Angst.

Langsam beruhigte er sich. Alles war in Ordnung, nichts war passiert, außer, dass Xingyu einen kindischen Moment hatte und ihn unter Tränen anbettelte, er solle doch zu ihr herüberkommen.

»Ich bin gerade unterwegs, einen Trinken, es geht leider gerade nicht.« Vater versuchte milde und verständnisvoll zu klingen, denn die komische Nudel wurde in letzter Zeit von irgendetwas geritten und war schnell verstimmt.

»Ist mir egal! Du musst herkommen«, tönte es aus dem Telefon.

»Das geht gerade wirklich nicht. Ich komme morgen und wir machen es uns schön, in Ordnung?« Er versuchte es weiter mit der sanften Masche. Irgendwie ist sie eben noch ein Kind, dachte er. Wie sie mit ihm redete, *du musst, ist mir egal* – wo hatte sie das denn auf einmal her?

»Nein! Du kommst jetzt sofort!«, schrie sie, ohne sein Entgegenkommen zu würdigen.

Vater lehnte sich an und starrte auf die Wand gegenüber, wo sich in einer Ecke ein abgelöstes Stück Tapete aufrollte. Irgendwie kam ihm das bekannt vor. Genauso fühlte er sich jedes Mal, wenn Großmutter anrief.

Als ihm das bewusst wurde, war es mit seiner Sanftmut vorbei. Albernes junges Ding, macht mir eine Szene und geht mir auf den Wecker! Die spinnt wohl. Was war aus der netten Kleinen im lila Kostüm geworden, die er in der *Longteng Telecom City* kennengelernt hatte, wo sie jeden dahergelaufenen Kunden mit einer tiefen Verbeugung begrüßte!

Er holte gerade Luft, um seinen Ärger auszuspucken, als er sie sagen hörte: »Wenn du nicht sofort herkommst, dann gehe ich runter zu deiner Mutter und klopfe an ihrer Tür. Ich tu's. Ich hole sie aus dem Bett und erzähle ihr alles über uns. Mal sehen, was sie dazu sagt!«

Sofort war bei ihm die Luft raus. Er fühlte sich wie bei einem *Coitus Interruptus*. Verdammt. Er wurde alt, kein Wunder, dass er sich manchmal regelrecht entmannt vorkam.

Zurück im Separee, musste er sich das dumme Grinsen der anderen beiden gefallen lassen. »Feueralarm! Der Herr muss nach Hause und die Flammen löschen!«

Vater legte der Bedienung seinen Arm um die Taille: »Ich zahle.«

Das Mädchen stieß ihn spielerisch weg, »Herr Gao hat schon bezahlt.«

Er hatte sich das schon gedacht, tat aber trotzdem überrascht. Da er sie schon einmal im Arm hatte, nutzte er die Gelegenheit, um dem Mädchen in den Hintern zu kneifen, wobei er feststellte, dass sie halterlose Strümpfe trug, über denen sich die Fettpölsterchen wölbten. Er massierte sie dort ein bisschen, was das Mädchen sich ganz gern gefallen ließ.

So in Stimmung gebracht, war Vater bereit für eine lange Nacht und flog förmlich zum Qingfeng-Komplex,

38

um dort auf Xingyus Bett zu landen und mit ihr eine Nummer nach der anderen zu schieben. Das war der einzige Weg, um sich nicht mitten in der Nacht zähneknirschend eingestehen zu müssen, was für ein Waschlappen aus ihm geworden war.

Da er ordentlich getankt hatte, fühlte er sich nicht besonders in Form. Dennoch steigerte sich Xingyu zu so wilden Lustschreien, dass Vater sie beschwichtigte: »He, nicht so laut, es ist mitten in der Nacht.« Sie sah mit halb zugekniffenen Augen zu ihm auf: »Wenn schon. Wer soll uns denn hören?«

Vater versetzte ihr ein paar kräftige Ohrfeigen. Ihm reichte es jetzt. Das Leben war hart, noch härter war es, ein Mann zu sein. Immer der Ochse, der den Karren durch den Dreck zog. Er, Xue Shengqiang, auf ewig dazu verdammt, sich den Arsch aufzureißen, damit seine alte Mutter ihre Ruhe hatte und seine Geliebte zufrieden war. Und diese Heiligen benahmen sich, als seien sie allein auf der Welt und machten für niemanden einen Finger krumm.

Morgen früh, dachte er, als er die letzte Runde mit seinem Fräulein Zhong schob, morgen früh bekomme ich alles geregelt. Ich rufe meinen Bruder an und mache alles klar für den achtzigsten Geburtstag meiner Mutter. Jetzt wird nicht mehr lange gefackelt.

39

Kapitel 2

Wann hatte es angefangen?, fragte sich Vater. Er saß mit brennender Zigarette hinter seinem mächtigen Schreibtisch im Direktionszimmer. Er drückte den halb gerauchten Stummel in seinem arschbackengroßen Aschenbecher aus und steckte sich die nächste Zigarette an. *Wann?*

So genau konnte man das nicht sagen, es musste so um 1997 herum gewesen sein, jedenfalls noch vor den 2000er Jahren. Manchmal hatte er zu viel getrunken oder er konnte nicht schlafen und saß rauchend nachts am Tisch, als ungebeten der Gedanke an Großmutters Tod auftauchte.

Aus unerfindlichen Gründen hatte er das Gefühl, Großmutter habe nicht mehr lange zu leben. Ständig überlegte er sich, wie es sein würde. Ein Szenario war, dass sein Handy klingelte und »Mama« auf dem Display aufleuchtete, aber der Anrufer ein anderer war. Sofort würde er wissen, dass etwas nicht stimmte, irgendein Nachbar oder ein Freund Großmutters würde sich melden und sagen: »Xue Shenqiang, Ihre Mutter ...« Oder es würde eines Abends oder frühmorgens an der Tür klopfen, er würde halbwach zu seiner Frau sagen »Anqin, da ist jemand an der Tür«, Mutter würde die Tür öffnen, während er weiterdöste, bis er durch den Schlaf hindurch die schrille, bebende Stimme seiner Frau hörte und sofort wüsste, dass es vorbei wäre. Dann würde Mutter zurück ins Schlafzimmer kommen, das Gesicht im Schatten verborgen im Türrahmen stehen, und sagen: »Shengqiang, es ist etwas mit deiner Mutter.«

Seitdem er etwas mit Zhong Xinyu hatte, hatte sich das Szenario verändert. Im einem unpassenden Moment würde plötzlich sein Handy klingeln, »Zhong« würde aufleuchten, und ihre Stimme würde sagen: »Shengqiang, mein Schatz, es ist etwas passiert. Komm schnell!«

Und Großmutter wäre nicht mehr da. Vater zündete sich die nächste Zigarette an. Er würde die Beerdigung organisieren müssen, die Leiche würde in der Feldmarschallhalle auf dem Friedhof der Revolutionsmärtyrer aufgebahrt werden, Zhu Cheng müsste zwölf Kränze besorgen, einen für Vater, einen für seine Schwester, einen für Liu Xingchen und den Rest für all die anderen Verwandten, selbst für seinen Bruder Duan Zhiming. Und dazu die ganze Schreibarbeit. Die Kränze würden majestätisch in zwei Reihen angeordnet, ein großartiger Anblick würde das sein, zwei Klagesänger würden vor dem Eingang der Trauerhalle knien und herzzerreißend singen, sie alle in Trance versetzen, damit keinem der

Trauergäste entginge, mit welcher Noblesse Familie Xue der alten Dame das letzte Geleit gab.

Wieder und wieder malte sich Vater die Details aus, alles war bereits sorgfältig geplant. Er sah den vergoldeten Sarg inmitten von weißen Lilien vor sich – was für eine Pracht!

Doch die Jahre vergingen, und Großmutter starb nicht. Gut, dann starb sie eben nicht. Stattdessen starb Großvater, lange vor seiner Zeit. Wohl oder übel musste Vater zuerst dessen Beerdigung vorbereiten, 2005 war das. Ihm brach das Herz, als all die Kränze, Sänger und Spruchbänder nun nach dem Ableben des alten Herrn aufgeboten werden mussten. Großmutter gefiel das gar nicht: »Vulgär ist das. Wer tot ist, ist tot, Asche zu Asche, Feierabend. Wozu eine große Trauerfeier? Alles, was wir brauchen, ist ein Grab, das wir zum Qingming-Fest besuchen können, um dem Toten zu gedenken, mehr nicht.« Sie schüttelte den Kopf. »Das ist hier kein Dorf, in dem jeder jeden kennt«, fuhr sie fort. »Aber wenn du ihn öffentlich aufbahrst, fühlt jedermann sich genötigt, ihm die letzte Ehre zu erweisen und einen Umschlag mitzubringen. Und dann will sich natürlich keiner lumpen lassen. Und hinterher heißt es dann, du, der große Fabrikbesitzer, inszenierst eine große Trauerfeier, um den kleinen Leuten das Geld aus der Tasche zu ziehen.«

Vater saß ihr gegenüber, qualmte und sagte kein Wort. Er hätte auch nicht gewusst, was er sagen sollte.

Glücklicherweise lenkte sie ein: »Nun gut, es ist schließlich dein Vater. Wenn die Reihe an mir ist, dann streut

meine Asche einfach in den Qingxi, ohne großes Brimbo-
rium, eure alte Mutter braucht keine Gedenkfeiern.«

Vater drückte seine Zigarette aus und blieb stumm. Für
sich dachte er: *Leichter gesagt als getan, Mutter.*

Am Ende merkte sie selbst, dass nicht alles so einfach
war, wie sie sich das vorstellte.

Noch in derselben Nacht, es musste vier oder fünf Uhr
morgens gewesen sein, jedenfalls vor sechs Uhr, hämmerte
jemand lautstark gegen ihre Tür. Sie stand auf, schlüpfte in
die Hose, die sie am Abend über den Stuhl gelegt hatte, zog
die dunkelbraune Strickjacke über, die hinter der Tür hing,
richtete vor dem Spiegel ihr Haar und öffnete.

Vor der Tür stand Zhong Xinyu. Im kalten Licht des
Treppenhauses sah ihr Gesicht fahl und hässlich aus. Sie
starrte die alte Frau an und brachte keinen Laut heraus.

»Ist etwas mit Shengqiang?«

Die Frage brachte Zhong Xinyu noch mehr aus der Fassung. Sie wies mit dem Finger nach oben und stammelte:
»Er ... er ...«

Großmutter drückte sich an ihr vorbei und eilte stol-
pernd nach oben, dabei zog sie sich am Geländer hoch.
Die junge Frau holte sie ein und bot ihr den Arm, den
Großmutter harsch von sich stieß, wenn auch ohne böse
Absicht, sie war einfach zu sehr damit beschäftigt, in
den fünften Stock hinauf zu kommen. Alles Vergangene
war fortgespült, als hätte man eine Waschschüssel über
ihrem Kopf ausgeleert. In ihrem Kopf sang eine Elfe: *Was
möchten Sie, mein Prinz, was suchen Sie, mein Prinz? – Unterm
Pfingstrosenbusch will ich sterben, ein vornehmer Geist will ich
werden.*

Nun ist er ein vornehmer Geist geworden, dachte sie, als sie den vierten Stock erreicht hatte. Sie konnte bereits die offen stehende Tür von Xinyus Wohnung sehen. *Das kann ich nicht Lishan überlassen*, überlegte sie weiter, als sie die letzten zwölf Stufen nahm, *am besten rufe ich Zhiming an, dass er herkommen soll*. In der Halle der Märtyrer mussten sie ihn aufbahren lassen. Wer auf tragische Weise umkommt, braucht eine angemessene Beerdigung.

Oje, Anqin ist ja auch noch da. Also doch Lishan anrufen, damit sie sich um sie kümmert. Sie stieß die Tür auf, betrat die Wohnung als sei es ihre eigene, und marschierte direkt ins Schlafzimmer.

Vater war aber gar nicht tot. Er lag mit schmerzlich verzogener Miene auf dem Bett und starrte mit zusammengekniffenen Augen zur Tür. Tränen verschleierten seinen Blick, als er Großmutter erkannte, ob aus Furcht oder Erleichterung, war nicht auszumachen. Er räusperte sich und krächzte schließlich: »Mama ...«

Wie auf ein Signal beruhigte sich beim Klang seiner Stimme ihr Herzschlag. Schließlich hatte sie in ihren achtzig Lebensjahren schon viel erlebt. Da Vater nun also noch lebte, blieb er als Stütze an ihrer Seite erhalten.

Die gute Nachricht brachte sie wieder zur Besinnung. Sie rief die Ambulanz und wies Xinyu an, unten zu warten. Tatsächlich würdigte sie Vater schon keines Blickes mehr, der zusammengekrümmt im Bett lag und in den vom Speichel schon ganz durchnässten Kissenbezug biss. Sie ahnte ja nicht, dass Vaters Zustand auf die Sorge um seine Sohnespflichten zurückzuführen war. Derart besorgt war er, dass er deshalb seiner Mutter den Schlaf geraubt hatte.

So verhielt es sich jedenfalls nach Darstellung meiner Mutter.

Im Grunde hätten alle zufrieden sein müssen, Großmutter starb vorerst nicht und Vater noch weniger. Was auch immer Großmutter davon hielt, er, Vater selbst, hätte sich an jenem Tag nur allzu gern aus dem Leben verabschiedet und den ganzen Mist hinter sich gelassen. Sollte doch Großmutter, Mutter oder sonst irgendwer den Dreck hinter ihm aufräumen. *Soll doch Duan Zhiming, das Arschloch, die Scherben zusammenkehren!*, dachte er, während er im Krankenbett die Fernsehserie *Goldene Hochzeit* schaute. Das war Mutters Lieblingsserie, und er fragte sich, ob sich seine Frau wohl deswegen so seltsam benahm, weil sie zu viel von diesem Zeug schaute?

Im nächsten Augenblick öffnete sich bereits die Tür zum Krankenzimmer, und Mutter kam herein, mit einem Lunchpaket in der Hand und einer Thermoskanne unter dem Arm. Als sie sah, dass Vater wach war, stellte sie rasch die Sachen auf dem Nachttisch ab, machte sich daran, sein Kissen aufzuschütteln und sagte: »Shengqiang, wieso bist du auf? Du sollst dich doch ein paar Tage lang gründlich ausruhen!«

Sie drückte seinen Kopf ins Kissen und zog ihm, noch ehe er etwas sagen konnte, die Bettdecke bis unters Kinn. Er sah stumm zu, wie sie die Decke ordentlich glattzog und dachte dabei: *Bist du gekommen, um mir die letzte Ehre zu erweisen?*

»Du hast bestimmt Hunger. Ich habe dir Karpfensuppe mitgebracht. Doktor Song meinte, Hühnersuppe sei im Augenblick zu fett für dich, lieber Fischsuppe, die ist leicht und trotzdem nahrhaft.«

Mutter redete wie ein Wasserfall und nahm dabei die Deckel von den verschiedenen Gerichten. Vater war schon vom Anblick satt.

Das interessierte Mutter wenig. Fein säuberlich wie ein Chirurg sein Besteck arrangierte sie das Essen, füllte die weiße Karpfensuppe in eine Schüssel und wollte sie Vater einflößen. Er zog seine Hand unter der Decke hervor und nahm ihr die Schüssel ab. »Das kann ich selbst.« Jetzt, wo er den Mund aufmachte, kam ihm seine eigene Stimme befremdlich vor, vielleicht hatte er einfach zu lange nichts gesagt und war ihren Klang nicht mehr gewohnt. »Das kann ich selbst«, sagte er deshalb noch einmal. Diesmal klang es normal.

»Meinetwegen«, sagte Mutter und langte nach einem Strohhalm. »Nimm den, direkt aus der Schüssel trinken klappt wahrscheinlich nicht.«

»Ich trinke seit vierzig Jahren meine Suppe mit dem Mund, ohne dass je ein Tropfen danebengegangen wäre«, schimpfte er leise.

»Ach ja?«, sagte Mutter achselzuckend. Nach zwanzig Jahren Ehe kannte sie seine Launen gut genug. Sie drückte ihm den Strohhalm in die Hand und servierte das restliche Essen.

Vater steckte brav den Strohhalm in die Suppe und trank. Sie war lauwarm, dünn und fad, mit nichts als einer Prise Salz und einem Hauch Ingwer gewürzt. Wer auch immer behauptete, es mache irgendeinen Unterschied, diese Brühe zu trinken oder nicht, der konnte ihn mal.

Er sah zu, wie sie winzige Portionen auf eine Schüssel Reis schichtete, als baute sie eine Mauer aus Ziegelsteinen. Ein bisschen gedämpfter Schweinebauch, Kartoffeln mit Rippchen, gedämpfte Schweineniere und Erbsen mit Hackfleisch.

Vater wusste, dass seine letzte Stunde geschlagen hatte. Mutter legte noch ein bisschen mit Lauch gebratenes Fleisch auf den Haufen. Gleich würde sie sich umdrehen. Es gab kein Entkommen.

Wie auf Befehl ging in diesem Augenblick die Tür auf. Er reckte den Kopf und hoffte, es sei Zhu Cheng, oder Doktor Song oder schlimmstenfalls die Krankenschwester mit Medizin für ihn.

Es war Zhong Xinyu, in der Hand eine Tüte Obst. »Gerade wollte ich gehen«, sagte sie auf ihn zukommend, »als mir einfiel, dass du gar kein Obst hattest. Nach dem Essen muss doch noch ein bisschen Obst sein. Ich hab dir was gekauft ...« Erst jetzt bemerkte sie Mutter und hielt abrupt im Gehen und im Reden inne. Hinter ihr schlug mit einem Knall die Tür zu.

»Guten Tag Frau Chen.« Sie riss sich zusammen und grüßte Mutter höflich.

»Ach so«, sagte Mutter. »Sie hatten ihm heute also schon etwas zu essen gebracht.«

Zhong Xinyu sah das ganze Essen neben dem Bett und stellte ihr Obst auf den Stuhl neben dem Fernseher auf der anderen Seite des Zimmers. »Stimmt«, sagte sie leise.

Mutter wandte sich Vater zu, der wie ein kleines Kind

mit gesenktem Kopf mit dem Strohhalm seine Suppe schlürfte und ganz darauf konzentriert schien, dass bloß nichts danebenging.

»Shengqiang, machst du dich lustig über mich? Wenn du schon gegessen hast, dann sag es mir gefälligst, du bist doch ein erwachsener Mensch. Du kriegst ja Magenprobleme, wenn du jetzt noch weiterisst.«

Vater verzog bei diesen Worten keine Miene. Mutter und Xinyu auch nicht.

Trotzdem wurde die Atmosphäre nicht frostig, im Gegenteil. Am Nachmittag zuvor hatte ein Verwandter aus einem Nachbardorf Vater einen Besuch abgestattet – Vater ließ die Tragekörbe für die Bohnenpaste von der kleinen Firma des alten Herrn anfertigen. Als der dankbare Mann erfuhr, dass es Vater nicht gut ging, eilte er sofort mit Reis, Fleisch und Eiern beladen ins Krankenhaus. Im Krankenzimmer saß Vater gerade mit dem Kissen im Rücken auf dem Bett, links von ihm Mutter, die ihm die Schultern massierte und rechts von ihm Xinyu, die seine Schläfen mit Akkupressur behandelte. Vater sah den Besucher überrascht an und fragte: »Aber Onkel, was machen Sie denn hier?«

Die beiden Frauen drehten sich ebenfalls um. Mutter kannte ihn natürlich und holte dem Mann einen Stuhl, Xinyu nickte ihm freundlich zu und schenkte ihm eine Tasse Tee ein.

Der alte Mann hatte meine Familie lange nicht gesehen und noch nichts von den skandalösen Vorfällen bei uns mitbekommen. Während sie ihm Tee einschenkte, musterte er Xinyu von oben bis unten und sagte: »Sieh einer unsere Duan Yixing an, wie schnell sie groß geworden ist! Eure Tochter ist ja schon eine richtige junge Dame.« Mutter kicherte und barg ihr Gesicht in den Händen. Ihre Schultern bebten, schwer zu sagen, ob sie lachte oder weinte. Xinyu reichte dem Mann mit ausdrucksloser Miene die Teetasse.

Vater sagte einfach: »Sag dem Onkel Guten Tag.«

»Guten Tag, Onkel«, sagte Xinyu.

Der alte Mann war eine einfache, ehrliche Haut. Ohne Argwohn sagte er zu Vater: »Aber Shengqiang, du musst wirklich arg mitgenommen sein, ich bin doch nicht der Onkel, sondern der Großonkel des Mädchens!«

Mutter saß weiter mit bebenden Schultern da, bis sie schließlich den Kopf hob und die Situation klärte: »Onkel Gu, das ist doch nicht Yixing, es ist eine Freundin Shengqiangs.«

Der arme Mann wurde rot vor Scham. Er erhob sich von seinem Stuhl und wollte gar nicht mehr aufhören, sich zu entschuldigen. Ohne sich wieder hinzusetzen, verabschiedete er sich ziemlich schnell und räumte das Feld.

Die drei blieben allein und ohne Misstöne zurück. Jetzt war es nicht anders. Xinyu entschuldigte sich schüchtern bei Mutter: »Das ist mir wirklich unangenehm, Frau Chen, ich dachte unterwegs, dass ich Shengqiang besser etwas zu essen mitbringen sollte. Ich konnte ja nicht ahnen, dass Sie etwas für ihn kochen würden.«

»Das macht doch nichts«, sagte Mutter und räumte die vielen kleinen Gerichte wieder ab. »Ich habe ja nur nebenbei ein paar Kleinigkeiten gekocht, nicht der Rede

49

wert und lange nicht so gut wie vom Restaurant. Hauptsache, er hat etwas gegessen. Hast du gut gegessen, mein Lieber?«

Die beiden Frauen sahen Vater an und warteten auf Antwort. Und Vater, hast du heute Mittag etwas Gutes zu Essen bekommen? Zwei Schwerter schienen über seinem Kopf zu schweben. Am liebsten hätte er eins davon gepackt und seinen Magen damit leergekratzt, um Platz für Mutters Essen zu machen. »Es war alles sehr lecker«, sagte er schließlich. »Auch die Suppe.«

Zwei lächelnde Gesichter. Mutter ging ins Bad, um die Suppenschüssel auszuspülen und Xinyu nahm den Deckel der Lunchbox, um darauf das Obst zu schneiden. »Möchten Sie Apfel oder Birne, Frau Chen?«, rief sie in Richtung Bad.

»Apfel, ich mag keine Birnen«, antwortete Mutter.

»Also essen wir die Äpfel«, sagte Xinyu. »Birnen machen den Magen kalt.« Und sie begann fröhlich, die Äpfel zu schälen, einen nach dem anderen, dann zu entkernen und zu schneiden. Zum Schluss arrangierte sie die Stücke sternförmig mit Zahnstochern auf dem Deckel.

Sind die beiden Kühe wirklich so blöd oder tun sie nur so?, fragte sich Vater. Nachdenken brachte ihm in diesem Fall auch nichts. Hatte ihn der Fieberwahn zurück in die Feudalzeit versetzt?

Er lehnte sich zurück, stellte sich schlafend und linste aus halb geschlossen Augenlidern nach seinen beiden Frauen, die sich im Zimmer zu schaffen machten. Anqin hatte bislang nie von Scheidung geredet und ob Xinyu vorhatte, sich zurückzuziehen, wusste er nicht. Wäre er

nur gestorben. Wenigstens hätte er dann sein Licht glücklich in den Armen einer Frau ausgehaucht. Jetzt lag er hier
wie im Gefängnis und hatte nur noch die Wahl zwischen
Schlinge und Beil. Wenn er hier heil wieder rauskam, was
dann – zuerst mit seiner Frau schlafen? *Scheiße, mit welcher soll ich dann zuerst?*, fragte er sich.

*Ach was, ich schlafe jetzt besser. Augen zu, nicht mehr so viel
nachdenken und ein Schläfchen halten, solange die beiden Weiber beschäftigt sind.*

Wie er später gestand, hatte er an jenem Tag einen Traum.
Das Unglaubliche an diesem Traum war für ihn, dass er
sich danach an jedes kleine Detail erinnern konnte. Die
ganze Familie kam darin vor. Großmutter und Großvater,
sein Bruder, seine Schwester und er selbst.

Er war mit Großvater eingelegte Ente kaufen gegangen, offenbar, weil seine Schwester von Chongning nach
Hause gekommen war. Bevor sie loszogen, hatte Großvater mit großer Geste einen Zehnyuanschein in seine Brusttasche gesteckt. Eine riesige Ente war's. Als der Metzger
sie so vor ihnen auf dem Ladentisch ausbreitete, sah sie
aus wie ein kleines Flugzeug. Dann hob er das Hackmes-
ser und hackte sie in acht kleine Stücke und packte alles
in eine Plastiktüte. Vater wartete vor dem Schaufenster.
Seine Schwester war auf der Oberschule, also hatte er die
Mittelschule noch nicht beendet, war ein kleiner Junge
ohne Bartflaum, dem beim Anblick einer Ente das Wasser
im Mund zusammenlief. Der Metzger fragte: »Möchten
Sie auch den Schwanz?«

»Unbedingt!«, sagte Großvater sofort. Er sah zu seinem

Sohn hinaus und sagte lächelnd zum Metzger: »Geben Sie ihn dem Jungen.«

Der Metzger stieß das Fenster auf und reichte Vater mit seiner schmierigen Hand das hinterste Stück der Ente. Er steckte es sich auf einmal in den Mund, das Fett lief ihm aus den Mundwinkeln, als würde sein Mund von innen dutzendfach geküsst, so fühlte es sich an.

»Wie groß Ihr Sohn geworden ist, Herr Duan!«, sagte der Metzger. »Er ist bestimmt schon über eins siebzig?«

»Er ist noch ein richtiges Kind, ein bisschen unreif, einfach nur groß geraten.« Großvater sah Vater an und sagte: »Wisch dir den Mund ab.«

Danach gingen sie nach Hause. Obwohl es nicht weit war, schienen sie stundenlang unterwegs zu sein. Großvater war plötzlich verschwunden. Vater kam mit der Ente in der Hand zu Hause an. Damals lebten sie noch in einem alten Haus hinter der Bohnenpastenfabrik, das man durch einen Hof betrat. Dort saß gerade Duan Zhiming und spielte mit einem Schulfreund Schach. Sie hatten eben eine Partie beendet und stellten die Figuren für die nächste auf.

»Shengqiang«, rief der Schulfreund Vater zu. »Willst du mitspielen?«

Vater juckte es in den Fingern. »Wartet, bis ich die Tüte drinnen abgestellt habe.«

»Spiel du«, sagte sein Bruder. »Ich bringe die Tüte rein.«

Er ließ Zhiming die Ente ins Haus tragen, setzte sich und begann zu spielen. Er hatte erst eine, vielleicht auch zwei Partien gespielt, als es Zeit zum Essen war. Großmutter, seine Schwester und sein Bruder nahmen am Tisch

Platz, doch Großvater war aus unerfindlichen Gründen noch nicht zurück.

»Essen wir, und warten wir nicht auf Vater«, sagte Großmutter.

Sie aßen. Obwohl es auf dem Tisch noch diverse andere Gerichte gab, stürzten sich alle auf die Ente. Mein Onkel nahm mit seinen Stäbchen ein ganzes Bein auf einmal, meine Tante mochte lieber die Flügel, Großmutter aß den Hals, und Vater pickte Stückchen aus der Brust.

Großmutters Aufmerksamkeit entging nichts. Irgendwann fragte sie: »Sag mal, Shengqiang, wie kommt es, dass diese Ente nur ein Bein und einen Flügel hat?«

»Kann nicht sein«, sagte Vater erschrocken. Es war ein Erschrecken, wie man es nur aus Träumen kennt, so heftig, als wollte ihm die Brust zerspringen. Alle am Tisch begannen, die Knochen und die Fleischstücke zu zählen und bestätigten, dass ein Schenkel und ein Flügel fehlten.

»Ich verstehe das nicht«, sagte Vater. »Ich habe selbst gesehen, wie der Metzger die ganze Ente eingepackt hat!«

Großmutter sagte nichts weiter und sie setzten die Mahlzeit fort. Dann wandte sie sich plötzlich an ihn: »Shengqiang, jetzt tu nicht so unschuldig. Wenn du etwas zu verbergen hast, dann musst du dir schon etwas Besseres einfallen lassen.« Vater hob seine Augen von der Schüssel und sah sie an. Sie würdigte ihn keines Blickes und aß mit einem wohlwollenden Gesichtsausdruck weiter gebratenes Fleisch. Bevor er noch den Mund aufmachen konnte, fuhr sie fort: »Man braucht keinen Schlägel, um die Glocke zum Klingen zu bringen.«

Immer noch mit unterdrückter Wut im Bauch erwachte er. In ihm rumorte die Erinnerung an die vielen Jahre ungerechter Vorwürfe. Die beiden Frauen waren gegangen. Am liebsten hätte er jemanden einbestellt, an dem er seine Wut ablassen konnte. Er schimpfte allein vor sich hin: *Duan Zhiming, der verdammte Scheißkerl! Krötenfresse. Noch nie hatte der einen Funken Anstand im Leib!*

Nach so vielen Jahren hatte schließlich ein Traum Vater verraten, was mit dem Rest der Ente geschehen war.

Immer schon hatte er gerne geflucht. Er hatte keine Probleme damit, irgendeinen Trottel oder seinen Bruder oder irgendeinen seiner Angestellten mit den wildesten Schimpfworten zu belegen; nur Großmutter verfluchte er selbstverständlich nie. Nach drei Tagen Gefangenschaft in seinem Krankenzimmer hatte er seine Freiheit wieder und Taschen voller Medikamente im Gepäck. Zhu Cheng holte ihn ab und brachte ihn zum Qingfeng-Garten.

»Sie sind wirklich ein vorbildlicher Sohn«, sagte Zhu Cheng. »Kaum entlassen, schon statten Sie Ihrer Mutter einen Besuch ab, sogar noch bevor Sie nach Hause gehen.«

Vater entgegnete nichts. Zhu Cheng wusste ja nicht – und Vater wusste es auch nicht – was ihn zu Hause erwartete.

»Was hast du Anqin erzählt, Mutter?«, fragte er Großmutter, sobald er auf ihrem Sofa saß. Er fingerte in seinen Taschen nach einer Zigarette, bekam aber nur ein Papiertaschentuch zu fassen, das er zwischen den Fingern zerfledderte.

»Jetzt werde ich gefragt, soso. Wieso hast du mich nicht gefragt, bevor du diese Frau in der Wohnung über mir untergebracht hast?« Sie hatte ihre Lesebrille auf und den Kopf hinter einer Zeitung verborgen.

Verfluchte Scheiße, dachte Vater, doch jetzt, wo es heraus war, spürte er eine schwere Last von seinen Schultern abfallen.

Schließlich sagte er Großmutter, was er Mutter als Ausrede zu sagen gedachte, ein wenig geschönt. Er gestand alles mit gesenktem Kopf, furchtbar reumütig, und rollte dabei die Fetzen des Taschentuchs zu einem Zigarillo, riss sie wieder auseinander und rollte sie wieder auf. Er war beinahe selbst gerührt von seiner Reue. Unbewusst fummelte er wieder nach einer Zigarette, aber es war nach wie vor keine in seinen Taschen. Wie hatte er bloß ohne Zigaretten herkommen können? Er wurde immer niedergeschlagener. Doch er musste da jetzt durch und sich Großmutters Ermahnungen anhören, Besserung geloben. Mutter und Sohn trafen schließlich die vertrauliche Abmachung, dass Schluss sein musste, so schwer es ihm auch falle, Vorhang.

»Ich mache alles so, wie du sagst, Mutter«, sagte er heldenhaft und setzte eine unterwürfige Miene auf.

So hatte er zwar die Situation gerettet, aber sein eigentliches Problem war damit noch nicht gelöst. Der achtzigste Geburtstag musste geplant werden, sein älterer Bruder würde zurückkommen und auch die ganze Sippschaft seiner Schwester wäre ausnahmslos mit von der Partie. »Was ist mit Xingxing?«, fragte Vater vorsichtig. Sofort lief Großmutters Gesicht an. »Warte ab, bis sie wieder richtig im Kopf wird!«

Was seine Angelegenheiten betraf, sollte Mutter außen

vor bleiben. Vater und Großmutter machten das unter sich aus. Ein paar Dinge würden sich ändern müssen. Zhong Xinyu musste ausziehen. War ihre Wohnung gekauft oder gemietet? Gemietet. Also konnte man sie schnell loswerden. Weniger trinken, weniger rauchen, auf seine Gesundheit achten. »Und außerdem«, fügte Großmutter hinzu, »solltest du deine Zunge hüten. Es muss nicht jeder alles wissen.« Sie sagte es sanft und freundlich, nahm ihre Lesebrille ab und rieb sich die Schläfen.

Mit jedem von Großmutters Worten wuchs sein Verlangen nach einer Zigarette, er drehte fast durch. Ohne sich etwas anmerken zu lassen, stand er auf und verabschiedete sich: »Gut, ich gehe dann. Anqin weiß, dass ich heute entlassen worden bin und wollte früher nach Hause kommen und für mich kochen.«

Großmutter nickte. »Du solltest deiner Frau im Haushalt etwas mehr zur Hand gehen. Sitzt immer da wie ein Toter und lässt dich bedienen. Sie hat es nicht gerade leicht mit dir.«

»In Ordnung«, sagte er zahm und schickte sich an zu gehen.

»Und noch etwas«, rief Großmutter ihm hinterher. »Du bist alt genug, um selbst zu wissen, was du tust, Shengqiang. Man braucht keinen Schlägel, um die Glocke zum Klingen zu bringen.«

War Vater schon bedrückt, als er zu Großmutter ging, dann war er jetzt am Boden zerstört. Am Treppenabsatz angekommen, riskierte er nicht einmal einen Blick hinauf zum fünften Stock, sondern ging schnurstracks zum Kiosk vor der Tür, um Zigaretten zu kaufen. Das Gefühl des weichen Päckchens in der Hand entspannte ihn sofort. Er inhalierte die Zigarette wie ein Erstickender an der Sauerstoffflasche. Auf dem Nachhauseweg rauchte er eine nach der anderen. Was hatte Großmutter seiner Frau bloß ins Essen getan, das sie so handzahm machte? Man konnte meinen, sie nehme Xinyus Existenz einfach so hin. Nicht zum Aushalten war das. So konnte er nicht weitermachen. »Da muss sie durch«, dachte er. »Ist ja schließlich nur eine Frau.«

Als er zu Hause ankam, hatte Mutter schon den Tisch gedeckt. Sie steckte den Kopf aus der Küche. »Du kommst gerade richtig, Shengqiang. Essen ist fertig.«

»Was gibt's denn?« Er stellte seine Tasche mit der Wundermedizin neben dem Schuhschrank ab, zog die Hausschuhe an und schnüffelte beifällig in der Luft.

»Hast du deinen Appetit wieder?«, fragte sie lächelnd. Sie riss eine Plastiktüte auf und leerte den Inhalt auf eine Platte. Er sah sofort, dass es eingelegte Ente aus dem Laden am Westtor war.

»Habe ich eigens heute Mittag für dich besorgt«, sagte sie. »Bei dem laufen die Geschäfte so gut, dass er nachmittags schon zu hat.« Mutter fingerte den Entenschwanz aus der Schüssel und steckte ihn Vater in den Mund.

Der Geschmack der Ente breitete sich in seinem Mund aus wie zwanzig zarte Küsse Xinyus.

»Du bist schon ein komischer Kauz«, sagte Mutter. Sie trug die Schüssel mit beiden Händen zum Tisch, und Vater folgte mit zwei Schüsseln Reis und Essstäbchen. »Die Teile, die andere wegwerfen, isst du am liebsten.«

Sie setzten sich an den Tisch, und Mutter nahm mit

ihren Stäbchen ein ordentliches Stück Schenkelfleisch und legte es auf Vaters Reis. »Komm, iss vom Schenkel, der schmeckt viel besser als der Schwanz.«

Vater starrte auf das öltriefende Stück Fleisch auf dem blütenweißen Reis und sagte: »Lass uns heute Abend mal nicht fernsehen, sondern früh ins Bett gehen.«

Die Frage, mit welcher seiner Frauen er nach dem Krankenhaus zuerst schlafen sollte, hatte er also gelöst.

Im Grunde war Vater eine treue Seele. Da er nun zuerst mit Mutter geschlafen hatte, war es ihm unangenehm, es mit Xinyu zu tun. Darum saß er bei ihrem nächsten Wiedersehen einfach mit gebührlichem Abstand höflich plaudernd neben ihr auf dem Sofa.

»Geht es dir wieder besser?«, fragte sie. »Du nimmst hoffentlich brav deine Medizin.« Sie hielt eine Obstschale zwischen den Beinen geklemmt und schälte eine Birne. Sie gab sich nicht ganz so viel Mühe wie mit dem Apfel im Krankenhaus, sondern schnitt sie einfach in Spalten auf einen Teller. Vater war das egal. Er spießte mit dem Zahnstocher ein Stück auf und steckte es sich in den Mund. »Mmh.« Der süße Saft rann ihm durch die Kehle, als er sich im Sofa zurücklehnte. »Nun bleib auf dem Teppich, ich bin ruck, zuck wieder fit.«

Sie sah ihn mit geröteten Augen an. Diese Zhong Xinyu war eben doch ein sehr junges Ding.

»Jetzt lass es gut sein!«, sagte Vater und spießte das nächste Stück Birne auf. »Keine Sorge. Ich bin ganz der Alte. Nur solltest du jetzt, wo meine Mutter von dir weiß, nicht länger hier wohnen bleiben.«

Xinyu nickte. »Ich weiß. Ich werde gleich meine Sachen packen und zurück in meine alte Wohnung ziehen.«

Er war dort nur einmal gewesen. Sie teilte sich eine Zweizimmerwohnung mit jemand anderem. Er hatte sie zum Essen und zum Einkaufen abgeholt und hinterher mit vollem Bauch und vollen Taschen wieder nach Hause begleitet. »Ich bringe dich nach oben, allein kannst du die vielen Sachen gar nicht tragen«, hatte er gesagt.

»Ich mach das schon, kein Problem. Außerdem ist meine Mitbewohnerin da«, hatte sie abgewehrt.

»Jetzt komm, Xinyu, ich trage dir nur die Sachen hoch, und dann bin ich weg, ich setze mich nicht hin, und wenn du mich auf einen Stuhl zerrst.«

Sie konnte schlecht Nein sagen und ließ ihn gewähren. Vater hatte Glück. Die Tür des anderen Zimmers war fest verschlossen, und ihre Mitbewohnerin schlief längst. »Ich stelle schnell alles in deinem Zimmer ab«, sagte er.

Vater war, was sie bis dahin noch nicht wusste, einer, der nichts anbrennen ließ. Kaum waren sie in ihrem Zimmer, schloss er die Tür hinter ihnen und warf Xinyu auf das Bett. Sie starrte ihn nur wortlos aus ihren weit aufgerissenen Mandelaugen an und krallte ihre Finger in seine Schultern wie ein Kätzchen. Es war lange her, dass Vater eine Frau so begehrt hatte. Er machte sich nicht einmal die Mühe, sich auszuziehen.

Wenn er daran zurückdachte, wurde er ganz sentimental. »Wenn du etwas brauchst, lass es mich wissen«, sagte er.

»Danke, ich habe alles, du hast mir schon so viel geschenkt«, sagte sie sanft.

Nur zu gern hätte er sie liebkost, aber er hatte Großmutters Bild vor Augen, wie sie ein paar Stockwerke tiefer in ihrem Lehnstuhl saß. Er zündete sich eine Zigarette an.

»Du solltest weniger rauchen und trinken. Pass ein bisschen auf dich auf«, sagte Xinyu.

»Ich werde in nächster Zeit damit beschäftigt sein, den Geburtstag meiner alten Mutter vorzubereiten, und im Geschäft gibt es auch eine Menge zu tun. Noch dazu muss ich jetzt erst einmal meine Frau beruhigen, du weißt schon. Wir werden uns für eine Weile nicht sehen können, aber keine Sorge, alles wird wieder wie zuvor. Wenn du mich brauchst, ruf an. Oder ruf Zhu Cheng an.« Nun war alles gesagt und die Zigarette zu Ende geraucht.

Auf dem Weg nach unten kam er an Großmutters Wohnung vorbei. Die Tür war fest verschlossen und kein Geräusch drang heraus. Was auch immer sie darin trieb, sollte jetzt nicht seine Sorge sein. Er verließ das Haus und tat sich selbst ungeheuer leid.

Zum Teufel aber auch, dachte er. *Sie ist schließlich nur eine Frau, und im Grunde ist sie selber schuld. Was lässt sie mich auch mitten in der Nacht herkommen …*

Vor dem Tor wartete bereits Zhu Cheng. Sobald er Vater sah, fuhr er mit dem Wagen vor. Er legte das Telefon weg und fragte: »Zur Fabrik, Herr Xue?«

»Ja.« Vater hatte Lust seine angestaute Wut an ein paar Angestellten abzulassen. »Und übrigens, Zhu Cheng, falls dich die kleine Zhong anruft, sag ihr, ich sei im Augenblick sehr beschäftigt.«

Zhu Cheng war auf Zack und verstand sofort. »Geht klar, Chef«, sagte er.

60

»Na ja«, seufzte Vater, »für ein Landei wie sie ist es nicht leicht, in der Stadt Arbeit zu finden, man muss sich ein bisschen um sie kümmern. Wenn ich nur nicht so viel um die Ohren hätte. In ein paar Tagen hat meine alte Mutter Geburtstag, und ich habe noch nichts vorbereitet.«

»Soll ich einen Tisch im *Blütenduft* bestellen?« Zhu Cheng nahm sofort Vaters Gedanken auf und verstand, dass er das Thema Zhong Xinyu erst einmal ad acta legen konnte.

»*Blütenduft* wäre nicht schlecht, aber noch besser vielleicht im *Prinzenpalast*, die haben ein bisschen mehr Platz und ein angemessenes Ambiente. Schließlich wird meine Mutter in ihrem Leben ja nur einmal achtzig Jahre alt«, entgegnete Vater. »Bestell dort ein Luxusbankett, dann besorg zwei Sänger und einen Haufen Blumen und Luftballons, um den Eingang zu schmücken, du weißt schon. Egal, was wird, es soll auf jeden Fall etwas hermachen.«

»Alles klar«, nickte Zhu Cheng. »Sie bekommt ordentlich Pomp.«

Wann hatte es angefangen? Vater ließ sich nachdenklich in die Polster der Rückbank sinken. Unmerklich hatte Großmutter ihr achtzigstes Lebensjahr erreicht, auch wenn sie schon immer über diverse Zipperlein geklagt hatte. Als Großvater noch lebte, saß sie manchmal gekrümmt auf dem Sofa und sagte mit brüchiger Stimme: »Ihr macht mich krank, ihr alle. Ihr seid der Nagel zu meinem Sarg. Wenn ich erst nicht mehr bin, könnt ihr endlich glücklich weiterleben. Du« – sie deutete auf Großvater – »du kannst deine Frauen mit hierher bringen, und du« – jetzt zeigte sie auf Vater – »kannst dann endlich tun und lassen, was du willst. Und Zhiming und Lishan, die brauchen gar nicht erst wiederkommen. Wenn ich nicht mehr bin, haben endlich alle ihre Ruhe, ich weiß es doch, dann geht es euch allen besser, das wird der Tag eurer Erlösung sein.«

Sie starb nicht. Die Jahre vergingen, und trotz ihrer permanenten Wehklagen schien die alte Dame im Gegenteil jeden Tag energetischer zu werden.

Mutter zitierte gern das Sprichwort: Alte Menschen sind der Schatz jeder Familie. Natürlich war es ein Segen, dass Großmutter unversehens in bester Gesundheit ihren Achtzigsten erreicht hatte.

»Zhu Cheng.« Vater rekelte sich bei diesem positiven Gedanken genüsslich auf dem Rücksitz. »Sobald wir in der Firma sind, trommle mir bitte die Leute vom Vertrieb zusammen.«

»Natürlich.« Zhu Cheng hatte das Steuer fest im Griff und lenkte den Audi ruhig und sicher in Richtung Bohnenpastenfabrik. Vaters Launen waren in der ganzen Firma gut bekannt. Wenn der Chef den ganzen Vertrieb einbestellte, dann stand ein Donnerwetter bevor.

Es mochte sein, dass Vaters Erinnerungsvermögen ihn täuschte, doch er war sich ziemlich sicher, dass er den Ausdruck »Fick deine Mutter« zum ersten Mal im Leben aus Großvaters Mund gehört hatte. Die Schule war ein bisschen früher aus gewesen, weil am folgenden Tag ranghoher Besuch vom Erziehungsministerium anstand und die Kinder die Schule besonders gründlich reinigen sollten. Mein Onkel hatte keine Lust dazu, also schnappte er sich Vater, und sie stahlen sich davon. Damals war ihr Verhältnis noch ungetrübt. Unterwegs sagte Onkel Zhiming zu Vater: »Shengqiang, wie wär's mit gerösteten Süßkartoffeln?« Vater wäre zwar von selbst nicht auf die Idee gekommen, aber bei dem Gedanken lief ihm das Wasser im Mund zusammen. »Klar«, sagte er.

»Wenn wir zu Hause sind, bittest du Mutter um Geld dafür, okay?«, sagte Onkel.

Also rannten sie schnell nach Hause. Schon im Hof hörten sie Großvater laut fluchen.

»Fick deine Mutter!«, schrie er. »Verdammt noch mal.« Vater konnte hören, dass auch Großmutter da war und irgendetwas Unverständliches sagte, als spreche sie eine Fremdsprache.

»Was ist denn da los, Zhiming?« Vater wollte die Tür aufmachen, zögerte aber verängstigt.

»Spinnst du?«, rief Onkel, und riss ihn von der Tür weg.

Sie standen vor der Tür und lauschten, wie Großvater unaufhörlich »Fick dich« und andere Flüche ausstieß. Onkel hatte offenbar gar keine Lust mehr auf Süßkartoffeln, und sein Gesicht glühte rot vor Lachen.

Am selben Abend spülte Vater nach dem Abendessen das Geschirr. So laut auch die Schüsseln dabei klapperten, er hatte nur den Klang dieses »Fick deine Mutter« im Kopf. Es steckte ihm im Hals wie zähe Spucke und musste raus. Er machte den Mund auf: »Fick deine Mutter!« Seltsam fühlte es sich an, das zu sagen, aber gut. Genüsslich schimpfte er das Spülbecken aus: »Fick deine Mutter.« Wunderbar. »Fick deine Mutter, ich fick deine Mutter, ich fick euch alle!« Sein Unterleib fühlte sich dabei angenehm entspannt an, wie Pinkeln ohne zu pinkeln.

Doch dann hörte ihn Großmutter. Sie riss ihn vom Spülbecken weg und schrie: »Duan Xianjun! Komm her, und hör dir deinen Sohn an!«

Großvater kam und musste Vater wohl oder übel eine Ohrfeige verpassen. Es waren einfach ein paar »Fick deine Mutter« zu viel gewesen.

Heute war Vater klar, dass sie damals belauscht hatten, wie Großvater und Großmutter miteinander schliefen und sein Großvater das Ritual mit gekeuchten Flüchen zu begleiten pflegte. Blut ist dicker als Wasser, wie man so schön sagt. Vaters Repertoire an Flüchen war mit der Zeit gewachsen, aber hin und wieder entschlüpfte auch ihm beim Sex immer noch das altbewährte »Fick deine Mutter«.

In der Firma war das natürlich tabu. Er musste schließlich auf seinen Ruf achten. Bestenfalls kanzelte er hin und wieder einen Angestellten als »dummen Idioten« ab. Nach dem er die versammelte Mannschaft vom Vertrieb zusammengestaucht hatte, blieb nur noch Fräulein Zhu vom Verkauf übrig. Fräulein Zhu war erst seit einem Jahr in der Firma, jung und hübsch, und natürlich hatte Vater ein Auge auf sie geworfen. Also machte er sie besonders gründlich nieder. Manchmal brach sie dann in Tränen aus, und Vater beruhigte sie wieder, ohne jedoch eine gewisse Grenze zu überschreiten. Er tätschelte ihr höchstens die Schulter und sagte etwas wie: »Nun komm schon, bist doch schon ein großes Mädchen.« Großmutter hatte ihm stets eingebläut, dass sich Gerüchte schneller verbreiten als ein Flächenbrand. Es gab viele Häschen auf dem Feld, unnötig, eins im eigenen Garten zu fangen.

So lief es auch an diesem Tag. Fräulein Zhu bekam ihr Fett ab und stand mit hängendem Kopf und geröteten Augen da, als sein Telefon klingelte.

Die schöne Jasminblüte. Sofort bekam Vater eine Gänsehaut. Er zog das Telefon aus der Tasche, und natürlich blinkte »Mama« auf dem Display. Leicht schummrig im Kopf, ließ er Fräulein Zhu allein im Konferenzzimmer stehen, ging hinaus auf den Flur, lehnte sich an die Wand und ging dran.

»Hallo?«, sagte Vater vorsichtig ins Telefon, doch er hörte nichts.

»Hallo?«, sagte er noch einmal.

Jetzt meldete sich eine Stimme, doch es war nicht die von Großmutter, ganz und gar nicht, es war eine fremde Männerstimme, die nichts weiter sagte als: »Hallo?«

»Wer ist da?«, fragte Vater. Das Ganze schien absurd. Gerne hätte er gefragt: *Was ist mit meiner Mutter? Ist etwas passiert?* Aber als ergebener Sohn brachte er solche Worte nicht über die Lippen.

Der Anrufer schwieg. Einige Sekunden vergingen. In diesen wenigen Sekunden zog vor Vaters Augen das ganze Leben seiner Mutter vorbei. Herr Zheng, der pensionierte Chinesischlehrer aus Pingle, sollte die Grabrede halten, das wäre am besten. Zheng hatte die beste Universität des Landes mit Auszeichnung abgeschlossen, und Großmutter hatte ihn immer sehr geschätzt.

»Shengqiang.« Die Stimme war wieder da.

Und Vater wurde mit einem Schlag bewusst, dass

Großmutter wieder nicht gestorben war. Viel schlimmer als das – sein Bruder Duan Zhiming war zurück. *Arschloch!*, dachte er. *Was fällt dir ein, hier einfach so aufzutauchen und zuerst zu Mutter zu rennen!*

Vater fühlte sich hintergangen, als habe er seine Frau mit einem andern erwischt. Er stand im Flur, starrte die gegenüberliegende Wand an und konnte keinen klaren Gedanken fassen, aber ein dicker Klumpen Schimpfwörter steckte ihm im Hals und wollte heraus.

»Mutters Achtzigster steht bevor, und ich habe mir gedacht, wir sollten eine Feier organisieren«, sagte Onkel Zhiming. »Wenn du Zeit hast, dann komm her zu Mutter, und wir tüfteln das aus.«

Als ob dich das juckt! Tu doch nicht so, du Arsch, als hättest du dich je um sie gekümmert! Blöder Wichser von Bruder, du warst doch schon immer ein scheinheiliger Drecksack!

»Einverstanden«, sagte Vater.

Kapitel 3

Er verzichtete darauf, Zhu Cheng zu rufen, und schlenderte stattdessen zu Fuß zum Werkstor hinaus Richtung Westtor. Duan Zhiming war für den Augenblick vergessen. Sein Kopf war voller Bohnenpaste und Sichuanpfeffer. Bohnenpaste war ein großes Geschäft für seine Familie, schon seit vielen Generationen. Sichuanpfeffer dagegen konnte jeder kleine Straßenhändler verkaufen. Doch man durfte das Gewürz nicht unterschätzen, es durfte in Pingle auf keinem Tisch fehlen, genauso wenig wie die Bohnenpaste. Man pflegte zu sagen, dass die Leute hier mit einem Loch in der Zunge groß wurden, schon mit der Muttermilch saugten sie Blütenpfeffer ein, bereits der Frühstücksbrei musste feurig scharf sein, richtig *mala*. Blütenpfeffer ließ es auf der Zunge kribbeln, und scharfe Bohnenpaste riss einem die Magenwände auf. Alles andere wäre der Weltuntergang.

Vater war seit seinen Lehrjahren bei Meister Chen nun schon über zwanzig Jahre lang in der Fabrik zugange. Wer diese Hölle heil überstand, hatte eine wichtige Lektion gelernt: Dass der Mensch zum Schwitzen geboren ist. Man aß Bohnenpaste, um zu schwitzen, und Sichuanpfeffer sowieso. Scharfen Feuertopf essen und eine Frau vögeln hatten eines gemeinsam: Man kam ins Schwitzen. Je mehr man schwitzte, umso besser, befand Vater und dachte an die flammenden, schweißgetränkten Bettlaken in jenem Zimmer Hong Yaomeis.

Ihm wurde ganz melancholisch zumute. Er riss sich zusammen und bog in die Caogasse ein. An der Ecke befand sich ein Laden für Sichuanpfeffer, der auch schon seit zwei Generationen im Geschäft war. Er ging hinein und stieß prompt auf Zhou Xiaoqin, die Schönheitskönigin des Sichuanpfeffers. »Shengqiang! Lange nicht gesehen! Was verschafft uns die Ehre?« Sie hatte hastig das Buch in ihrer Hand zur Seite gelegt und war aufgesprungen, als sie Vater erblickte. »Na, was ist das denn für eine Begrüßung? Warum sollte ich denn nicht einmal die paar Schritte gehen und nach dir sehen? Was macht die Chiliernte aus Hanyuan?« Während sie weiterplauderten, warf Vater verstohlene Blicke auf das Buch auf dem Tresen, ein Band *Reader's Digest*. *Soso, Reader's Digest*, dachte er sich, *vielleicht etwas Pornographisches? Warum sonst hast du es so schnell weggelegt?* Doch er konnte schlecht nachfragen. Sie wog ihm zwei Tüten Sichuanpfeffer ab, Vater zahlte, grüßte und verließ den Laden.

Mit den Tüten in der Hand ging er weiter Richtung Großmutter und musste unterwegs ständig an seinen

Bruder denken. *Womit habe ich das bloß verdient? Es ist nicht zu fassen. Ich hatte ihn noch nicht einmal angerufen, was für ein Sturmtief hat den bloß herbeigeweht? Ob meine Schwester ihn angerufen hat? Oder Mutter selbst?*

Im Qingfeng-Garten angekommen, sah er schon von Weitem den Honda-Geländewagen, der direkt vor Nummer 3 parkte, neben einem silbernen VW Jetta, der dort schon seit einem halben Jahr herumstand. Er sah gar nicht genauer hin und ging hinein.

Er schloss die Haustür mit seinem Schlüssel auf und hörte seinen Bruder sagen: »Wenn du einmal rauswillst, lass es mich einfach wissen. Shengqiang ist doch viel zu beschäftigt. Wirklich kein Problem, ich fahre dich jederzeit ...«

»Wer sagt, dass ich keine Zeit hätte?«, sagte Vater lachend, als er ins Zimmer trat.

»Shengqiang, da bist du ja!« Onkel erhob sich vom Sofa. Sogar Großmutter stand von ihrem Sessel auf, um ihn zu begrüßen, als sei er ein seltener Gast.

»Schau mal, was Zhiming uns alles mitgebracht hat, für Anqin ist auch etwas dabei.« Sie zeigte auf den Couchtisch, auf dem Vater aus den Augenwinkeln einen Haufen Päckchen ausmachen konnte.

»Aber Zhiming, das wäre doch nicht nötig gewesen. Hier, ich habe dir unterwegs auch etwas gekauft«, sagte Vater und überreichte Onkel lächelnd die beiden Tüten Sichuanpfeffer.

»Zu freundlich von dir. Was hast du da für mich?« Onkel trug eine beige Hose, ein weißes Hemd und ein dunkelblaues Leinenjackett, was ihm eine lässige Ele-

69

ganz verlieh. Er stellte die Tüten auf den Tisch und setzte sich wieder. »Was hättest du denn gerne für einen Tee?«, fragte Großmutter aus der Küche.

»Hua Mao Feng«, antwortete Vater. *Bist du jetzt völlig durchgedreht? Als ob du mich in hundert Jahren schon einmal gefragt hättest, welchen Tee ich möchte!*

»Mach Shengqiang eine Tasse von dem guten Pu'er, den ich mitgebracht habe. Wenn man viel Alkohol trinkt, ist Pu'er genau das Richtige«, rief Onkel.

»Nein, danke«, Vater machte eine abwehrende Handbewegung. »Bloß keinen Pu'er. Den bekomme ich ständig geschenkt, bei mir stapeln sich die Dosen. Ich kann diesen fauligen Geruch nicht ertragen. Bitte lieber Hua Mao Feng.«

»Dein Bruder hat vollkommen recht, Shengqiang. Ich habe dir einen Pu'er aufgebrüht«, sagte Großmutter.

Du bist aber fix heute! Vater konnte sich gerade so beherrschen, den Satz nicht laut zu sagen.

»Du solltest wirklich auf deinen Bruder hören«, sagte Großmutter, die mit dem Tee aus der Küche kam, »er ist gerade aus Europa zurückgekommen.«

»Das war doch nur eine Konferenz, Mutter. Nicht der Rede wert«, wehrte Onkel lachend ab, und nahm einen Schluck Tee. »Und was soll ich Shengqiang schon erzählen? Als ob er nicht selbst schon dort gewesen wäre.«

Onkel konnte es nicht wissen, aber Großmutter wusste sehr wohl, dass Vater nie weiter als Hongkong gekommen war. Von vier Tagen hatte er einen einzigen mit Sightseeing verbracht, hatte Meeresfrüchte gegessen, einen Ledergürtel und ein paar Schuhe gekauft. Die übrige Zeit hing er im

Hotel herum, wechselte vom fünften in den neunten Stock, vom Friseur zur Fußmassage, während Mutter auf Shoppingtour war. Das Schlimmste war, dass es keinen Chili und keinen Sichuanpfeffer gab. »Das Essen war so fad, da kannst du gleich ins Krankenhaus gehen!«, hatte er sich empört, nachdem er glücklich wieder zurück in Pingle war und mit dem alten Zhong und seinen Kumpanen Feuertopf mit Aal essen ging. »Da kriegen mich keine zehn Pferde mehr hin. Was soll ich Geld ausgeben für diese Folter!«

»Geld ausgeben für Folter«, pflichtete Zhong ihm bei, »das heißt Reisen. Und Fotos machen. Hast du welche gemacht?«

»Ach was«, Vater machte eine wegwerfende Geste, »nur ein paar von Anqin.«

»Also hast du doch welche gemacht.« Zhong kannte Vater schon lange genug, um zu wissen, wie er ihn bei Laune halten konnte. Er hatte eine dicke Portion Aal aus dem Feuertopf gefischt und sie in Vaters Stippschälchen gelegt.

Beinahe flehentlich sah Vater Großmutter an, während sie die Teetasse vor ihn stellte. Aber, wie man so schön sagt, die Hand hat auf beiden Seiten Fleisch. Großmutter ersparte Vater die Bloßstellung und setzte sich wortlos in ihren Sessel, richtete ihren Blick wohlwollend auf die beiden Brüder und strahlte über das ganze Gesicht.

»Ach, ist das nicht schön! Sieh sich einer meine beiden Söhne an, so tüchtige Männer!«

»Ich kann Shengqiang gewiss nicht das Wasser reichen«, sagte Onkel. »Er ist immerhin ein erfolgreicher Geschäftsmann. Ich bin nur ein armseliger Lehrer.«

Zhiming, du elender Heuchler! Du sülzt ja noch schlimmer als eine Puffmutter. Vater fingerte in den Hosentaschen nach seinen Zigaretten. Er stand auf, nannte seinen Bruder lachend »Herr Professor« und ging hinaus auf den Balkon, wo neben einem Topf Lotusblumen der Aschenbecher stand. Der Lotus hatte mal Großvater gehört und war schon viele Jahre alt. Der alte Mann hatte seinen Aschenbecher immer dort gelassen, weil Großmutter ihm das Rauchen im Haus nicht erlaubte. Stets nach dem Essen hatte sich Großvater auf den Balkon gesetzt, gedankenverloren in den Lotus geblickt und eine Tianxiaxiu angezündet.

»Vater, hier, nimm eine von meinen Zigaretten.« Vater hatte Großvater immer dazu bringen wollen, die guten Zigaretten zu rauchen, die er ihm mitbrachte. Er selbst hatte mit *Hong Ta Shan* angefangen, war dann zu *Yunyan* gewechselt und leistete sich schließlich, nachdem die Bohnenpastenfabrik im Jahr 2000 eine Filiale in Yong'an eröffnet hatte, die Marke *Zhonghua* im Softpack.

»Meine sind mir lieber, ich will nichts anderes«, hatte Großvater dann stets gesagt und weiter seine Tianxiaxiu geraucht. Und manchmal hatte dann auch Vater zu einer Tianxiaxiu gegriffen, und sie saßen zusammen auf dem Balkon und stießen abwechselnd den Rauch in die Luft, während Großmutter von drinnen meckerte: »Ihr zwei Junkies, ihr verpestet die ganz Luft!«

»Ist doch nur die eine!«, hatte Großvater sich dann verteidigt und ihr den Rücken zugewandt, um den Rauch in die andere Richtung über das Geländer zu blasen.

»Shengqiang!« Wie nicht anders zu erwarten, rief Großmutter auch jetzt. »Kannst du nicht einmal das Rauchen sein lassen, wo uns dein Bruder besuchen kommt?«

»Ich rauche nur eine und bin gleich wieder bei euch«, sagte Vater. Er hatte seine Zigarette schon angesteckt und würde einen Teufel tun, sie jetzt nicht auch in Ruhe zu rauchen, hier auf Großvaters Stuhl, in der Hand seinen Aschenbecher, seine Mutter beobachtend, die fröhlich mit seinem Bruder plaudernd Tee trank. Du *Arschloch*, dachte er und zog heftig an seiner *Zhonghua*.

Er war entschlossen, nicht eher wieder hineinzugehen, als er sich die Finger am Stummel versengt hatte.

Mochte auch sein Bruder ein Uniprofessor sein, deswegen war er noch lange kein Dummkopf. Vater wusste sehr wohl, was er tat, als er seinem Bruder zwei Tüten Sichuanpfeffer als Geschenk mitbrachte.

Um die Sache mit dem Sichuanpfeffer zu erklären, muss ich zunächst etwas über Onkels Hand erzählen. Diese Hand, so sah es jedenfalls Vater, war dafür verantwortlich, dass er zum Prügelknaben der Familie geworden war.

Allein Großmutter könnte das bestätigen, aber sie dazu zu bringen, die Angelegenheit ein für alle Mal aufzuklären, war natürlich nicht so einfach. Vater dagegen hatte eine klare Meinung dazu. Solange er denken konnte, war seine Mutter hinter ihm her mit Sätzen wie: »Shengqiang, bring deinem Bruder etwas zu Essen« oder »Shengqiang, wie kannst du deinen Bruder so schwere Sachen allein schleppen lassen.« Die Nachbarn standen dem in nichts nach: »He, Shengqiang, komm mal her. Was macht denn die Hand deines Bruders?« Vater war zwei Jahre jünger als sein Bruder. Seit er klein war, war die Hand seines Bruders Stadtgespräch gewesen. Anfangs hatte sich Großmutter die Seele aus dem Leib geweint (vermutete er), in den Tempeln Räucherstäbchen abgebrannt und diverse Ärzte aufgesucht. Dann hatte sie sich zu Onkel gesetzt, seine linke Hand in ihre genommen und sie eingehend betrachtet. An sich war nichts falsch an ihr, ein bisschen klein geraten war sie eben, ein bisschen schwächer, aber brauchbar. So schlimm war es auch wieder nicht, wenigstens war es nur die linke, nicht die rechte Hand.

Davon wusste Vater natürlich nichts. Er wusste nur, dass er wegen dieser Hand zum Prügelknaben geworden war. Und nicht nur das. Wegen dieser Hand hatten seine Eltern sich beinahe scheiden lassen. Großmutter schlug sich damals auf die Brust und bereute, dass sie sich diese einmalige Chance hatte entgehen lassen, schließlich habe sie Duan Xianjuns widerliche Ausdünstungen schon lange genug ertragen müssen.

Nun wo Großvater tot war und sich nicht mehr dagegen wehren konnte, bestand Großmutter erst recht darauf, dass er die Schuld an Onkels verkümmerter Hand trug. Die drei Kinder hatten oft gehört, wie sie Großvater anschrie: »Du solltest nur seine Windeln wechseln, und dabei hast du seine Hand zerquetscht, einem kleinen Baby!« Seine ganze Kindheit lang hörte Vater sie in derselben Weise mit Großvater zetern, immer ging es um die Hand. Unterdessen saßen die Kinder schweigend im Hof. Onkel spielte mit dem Abakus, den Großmutter ihm zur Kräftigung seiner Hand geschenkt hatte und den er gern als Musikinstrument missbrauchte und ihm Melodien entlockte, als spielte er auf einer Pipa. Tante war schon in der Mittelstufe, weshalb sie ihre Hausaufgaben am Schachtisch erledigen durfte. Allein Vater hatte nichts zu tun und keine Spielsachen. Deshalb setzte er sich einfach ins Blumenbeet und grub mit den Fingern die Erde um, bis seine Fingernägel schwarz waren vor Dreck.

Diesen Tag würde er nie vergessen. *Ich hätte wissen müssen, was für ein verdammter verlogener Drecksack mein Bruder ist, spätestens dann hätte ich es wissen müssen!* Großmutter und Großvater hatten sich gezankt, bis die Fetzen flogen, die Kinder sahen in den sich allmählich verdunkelnden Himmel. Seine Schwester war fertig mit den Hausaufgaben und hatte ihre Stifte eingepackt; sein Bruder spielte nicht mehr mit dem Abakus, und Vaters Fingernägel konnten nicht mehr schwärzer werden. Er sah erst seine Schwester, dann seinen Bruder an und sagte: »Ich habe Hunger. Gibt es heute etwas zu essen?«

Keine Antwort. Was sollten sie auch sagen? Nach einer Weile stand Onkel auf und ging ins Haus. Die anderen zwei starrten ihm ängstlich nach. Dann hörten sie ihren Bruder sagen: »Mutter, hör auf, so mit Vater zu schimpfen. Mir geht's gut, meine eine Hand ist zu klein, aber das ist nicht schlimm. Vielleicht bringt es mir Glück.« *Der Drecksack war damals gerade mal fünf oder sechs Jahre alt und konnte schon so herumschleimen!*

Dank Onkels Glück bringender Hand bekamen die Kinder an diesem Abend noch vor der Dunkelheit etwas Warmes zu essen. Großmutter trug noch immer eine kummervolle Miene zur Schau und seufzte: »Was für ein sensibler kleiner Junge doch mein Zhiming ist, so ein tapferes kleines Kind.« Und so landeten die zwei Happen Fleisch auf dem Tisch komplett in Onkels Reisschale. Wie auch immer seine Schwester darüber dachte – Vater hätte alles darum gegeben, eine zu kleine Hand, ein verkümmertes Auge oder nur noch ein Bein zu haben. Scheißegal, Hauptsache, er musste nicht mehr mit knurrendem Magen zu Bett gehen. Irgendwann in den 1960ern war das, '68 oder '69. Onkels Hand sollte ihm weiterhin Glück bringen, auch wenn Vater das erst Jahre später klar wurde:

1990 nämlich, in diesem Fall war sich Vater ganz sicher, weil es aus jeder Pingpong-Halle »Erhebe dein Haupt, stolzes Asien« sang, auch aus dem Mund der Kleinen, die mit ihm vögeln wollte und Lippen hatte wie die Sängerin Weiwei. Da war Vater gerade erst zwei Jahre mit Mutter verheiratet und was andere Frauen anging wieder eine Jungfrau. Aber Vater erinnerte sich noch gut daran, wie Zhong ihm von der Seite in die Rippen boxte und sagte: »Guck mal, Shengqiang, wie kokett die Kleine da zu uns 'rüberschaut.« War Zhong damals schon verheiratet? Nein, der sollte erst Ende des Jahres unter die Haube kommen.

Süß war sie schon, wie sie ihn mit ihren prallen Lippen anlächelte, bevor sie sich wieder zu ihrer Clique umdrehte. »Sieht die nicht ein bisschen wie die Sängerin Weiwei aus?«, flüsterte ihm Zhong ins Ohr. »Ach, geh mir weg!«, fauchte ihn Vater an.

»Von wegen! Wart's nur ab«, sagte Zhong. Er achtete gar nicht mehr richtig auf das Spiel, weil er ständig auf den Nebentisch starrte.

»Und was ist mit deiner Gao Yang?«, fragte Vater. Zhong und Gao Yang waren schon länger zusammen und wollten bald heiraten.

»Was soll schon mit ihr sein?«, wehrte Zhong ab. Und ob es an den sechs Schnäpsen lag, die Vater sich gegönnt hatte, oder dem wiederholten Singen der Nationalhymne, irgendwie hatte sich eins zum anderen gefügt, und, daran erinnerte sich Vater, auch wenn er sich an sonst nichts mehr erinnerte, irgendwann zogen ihre beiden Cliquen später noch zusammen zum Feuertopfessen los und spülten ihr Essen mit zwei Flaschen Maotai hinunter und dann, ja, dann waren aus irgendeinem Grund nur noch Vater und Fräulein Weiwei übrig. Er wusste noch, wo sie her war, sie arbeitete in Fabrik Nr. 372 und sprach ebenso lupenreines Hochchinesisch wie seine Schwester, und sie hatten so lange herumgeknutscht, dass seine Zunge schon ganz taub geworden war. Die Frau hat einen Motor in der Zunge, dachte er. Doch in Wahrheit zitterte Vater, was er natürlich nie zugeben würde. Er war jetzt, die Zeit ihres Kennenlernens eingerechnet, drei Jahre mit Mutter zusammen, hatte seitdem nichts mit einer anderen Frau gehabt, und sein Schwanz war ein bisschen aus der Übung.

Aber dieses Mädchen – also, dieses Mädchen war speziell – nahm seine Hand und führte sie unter ihren Rock. Seine Fingerspitzen waren eiskalt und schweißnass ... und er hatte wieder das Bild der in den Töpfen blubbernden Bohnenmasse vor Augen, die nach ein paar Stunden unter der gleißenden Sonne ein Stöhnen von sich gab, wenn man sie umrührte und der scharfe Chilidunst einem in die Augen biss. Vater schluckte. In diesem Augenblick war die Sache entschieden und er, Xue Shengqiang, würde heute noch mit diesem Mädchen vögeln, und bei dieser einen würde es nicht bleiben.

Einer göttlichen Offenbarung gleich sah Vater in diesem Moment den Rest seines Lebens vor sich – und nebenbei hatte er begriffen, worin Duan Zhimings Geheimnis lag.

Ausgesprochen wurde sie nie, aber instinktiv kannte Vater die Wahrheit. Sie führte zurück zu einem Tag im Jahr 1983, an dem ihn Duan Zhiming in einem beneidenswert schicken Matrosenshirt mit nach Pingle zu einem Treffen mit seinen Kumpanen und ein paar Mädchen nahm. Die vielsagenden Blicke, die zweideutigen Bemerkungen über Duan Zhimings Fingerfertigkeit, seine magische kleine Hand – *Xue Shengqiang, du Idiot.* Nach so vielen Jahren der Verblendung war bei ihm erst jetzt, mit fünfundzwanzig, sechsundzwanzig Jahren der Groschen gefallen.

Sein Bruder hatte es schon als kleiner Junge gewusst: Dieses paar ungleicher Hände war sein Glück.

Vater war dieses Glück nicht vergönnt, er war derjenige, der am Tisch keinen Bissen Fleisch abbekam und erst mit siebzehn zum ersten Mal einen nackten Frauenhintern. Stattdessen trottete er nur immer dämlich dem Hintern seines großen Bruders nach. Sogar in puncto Hong Yaomei hieß es: »Mannomann, Duan Zhiming, der hat was. Bei ihm nimmt sie nur vier fünfzig!« In den Augen der Dorfjugend machten diese fünfzig Fen einen gewaltigen Unterschied. Duan Zhimings Geschick war legendär.

78

1983 war Onkel im dritten Jahr der Oberstufe. Er war gut in der Schule, gut im Billard und gut im Mädchenabschleppen, sogar Zhou Xiaoqin und Liu Yufen, die Barbara Yung und die Teresa Teng von Pingle, kriegte er herum, so angesagt war er. Zugegeben, im Gefolge seines Bruders mit der coolen Clique auf der Weststraße abhängen zu können hatte Vaters Ego poliert. *Was war ich für ein Arsch damals!*, dachte er später.

Im Mai bekam Zhou Xiaoqin einen dicken Bauch. Mit einer Tragstange bewaffnet schritt ihr Vater zur Bohnenpastenfabrik, um die Angelegenheit zu klären. Großmutter war vermutlich der einzige Mensch in ganz Pingle, der so etwas zu handhaben wusste. Wie auch immer sie es angestellt hatte – die Zhous nahmen das Geld und hielten den Mund, schon seltsam. Schon seltsam, dass Großmutter Vater den Hintern mit dem Stock versohlte, bis das Blut spritzte. Schon seltsam, dass Vater unter der Fuchtel von Meister Chen den Bohnenbrei rühren lernte und dass – seltsam! – Duan Zhiming das Lügenmaul sich sang- und klanglos zum Studium an der Uni davonmachte.

Bis heute blickte Vater in der Sache nicht ganz durch. *Scheißegal, ich habe nie gern gebüffelt.* – Schließlich ging es ihm jetzt, zwanzig Jahre später, prächtig. Er war Geschäftsführer der Bohnenpastenfabrik, schlief mit jeder Frau, die er wollte, spielte Mahjong, wann er wollte, aß scharfen Eintopf, wann er wollte. Er lebte wie ein Fürst. Und was jene Zhou Xiaoqin anging – sie heiratete schließlich einen Chiliverkäufer. Ob nun Chili oder Sichuanpfeffer oder scharfe Bohnenpaste, es blieb alles in der Familie sozusagen. Sie hatten nur ein kleines Geschäft, aber sie hatten ihr Auskommen.

Das musste man ihm lassen – die zwei Tüten Sichuanpfeffer für seinen Bruder hatte er sich verdammt gut überlegt.

So viel zu Vaters Gedanken, als er auf dem Balkon seine Zigarette rauchte.

Von Großvaters Stuhl aus beobachtete er Großmutter und Onkel im Wohnzimmer. Er konnte nicht hören, was Onkel zu ihr sagte, aber Großmutter lachte und nickte, beide Hände mit vorgerecktem Oberkörper auf die Knie gestützt. Onkel dagegen saß entspannt zurückgelehnt auf dem Sofa, die eine Hand in der Tasche seines Jacketts, mit der anderen wie üblich rhythmisch auf seinen Oberschenkel trommelnd. Zwei Jahre hatte er ihn nicht gesehen, und er konnte es sich nicht verkneifen, sein Gesicht etwas gründlicher zu inspizieren. Sah er älter aus? Eigentlich sah er einfach so mysteriös aus wie immer, das blasse Gesicht, die auffällige Nase, der umwölkte Blick, als hecke er ständig etwas aus … *Wie können die Leute bloß behaupten, ich sähe ihm ähnlich?*, fragte er sich.

Gedankenversunken wohnte er aus der Distanz dem langersehnten Wiedersehen von Mutter und Sohn bei, ohne darauf zu achten, ob er dabei eine oder zwei, oder vielleicht sogar drei Zigaretten rauchte, bis die beiden da drinnen eine Pause in ihrer endlosen Unterhaltung einlegten und sich erinnerten, dass er auch noch da war. Onkel drehte sich nach ihm um und warf ihm durch die

Fensterscheibe einen Blick zu, und Großmutter sah ihn ebenfalls an.

Verdammt, jetzt reden sie schon wieder darüber, dass ich zu viel rauche. Vater drückte die Zigarette aus, stand auf, öffnete die Balkontür und ging wieder hinein.

»Shengqiang, gerade habe ich Mutter gesagt, dass du dich um die Geburtstagsfeier nicht zu kümmern brauchst, ich mache das schon«, sagte Onkel, noch bevor Vater seinen Hintern auf das Sofa gepflanzt hatte.

»Wieso denn das? Ich habe schon alles arrangiert, sogar schon meinen Fahrer beauftragt, ein Bankett im *Prinzenpalast* bestellt, ein nagelneues Hotel mit allem Komfort, und das Essen ist auch gut«, sagte Vater und sah erst Onkel, dann Großmutter an.

Großmutter würdigte ihn keines Blickes und hatte nur Augen für Onkel.

Das Ferne duftet, das Nahe stinkt, da haben wir's wieder. Woche für Woche sehe ich nach ihr. Vater war gekränkt. Onkel ignorierte seinen Einwand und redete einfach weiter: »Ach komm, Shengqiang. Mutter ist schließlich nicht irgendwer, und so einen achtzigsten Geburtstag feiert man nicht alle Tage, da dürfen sich die Duans und Xues nicht lumpen lassen. Wir müssen das sehr sorgfältig planen, uns etwas Ungewöhnliches einfallen lassen, etwas ganz Besonderes. Und du musst dich schließlich um deine Geschäfte kümmern, und noch dazu bist du gesundheitlich angeschlagen. Ich bleibe diesmal für ein paar Tage und kümmere mich um Mutters Achtzigsten. Abgesehen davon, haben wir zwei uns lange nicht gesehen, wir sollten uns mal zusammensetzen und was trinken gehen.«

Vater verspürte erneut das dringende Bedürfnis nach einer Zigarette. Aber jetzt saß er hier. Er kochte innerlich vor Wut. *Duan Zhiming, du Dreckskerl meinst also, du könntest mit mir mithalten? Wenn ich dich nicht locker unter den Tisch trinke, heiß ich nicht Xue.*

Großmutter schien seine Gedanken zu lesen und sagte hastig: »Nein nein, bloß kein Alkohol! Ihr könnt zu Hause zusammen essen, das reicht. Trinken ist nicht gut für euch.«

»Schon gut, schon gut, also trinken wir nichts«, antwortete Onkel beflissen.

»Na, dann erzähl mal, was du dir vorstellst, Zhiming. Willst du Sänger bestellen? Sag einfach, was du willst, und ich zahle, ich komme für alles auf.« Vater machte eine ausholende Geste.

»Aber Shengqiang, du denkst viel zu sehr ans Geschäftliche. Es geht doch nicht nur ums Geld. Jetzt hör doch erst einmal zu, was dein Bruder zu sagen hat«, mischte sich Großmutter erneut ein. *Na, wie schön, dass die zwei sich schon einig sind*, dachte Vater und schwieg. Er überließ Onkel das Reden.

Onkel trommelte auf seinem Knie eine Melodie, dann sagte er: »Wir Duans feiern nicht wie andere Leute Geburtstag, extravagant soll es werden und stilvoll, aber nicht vulgär. Ob im *Prinzenpalast* oder sonst wo, egal, aber irgendwelche bekannten Schlagerfuzzis bestellen wäre wirklich hinausgeworfenes Geld! Wir Duans und Xues sind schließlich nicht wie andere Leute, nicht wahr? Jeder weiß, dass die Leute hier ziemliche Bauerntrampel sind, die leben ihr bescheidenes Leben und sehen nicht

82

über den eigenen Tellerrand, da ist unsere Familie doch was anderes. Wir werden eine erstklassige Feier auf die Beine stellen.« Großmutter nickte beifällig. *Ja, nick du nur.* »Wir werden nicht in einem Hotel oder einem Restaurant feiern, sondern in unserer Fabrik, im alten Gärhof hinter dem Hauptgebäude, dort ist genug Platz, mehr als genug, und im April ist schönes Wetter, wir müssen nur ein bisschen dekorieren. Wir verbinden Mutters Geburtstagsfeier mit der Jubiläumsfeier für die Fabrik, ein kulturelles Ereignis sozusagen. Wir laden diesen Professor Zheng ein oder irgendeinen Professor von der Philologischen Fakultät der Yong'an-Universität, sind ja alles Freunde der Familie, nicht wahr. Ich rufe sie an, biete ihnen ein kleines Honorar, damit sie eine Laudatio halten auf unsere *Chunjuan* Bohnenpastenfabrik und Mutters seit jeher großartige Verdienste um sie. Dann lassen wir eine große Plakattafel mit einer Kalligraphie anfertigen, die wir am Festtag feierlich enthüllen, und laden die Leute aus der Gemeinde, die Presse, Lokalpolitiker und das Fernsehen ein. So macht man heutzutage Marketing, nur hast du das, Shengqiang, hier in diesem Kaff wahrscheinlich noch nicht mitgekriegt. Wenn man etwas verkaufen will, muss man die Kultur dazu verkaufen, das gilt auch für Bohnenpaste. So kommt nicht nur Mutter zu ihrer Feier, sondern unsere Fabrik gleich dazu, doppeltes Glück und doppelter Segen und kein bisschen vulgär. Das wird etwas ganz Besonderes! Mal dir nur die Gesichter der Leute aus, so etwas haben die noch nie gesehen, das stellen die sich im Traum nicht vor!«

Großmutter nickte in einem fort zustimmend. »Na,

Shengqiang, was hältst du davon? Hat dein Bruder das nicht schön formuliert?«

Dreckskerl, dachte Vater. *Von wegen schön formuliert.* Dann besann er sich. *Gut, Duan Zhiming, dann mach du mal. Wir werden sehen, was dabei herauskommt.*

Eifrig nickend sagte Vater: »Ausgezeichnete Idee, Zhiming, darauf wäre ich nie gekommen. Wirklich raffiniert!«

Onkel trommelte weiter mit der Hand auf seinem Oberschenkel. *Damit auch jeder sieht, was für ein tolles Händchen er da hat!*, dachte Vater grimmig.

»Also dann, Zhiming«, sagte Vater, »übernimm du die Organisation, und lass mich wissen, wenn ich irgendwie helfen kann. Lass alles, was die Herrichtung der Fabrik angeht, meine Sorge sein und, wie gesagt, die Kosten übernehme ich!«

Doch Onkel verstand es geschickt, ihn erneut zum Deppen zu machen. »Ach, Shengqiang, jetzt fängst du schon wieder vom Geld an, unter Geschwistern redet man nicht über Geld. Bei Mutters Geburtstag geht es nicht um Geld. Als ob wir nicht genug davon hätten.«

»Ganz genau«, sagte Großmutter. »Immer redest du von Geld. Einfach geschmacklos.«

Klar, sagt es mir nur. Geschmacklos bin ich. Doch er schluckte auch diese Kröte. Ein Meter dickes Eis braucht mehr als einen Tag Kälte und wie die ganzen Sprüche hießen. Im Magen eines Premierministers kann ein ganzes Boot ankern. Unter dem Hintern der Kaiserin behält man seinen Ärger für sich ... Schließlich wartete noch eine ganze Fabrik voller Angestellter auf ihn, der Vertrieb, die Produktion, die vom Marketing, Zhu Cheng. Da würde sich schon einer finden, an dem er seine Wut abreagieren konnte.

Und, ach ja, zur Not konnte er sich immer noch Mutter vorknöpfen.

Der Arme konnte es nicht abwarten, endlich Onkel und sein Gepäck ins Hotel zu bringen und sich anschließend an Mutter auszutoben, doch Großmutter sagte: »Du kannst hier bei mir wohnen, Zhiming. Das Zimmer deines Vaters steht leer, alles ist fein säuberlich hergerichtet.«

»Aber Mutter, das macht man doch heute nicht mehr«, antwortete Onkel. »Jeder hat Anspruch auf seine Privatsphäre. Ich komme zurück, um dich zu besuchen, aber ich wohne besser im Hotel. Wenn man wie ich häufig Konferenzen besucht, ist man an Hotels gewöhnt. Das macht mir gar nichts aus.« *Der alte Schlawiner. Und sie lässt es sich gefallen.* Vater konnte es einfach nicht fassen. Es war, als ob selbst Zhimings Fürze nach Rosen dufteten.

Nun gut. Während Vater und Onkel das Gepäck die Treppe hinuntertrugen, um ihn ins Hotel zu verfrachten, stand Großmutter in der Tür und ermahnte Vater, ihm auch bloß ein gutes, sauberes und sicheres Hotel zu besorgen. Kaum hatte sie ihren Sermon beendet, kamen Vater schon wieder seine momentanen häuslichen Schwierigkeiten in den Sinn, das heißt, die Sache mit Zhong Xinyu.

Keine Frage – am liebsten hätte er die ganze Angelegenheit einfach vergessen, doch der Zufall wollte, dass sie im Treppenhaus ausgerechnet ihr begegneten. Sie kam mit einer prall gefüllten Tasche die Treppe herunter, vielleicht ein paar Kleider oder Kosmetik, die sie wegwerfen wollte. Ein Gesicht wie von Tau überzogene Birnblüten, schön wie die legendäre Xishi. Die drei stießen fast zusammen. Xinyu schnappte nach Luft, unschlüssig, was sie sagen sollte. Vater zauderte, unschlüssig, was er tun sollte. Da erst fiel ihm wieder ein, dass er ihr selbst angetragen hatte, heute noch in ihre alte Wohnung zurück zu ziehen. Onkel kam ihnen zu Hilfe: »Willst du uns nicht vorstellen, Shengqiang?«

»Ja-ah ...«, sagte Vater und zeigte nach oben. »Eine Nachbarin von oben, Fräulein Zhong.«

»Hallo Onkel Xue.« Jetzt hatte sie ihre Sprache wieder.

Unglaublich, wie rasch der liebevolle Klang ihrer Stimme sein nach dem Besuch bei Großmutter zum Eisklumpen erstarrtes Herz sofort zum Schmelzen bringen würde.

»Mein Bruder Zhiming.« Beim Anblick ihrer geröteten Augen zogen sich seine Eingeweide zusammen.

»Guten Tag, Herr Xue«, sagte sie freundlich.

Onkel lächelte: »Ich heiße Duan, Duan Zhiming.« Er reichte ihr die Hand.

Höflich erwiderte sie seinen Händedruck. »Freut mich, Sie kennenzulernen, Herr Duan«, sagte sie eilig.

Nun kommt der einmal in hundert Jahren nach Hause, und prompt trifft er auf Xinyu, dachte Vater missmutig, als er in Onkels Wagen saß und ihn zum *Golden Leaves Hotel* dirigierte.

»Wir geht's dir denn so, Shengqiang? Mutter hat erzählt, dass du im Krankenhaus warst.« Onkel, unerschütterlich guter Laune, sprach wieder als Erster.

»Mir geht's gut, alles bestens!«, sagte Vater schnell. »Du

weißt ja, dass Mutter gern aus einer Mücke einen Elefanten macht. Das war nicht der Rede wert.«

»Du bist ja auch nicht mehr der Jüngste mit über Vierzig«, sagte Onkel. »Natürlich musst du dich um die Firma kümmern und hast diese unvermeidlichen Geschäftsessen, aber pass besser auf deine Gesundheit auf. Ein bisschen weniger rauchen und trinken schadet nicht!«

Derlei Ermahnungen hatte Vater schon genug gehört, immer dasselbe. Es ging ihm zum einen Ohr rein und zum anderen raus.

»Jaja, schon gut«, sagte Vater. Nun waren sie endlich Großmutter Fängen entkommen und er konnte die Frage loswerden, die ihm schon die ganze Zeit auf der Zunge gelegen hatte. »Wie ist es dir denn ergangen in den letzten zwei Jahren?«

»Wie soll es mir schon ergangen sein? Alles wie gehabt. An der Uni habe ich alle Hände voll zu tun, in diesem Jahr haben sie mir gleich sechs Doktoranden aufs Auge gedrückt. Es liegt einiges im Argen bei unserem Bildungssystem, eine Schande, wie mit dem Lehrpersonal umgegangen wird. Ständig werden wir mit neuen nationalen Projekten auf Trab gehalten, ständig Konferenzen, man kommt überhaupt nicht mehr zur Ruhe.«

»Das hatte ich gar nicht gemeint, Zhiming. Ich wollte wissen, ob du endlich eine passende Frau gefunden hast.« Vater hatte keine Lust auf Onkels Unigeschichten.

»Ach, das.« Onkel stöhnte. Er wiegte den Kopf, doch anstatt Vater anzusehen, starrte er stur geradeaus auf die Straße, als könnte dort jeden Moment ein böser Geist auftauchen. »Ach das. Schwer zu sagen.«

»Komm, ich bin dein Bruder. Mir kannst du es doch erzählen. Jetzt mach's nicht so spannend.«

»Es ist wirklich nicht so einfach«, sagte Onkel und stieß einen Seufzer aus, mit dem er sämtlichen Staub auf der Weststraße hätte aufwirbeln können.

»Wo ist das Problem?«, wollte Vater wissen. Er sah ihn an. »Seit wann hast du Schwierigkeiten, eine Frau aufzugabeln? Du musst doch nur eine anschauen und schon rennt sie dir hinterher!«

Jetzt erwiderte Onkel doch seinen Blick und verzog das Gesicht zu einer Grimasse. »So ein Quatsch, Shengqiang. Ich bin schon über vierzig, viel zu alt! Meine Freunde sind alle längst verheiratet und haben Kinder. Mir bleibt nicht viel Auswahl.«

»O Mann, hör sich einer meinen Bruder an!« Vater schlug sich die Schenkel. »Steckst du deine Nase jetzt etwa nur noch in Bücher, Herr Akademiker? Die Stadt ist voll von adretten Zwanzigjährigen, und unter den Dreißigjährigen sind auch noch jede Menge hübsche Dinger zu haben. Und du meinst allen Ernstes, du kriegst keine mehr ab?«

»Shengqiang.« Onkel schüttelte den Kopf und brachte den Wagen ins Schlingern. »Was du für ein Zeug redest. Ich brauche eine Frau an meiner Seite, mit der ich reden kann, die mir nahesteht. Was will ich mit so einem jungen Ding? Die, die du mir eben vorgestellt hast zum Beispiel. Worüber will sich ein Mann in unserem Alter mit der unterhalten?«

Du mieser kleiner Dreckskerl, Duan Zhiming. Dir entgeht auch nichts. Jetzt reicht's aber! Wieder hatte Vater

88

das Gefühl, man habe ihm eins reingewürgt. Er zwang sich zu einem Lächeln und erwiderte nichts. Doch er konnte nicht anders, als sich zu fragen: *Worüber reden wir denn eigentlich, Xinyu und ich? Scheiße, mir fällt partout nichts ein.*

Aber Vater konnte über solche Dinge großzügig hinwegsehen. *Wozu auch viel Geschwätz? Mir reicht das Geschwätz meiner Mutter!*

Die beiden Brüder saßen eine Weile schweigend im Wagen und fuhren weiter Richtung Norden. Außerhalb der Reichweite der alten Dame gab es keinen Grund mehr, ein Blatt vor den Mund zu nehmen, also stichelte Onkel Vater ein bisschen: »Und wie geht es Xingxing? Hat sich ihr Zustand gebessert? Ich habe gehört, sie habe angefangen zu lesen?«

Meine Familienangelegenheiten gehen dich einen Scheißdreck an. Vater war schon wieder sauer. Er tat so, als würde er die Telegrafendrähte über der Straße betrachten, und sagte scheinbar gelassen: »Stimmt, sie liest. Es wird langsam besser. Sie hat dort gute Lehrer und ist in bester Obhut.«

»Dann ist es ja gut«, sagte Onkel. »Die Kleine hat es nicht leicht, sie braucht viel Fürsorge.«

Glücklicherweise konnte er nicht hören, wie Vater ihn innerlich verfluchte. Schließlich waren sie beim Golden Leaves Hotel am Nordtor angekommen. Vater besorgte Onkel ein Zimmer und unterschrieb die Rechnung, drückte ihm noch einmal feierlich die beiden Tüten mit Sichuanpfeffer in die Hand und sagte: »Das ist ganz neue Ernte, hab ich extra für dich gekauft.«

Jetzt fiel bei Onkel der Groschen. Mit einem Lächeln nahm er die Tüten mit dem scharf duftenden, frischen Blütenpfeffer entgegen.

Schließlich fragte Vater ihn noch: »Kommst du heute Abend mit zum Essen? Ich lade ein paar Freunde zu einem Willkommensessen für dich ein.«

Doch überraschenderweise lehnte Onkel ab. »Danke, aber ich bin müde und ruhe mich lieber ein bisschen aus. Ich bin ja noch ein paar Tage da. Außerdem – denk daran, was Mutter gesagt hat, und trink nicht mehr so viel.«

Vater drängte ihn nicht weiter. Es war vorerst genug gesagt und getan. Er konnte beruhigt nach Hause gehen.

Zuerst rief er bei Zhu Cheng an, der jedoch nicht ans Telefon ging. Gut, dann würde er eben zu Fuß gehen. Um sich ein bisschen abzuregen, rief er Tante Lishan an, doch auch dort meldete sich niemand. Jetzt wurde er langsam nervös und rief aus Verzweiflung bei Zhong Xinyu an. Die hatte ihr Telefon ausgeschaltet.

Während er über die Kreuzung ging, scrollte er seine Telefonkontakte durch. Es herrschte fast schon Feierabendverkehr, die Straßen waren von Autos und Fußgängern verstopft. Früher hatten sich die Leute um diese Uhrzeit auf dem Markt gedrängt, aber die Zeiten hatten sich geändert. Heutzutage ging man lieber in den Supermarkt, wo es das Gleiche zu kaufen gab, nur viel teurer. Dafür aber hygienischer, behauptete man.

Vater wusste es besser. Die Leute hatten einfach zu viel Geld und wussten nicht mehr, wohin damit. Da lebten sie schon in dieser popeligen Kleinstadt, die man zu Fuß in einer Viertelstunde von West nach Ost durchquert hatte, aber jeder musste ein eigenes Auto haben und verbrachte Stunden damit, sich durch verstopfte Straßen zu manövrieren. Die Straßen nämlich waren nicht mit der Zeit gegangen, sie waren immer noch dieselben drei Meter breit. Schauderhaft. Man wusste nicht, ob man das noch Straße oder schon Parkplatz nennen sollte. Vater bahnte sich schimpfend den Weg durch den Verkehr. *Haben die keine Beine, um zwei Schritte zu gehen, oder was? Für ein Päckchen Salz setzen sie sich ins Auto und fahren zum Supermarkt und stellen sich in die Schlange, obwohl sie das auch im Laden um die Ecke bekommen. Zwanzig Minuten, bis man an der Kasse ist! Die spinnen doch alle.*

Immer mehr steigerte er sich in seine Wut hinein, umgeben von diesen undefinierbaren Wesen, die unmotiviert hupten oder bremsten, um einen Bekannten am Straßenrand zu grüßen, und dabei den ganzen Verkehr aufhielten. »Eine Horde Wilder!«, fluchte er. »Kein Anstand im Leib!« Er spuckte kräftig aus und schlängelte sich unter den Bäumen die Straße entlang. Als hätte dieser Tag ihm nicht schon genug Ärger gebracht, musste er in diesem Kuhdorf ausgerechnet noch Bai Yongjun begegnen. Bai kam ihm mit seinem Sohn entgegen, einem jungen Mann, der seinen Vater um einen halben Kopf überragte.

»Herr Xue!« Auch für Bai war es unmöglich, so zu tun, als ob er Vater nicht gesehen hätte.

»Hallo, Bai.« Den »Herrn« schenkte er sich. *Wäre ja noch schöner.* »Wie groß dein Sohn geworden ist!«

»Nicht wahr«, pflichtete ihm Bai Yongjun bei. »Er geht jetzt bald in die Mittelstufe. Sag Herrn Xue guten Tag!«

»Guten Tag, Herr Xue«, sagte der Junge artig.

»Ich geh dann mal nach Hause«, sagte Vater.

»Wir auch.«

Jeder ging seiner Wege. Was Bai Yongjun betraf, hatte sich Vater in jüngster Zeit zu beherrschen gelernt. Noch vor wenigen Jahren hätte er kein Wort mit ihm gewechselt. Damals erklärte er jedermann ungefragt, dass Bai gut daran täte, sich nie wieder in Pingle auf der Straße blicken zu lassen.

Vater stand damals in der Blüte seines Lebens, und dieser Mistkerl von einem Bai hatte es gewagt, ihm Hörner aufzusetzen. Er hätte ihm am liebsten die Augen ausgestochen. So um 1996 herum musste das gewesen sein. Mutter hatte geweint und gefleht und war mit dem Kopf gegen die Wand gerannt. Allein dass sie auf Knien schwor, dass es nie wieder vorkommen würde, hielt Vater davon ab, mit dem Messer auf Bai loszugehen. Die Jahre vergingen, und langsam, sehr langsam entwickelte Vater ein bisschen Verständnis für seine Frau. Wie oft hatte er sie mit anderen Frauen betrogen. Man musste auch ein bisschen fair sein. Er, Xue Shengqiang, war schließlich ein vernunftbegabter Mensch. Also, Deckel drauf und die alten Geschichten ruhen lassen. Wenigstens dieses eine Mal sollte er seiner Frau vergeben.

Aber ist der Bauch einmal zu voll, muss man eben rülpsen. Beim Abendessen, als er ihr von Onkels Besuch erzählte, fragte er Mutter unvermittelt: »Wo hast du eigentlich diese kalten Schweinsohren gekauft?«

»Im Supermarkt«, antwortete sie.

Das war die Nadel, die den Ballon platzen ließ. »Kein

Wunder, dass die so komisch schmecken!«, polterte er. »Probier doch selbst! Mit diesen Schweineohren stimmt was nicht. Ihr seid doch alle verblendet! Was ist verkehrt an Schweinsohren vom Wochenmarkt? Aber nein, Madame muss unbedingt im Supermarkt einkaufen. Wer weiß, wie lange die da herumliegen?«

Mutter nahm etwas von den Schweinsohren und prüfte mit schief gelegtem Kopf, wie sie schmeckten. »Die sind nicht verdorben. Schmecken ganz frisch.«

»Natürlich sind die verdorben!« Vater stieß wutschnaubend die Schüssel mit den Schweinsohren von sich. »Den Fraß esse ich nicht! Und wehe, du kaufst so etwas noch einmal im Supermarkt!«

»So ist nun mal dein Vater, lässt grundlos seine Wut an einem aus«, erzählte mir Mutter später. »Es hat gar keinen Zweck, etwas dagegen zu sagen. Kaum sieht er nach längerer Zeit deinen Onkel wieder, schon rastet er aus, er konnte ihn noch nie ertragen. Er kann sich einfach nicht beherrschen. Man muss ihn nehmen, wie er ist. Jeder hat schließlich seine Fehler.«

Daher enthielt sie sich an jenem Abend jeden weiteren Kommentars. Sie war schon lange genug verheiratet, um es besser zu wissen. Sie nahm mit ihren Stäbchen eine Portion Huhn mit Bambussprossen auf und legte es ihm auf den Teller. »Hier, iss. Das habe ich selbst gemacht.«

Und Vater aß es brav. Er liebte Huhn mit Bambussprossen. Mutter machte es mit der scharfen Bohnenpaste aus eigener Herstellung an. Vater fiel gerade kein Grund zu streiten mehr ein, also legte er sein Handy auf den Tisch und wartete darauf, dass jemand anrief. Irgendjemand namens Zhong vielleicht. Irgendein Grund auszugehen, zum Saufen oder zum Vögeln.

Aber ausgerechnet heute rief niemand an. Vater schwante, dass die Nachricht vom Besuch seines Bruders sich schon in der ganzen Stadt herumgesprochen hatte, Duan Zhiming war wieder da, Duan Zhiming mit den magischen Händen, der Arsch, der Xue Shengqiang die Show stahl.

Damals, 1984, hatte er alles darangesetzt, es mit Hong Yaomei zu treiben, sogar bei den Huangs ein Kaninchen gestohlen, von irgendwem Hühnereier stibitzt und auf dem Markt verkauft – für fünf Yuan konnte er sie haben, er war ein Kunde wie jeder andere, und sie war genauso nett zu ihm wie zu jedem anderen.

Dann, eines Tages, als sie nach dem Sex wie alte Freunde nebeneinander auf dem Bett lagen und sich unterhielten, hatte Hong Yaomei plötzlich gefragt: »Hast du nicht einen älteren Bruder, der mit Nachnamen Duan heißt?«

Vater war noch im postkoitalen Delirium und antwortete nur schlapp: »Mhmh.«

»Dachte ich mir's doch!« Sie stemmte sich auf den Ellbogen und sah auf ihn hinunter. »Schon, als ich dich das erste Mal sah, dachte ich, dass du ihm wie aus dem Gesicht geschnitten bist. Genau die gleiche Nase.«

»Dein Bruder studiert an der Uni, stimmt's?«, fragte sie weiter. »Man sagt, er sei bei den Aufnahmeprüfungen der Beste im ganzen Landkreis gewesen.«

Vater hätte es gerne geleugnet, aber jetzt gab es kein Zurück mehr, und er nickte einfach stumm.

Hong Yaomei dagegen war entzückt, und erzählte unbarmherzig weiter von seinem Bruder. Beim Gehen zog er die üblichen fünf Yuan aus der Tasche.

»Ach, weißt du, weil du Duan Zhimings Bruder bist, bekommst du einen halben Yuan Rabatt«, sagte sie fröhlich und kramte in ihrer Tasche nach Wechselgeld.

Vater nahm die 50 Fen und ging. Damals war er noch jung, 17 Jahre alt. Er schlurfte die Straße hinunter wie ein geprügelter Hund. Dieser Dreckskerl von einem Bruder. Danach ging er nie wieder zu Hong Yaomei.

Als er schon zu Bett gehen wollte, klingelte schließlich doch noch sein Telefon. Es war Tante Lishan, die wissen wollte, warum er sie nachmittags angerufen hatte.

Vater brachte sie auf den neuesten Stand. Seinen Krankenhausaufenthalt erwähnte er nicht.

»Zhiming ist also zurück«, sagte Tante zögernd.

»Ja«, erwiderte Vater ebenso zurückhaltend. »Mutter möchte, dass er die Geburtstagsfeier organisiert. Ich muss mich also nicht darum kümmern.«

»Auch gut«, sagte Tante. »Wenn Zhiming sich darum kümmert, wird Mutter erleichtert sein. Dann werde ich ihn einmal anrufen und fragen, ob er Hilfe braucht.«

»Was ist mit deinem Mann und den anderen?«, fragte Vater. »Hast du es ihnen gesagt? Übernächsten Sonntag ist es schon so weit.«

»Ich habe deinem Schwager längst Bescheid gesagt. Xingchen und die anderen kommen auch, das ist schon geregelt.«

»Lishan.« Vater hatte erst gezögert, doch jetzt fragte er

doch nach. »Wie kommt ihr zwei in letzter Zeit miteinander aus?«

»Alles okay«, sagte Tante und stöhnte. »Hör mal, Shengqiang, mach dir keine Gedanken um mich, dein Schwager und ich sind bereits um die fünfzig, uns kann nicht mehr viel passieren. Wir wissen doch, wie unsere Gesellschaft tickt. Mit welchem Mann geht nicht einmal die Fantasie durch?«

»Lishan ...«, hob Vater an, aber er wusste nicht weiter. Es gab so vieles, das er sagen wollte, aber alles schien unpassend. »Wenn es irgendetwas gibt, das ich für dich tun kann ... ruf mich an.«

»Hmh«, sagte Tante Lishan. »Ich mach dann mal Schluss. Und du gehst besser auch ins Bett. Grüß Anqin von mir.«

Vater ging ins Schlafzimmer, wo Mutter auf dem Bett liegend *Goldene Hochzeit* schaute und gleichzeitig ein Buch las. Vater zog sie gern damit auf: »Genossin Chen Anqin, willst du nun fernsehen oder ein Buch lesen?« Mutter scherte das wenig, sie stieß ihn einfach mit der flachen Hand weg und sagte: »Was kümmert dich das?« Vater warf rasch einen Blick auf das Buch in ihrer Hand. Auf dem leuchtend roten Einband stand *Wettlauf mit dem Tod*.

»Was liest du denn da für ein Buch? Klingt ja fürchterlich.« Er wollte es ihr aus der Hand reißen, aber sie ließ nicht los. Auf eine Viertelstunde TV-Drama folgte eine Viertelstunde Werbeblock, also vergrub sie ihre Nase in das Buch. »Du hast doch sowieso keine Ahnung«, sagte sie.

Etwas lag in der Luft, und jetzt spürte auch Mutter, dass etwas nicht stimmte. »Wer war denn gerade am Telefon?«

»Meine Schwester, sie lässt dich grüßen«, sagte Vater und versuchte, seine Verlegenheit zu verbergen.

»Ach so«, sagte Mutter. »Wie geht es ihr?«

»Ganz gut.« Vater streifte die Hausschuhe ab und stieg ins Bett.

»Hast du dir die Füße gewaschen?«, fragte Mutter. »Die stinken ja.« Mutter hatte schon immer eine empfindliche Nase gehabt. »Geh sie gefälligst erst waschen.«

Vater fiel erst jetzt auf, wie viel er heute gelaufen war. Er ging sich die Füße waschen. Da er zu faul war, um die Emailleschüssel vom Regal zu nehmen, hob er einfach einen Fuß nach dem anderen ins Waschbecken.

Dabei durchzuckte ihn der Gedanke, dass ihm seine Frauen fehlten, irgendeine, welche, konnte er nicht sagen. Vielleicht Zhong Xinyu, vielleicht Hong Yaomei, oder auch jene Weiwei, wer weiß, vielleicht sogar Bai Yongjuns Alte, Zheng hieß sie. Schlecht war sie nicht gewesen, ein bisschen füllig vielleicht, aber schöne weiße Haut.

Er trocknete sich die Füße ab und ging ins Bett. Mutter sah immer noch fern, in der Hand den grellroten Band *Wettlauf mit dem Tod*. Vater streckte sich wohlig im Bett aus. *Endlich schlafen, verdammt noch mal*, war sein letzter Gedanke, bevor ihm die Augen zufielen.

Kapitel 4

Unser letztes gemeinsames Familienfest muss zum chinesischen Neujahrsfest 2005 gewesen sein. Großmutter hatte ein Abendessen für alle Familienmitglieder im Sinn, doch Liu Xingchen wollte lieber mit seinen Schwiegereltern feiern – er war gerade frisch verheiratet – und Vater bearbeitete Großmutter, sie solle die jungen Leute gewähren lassen, niemandem wäre damit gedient, wenn sie mit langen Gesichtern am Tisch säßen. Großmutter hatte sich breitschlagen lassen, das große Familienessen auf den Vortag des Festes zu verlegen, mittags um halb eins im Azaleenzimmer des Floating Fragrance Hotels, und zwar pünktlich.

Niemand konnte damals ahnen, dass es das letzte gemeinsame Familienessen mit Großvater werden würde, entsprechend kamen alle eher lässig gekleidet. Tante Lishan und Onkel Liu Qukang, ihr Sohn Liu Xingchen und seine Frau, die bereits mit Dian Dian schwanger war, Vater, Mutter, Großvater und Großmutter. Nur Onkel fehlte. »Zhiming ist in Japan und kann deshalb nicht dabei sein«, verkündete Großmutter hoheitsvoll.

Und ich bin froh, wenn ich ihn nicht zu Gesicht kriege! Bester Laune entkorkte Vater die Flaschen und die Männer der Familie begannen zu trinken.

»Heute feiern wir Neujahr, also will ich euch nicht vom Trinken abhalten«, dozierte Großmutter. »Ein bisschen Alkohol belebt die Runde, aber bitte moderat, trinkt nicht zu viel.«

Tante sagte: »Shengqiang, jetzt schenk nicht ständig deinem Schwager nach. Und du solltest auch nicht so viel trinken.«

Mutter sagte: »Xue Shengqiang, ich sag's dir gleich, du kannst hier niemanden beeindrucken mit deiner Sauferei. Und glaub bloß nicht, dass ich dich besoffen nach Hause schleppe.«

Liu Xingchen sagte: »Ich muss noch Auto fahren, ich trinke keinen Tropfen.« Wenigstens hielt seine frisch angetraute Frau den Mund.

Dann reihten die drei verbliebenen Trinker die Gläser fein säuberlich in der Mitte des Tisches auf und füllten sie mit dem guten Wuliangye. »Nur ein halbes Glas auf einmal, nur ein halbes«, rief Großvater.

»Für mich auch nur ein halbes!«, verkündete Onkel Liu. »Nimm du ruhig ein bisschen mehr, Shengqiang, ich mache heute etwas langsamer.«

Vater hatte genug von diesen lahmen Pantoffelhelden. »Jetzt sag ich euch mal was: Heute wird gezecht, was das

Zeug hält. Runter damit!« Dann schenkte er die Gläser randvoll ein.

Nicht nötig zu erwähnen, dass alle Männer sich an diesem Tag bis zum Anschlag volllaufen ließen, begleitet vom permanenten Geschnatter ihrer Frauen und Mütter: »Jetzt trink nicht so viel! Genug jetzt!«

Großvater strich als Erster die Segel. Er war nur bis zur zweiten Runde gekommen, als Liu Xingchen ihm auf Großmutters Zeichen hin das Glas wegnahm und den verbliebenen Schnaps auf Vater und Onkel Liu verteilte. Großvater sagte nichts, hob zum letzten Mal sein Glas und stürzte es bis auf den letzten Tropfen hinunter.

Als kurz darauf auch Onkel Liu von seiner Frau gebremst wurde, protestierte Vater: »Komm, Lishan, jetzt lass deinen Mann doch noch ein bisschen was trinken. Wie oft feiern wir schon zusammen Neujahr? Wir zwei dürfen uns doch mal ein paar Gläser gönnen!«

»Xue Shengqiang, achte gefälligst auf deine Gesundheit!«, sagte Großmutter.

»Ich trinke sowieso nichts mehr«, sagte Onkel Liu. »Ich kann nicht mehr.«

Also schenkte sich Vater die verbliebene halbe Flasche selbst ein. Bevor er ansetzte, bedeckte er das Glas mit der Hand und sagte: »Gut, wenn ihr nicht trinkt, dann trink ich eben alleine. Und ich sage es euch gleich – wer meint, er könnte mich davon abhalten, der soll mich kennenlernen!«

Der Rest des Tisches nahm es hin, nur Mutter sagte: »Wenn es sein muss, dann trink. Wenn deine Mutter nichts einzuwenden hat, soll's uns recht sein.«

Das Essen verlief in guter Stimmung, und Vater hielt sich ein bisschen zurück. Nachdem er die Schnapsflasche geleert hatte, versuchte er, Onkel zu einer Flasche Bier zu überreden. Er fragte auch Großvater: »Vater, wie wär's mit einem Schluck Bier?« Doch Großmutter antwortete schneller: »Dein Vater trinkt kein Bier, er hat die Gicht.«

Am Nachmittag um drei löste sich die Gesellschaft auf. Tante Lishan und ihre Familie stiegen in Xingchens Wagen und fuhren davon in Richtung Yong'an, und Mutter fuhr Großmutter und Großvater nach Hause. Vater wollte lieber zu Fuß gehen. Großmutter sagte: »Auch gut. Dann muss ich wenigstens nicht deinen Tabakqualm einatmen.«

Vater winkte ihnen nach und ging in die andere Richtung davon. Er fröstelte. Die Straßen waren voll von Kindern, die Feuerwerk zündeten, und seine Ohren dröhnten. Er musste plötzlich daran denken, dass Liu Xingchens junge Frau schwanger war. *Hoffentlich wird es ein Junge! In dieser Familie gibt es schon zu viele Frauen!*

Im August desselben Jahres wurde dann der kleine Dian Dian geboren. Der Großvater der Familie Liu war überglücklich und wählte den offiziellen Namen des Jungen: Liu Shangqiang. Da Großvater inzwischen verstorben war, blieb die Anzahl der männlichen Familienmitglieder dieselbe. Vater saß daher trübsinnig da, zog an seinem Glimmstengel und dachte: *Für einen mehr einen weniger. Ein Nullsummenspiel.*

Da Großmutter nicht nach Feiern zumute war, verzichteten sie auf die Einmonatsfeier des Kleinen. Ein paar Monate später rief Onkel Liu bei Vater an.

»Shengqiang.« Er flüsterte fast. »Ich brauche deine Hilfe.«

»Wenn's weiter nichts ist, Qukang. Schieß los«, sagte Vater eilfertig. Unter allen männlichen Wesen dieser Familie blieb es am Ende sowieso immer an ihm hängen, jedermanns Probleme zu lösen.

Dennoch fragte er sich, worum es sich wohl handeln könnte, denn sein Schwager war kein Mann, der Probleme hatte. Nun, vielleicht hatte die Tatsache, dass er der Sohn von Beamten war, ein paar Pflichtjahre auf dem Land zum Aufbau der ländlichen Produktion verbracht hatte und nun seit Jahrzehnten eine Stelle im Beschwerdebüro des Provinzparteikomitees innehatte, ihm eine Gehirnwäsche verpasst. Jedenfalls fragte er Vater, ob er ihm nicht »für einen Freund« eine Wohnung in der neuen Wohnsiedlung am Stadtrand besorgen könne.

Dummes Geschwafel. Vater war der Letzte, dem man etwas von »einem Freund« zu erzählen brauchte.

Während er dem Gestammel seines Schwagers lauschte, wusste Vater nicht, ob er ihn auslachen oder ausschimpfen sollte. *Liu Qukang, du alter Idiot! Ich begreif es nicht. Du hast so ein unverschämtes Glück mit meiner Schwester. Verdienst doch nicht mal genug, um dir deine schicken Klamotten und dein flottes Auto zu leisten, das zahlt doch alles sie! Und jetzt meinst du, du brauchst auch noch eine Geliebte.*

Andererseits konnte es durchaus einen Grund für dieses absurde Verhalten geben. Vater drückte seine halb gerauchte Zigarette im Aschenbecher aus und erinnerte sich an 1996.

Es war wiederum kurz vor dem Neujahrsfest, und Vater

hatte alle Hände voll zu tun, weil er ein Essen für seine Mitarbeiter, Kunden und ein paar Lokalbeamte gab und Geschenke verteilte – er wusste nicht mehr, wo ihm der Kopf stand. Spätabends klingelte überraschend sein Telefon. *Mutter?*, war sein erster Gedanke. Damals schliefen er und Mutter noch nicht wieder im selben Schlafzimmer.

Eine undefinierbare männliche Stimme drang an sein Ohr: »Herr Xue, Ihr Freund Herr Liu steht unter Arrest. Wären Sie bereit, die Kaution für ihn zu zahlen?«

Vater kam nicht gleich darauf, wer dieser »Herr Liu« sein konnte, und sagte: »Na, so ein Arschloch! Welcher Vollidiot macht mir mitten in der Nacht solchen Ärger?«

Ein Rascheln am anderen Ende, dann vernahm Vater Onkel Lius Stimme: »Shengqiang, ich bin's, dein Schwager Liu Qukang«, wisperte er. »Ich bin, äh, in der Polizeistation in der, äh, Südstraße. Ich, na ja, habe ein bisschen Ärger, ich und ein paar, äh, Freunde, weißt du. Könntest du mir 3000 Yuan leihen? Ich, äh, ich gebe sie dir morgen zurück.«

Auch in jener Nacht hatte Vater sofort kapiert. Sein Freund Zhong hatte ihn selbst vor ein paar Tagen gewarnt: »Lass dich lieber für ein Weile nicht auf der 15-Yuan-Meile blicken. Die Bullen wollen über Neujahr ein bisschen Geld machen. Ein Freund hat es mir gesteckt. Da stehen ein paar Razzien an, das ist sicher.«

Vater hatte gelacht: »Komm, wir leben doch nicht mehr in den Achtzigern. Zu den Nutten gehen kostet doch heutzutage nicht mehr den Kopf, Mann. Kein Polizist würde es wagen, mich festzunehmen, das glaubst du doch selbst nicht!«

»Trotzdem. Geh da besser nicht hin«, hatte Zhong ihm sehr ernst geraten.

Vater war sauer. Er boxte Zhong in die Seite und sagte: »Du hast sie ja nicht mehr alle. Wenn es sonst etwas Wichtiges gibt, komme ich dir nicht in den Sinn, nur wenn sie eine Razzia im Puff machen!«

Und jetzt so ein Schlamassel. Vater blieb nichts anderes übrig, als sich anzuziehen und mit Mutters Auto zur Polizeistation zu fahren. Die beiden diensthabenden Polizisten hatten Onkel und seine Freunde auf ein Sofa gesetzt und ihnen sogar Tee in Pappbechern eingeschenkt. Auch zu Vater, den natürlich jeder im Ort kannte, waren sie ausgesprochen freundlich. Er händigte ihnen das Geld aus und konnte Onkel und Co mitnehmen. Den Rest der Nacht verbrachte er damit, sie alle nach Yong'an zu kutschieren.

Onkels Freunde saßen während der Rückfahrt kleinmütig und stumm wie kastrierte Gockel auf der Rückbank, während Onkel Liu auf dem Beifahrersitz in einem fort Dankesbezeugungen von sich gab und Vater bis ins kleinste Detail erzählte, was sich zugetragen hatte. Auf dem Rückweg von einer Neujahrsfeier der Firma hatte sie die plötzliche Anwandlung gepackt, im Rotlichtbezirk von Pingle vorbeizuschauen. Onkel Liu wusste alles über die 15-Yuan-Puffs, schließlich hatte er in eine Familie aus Pingle eingeheiratet. Also hatte er sie dorthin und damit direkt in den Schlamassel geführt.

»Shengqiang, das bleibt bitte unter uns«, stammelte Onkel.

»Mensch, Qukang, das ist doch klar«, sagte Vater, schaltete das Fernlicht ein, den Blick auf die Straße gerichtet. »Wir sind doch alle Männer. Keine Sorge, das geht die Weiber schließlich nichts an.«

Und da wurde es Onkel Liu wohl erst richtig bewusst, dass aus dem Jungen, den er hatte großwerden sehen, ein erwachsener Mann geworden war. Er rückte seine Brille zurecht und sagte: »Tut mir leid wegen der Umstände, die ich dir gemacht habe. Niemand in dieser Familie versteht sich so darauf, Dinge geregelt zu kriegen, wie du.«

Vater dachte an diese Nacht zurück, während er an seiner Zigarette zog. Da hatte er einen verdammten Stein ins Rollen gebracht, einen, mit dem er seinen eigenen Fuß zerschmetterte. Er hatte sich in jenen frühen Morgenstunden von Onkel so einlullen lassen, dass er zu ihm sagte: »Qukang, wir kennen uns schon so lange, da braucht man doch nicht mehr so übertrieben höflich miteinander zu sein. Wenn du etwas brauchst, lass es den kleinen Bruder wissen. Ich werde tun, was ich kann.«

Vater hatte sein Wort gegeben und war entschlossen, auch dazu zu stehen. Außerdem war es nicht er, Xue Shengqiang, der eine Wohnung für seine Geliebte suchte. Was hätte er davon, den Schwager auflaufen zu lassen? Würde er ihm heute nicht helfen, würde es morgen ein anderer tun. *Das fehlte noch*, dachte er. Man wäscht seine schmutzige Wäsche nicht außerhalb der Familie. Und es ging schließlich nur um ein Mädchen.

Mit zusammengebissenen Zähnen mietete er für Onkel eine Wohnung in einem der Hochhäuser jenes Neubaugebiets an, zwei Zimmer, möbliert, Fernseher, nagelneu und komfortabel. Als Onkel kam, um die Schlüssel abzu-

105

holen, erzählte er etwas von wegen sein »Freund« sei von außerhalb, kenne niemanden und brauche nur vorübergehend eine Bleibe und so fort.

Vater musterte ihn. Onkel Liu war Anfang fünfzig, pechschwarz gefärbtes Haar, immer noch gut gebaut, trug eine Goldrandbrille, die ihm einen intellektuellen Anstrich verlieh, quatschte jedoch mehr verdammten Blödsinn als ein Schulmädchen.

An all dem war Großmutter schuld. Zu Beginn der 1980er Jahre waren sich Tante Lishan und ein junger Mann von der Qinchuan Gertreidezentrale näher gekommen. Obwohl es ziemlich gut lief mit den beiden, wollte Großmutter ihre Tochter unbedingt mit Onkel Liu verkuppeln. »Der alte Liu sitzt in der Militäraufsicht der Provinz, das ist eine kultivierte und vernünftige Familie, Lishan. Einer aus der Großstadt ist etwas ganz anderes, da gibt es noch richtig stattliche Männer, glaub mir, mein Kind. Deine Mutter hat eine schlechte Wahl getroffen, du siehst ja, was ich mitmache. Was willst du denn mit einem von hier, der bringt dich nie weiter. Ich will nichts weiter sagen, aber hier in diesem Kaff bleiben, das ist nichts für dich. Natürlich will ich dich zu nichts zwingen, ich gebe dir nur einen Rat, die Entscheidung liegt bei dir.« Vater hatte Großmutters gute Ratschläge mit angehört und auch das Weinen seiner Schwester die ganze darauf folgende Nacht. Er war damals erst fünfzehn, seine Schwester dreiundzwanzig. Unversehens waren sie nun schon in ihren Vierzigern und Fünfzigern, und Tante Lishan und Onkel Liu waren vor wenigen Monaten Großeltern geworden. Und nun hatte Onkel Liu eine Geliebte von Anfang 20. Daran war allein Großmutter schuld.

An diesem Tag hatte Vater zum ersten Mal gespürt, was es hieß, immer für alles zuständig zu sein, und wurde sich bewusst, was in dieser Familie alles im Argen lag. Eine richtige Familie war das nicht. Kaum organisierte er eine Wohnung für Zhong Xinyu, schon hatte sich auch sein Schwager stillschweigend eine junge Geliebte gesucht. Wie es sich für ein echtes Familienoberhaupt gehört, hatte er Liu persönlich die Wohnungsschlüssel übergeben. »Ich habe die Miete für sechs Monate im Voraus bezahlt. Jetzt sieh zu, was du daraus machst.«

»Sieh zu, was du daraus machst«, war ein typischer Ausspruch Großmutters, aber natürlich war das Blödsinn. Am Ende fand seine Schwester alles heraus – Vater wagte nicht zu fragen, wie – und er ging davon aus, dass Onkel Liu, was ihn betraf, dicht halten und Tante Lishan nie erfahren würde, dass ihr eigener Bruder seine Finger im Spiel hatte.

Für Vater war es das Schlimmste, was er einer Frau in seinem Leben angetan hatte.

Nun gut, es war gedacht, gesagt, getan. Tags darauf zog Vater auf dem Weg zur Fabrik sein Telefon hervor und rief, ohne weiter nachzudenken, Xinyu an. Mehr als zehn Mal ließ er es klingeln, aber niemand meldete sich. Er ließ sich in die weichen Polster der Rückbank des Audi fallen, doch irgendwie war er beunruhigt. Schließlich fragte er Zhu Cheng: »Hat die kleine Zhong bei dir angerufen?«

»Hmh?« Zhu Cheng warf Vater im Rückspiegel einen Blick zu, ohne gleich zu antworten.

»Die kleine Zhong«, wiederholte Vater. »Hat sie dich angerufen?«

»Ach so.« Zhu Cheng lenkte den Wagen geschickt um die Kurve. »Nein, hat sie nicht.«

»Lass mich wissen, falls sie sich meldet«, wies ihn Vater an.

»Gut«, sagte Zhu Cheng.

An der Kreuzung vor dem Tian Mei Kaufhaus herrschte der übliche Stau. Ganz gleich, ob montags oder freitags, bei Sturm oder Regen, immer verstopfte hier ein niemals abreißender Strom von Menschen die Straßen. Ausnahmsweise behielt Zhu Cheng seinen Unmut für sich und kurvte schweigend durch das Gewusel, nur die rechte Hand am Lenkrad. Unvermittelt fiel Vater etwas ein: »Wie alt ist deine kleine Tochter jetzt?«

»Bald zwei Jahre alt«, sagte Zhu Cheng.

»Wie schnell die Zeit vergeht!« Vater sah aus dem Fenster und beobachtete die Leute, die wie Gänse über die Straßen watschelten, viele vertraute Gesichter darunter. »Mir kommt es vor, als sei es gestern gewesen, und schon ist die Kleine zwei! Ich sehe dich noch vor mir, als du erst zweiundzwanzig, dreiundzwanzig warst.«

»Von wegen!«, sagte Zhu Cheng. »Die Zeit vergeht wie nichts. Ich bin schon über dreißig, ein alter Sack!«

»Du bist doch ein Jungspund«, lachte Vater. »Mit dreißig fängt das Leben erst richtig an. Erzähl mir nicht, du seist alt. Was bin ich dann? *Ich* bin alt.«

»Woher denn, Herr Xue! Sie wirken doch auf jeden wie ein junger Mann!« Zhu Cheng hatte endlich einen Weg aus dem Gewühl entdeckt und konnte entspannt weiter Richtung Bohnenpastenfabrik fahren.

Wann war ihm zum ersten Mal aufgefallen, dass er alt

wurde? Es musste vergangenes Jahr gewesen sein, ganz sicher war es vergangenes Jahr. Es war sein vierzigster Geburtstag, und Zhong und die anderen hatten ihn unbedingt zum Feiern ausführen wollen. Tatsächlich lief es wie immer – Fressen, Saufen, Rauchen, Mädchen – ein paar Kerle, die grölten, schrien, dumme Witze rissen und sich gegenseitig die alten Geschichten aus ihrer Jugend unter die Nase rieben. Irgendwann zwischen acht und neun hatte der alte Zhong schon ziemlich einen sitzen, packte eine vorbeigehende Kellnerin und ließ sie nicht mehr los. Gao Tao war an jenem Tag nicht dabei, sonst hätte er sich das nie erlaubt.

»Komm, Schätzchen, trink was mit mir!«, johlte Zhong, hielt das Mädchen an der Hüfte umschlungen und vergrub sein Gesicht in ihrem Busen.

»He, Zhong!«, protestierte Vater und befreite das Mädchen aus der Umklammerung. »Hör auf mit dem Scheiß.«

»Aufhören! Womit? Sag mir einer, wann ich aufhören soll!« Zhong hob den Kopf und warf Vater aus blutunterlaufenen Augen einen Blick zu. »Du brauchst mir gerade etwas zu sagen, Xue Shengqiang, du alter Heuchler. Hast deine Frau in einer Wohnung und deine Geliebte in der anderen und erzählst mir, ich soll aufhören? So weit kommt's noch!«, ereiferte er sich in seinem Suff, wobei er Vater mit seinem Sabber bespuckte.

Alle am Tisch waren peinlich berührt. Niemand sagte etwas. Zhongs Frau Gao Yang war im Jahr zuvor an Magenkrebs gestorben, mit gerade einmal vierzig Jahren. Alle Freunde hatten sehr um sie getrauert. »Sie war vier Monate jünger als ich!«, hatte Mutter danach oft und

109

bei jeder Gelegenheit gesagt, zu oft vielleicht. So war es jedenfalls. Jedermann bemühte sich, abwechselnd mit Zhong auszugehen, damit er auf andere Gedanken kam.

Vater hätte es niemals zugegeben, doch er war selbst bereits so dicht, dass er Gao Yangs Tod vergessen hatte. Nun musste er da irgendwie wieder herauskommen. *Woher weiß dieser elende Zhong von mir und Zhong Xinyu?* Am besten schnell das Thema wechseln. Er drückte die Kellnerin wieder Zhong in die Arme, erhob sich und prostete dem Freund zu: »Zhong!«, grölte er. »Jetzt lass doch diese Geschichten. Ich bin nur ein kleiner Einfaltspinsel mit einer großen Klappe. Lass uns einfach auf dich trinken. Ich trinke zur Strafe gleich drei!«

Und er leerte das erste Glas, dann ein zweites und ein drittes. Die anderen am Tisch versuchten ihn zurückzuhalten. »Komm, Shengqiang, lass den Unsinn. Zhong hat auch schon zu viel intus. Du kannst doch Schnaps nicht einfach so runterkippen.« Doch Vater schüttelte sie ab und setzte das nächste Glas an die Lippen. Allerdings kein Schnapsglas, sondern ein Bierglas, bis oben mit Baijiu gefüllt, und er leerte es *gluck gluck gluck* in einem Zug.

Das war der Augenblick, etwa bei der Hälfte des Glases, in dem Vater erkannte, dass er erledigt war. Es fühlte sich an, als spüle er sein eigenes Leben hinunter, sein Blick trübte sich, seine Nase verschloss sich und ihm blieb die Luft weg – Vater krallte die Zehen in den Boden, und noch bevor der Schnaps in seinem Magen gelandet war, plumpste er rücklings auf seinen Stuhl. Die anderen erschraken. Zhong erzählte später, Vaters Gesicht sei plötzlich bleich wie Wachs gewesen. »Weiß wie Totengeld!« Alle schwirrten um ihn herum, die einen drückten ihm auf den Akupunkturpunkt unter der Nase, die anderen öffneten die Tür, um frische Luft hereinzulassen, brachten Wasser, klopften ihm den Rücken. »Shengqiang! Shengqiang!«, rief es durcheinander. Das Geschrei war so groß, man hätte meinen können, es sei etwas Furchtbares passiert. *Jetzt schreit doch nicht so herum*, wollte er sagen, doch er brachte keinen Laut heraus.

Ihm war speiübel, die Worte blieben ihm im Hals stecken, und er starrte nur stumm auf die Schatten, die um ihn herumtanzten. Zhong versuchte sich weiter in Akupressur, so heftig, dass er dachte, er müsse sich gleich in die Hose machen.

Irgendjemand, wahrscheinlich war es die Kellnerin, die endlich Zhongs Umklammerung entwichen war, rief plötzlich: »Au weia, da ist Pisse auf dem Boden!«

Vaters Hosen waren im Schritt ganz durchnässt. Urin tropfte auf den hellen Bodenbelag, und ein stechender Geruch hing in der Luft.

Vater tat so, als sei alles in Ordnung, doch die anderen gerieten nun völlig in Panik. »Ruft die 120 an! Schnell!«

Schluss jetzt, seid endlich still! Vater geriet in Rage und hätte sie gerne zusammengestaucht, bekam jedoch immer noch nichts heraus. Er packte Zhongs Arm, damit der endlich aufhörte, ihm unter der Nase herumzudrücken.

»Shengqiang«, schrie Zhong und griff nach Vaters Hand, unfähig, die Tränen zurückzuhalten, die ihm jetzt die Wangen hinunterliefen.

Du dumme Heulsuse, bin ich deine Frau oder was? Ich bin doch nicht tot!, verfluchte Vater ihn innerlich.

111

Nun gut, es dauerte vielleicht fünf, höchstens zehn Minuten, bis Vater wieder zu sich kam. Er packte Zhongs Hand und fand endlich seine Stimme wieder: »Verdammt! Könnt ihr Idioten jetzt endlich mit dem Gezeter aufhören?«

Die paar Freunde, die damals dabei waren, behielten die peinliche Geschichte für sich. Es gab keinen Grund, großes Aufheben darum zu machen. Vater hatte sich wieder aufgerichtet, sich wieder ordentlich hingesetzt und gesagt: »Wehe, einer von euch verliert ein Wort darüber. Ein Wort, und ihr kriegt die Pest!«

An jenem Tag trank er natürlich keinen Tropfen mehr, er rührte sogar eine Woche lang keinen Alkohol mehr an. »Glaubt mir, ich halte mich zurück, ich trinke nichts mehr«, sagte er, während er seinen heißen Orangensaft schlürfte.

Zhu Cheng hatte ihn abgeholt, die Rechnung unterschrieben und ihm eine frische Hose mitgebracht, die er unterwegs besorgt hatte. Vater fühlte sich wieder wie ein Mensch. »Zum Qingfeng-Garten«, kommandierte er.

Er fuhr nicht zu Großmutter, sondern zu Xinyu, wo er sich erst einmal duschte, bevor er mit ihr ins Bett ging. Xinyu wusste nicht, was mit ihm los war, und fingerte ihm verzweifelt zwischen den Beinen herum. »Tut mir leid«, sagte er. »Ich habe zu viel getrunken. Lass mich schlafen.« Und er nahm ihre Hand aus seiner Hose.

Vielleicht war sie ein wenig enttäuscht, aber sie zeigte es nicht. »Ja, lass uns schlafen«, sagte sie, und lehnte ihren Kopf an seine Schulter.

Der Geruch ihres Shampoos erinnerte ihn an etwas. »In welchem Jahr bist du geboren?«, fragte er unvermittelt.

Sie sagte es ihm.

»Wie jung du bist!«, rief er aus. »Als ich mich schon auf der Straße herumtrieb, hattest du noch Windeln an!«

Xinyu musste lachen. »Was für einen Unfug du redest, Shengqiang! Als wäre ich noch ein kleines Mädchen!«

»Ich bin wirklich alt geworden«, sagte er und tätschelte ihr die Schulter.

»Ach was, du bist doch nicht alt! In den Augen der Leute bist du ein kleiner Junge«, sagte sie zärtlich und schmiegte ihren kühlen, samtweichen Schenkel an Vaters.

Doch sie konnte sagen, was sie wollte. Vater wusste, dass sich etwas verändert hatte. Wenn man einmal vor dem Tor der Hölle gestanden hat, ist nichts mehr wie zuvor. Die Zeiten, in denen er kaltschnäuzig jeden Hintern gevögelt hatte, der an ihm vorbeispaziert war, waren endgültig vorbei. Ganz so, wie Zhong gesagt hatte: »Shengqiang, ich sag's dir nur einmal, du bist schließlich ein vernunftbegabter Mensch. Es liegt ganz an dir.«

Von da an sollte Schluss sein mit dem ganzen Chaos, egal, ob es darum ging, Xinyu zu vögeln oder Mutter oder irgendeine andere Frau. Nie wieder würde er solchen Blödsinn anstellen, er war wirklich zu weit gegangen.

Als er 2006 seinen vierzigsten Geburtstag feierte, wusste er: Ich bin alt geworden.

Aber natürlich wird viel gedacht, gesagt, getan. Hin und wieder, wenn eben die Sterne danach standen, oder, sagen wir, ein besonders guter Kunde oder ein Mädchen unbedingt einen flotten Dreier machen wollten, konnte Vater ihnen ja wohl kaum den Spaß verderben. Man musste auch einmal Fünfe gerade sein lassen.

Dann würden sie ihn rechts und links packen und in ein Zimmer schleifen, wo er dann nach ein paar Runden konfusem Herumstocherns im Morgengrauen aufwachen, ins Bad gehen, seinem Pimmel ein paar Tropfen Pisse abringen und dabei fluchen würde: Das war wirklich das allerletzte Mal, verdammter Idiot! Doch so ein Lapsus ab und zu war unvermeidlich, denn abgesehen von Zhu Cheng, der noch leidlich intelligent war, bestand die ganze Firma aus einer Horde Deppen. Niemand außer ihm war in der Lage, die Kunden bei Laune zu halten, Verträge abzuschließen, seine Produkte auf die Supermarktregale zu bringen, um alles musste er, Xue Shengqiang, sich höchstpersönlich kümmern. Manchmal, wenn er mit seinen Kunden in einem Separee im Restaurant saß, kam ihm der bösartige Gedanke, dass Frauen doch immer nur Frauen blieben, egal, wie oft man mit ihnen schlief, während Männer nach ein paar Runden Schnaps und ein paar gemeinsamen Bordellbesuchen Freunde fürs Leben werden konnten. Das war der elende Lauf der Welt. Vater sah aus dem Fenster, prostete dem Yong An Cheng Hui Supermarkt gegenüber zu und leerte sein Glas. Dann sah er mit hängendem Kopf zwischen seine Beine. Traurigkeit überkam ihn. Bei einem Seitenblick bemerkte er das Mädchen, das neben ihm aufgetaucht war. »Warum sehen Sie denn so betrübt aus, Chef?«

»Ach.« Er schlang seine Arme um sie und vergrub sein Gesicht in ihrem weißen, weichen Busen, atmete einmal tief durch. Schon ging es ihm besser. »Nenn mich doch nicht Chef. Wir sind doch beide Eskortservice! Heute eskortieren wir uns einfach gegenseitig.«

Die anderen Mädchen lachten und klatschten. Und schon war Xue Shengqiang wieder der Star des Abends im Separee, der Jia Baoyu, der Su Dongpo. Die Mädchen scharwenzelten um ihn herum, schenkten ihm nach, zwickten ihm in die Schenkel, und den anderen anwesenden Männern blieb nur, sich zu fragen, woher er diese magischen Kräfte hatte. Vater seinerseits wusste, dass er aus diesem leidigen Geschäft ohnehin nicht mehr herauskam, und sein Gemüt heiterte sich auf. Und was die Mädchen anging ... er drückte den Rücken durch und spürte das Leben in sich zurückkehren. *Machen wir das Beste draus*, dachte er.

Feiner Wein und guter Kaffee, spült den Duft meines Liebsten fort, die Vergangenheit ist längst passé, vom Wind verweht an einen fernen Ort ... Die Zeilen des alten Hits von Teresa Teng im Kopf, wusch er sich hinterher, und die Sache war Schnee von gestern. Als jedoch beim Betreten der zweigeschossigen Bohnenpastenfabrik sein Sekretär Herr Zeng den Kopf aus der Tür streckte und verkündete, dass »Professor Duan« in seinem Büro auf ihn warte, war seine gute Laune dahin. Im Direktionszimmer saß diese Pest von einem Bruder hinter seinem riesigen Schreibtisch und blätterte in seiner persönlichen Agenda. Er kochte innerlich. *Jetzt habe ich mir Herz und Lunge über diesen Gärtöpfen aus dem Leib gerührt und Leber und Nieren geschwitzt, damit du alter Drecksack deinen Arsch hinter meinen Schreibtisch pflanzt.*

»Ah, da bist du ja, Shengqiang«, sagte sein Bruder freudig.

»Du bist früh dran, Zhiming«, hieß ihn Vater mit einem breiten Lächeln willkommen. »Hast du schon gegessen?«

»Ja, habe ich. Ich war früh bei der Siebenheiligenbrücke und habe mir eine Schüssel scharfe Nudeln mit Schweinedarm gegönnt. Immer noch genau so gut wie früher!«, seufzte Onkel zufrieden und ließ sich wieder in Vaters Chefsessel fallen.

Wohl oder übel musste Vater auf dem Besucherstuhl Platz nehmen. Wie zwei Feinde auf den gegenüberliegenden Seiten eines Flusses sahen sie sich über den Schreibtisch hinweg an. Normalerweise saß auf diesem Stuhl irgendein armes Schwein, das Vaters Strafpredigten über sich ergehen lassen musste.

»Ach komm«, sagte Vater und schlug auf den Tisch. »Was ist denn schon so besonders an Schweinedarmnudeln? Heute Abend führe ich dich einmal richtig gut aus. Warts ab, bis du die frischen Austern im Floating Fragrance probiert hast.«

»Shengqiang«, sagte Onkel. »Du hast gut reden. Wer das Wasser der Heimat trinkt, verkennt dessen guten Geschmack. Wer wie ich über ein Jahr lang nicht zu Hause war, sehnt sich nach einer schönen Schüssel Schweinedarmnudeln von der Siebenheiligenbrücke. Weißt du noch, wie wir an Markttagen früh losgezogen sind und uns an der Brücke eine Schüssel Schweinedarmnudeln geholt und mit frisch gebackenen Pfannkuchen gegessen haben? Es gibt nichts Besseres!«

Wenn du meinst. Vater hatte die freundlichen Belehrungen gründlich satt. Er wandte den Kopf und rief seinen

Sekretär: »Herr Zeng, bringen Sie uns zwei Tassen Tee, bitte. Aber Hua Mao Feng.«

Das Warten auf den Tee gab den Brüdern Gelegenheit, über das anstehende Ereignis zu sprechen. Als Herr Zeng mit dem Tee kam, stellte Vater ihn Onkel vor, erzählte ihm von den Plänen zu Großmutters achtzigstem Geburtstag und bat ihn, Onkel bei den Vorbereitungen zu unterstützen, damit er sich nicht selbst die Finger an dieser heißen Kartoffel verbrennen musste.

Dafür verbrannte er sich die Lippen am brühend heißen Tee, doch daran war er gewöhnt. Die silbrigen Teeblätter und die gelblichen Chrysanthemenblüten trieben in der dampfenden Glasschale. Der Anblick tat ihm gut. Dieser Hua Mao Feng der Marke Qinghua zu drei Yuan die Packung, den schon Großvater getrunken hatte und den er jetzt trank, hatte etwas Besonderes. Er machte keinen Unterschied zwischen seinen Konsumenten, ähnlich wie die Mädchen in der 15-Yuan-Straße, für die jeder Kunde König war und von denen sich jeder dieselbe Wohltat versprechen konnte. Vater pustete die Teeblätter in der Tasse zur Seite, nippte und entspannte sich allmählich.

Onkel sagte ausnahmsweise einmal nichts. Stattdessen klebten ihm die Schmeicheleien von Herrn Zeng noch eine ganze Weile wie Hühnerfedern im Gesicht.

»Zhiming«, beendete Vater die Stille. Seine innerlichen Flüche hatten nachgelassen. Freundlich sagte er: »Das ist schon ziemlich viel für dich, eigens herzukommen, um Mutters Geburtstag zu organisieren, wo du so beschäftigt bist.«

»Man wird ja nicht jeden Tag achtzig«, sagte Onkel, »und Mutter hat es ein Leben lang nicht leicht gehabt. Das ist doch das mindeste, das wir Kinder unserer alten Mutter schuldig sind.«

»Wie die Zeit vergeht«, sagte Vater. »Auf einmal ist sie achtzig.«

»So ist es. Wenn unser Vater noch leben würde, wäre er sogar schon sechsundachtzig. Oder siebenundachtzig?«

»Sechsundachtzig«, sagte Vater. »Er würde erst diesen Winter siebenundachtzig werden.«

Nach dem Mittherbstfest wäre Großvater schon siebenundachtzig. Bei diesem Gedanken wurde Vater mit einem Mal ganz traurig. Großmutter durfte ihren Achtzigsten noch erleben, doch Großvater feierte schon keine Geburtstage mehr.

Seinen Bruder hatte er zum letzten Mal bei Großvaters Beerdigung gesehen. Onkel, er und Liu Xingchen waren die einzigen, die der Beerdigung beigewohnt hatten. Tante Lishan kam zwar nach Pingle, blieb aber bei Großmutter im Qingfeng-Garten, genau wie Mutter. Onkel Liu wollte ebenfalls mitkommen, war aber im letzten Augenblick verhindert. Zhao war schwanger und wollte sich lieber nicht aufregen. Alles lief auf Großmutters Anweisung hin sehr schlicht ab. Allein die drei Männer erwiesen ihm die letzte Ehre. Onkel als der Älteste trug die Urne, und die Bestatter folgten ihnen im Gänsemarsch bis zum Qingxi-Fluss, an dessen Ufer Großvaters Asche beigesetzt wurde. Hatte es geregnet? Vermutlich, denn Vater erinnerte sich noch gut an den Matsch, in den er mit seinen Lederschuhen eingesunken war. Sie gingen über den wie ein Schachbrett angelegten Friedhof. Die Grabstelle war vielleicht so groß wie ein Tisch, wenn's hochkam einen Quadratmeter, mit einem windschiefen Grabstein. Stirnrunzelnd hatte Vater Onkel gefragt: »Warum ist das Grab so winzig?« Nach Großvaters Tod hatten die Brüder die Aufgaben unter sich aufgeteilt, Vater hatte sich um den ganzen Kuddelmuddel rund um Krankenhaus und Krematorium gekümmert, und Onkel hatte sich bereit erklärt, das Grab auszusuchen, unterstützt von Zhong, der ihn herumchauffiert hatte.

»Ach, Shengqiang«, hatte Onkel exakt im gleichen Tonfall wie Großmutter gesagt, »wenn wir sterben, sind wir nichts mehr als Asche. Heutzutage mietet man in der Stadt nicht mehr als eine Nische für ein Urnengrab. Nur in solchen Käffern wie Pingle gibt es überhaupt noch richtige Gräber. Vater war auch zu Lebzeiten kein extravaganter Mensch. Wenn ein alter Mensch stirbt, wünscht er sich ein fröhliches Begräbnis und nicht mehr, als in die Erde zurückzukehren und seinen Frieden zu finden. Ist doch so, oder?«

Etwas zerstreut pflichtete Liu Xingchen ihm bei: »Hier ist es doch schön und sauber, Onkel, und jeder kann später herkommen und ihm die letzte Ehre erweisen.«

Schön und sauber war es. Zwischen drei Marmorplatten war ein Loch von der Größe eines Hinterns eingelassen, in das die Urne versenkt wurde, eine vierte Marmorplatte verschloss es. Noch bevor Vater sich versichern konnte, dass auch alles eben war, hatten die Bestatter das Grab schon mit Zement aufgefüllt. Sie hantierten mit den Schaufeln, als würden sie Dim Sum braten. Onkel Zhiming bedankte sich überschwänglich für ihre Arbeit und verteilte als Trinkgeld Zigaretten.

Dann zündeten sie Feuerwerk, zerrissen eifrig Totengeld und brannten zum Schluss Kerzen und Räucherstäbchen ab.

Onkel war als Erster mit den Kotaus an der Reihe. Es herrschte wirklich schlechtes Wetter, man versank mit den Schuhen im Matsch, und überall lag jetzt abgebranntes Feuerwerk und Asche herum. »Haben Sie vielleicht eine Matte oder so?«, fragte Onkel die Bestatter. »Ich mache mir sonst die Hose ganz schmutzig.« Er bekam sofort eine Plastikplane von den gut vorbereiteten Herren, kniete nieder und schlug wie vorgeschrieben dreimal den Kopf auf den Boden.

Nun war Vater an der Reihe. Er trat vor die Plastikplane, stieß sie mit dem Fuß zur Seite, fiel auf die Knie und schlug seinen Kopf mit aller Wucht in den Matsch. »Es reicht, Shengqiang!«, rief Onkel. »Du ruinierst dir noch deine Kleidung.«

Wortlos stand Vater auf, trat einen Schritt zurück und stieß dabei an den Grabstein irgendeiner benachbarten armen Seele. Er bückte sich, breitete die Plastikplane wieder aus und sagte zu seinem Neffen: »Komm, Xingchen, zolle deinem Großvater Respekt.«

Nun machte Liu Xingchen seine Kotaus. Damit war die Sache beendet. Doch dann näherte sich ihnen der Friedhofswärter und verlangte die Verwaltungsgebühr.

»Was für eine Verwaltungsgebühr?«, fragte Onkel stirnrunzelnd. »Wie kann eine staatliche Institution einfach so Gebühren verlangen? Als wir über die Kosten für das

Grab und den Grabstein gesprochen haben, war davon eindeutig keine Rede.«

»Das ist bei uns so üblich, Herr Duan«, erklärte der Friedhofsaufseher. »Jährlich fallen Verwaltungsgebühren an, und jeder muss sie zahlen.«

»Ihr habt aber merkwürdige Gepflogenheiten!«, sagte Onkel ungehalten. »Ich kenne mich mit diesen Dingen aus, von einer Verwaltungsgebühr habe ich noch nie gehört. Warum haben Sie bei unserem Gespräch kein Wort darüber verloren? Dann hätten wir es uns vielleicht anders überlegt.«

»Aber, Herr Duan«, wandte der Verwalter ein, »jeder Friedhof macht es so.«

»Wie viel?«, platzte Vater unwirsch ins Gespräch.

»Fünfzig Yuan pro Jahr. Bei einer Zahlung für zehn Jahre im Voraus spart man die Gebühren für ein Jahr«, sagte der Verwalter und zog eine Gebührenverordnung mit einem offiziellen Briefkopf hervor.

»Was soll denn das alles?« Liu Xingchen nahm das Papier und warf einen Blick darauf. »Für wie lange muss das bezahlt werden?«

Vater riss ihm das Blatt aus der Hand. »Wir zahlen! Für hundert Jahre, reicht das? Zehntausend Jahre meinetwegen! Wir zahlen jetzt im Voraus für hundert Jahre, und wenn das nicht genug ist, dann wenden Sie sich an mich! Sie wissen, wo Sie mich finden, oder? Xue Shengqiang, Chunjuan Bohnenpastenfabrik am Westtor.«

»Shengqiang!« Onkel legte seine linke Hand auf Vaters Schulter. Eine lilienweiße, samtweiche Hand. »Es geht nicht ums Geld, es geht ums Prinzip.«

»Ich scheiß auf Prinzipien!« Es war das erste Mal, dass Vater Onkel anschrie. »Ich zahle aus meiner Tasche! Geld ausgeben tut mir nicht weh, das ist alles bloß Papier! Jetzt lass mich, ich zahle hundert Jahre im Voraus und Schluss.«

Er zahlte tatsächlich für hundert Jahre, beziehungsweise 90, denn es gab zehn Jahre Skonto. 4500 Yuan. So etwas hatte der Friedhofsverwalter noch nie erlebt. »Zahlen Sie mit Karte?«, fragte er höflich.

»Nein, ich zahle bar.« Vater zog seine prall gefüllte Brieftasche hervor und blätterte fünfundvierzig Hundertyuanscheine auf den Tisch. »Das wäre bezahlt. Und wehe, Sie kümmern sich nicht ordentlich um das Grab!«

»Aber selbstverständlich, Herr Xue, das steht doch außer Frage!« Der Verwalter bat einen Angestellten, eine Quittung auszustellen, während er das Geld nachzählte.

Mit der Quittung in der Hand kam Vater zum Tor heraus, wo Onkel und Liu Xingchen neben dem Audi auf ihn warteten. Sie waren ohne Zhu Cheng gekommen, Vater fuhr selbst.

»Was ist denn in dich gefahren, Shengqiang? Man wirft doch sein Geld nicht so zum Fenster hinaus, egal, wie viel man hat«, schimpfte Onkel.

Vater erwiderte nichts. Er setzte sich hinters Steuer, startete den Motor und fuhr sie zurück zum Qingfeng-Garten.

Zu Hause bei Großmutter verlor natürlich niemand ein Wort über die Sache. Alle widmeten sich Großmutter, um die frisch verwitwete Dame in ihrer Trauer zu trösten. Ein üppiger Leichenschmaus erwartete sie, zubereitet von Frau Tang. Die Tische bogen sich unter Platten mit Fisch, Huhn, Ente und weiteren Gerichten. Es sollte ein fröhliches Abschiedsmahl werden, bevor jeder wieder seiner Wege ging. Allein dass Großmutter – vielleicht hatte sie eine Tablette mit seltsamen Nebenwirkungen geschluckt – an allem herummäkelte. Der Enteneintopf sei zu pikant, die Stäbchen zu schmutzig, und Tante Lishan kümmere sich nicht genug um sich selbst. Kein Wunder, dass man sie als Moderatorin ihrer Fernsehsendung sang- und klanglos herausgeworfen habe, sie habe es ja auch stillschweigend hingenommen, statt zu kämpfen. Aber auf sie höre ja niemand. »Warum bist du bloß so weltfremd, Lishan?« Dann war Onkel an der Reihe. Warum er denn immer noch nicht verheiratet sei und wie lange er noch als Single herumbummeln wolle? »Meinst du nicht, dass du es mir und deinem Vater schuldig bist, dir endlich eine Frau zu nehmen, Zhiming? Wir haben alles getan, um dir dein Studium zu ermöglichen. Wie oft muss ich das noch sagen? Drei Arten gibt es, die Eltern nicht zu ehren, doch vor allem darf ihnen der Sohn keine Nachkommen verwehren, wie schon Menzius sagt. Also?« Nun wäre zweifellos Vater dran gewesen, doch Onkel ließ sich die Kritik nicht gefallen. Sein Gesicht wurde erst bleich, dann rot vor Wut. Er knallte seine Essstäbchen auf den Tisch und sagte laut: »Ich weiß, dass es dir nicht gut geht wegen Vaters Tod, Mutter, aber das ist noch lange kein Grund, es an Lishan und mir auszulassen. Wir arbeiten seit vielen Jahren weit weg von zu Hause und haben einiges durchgemacht. Wir sind genauso traurig wie du. Vater musste ein Leben lang deine Launen ertragen, die ständigen Vorwürfe, das Gejammer immerzu. Verschone uns damit!«

Mutter hätte gerne eingegriffen, um die Wogen zu glätten, während Vater schweigend und kauend in seine Schüssel starrte. Großmutter hatte vermutlich nicht erwartet, dass ihr jemand so heftig Paroli bieten würde. Vor lauter Verblüffung froren ihr die Stäbchen auf halbem Weg zwischen der Schüssel und dem Mund ein, und sie starrte Onkel zitternd an: »Du bist wohl verrückt geworden! Ihr seit alle verrückt, die ganze Familie!« Dann brach sie in Tränen aus.

Nun war es mit der Feierlichkeit endgültig vorbei. Der eine suchte ein Taschentuch, die anderen brüllten sich an und rannten zwischen dem Wohn-und Esszimmer hin und her.

Nur Vater aß teilnahmslos weiter und hörte sich Großmutters murren und maulen an. Jeder bekam sein Fett ab, von Großvater bis zu Vater (den es nicht weiter juckte, schließlich hatte sie ihm als Kind oft genug den Hintern grün und blau geschlagen. Was scherte ihn das bisschen Gemeckere?).

So endete der Leichenschmaus. Mutter blieb noch ein bisschen, um Großmutter Gesellschaft zu leisten, Vater begleitete Onkel und Tante die Treppe hinunter, um sie zu verabschieden. Liu Xingchen fuhr die beiden nach Hause, Tante Lishan auf dem Beifahrersitz und Onkel einsam hinten auf der Rückbank, mit gesenktem Kopf und den Händen in den Taschen.

Vater überlegte einen Augenblick, dann nahm er das ganze in seiner Brieftasche verbliebene Geld heraus und hielt es Onkel hin. »Da, nimm, Zhiming. Zhong hat mir gesagt, dass das Grab und der Stein 20 000 Yuan gekostet haben. Ich habe gerade 4500 bezahlt und nicht mehr so viel Bargeld dabei, aber hier sind 18 000. Ich gebe dir die restlichen 2000, wenn ich mal wieder in die Stadt komme, oder wenn du wiederkommst.«

Onkel sah ihn an, und Vater bemerkte seine rotgeränderten Augen. »Du glaubst vielleicht, ich sei nur ein armer Lehrer, nicht so ein reicher Geschäftsmann wie du, aber ich kann mir das wahrhaftig leisten.«

Tante Lishan sah von einem zum andern, vielleicht auch zu keinem von beiden, und Liu Xingchen hielt sich am Lenkrad fest, als könnte das Auto nicht anspringen, wenn er nur eine Sekunde losließ.

»Los, nimm es schon, Zhiming!« Vater warf das Bündel Banknoten einfach durch das Wagenfenster. Sie verteilten sich überall auf dem Sitz. »So habe ich das nicht gemeint. Es ist doch egal, ob dein Geld oder meins, es bleibt in der Familie. Nimm es, und später gebe ich dir noch 2000.«

Und dann waren sie davongefahren. Zwei Jahre war das jetzt her. Tante Lishan war seitdem mehrmals zu Hause zu Besuch gewesen, aber Onkel hatte sich stets geweigert. Hin und wieder rief er an, um zu erzählen, dass er auf dem Weg zu einem Fernsehsender sei, um einen Vortrag zu halten oder zu einer Konferenz in Java, immer beschäftigt. Zu sehen bekam man ihn nicht.

Großmutter hatte zweifellos verstanden, dass sie Onkel an jenem Tag tödlich beleidigt hatte. Immer wieder fragte sie Vater: »Shengqiang, fällt dir nichts ein, wie du Zhiming überreden könntest, mich endlich besuchen zu kommen?«

»Er ist der Ältere, er hört nicht auf mich«, sagte Vater.

Du blöder Hurensohn, dachte er. *Warum hast du mir so eine Szene gemacht? Und dich auch noch mit Mutter verkracht!*

Das war tatsächlich zwei Jahre her. Vater druckste herum und konnte sich nicht dazu durchringen, Onkel anzurufen. Er fürchtete, dass all die Grobheiten, die ihm im Hals steckten, ohne seinen Willen aus seinem Mund heraussprudeln würden. Dann tauchte Onkel völlig unerwartet wieder auf, in einem schicken Geländewagen, mit einer Ladung Geschenke im Arm, als sei er inzwischen ein gemachter Mann.

Wer hat dich angerufen und davon erzählt? Was hast du hier verloren? Das hätte Vater nur zu gerne gewusst. Er interessierte sich nicht für das Leben seines Bruders oder dafür, sich mit ihm wegen ihrer Sohnespflichten zu einigen.

Doch darüber sprachen sie nicht. Die 2000 Yuan waren auch längst vergessen. Sie tranken Tee, rauchten und plauderten, ließen die Stunden verstreichen, bis es Zeit für das Mittagessen war.

Vielleicht hatte Großmutter recht. Jahrzehntelang hatte sie ihnen immer wieder denselben Sermon vorgebetet, bis er nun endlich Gehör gefunden hatte.

Lass dir niemals beim ersten Treffen in die Karten blicken. Das war einer ihrer Leitsätze.

Nach dem Essen wollte Vater erst einmal ein Mittagsschläfchen halten. Onkel sagte, er sei nicht müde, und bat den Sekretär, ihm den alten Gärhof zu zeigen. Endlich hatte Vater einen Moment Ruhe.

Mehrmals versuchte er, telefonisch Xinyu zu erreichen, aber sie ging nicht dran. Er überlegte kurz, dann zuckte er mit den Schultern, schaltete den Computer ein und spielte eine Partie Mahjong.

Gegen fünf Uhr nachmittags rief Zhong an und fragte, ob Onkel zurück sei. Jemand habe ihn am Morgen in der Nudelsuppenbude an der Siebenheiligenbrücke gesehen.

»Zhiming ist richtig berühmt jetzt! Man sieht ihn ständig im Fernsehen! Wir müssen unbedingt Wiedersehen feiern.« Zhong war ganz aufgeregt. »Heute Abend gehen wir zusammen aus, essen was Anständiges und besaufen uns. Ich gebe einen aus!«

»Das will ich sehen«, brummte Vater. »In all den Jahren habe ich dich noch nie deine Brieftasche zücken sehen.«

»Was du nicht sagst«, lachte Zhong. »Komm schon, dein Bruder ist auch mein Bruder.«

Vater sagte, er werde sein Möglichstes tun, um Onkel mitzuschleppen. Keine Ahnung, woher Zhong auf einmal so großzügig war, jedenfalls lud er sie in den Prinzenpalast ein, einem ausgesprochen extravaganten Ort mit blendenden Deckenspiegeln und Kronleuchtern mit echten Kerzen, deren Lichtspiel ihre Gesichter rot und golden leuchten ließ.

Sie stopften sich die Bäuche mit exotischen Gerichten, die sie mit reichlich Schnaps hinunterspülten. Schließlich hatten sie Zhiming wirklich lang nicht gesehen. Sie erinnerten sich daran, wie cool Onkel als junger Mann gewesen war. »Ein richtiger Chrysanthemenkopf warst du damals!« Sie schmierten ihm so viel Honig um den Bart, dass Onkel seine Bescheidenheit ablegte und sich ganz so benahm wie der coolste Typ von Pingle, der er einmal gewesen war.

Nachdem sie gegessen hatten kündigte Zhong einen weiteren Programmpunkt an und führte sie in den dritten Stock. Vater war zwar noch nie dort gewesen, ahnte jedoch, was sie erwartete. Es war ein Nachtklub, aber kein gewöhnlicher. Die Hostessen waren erste Sahne, bildhübsch und elegant herausgeputzt. Beim Defilee sahen sie aus wie Studentinnen. Onkel sollte wählen. Er bestellte fünf. Zwei Flaschen Wein wurden entkorkt, die Luft war voller Tabakqualm und die Party konnte beginnen.

Vater lehnte sich auf dem Sofa zurück und spielte mit der Linken »Papier, Stein, Schere« mit Zhong und fummelte nebenbei mit der Rechten an dem Mädchen neben ihm herum. Ihnen gegenüber saß Onkel und schäkerte mit den beiden Mädchen auf seinen Knien, die ununterbrochen kicherten. Vater war jedoch nicht ganz bei der Sache. Er musste ständig an die Zeit um 1981 herum denken, als er als unbeholfener Teenager von Onkel ins Schlepptau genommen worden war. Eines Tages hatte er seinen ganzen Mut zusammengenommen und ihn gefragt: »Stimmt es, dass du etwas mit diesem Mädchen in der 15-Yuan-Straße hast? Sie ist eine Nutte, oder?«

Bei der Erinnerung daran musste er lächeln und zwickte das Mädchen neben ihm in die Hüfte. Sie gab ein süßes kleines Jaulen von sich.

Ich bin wirklich alt geworden, verdammt noch mal.

In diesem Augenblick ging der Alarm los: Zhongs Handy klingelte. Seine Frau war dran. Yao war Oberschwester am Kreiskrankenhaus von Pingle, schon einmal geschieden und fast vierzig, aber immer noch eine attraktive Frau. Zhong mochte sie sofort, nachdem man sie einander vorgestellt hatte, und schon nach ein paar Monaten gingen sie zum Standesamt. So gut sie auch war, hielt sie Zhong dennoch gerne an der kurzen Leine.

»Hallo!«, meldete sich Zhong und bedeutete den anderen mit einer Geste, nicht so viel Lärm zu machen. Dann sagte er: »Ja, ich bin mit Shengqiang und seinem Bruder essen gegangen, das habe ich dir doch gesagt. Wir trinken gerade noch was.«

»Nein, wir sind nicht woanders hin gegangen.« Er warf einen verlegenen Blick in die Runde und tätschelte das Mädchen neben ihm. »Wir sind noch im Restaurant, wir gehen auch nirgendwo sonst mehr hin. Ach woher denn, das kannst du mir ruhig glauben. Na gut, ich gebe dir Shengqiang, der kann es bestätigen.« Vater machte sich schon bereit, breit lächelnd ins Telefon zu sülzen: »Hallo, Yao!«, doch da hörte er Zhong sagen: »Was? Wieso willst du nicht mit Shengqiang sprechen? Mit wem willst du denn sprechen? Professor Duan? Warum? Den kennst du doch gar nicht, oder bist du ihm schon einmal begegnet? Wenn man jemanden aus dem Fernsehen kennt, heißt das nicht, dass man ihn persönlich kennt.«

Onkel lächelte nur und nahm das Handy. »Hallo, Yao!«, sagte er freundlich.

»Nein nein, sei unbesorgt, liebe Yao, wir sind beim Abendessen. Wir haben uns so lange nicht gesehen, dass wir uns den Abend zum Feiern gönnen. Es ist meine Schuld, Verzeihung. Es ist alles in Ordnung, wir bringen dir Zhong gesund und munter zurück, kein Haar soll ihm gekrümmt werden.« Onkel klang sehr klar und vernünftig.

Nun ja, schließlich war er es gewohnt, im Fernsehen aufzutreten. Wenige Worte genügten ihm, um Yao zu beruhigen. Dankbar nahm Zhong das Telefon wieder an sich: »Mensch, Zhiming, ein Mann von deinem Format sollte sich nicht dazu herablassen, mir als Alibi zu dienen, und du machst es trotzdem. Danke dafür!«

»Jetzt hör doch mal auf, ständig über meinen Status zu reden. Wir sind doch Freunde.« Und Onkel pflanzte sich leutselig zwischen Zhong und Vater, und alle drei ließen sich ringsum von den fünf reizenden Mädchen verwöhnen. Rote Lippen, weiße Brüste und jede auf ihre Weise ein Kracher.

Zum ersten Mal seit vielen Jahren fühlte Vater sich Onkel verbunden. Er füllte sein Glas, hielt es Onkel hin und sagte: »Prost!«

Onkel füllte sein eigenes Glas randvoll, und sie tranken beide auf Ex aus. Und wiederholten dasselbe noch einige Male. Nichts Neues für Vater, der nur zu gut wusste, dass die Flaschen im Nachtklub üblicherweise leer getrunken wurden und die Mädchen auf den Bübchen herumturnten und viel gesagt und gemacht wurde, sei es an der Bar, unter den Tischen oder zwischen den Laken, ohne Tabus.

Dass er seinem Bruder von seiner Geliebten erzählen würde war jedoch nicht eingeplant.

Kapitel 5

Die große Wende kam Vaters Empfinden nach erst mit dem Jahr 2000. Noch zwei Jahre lang blieb es ruhig, doch die Jahre 2003 bis 2005 fegten wie ein Sturm über Pingle hinweg und danach war nichts mehr wie früher. Die Weststraße war so wenig wiederzuerkennen wie die Südstraße, wo das Tian Mei Kaufhaus jetzt wie eine Festung über der großen Kreuzung thronte. Alle Straßen waren wie neu, von Ost nach West, von Nord nach Süd. Vater fiel auf, dass er ewig nicht mehr durch die Nordstraße gegangen war.

Damals, als Dengs Kalter Hase noch eine Institution war, waren er und Zhong und die ganze Bande öfter in der Nordstraße unterwegs gewesen. Dengs Imbiss lag an der kleinen Gasse beim ersten Telegrafenmast am Nordtor. Stets trug er eine rote Armeemütze und verkaufte den besten Hasen in kalter Sauce in ganz Pingle. Als der kleine

Laden später weichen musste, war Vater überzeugt, nie mehr im Leben so leckeren Hasen zu essen zu kriegen. Wenn sie Lust auf Kaninchen hatten, dann schwärmten sie zu Deng – möglichst zeitig, denn nachmittags war schon alles ausverkauft. Deng trug immer eine Kippe im Mund, an deren Ende bereits ein beträchtliches Stück Asche hing, und erhob sich gemächlich, um sie zu bedienen. Er schaufelte die Erdnüsse aus dem Sack, hackte Rüben und Sellerie, gab Sesam- und Chiliöl dazu, gemahlenen Sichuanpfeffer, Zucker und Essig und zuletzt die unfassbar köstlichen Würfel Kaninchenfleisch. Vater und seine Freunde standen vor seinem Imbisswagen und sahen gebannt zu. Das Wasser lief ihnen im Munde zusammen. Klappernd hantierte Deng mit seinem Kürbisschöpflöffel, dann rührte er alles mit langen Stäbchen durch, riss mit zwei Fingern eine Plastiktüte von der Rolle, füllte sie, band sie oben zu, überreichte sie Vater und gab ihm das Wechselgeld heraus. Dann erst nahm er seine Zigarette aus dem Mundwinkel und schnickte die Asche auf den Lehmboden.

Heutzutage gab es keine einzige unbefestigte Straße mehr in der Stadt, und auch kaum mehr Telegrafenmasten. 2000 oder 2001 verfiel die Lokalpolitik dem Renovierungswahn. Die Stadt sollte hübsch und ordentlich werden. Baugerüste kletterten die Wände hoch und viele Eimer Farbe wurden hinaufgereicht, und bald waren sämtliche Gebäude auf und um die vier Hauptstraßen herum in strahlendes Weiß getaucht, aufgedonnert wie für eine Bühnenshow. Dann vertrieben sie die Imbisswagen und Imbissbuden, all die Anbieter von Kaninchen in kalter Soße, in Chili gebadeten Rüben, Frühlingsrollen, Eierpfannkuchen nach Sichuanart, Reiskuchen und mit Zuckersirup gefüllten frittierten Bällchen, ja, sogar die Scheren- und Messerschleifer und die Straßenfrisöre wurden rücksichtslos aus dem Straßenbild radiert. Die vertrauten Gesichter seiner Kindheit verschwanden, einfach so. Die wenigen, die blieben, zogen sich wie Schildkröten unter ihren Panzer zurück und versuchten mit Schaufenstern auszukommen, die nicht breiter waren als eine Zahnlücke. Da saßen sie dann mit weißen Hygienemasken im Gesicht und die Hände in Gummihandschuhen wie Chirurgen und reichten kleine Portionen fades Essen über die Theke. *Scheißfraß!*, fluchte Vater im Stillen.

Das Essen büßte an Würze ein und die Stadt an Charakter, obwohl Vater das erst bemerkte, als er eines Mittags aus der Fabrik kam, eine Schüssel Zhazha-Nudeln essen wollte und feststellte, dass die Nudelbude weg war. Er war wütend. Er lief die Südstraße hinunter, über die Kreuzung, bog dann in die Weststraße, und plötzlich wurde ihm klar, dass die ganze Stadt sich verändert hatte. Die Zypressen und die Kampferbäume seiner Kindheit waren gefällt worden, selbst die engsten Gassen waren um einen Zoll verbreitert worden, und hellblaue Leitplanken trennten den motorisierten vom nichtmotorisierten Verkehr – mit dem Ergebnis, dass weder die Autos noch die Radfahrer weiterkamen und die Motorradfahrer auf den Seitenstreifen auswichen. Und als wäre das noch nicht genug, wurden die Straßen mit Pflanzkübeln voller fremdartiger Gewächse begrünt – armselige Pflänzchen, die einfach nur traurig anzusehen waren. Die Stahlplattenfabrik schloss die Tore, Schneider Li zog zum Straßenmarkt außerhalb der Stadt um, die Akupunkturärztin Zhao, die Muttermale wegbrannte, büßte ihr leuchtendes Banner ein, und alle übrig gebliebenen Läden verordneten sich dieselben weißen Schriftzüge auf blauem Grund, sodass man den einen nicht mehr vom anderen unterscheiden konnte. Und das Schlimmste war, dass die Passanten sich verändert hatten. Tief in sich drinnen hatte Vater das Gefühl, dass die Menschen auf den Straßen ihm fremd geworden waren. Wo waren sie alle hin, Zhu mit der Krätze und Chen, der Lahme aus der Südstraße, Zhong der Dritte und Liu, der Kurze aus der Weststraße? Ringsum gab es nur noch Fremde, die ausdruckslos an Vater vorbeidefilierten, ohne auch nur einen Gruß oder ein Lächeln zu wagen.

Und da hatte er aufgehört, zu Fuß zu gehen. Fraglos war das nicht der einzige Grund. Vater war inzwischen offiziell Direktor der Bohnenpastenfabrik und hatte einen Chauffeur, der ihn in einem glänzenden Audi zur Arbeit und nach Hause fuhr. Die Leute von Pingle sah er nun durch das Wagenfenster, die Gesichter von Weitem und die Hintern aus der Nähe. Er rauchte jetzt Zigaretten der Marke Zhonghua im Softpack und trank nur noch Marken-Maotai. Er aß im Prinzenpalast, vögelte mit zahllosen wunderbaren Mädchen und war mit seinem Leben zufrieden. Langsam übermannte ihn das Älterwerden, und er bekam einen Bauch.

2000, das war der Anfang. Der Wendepunkt. Danach drehte man sich einmal kurz um, und schon war nichts mehr, wie es einmal gewesen war.

134

Später, als sein Bauch noch runder wurde, spazierte er manchmal zur Arbeit oder nach Hause, weil Mutter darauf bestand. »Es wird dir guttun, wenn du dich ein bisschen bewegst«, sagte sie dann. »Schau dir doch deinen Bauch an. Du siehst aus, als wärst du schwanger.«

»Soso«, antwortete Vater und nahm ihre Hand, um damit über seinen Bauch zu streichen. »Im wievielten Monat bin ich? Du kennst dich doch aus.«

»Du bist einfach unmöglich, Shengqiang!«, antwortete Mutter mit einem zornigen Blick, zog ihre Hand weg und blätterte die Seite ihres Buches um.

Dennoch ging Vater am nächsten Morgen nach dem Aufstehen zu Fuß zur Arbeit. Nach zwei feucht fröhlichen Nächten mit Freunden fühlte er sich wie aufgeblasen. Wie er so durch die Gegend schlurfte, bekam er Lust auf eine Schüssel Sobanudeln von dem Laden gegenüber dem Markt am Südtor.

Auf der Straße begegnete ihm kaum ein bekanntes Gesicht, und selbst wenn er jemanden erkannte, grüßte keiner. Ohne besondere Vorkommnisse trottete er weiter, bis er in einiger Distanz eine schlanke, hochgewachsene Gestalt erspähte, die ihm bekannt vorkam. Der Mann hatte ihm den Rücken zugewandt, trug ein khakifarbenes Jackett und stand aufrecht wie ein Soldat der Volksbefreiungsarmee. Aus einer Eingebung heraus musterte er den Mann etwas genauer und stellte fest, dass das nicht irgendwer war, sondern sein Erzfeind, sein eigener Bruder Duan Zhiming. Überrascht stieß er einen kleinen Schrei aus und holte ihn ein.

»Hallo Zhiming!«, sprach er ihn an.

Überrascht drehte sich Onkel um. »Shengqiang! Was machst du denn hier?«

»Ha«, meinte Vater und bot ihm eine Zigarette an. »Nur, weil du hier herumläufst, heißt das nicht, dass ich das nicht auch kann. Ich wollte mir nur eine Schüssel Sobanudeln gönnen. Und du?«

Im Grunde hatte sich Vater diese Szene schon öfter vorgestellt. Immer wieder hatte er in den vergangenen Jahren das Bild seines Bruders vor Augen gehabt, der durch die Straßen von Pingle streifte. Wenn er sich an seine Kumpane aus der Jugend erinnerte, wie sie sich die Hosen, eine Schüssel Schweinedarmnudeln oder einen Mantou geteilt hatten, fiel ihm auf, dass sein Bruder lange nichts mehr hatte von sich hören lassen. An einem Ort dieser Größe war es durchaus möglich, inmitten des Straßentrubels auf Duan Zhiming zu stoßen, wenn er zufällig in der Stadt sein sollte. Er stellte sich vor, wie sie sich grüßten, eine Zigarette rauchend plauderten und sich zum Mahjong verabredeten.

Nun gut. Vater reichte Onkel eine Zigarette und gab ihm Feuer. Onkel zeigte auf eine Reklametafel in der Nähe und sagte: »Ich wollte diesen Laden aufsuchen wegen der Glückwunschkalligrafien für Mutters Geburtstag.«

Vater sah in die Richtung. Es war Werbung für Gao Taos Firma. Er musste lächeln. »Wie bist du denn gerade auf die gekommen?«

»Ach, dein Freund Zhong hat mir ihre Karte gegeben. Er hat gesagt, er würde sie kennen und ich würde Rabatt bekommen.«

Dieses Arschloch!, dachte Vater. Gut, so machte man das

eben in Pingle. Man musste bedenken, dass Onkel lange nicht mehr zu Hause gewesen war, er hatte einfach keine Ahnung, wie das hier lief. Aber warum sollte Vater sich die Mühe machen, etwas zu erklären? Wenn Zhong sich mit Zhiming einen Spaß erlauben wollte, dann sollte er. Damit hatte er schließlich nichts zu tun. Zhong betrog am Ende nur die Firma um Geld, aber nicht ihn persönlich.

»Dann mal los«, sagte er, und schickte sich zum Gehen an. »Ich hole mir meine Nudeln.«

»Weißt du was, Shengqiang«, sagte Onkel vorsichtig. »Ich komme mit. Ich habe noch nicht gefrühstückt. Der Laden läuft ja nicht weg.«

Vater sah ihn überrascht an. *Gut, dann gehen wir etwas essen. Mal sehen, was du jetzt schon wieder vorhast.*

Sie gingen nebeneinander die Südstraße hinunter, durch das alte Stadttor zum Markt. Onkel sprach als Erster wieder. »Gab es hier nicht mal einen Laden, in dem man Kassetten bekam?«

»Weg«, sagte Vater. »Wer kauft denn heutzutage noch Kassetten.«

»Und wo ist Zhu mit der Krätze? Der war doch immer hier, rund um die Uhr in seinem Tabakladen.«

»Angeblich ist er jetzt in Yong'an, um sich um seinen Enkel zu kümmern. Er hat ziemliches Pech gehabt. Das ganze Geld, das er mit dem Tabakladen gemacht hat, hat er für seinen Sohn gespart. Der hat eine Stelle in Yong'an gefunden, doch dann hat ihn einfach so mir nichts, dir nichts seine Frau allein mit dem Kind zurückgelassen. Deshalb muss sich jetzt Zhu darum kümmern. Der muss schon mindestens siebzig sein.«

»Das wundert mich, ehrlich gesagt, nicht«, sagte Onkel. »Es heißt ja nicht umsonst: Trau niemals einer schönen Frau. Und Liu Yufen war wirklich eine Schönheit, das hübscheste Mädchen der Stadt damals. Dem Sohn von Zhu mit der Krätze troff es ja sozusagen aus dem Maul, so sehr gierte er nach der. Reine Geldverschwendung.«

Onkel ging mit Vater in den Nudelladen. Der Chef kochte gerade frische Nudeln in einem großen Wok, und Vater bestellte: »Zwei Mal, mit extra Hackfleisch.«

Sie setzten sich. Vater nahm zwei Paar Wegwerfstäbchen aus dem Topf, riss eins davon auseinander und reichte Onkel das andere, doch der schüttelte den Kopf. »Ich benutze die nicht, Shengqiang. Das ist Umweltverschmutzung, und außerdem sind sie unhygienisch.« Er langte um den Topf herum nach einem abgenutzten Paar Bambusstäbchen.

Mach, was du willst … Vater steckte das noch eingepackte Paar Wegwerfstäbchen zurück und trommelte mit seinen Stäbchen auf den Tisch. »Zhiming, warst du nicht in derselben Klasse wie diese Yufen, von der du eben gesprochen hast? Sie arbeitet jetzt in Anqins Büro, sie sind befreundet. Ich könnte euch ja mal alle zusammen zum Essen ausführen.«

»Nein, lieber nicht«, sagte Onkel. »Wir haben jeder unser eigenes Leben. Mit denen, die ich wiedersehen möchte, halte ich sowieso Kontakt. Die anderen brauche ich nicht, es wäre sinnlos, sie wiederzutreffen.«

Du elender kleiner Heuchler. Vater starrte auf die Essigflasche auf dem Tisch.

»Wie geht es Anqin? Ich habe sie seit Ewigkeiten nicht gesehen«, sagte Onkel. »Alles in Ordnung mit ihr?«

Diese Frage kam ihm völlig ungelegen. Vater hatte ein schlechtes Gewissen wegen Anqin. Und dann hatte er seinem Bruder auch noch von Xinyu erzählt.

»Gut! Wie sollte es ihr sonst gehen? Sie hat ihr Einkommen, eine feste Stelle, sie geht zur Arbeit und liest die Zeitung, dann geht sie nach Hause und spielt Mahjong. Es könnte ihr nicht besser gehen!«

»Und was ist mit ihrem Vater?«

Hätte Onkel nicht danach gefragt, hätte Vater glatt vergessen, dass er noch einen Schwiegervater hatte. »Er züchtet Topfpflanzen, soweit ich weiß. Und seit Neuestem ist er ganz versessen aufs Fotografieren und hat sich für 20 000 Yuan eine Kamera zugelegt. 20 000! So viel würde ich nie für eine Kamera ausgeben.«

»Shengqiang«, hob Onkel erneut an, und es dämmerte Vater, dass er nicht zufällig von Anqins Vater angefangen hatte. »Der Mann ist ein hervorragender Kalligraf. Sollten wir ihn nicht fragen, ob er die Kalligrafien für Mutters Geburtstag anfertigen könnte?«

Vater warf ihm einen kurzen Blick zu. Er durchschaute ihn sofort. Chen Xiuxiaos Kalligrafie interessiert ihn garantiert kein bisschen, sondern allein seine politischen Verbindungen. Der alte Mann war der Vorsitzende der Demokratischen Liga von Yong Feng und ein Mitglied des Ständigen Ausschusses der Partei im Landkreis, was hieß, dass er eine weithin geschätzte Persönlichkeit war.

»Da musst du ihn schon selbst darum bitten«, sagte Vater. Sein Schwiegervater hatte nie einen Hehl daraus gemacht, dass er Vater für einen tumben, ungebildeten Bohnenheini hielt. Er hielt sich von ihm fern, außer einmal, 1996, als Vater sich von Mutter scheiden lassen wollte. Damals geriet er außer sich vor Wut und hätte Vater fast mit einer Tragstange zusammengeschlagen. »Scheiden lassen willst du dich? Was fällt dir ein, dich von meiner Tochter scheiden lassen zu wollen?« Vater hatte es nie gewagt, Großmutter davon zu erzählen, aber auch nie mehr einen Fuß in das Haus seines Schwiegervaters gesetzt.

»Ich hatte schon überlegt, ihn selbst zu fragen. Ich dachte nur, es sei besser, es erst über dich zu versuchen«, sagte Onkel. Der Koch stellte zwei dampfende Schüsseln Soba vor sie auf den Tisch. Onkel bedankte sich und rührte in seiner Schüssel, ganz rot im Gesicht vor Hitze.

Auch Vater konzentrierte sich vorerst auf seine Nudeln. Es stieß ihm seltsam auf, dass Onkel auf einmal alte Kontakte wiederaufleben ließ, mit denen er ewig nichts zu tun gehabt hatte, nur um Großmutter zu gefallen. Irgendetwas war faul an der Sache, er konnte es förmlich riechen. Während er die heiße, scharfe Suppe schlürfte, lief es ihm kalt den Rücken hinunter.

Duan Zhiming du Arschloch, immer schon hast du mit falschen Karten gespielt!

Was auch immer Onkel dazu getrieben hatte, unbedingt Großmutters Geburtsfeierlichkeiten organisieren zu wollen – er hatte eindeutig Großes vor. Ganz Pingle würde Augen machen, behauptete er, etwas nie da Gewesenes werde er zaubern, und zwar im Handumdrehen. Und er hielt Wort. Vater sah mit eigenen Augen, wie der alte, seit

Jahrzehnten ungenutzte Gärhof herausgeputzt wurde. Arbeiter schoben die schweren, großen Tongefäße weg, Reinigungskräfte befreiten mithilfe von Wasserschläuchen den Hof von jahrhundertealten Bohnenpastenresten, Hundescheiße und was sich sonst so angesammelt hatte, bis alles blitzblank war. Für Onkels Standards reichte das allerdings noch nicht. Die Putztruppe musste auf allen vieren mit Bürsten jeden Zentimeter des Bodens schrubben. Die Hintern in die Höhe gereckt wienerten sie von morgens bis abends – ein unglaublicher Anblick. Danach blieb allein der unangenehme Gärungsgeruch zurück, den Vater schon am Nachmittag zuvor wahrgenommen hatte. Ein Gestank, als hätte jemand nach zu viel Sichuanpfeffer Dünnschiss bekommen und sich in der Ecke erleichtert, einfach nicht wegzukriegen. Vater hielt sich die Nase zu. Ihm war seltsam traurig zumute.

»Da ist noch etwas, worüber ich mit dir reden möchte, Shengqiang.« Onkel schnalzte mit der Zunge und schüttete noch etwas Essig in seine Nudeln. Vater hielt den Kopf über die Schüssel gesenkt, ohne aufzusehen. *Dachte ich mir! Als ob mein Herr Bruder einfach so eine Schüssel Nudeln mit mir essen ginge. Der hat sie doch nicht alle, so ein Geschiss zu machen, anstatt einfach mit der Sprache rauszurücken. Kaum ein paar Tage im Lande und schon lässt er den großen Bruder raushängen!*

»Schieß los, Zhiming«, sagte Vater, schlürfte lautstark seine Nudeln und wartete.

»Die Sache mit dieser anderen, du weißt schon, wovon du mir neulich erzählt hast. Du musst das in Ordnung bringen.«

Vater wurde fuchsteufelswild. Am liebsten hätte er den Tisch umgeworfen. *Kümmere dich um deinen eigenen Scheiß! Such dir selbst eine zum Vögeln!*

»Jaja, ich weiß schon«, sagte er.

»Gleich, als wir sie vor der Tür getroffen haben, hatte ich das Gefühl, dass etwas nicht stimmt. Warum kam sie ausgerechnet in dem Augenblick die Treppe herunter, wenn nicht, um Ärger zu machen? Sei vorsichtig, Shengqiang. Du und Anqin, ihr habt schon einiges durchgestanden. Nimm endlich Vernunft an.« Onkel schien keine Notiz davon zu nehmen, wie sehr Vater innerlich vor Wut kochte.

»Vernunft annehmen? Keine Sorge, ich bin sehr vernünftig.« Vater schlürfte weiter seine Suppe.

»Das sagst du so, Shengqiang. Ich kenn dich doch. Ich habe schon oft erlebt, wie Freunde von mir von heute auf morgen wegen einer Frau in Schwierigkeiten geraten sind. Viele Jahre habe ich mich nicht um dich gekümmert, aber jetzt bin ich hier, und wenn ich irgendetwas für dich tun kann, dann kannst du ganz offen mit mir reden. Wenn du die Sache mit dem Mädchen nicht geregelt bekommst, mache ich das für dich. Ich weiß, wie man das anstellt.«

Vater war einen Augenblick lang sprachlos. *Das würde ich nun doch gerne wissen, wie du das zu regeln gedenkst, Bruder*, hätte er gerne gesagt, doch es erschien ihm angemessener, zu schweigen.

»Hörst du mir zu, Shengqiang? Du kannst mich wirklich um alles bitten«, wiederholte Onkel.

»Also wirklich, ich bin alt genug, um zu wissen, was ich tue. Keine Sorge!«, antwortete Vater schließlich. Und das stimmte ja auch. Er, Xue Shengqiang, war ein erwachsener Mann, und wenn er durch Pingle lief und geradeaus gehen wollte, dann sollte mal einer kommen und ihm sagen, er müsse rechts einbiegen. Abgesehen davon, ging es bloß um eine Affäre. Na und? *Lass deine Finger aus dem Spiel! Du willst sie wohl selbst vögeln, oder was? Duan Zhiming du verdammter Idiot. Eine Schüssel Soba reicht dir, um mir die Laune zu verderben.*

Onkel schien eine Sache nach der anderen an den Fingern herunterzählen zu wollen. Erst ging es um Zhong Xinyu, dann um Großmutter, dann um Tante Lishan, dann kam auch noch der alte Zhong an die Reihe. »Zhong hat mich gefragt, ob ich nicht an verschiedenen Einrichtungen und Schulen der Gegend Vorträge halten möchte, was meinst du dazu? Soll ich?«, fragte er.

Als ob ich etwas dazu zu sagen hätte, du blöder Arsch. Vater verschlang den Rest der Nudelsuppe. Dass Zhong ihn zum Essen eingeladen hatte, wäre ja nicht weiter verwunderlich gewesen, aber dann noch ein Haufen Mädchen in einem Nachtklub – natürlich macht der alte Sack das nicht umsonst. Es muss schon etwas für ihn dabei herausspringen! Selbstverständlich sollte es nicht so aussehen, als wolle er seinem Freund das Geschäft verderben, also sagte er: »Na klar! Warum auch nicht? Du hast doch keinen Grund, dein Licht unter den Scheffel zu stellen. Du bist schließlich hier zu Hause, also geh hin, und sag ein paar Worte.«

Onkel nahm es als Kompliment, fügte sich in seine Mission, aß seine Nudeln auf. Er hatte gesagt, was zu sagen war. Er bestand darauf, die sieben Yuan für die Nudeln zu zahlen, und verkündete, er werde jetzt gehen, um sich um die Banner für den Geburtstag zu kümmern.

Vater stand vor der Tür des Soba-Imbisses und zündete sich eine Zigarette an. Ursprünglich hatte er sich wegen Zhong Xinyu nicht allzu viele Gedanken gemacht, doch nun, da Onkel davon angefangen hatte, begann die Geschichte an ihm zu nagen. Er nahm sein Handy, überlegte kurz und rief sie an. Seitdem er sie auf Großmutters Befehl hin dazu bewogen hatte, in ihre alte Wohnung zurück zu ziehen, waren bereits einige Tage vergangen, ohne dass er etwas von ihr gehört hatte. Auf seine Anrufe hatte sie nicht reagiert, und Vater war sich sicher, dass sie eingeschnappt war. Typisch Frau. Stets dieselben Launen. Doch das würde gewiss bald vergehen. Sie war eben ein junges Ding. Sobald Großmutters Geburtstag überstanden war, würde er ihr eine neue Bleibe suchen. Was war denn schon dabei, ein Mann brauchte einfach Frauen, mit denen er schlafen konnte. Kaum hatte er diesen Entschluss gefasst, fühlte er sich gleich besser. Er scrollte durch seine Kontakte und tippte auf ihre Nummer.

Heute war sie gleich am Telefon. Doch etwas stimmte nicht mit ihrer Stimme, sie klang, als habe er sie gerade geweckt.

»Sheng, äh, Shengqiang!«, sagte sie, und er wunderte sich, warum sie so stotterte.

»Hallo, wie geht es dir inzwischen?«, fragte Vater.

»Gut … Shengqiang, hast du viel zu tun heute?«

»Es geht. Mein Bruder ist zurück und kümmert sich um Mutters Geburtstag, deshalb ist ein bisschen weniger los bei mir.«

»Könntest du vielleicht nach der Arbeit bei mir vorbeikommen? Es gibt etwas, worüber ich mit dir reden möchte.«

Sehr gut, dachte Vater, *endlich mal wieder einen wegstecken!* Vom Gedanken daran beflügelt legte er auf.

Gut gelaunt schlenderte er zur Firma. Höchste Zeit, an die Arbeit zu gehen. Da er gerade so guter Dinge war, rief er unterwegs noch beim alten Zhong an. Es kam ihm jetzt schäbig vor, dass er Zhong Xinyu in seinen Kontakten ebenfalls schlicht unter »Zhong« abgespeichert hatte. Der alte Zhong hatte das glücklicherweise noch nicht mitbekommen, aber Vater hatte jedes Mal ein schlechtes Gewissen, wenn er bei ihm anrief.

»Hallo, Zhong«, grüßte Vater ihn leutselig. »Du konntest es mal wieder nicht lassen, was?«

»Was habe ich denn jetzt schon wieder verbrochen, Shengqiang? Rufst du an, um mir den Kopf zu waschen?«, lachte Zhong.

»Du hast meinem Bruder deinen sogenannten Freund vorgestellt, damit er die Glückwunschbanner kalligrafiert, nicht wahr?«, zog er ihn auf. Er wusste sehr wohl, dass Zhong bei seinem ehemaligen Schwager in der Schuld stand.

»Ach komm, lass das«, stöhnte Zhong. »Du weißt doch, wie Gao Tao ist. Ständig soll ich seine Geschäfte ankurbeln.«

»Geht mich ja nichts an«, sagte Vater. »Mach, was du willst, aber mach es richtig.«

»Was denn sonst? Keine Frage!«, sagte Zhong schnell.

Sie wollten sich gerade verabschieden, als Zhong noch etwas einfiel: »Nicht wahr, Shengqiang, Yao hat dich doch angerufen wegen dieses Arztes? Sie hat einen gefunden, also geh dort hin, schieb es nicht auf die lange Bank.«

»Jetzt komm mir nicht damit.« Vater wusste, dass Zhong die besten Absichten hatte, aber es verdarb ihm die Laune. »Ich bin doch kein Kind mehr, du musst mir das nicht zweimal sagen. Ich habe schon verstanden. Du weißt doch, dass ich gerade alle Hände voll zu tun habe. Wenn alles geschafft ist, sehen wir weiter.«

»Aber Shengqiang ...«

»Schon gut, schon gut. Ich kann jetzt nicht reden. Ich bin in der Firma. Kümmere du dich darum. Heute Abend gehen wir was trinken, okay?« Vater betrat so eilig die Firma, als gelte es das Leben.

Doch entweder hatte er an diesem Morgen vergessen, Räucherstäbchen anzuzünden oder sie falsch abgebrannt, die Götter waren ihm heute einfach nicht gewogen. Kaum, dass er die Firma betrat, fand er seinen Sekretär vor, der ihn, nervös von einem Fuß auf den anderen wiegend, vor dem Büro erwartete. Sofort stürmte er auf ihn zu und rief: »Herr Xue! Endlich sind Sie da! Der alte Herr Chen wartet schon seit Stunden in ihrem Büro.«

Wer zum Donner ist der alte Herr Chen? Doch nicht etwa sein Schwiegervater, der seit gefühlten hundert Jahren nicht mehr nach ihm gefragt hatte? Vater fluchte. *Den alten Quälgeist kann ich jetzt wirklich nicht gebrauchen!*

Herr Zeng fügte noch hinzu: »Herr Chen war heute Morgen schon sehr früh da. Er ist total in Rage!«

Der Gedanke jagte ihm einen Schauer den Rücken hinunter. *Dieses verdammte Kaff! Dass sich hier jeder über alles das Maul zerreißen muss. Es hat doch hoffentlich niemand dem Alten die Geschichte im Krankenhaus gesteckt?*

»Was will er?«

»Na ja, er zetert in einem fort wegen der Säuberungsaktion im alten Gärhof. Er ist ganz aufgebracht!« Herr Zeng hüpfte immer noch unruhig hin und her.

Also handelte es sich nicht um seinen Schwiegervater, sondern um Chen Xiuliang, seinen alten Meister, der schon eine Weile in Rente war. Sofort erlosch das Feuer, das in ihm tobte. Zwischen Meister und Schüler gab es nichts, was man nicht in Ruhe regeln konnte.

Er stieß die Tür zu seinem Büro auf und fand Chen Xiuliang auf dem Sofa sitzend und Tee trinkend. Vor ihm auf dem Tisch türmte sich ein Haufen Kippen im Aschenbecher wie Gewehrkolben.

»Meister Chen!«, grüßte Vater freundlich beim Hineingehen.

Die Idee, Großmutters Achtzigsten ausgerechnet auf dem alten Gärhof zu feiern, hatte Chen Xiuliang von Anfang an nicht gefallen. Das wusste im Grunde auch jeder, doch man hatte seinen Ärger einkalkuliert. So vieles war passiert, angefangen damit, dass man Vater krank aus dem Bett seiner Geliebten geholt hatte, dass Chen keine Gelegenheit gefunden hatte, sich zu Wort zu melden. Inzwischen hatte sich seine Wut so erhitzt, dass sie fast überkochte. Er sah aus, als würde er sich die Zigaretten gleich auf dem Herzen ausdrücken. Höchste Zeit, dass Vater ihm den Sachverhalt erklärte.

147

»Aber Meister, regen Sie sich nicht so auf, hören Sie mir erst einmal zu!«, sagte Vater beschwichtigend und drückte Chen zurück in das Sofa.

»Was gibt es da noch zu sagen? Als ob du nicht wüsstest, Shengqiang, was das Wichtigste in einer Bohnenpastenfabrik ist? Na? Der Geruch! Und woher kommt der? Aus den Gärtöpfen, die ganze Essenz des Hofs liegt darin! Und jetzt hast du alles zunichte gemacht, ratz-fatz weggeputzt, zerstört! Willst du eine Bohnenpastenfabrik, oder nicht? Meinen Tod willst du, und sonst gar nichts!« Mit zitternden Fingern drückte Meister Chen seinen halb gerauchten Zigarettenstummel im Aschenbecher aus.

Das hörte Vater nicht zum ersten Mal. Seit er seinen Fuß in diese Fabrik gesetzt hatte, hörte er von Meister Chen tagein, tagaus dieselbe Litanei.

Vater konnte sich noch gut an seine erste Begegnung mit Meister Chen erinnern. Es war ein angenehm warmer, nicht zu heißer Tag. Chen saß lässig im Unterhemd hinter seinem Schreibtisch in der technischen Abteilung und las die Zeitung. 1983 oder 1984 musste das gewesen sein, Vater sah noch die leuchtend rote Schlagzeile vor sich: *Programm für die vier Modernisierungen gestartet*. Großmutter persönlich hatte Vater in das Büro geschleppt und dem Meister vorgestellt: »Herr Chen, ich bringe Ihnen meinen Sohn.« Chen hatte so getan, als höre er nichts, und seinen Artikel zu Ende gelesen. Dann faltete er die Zeitung zusammen, drückte die Zigarette aus und stand auf. »Aha, das ist also der junge Mann. Wie geht's, kleiner Prinz?«

»Aber lassen Sie doch die Witze, Meister Chen, von

148

wegen kleiner Prinz, wo leben wir denn?«, hatte Großmutter gesagt. »Ich übergebe ihn von heute an in Ihre
Obhut. Er hat von nichts keine Ahnung, schimpfen Sie
ihn ruhig, und geben sie ihm eins auf die Ohren, wenn er
nicht hört.«

»Bloß nicht schimpfen, bloß nicht schlagen«, rezitierte
der Alte die Sutren.

»Doch doch. Schimpfen, schlagen. Das hat er nötig!«,
insistierte Großmutter.

Die beiden klangen wie ein Opernduett, aber Vater
kümmerte sich nicht darum, sondern beäugte nur vorsichtig seinen zukünftigen Meister. Gerade erst hatte er
ein halbes Jahr im Gefolge seines Bruders das Leben kennengelernt, und nun war er dieser Pestilenz von einem
Meister ausgeliefert. Er wartete, bis Meister Chen und
Großmutter sich gegenseitig auskomplimentiert hatten
und Großmutter gegangen war. Chen wandte sich nun
Vater zu und sagte: »So, mein Junge, jetzt geh heißes
Wasser holen und gieß mir einen Tee auf.«

Die Thermoskanne stand in der Ecke. Vater hob sie an
und merkte, wie schwer sie war. Er schraubte den Deckel
ab, zog den Korken heraus und sah hinein: »Sie ist noch
ganz voll mit heißem Wasser«, sagte er.

Chen setzte sich wieder und zündete die nächste Zigarette an. Er nahm einen tiefen Zug und stieß den Rauch
durch die Nase aus. »Von jetzt an, Junge, merk dir eins:
Wenn ich dir sage, du sollst heißes Wasser holen, dann
holst du heißes Wasser. Verstanden?«

Vater kniff die Arschbacken zusammen und tat wie
geheißen. Großvater hatte ihm beigebracht, wie man

149

richtig Tee zubereitete. *Ein Löffel* Hua Mao Feng, *eine halbe Kanne frisch gekochtes Wasser, und bloß nicht zu schnell den Deckel drauf – der Dampf ist der Atem des Unsterblichen! Wenn die Blätter oben treiben, wird Lü Dongbin nicht mehr bleiben, sinken die Blätter auf den Grund, lacht Madame He Xiangus lieblicher Mund.*

Chen Xiuliang nahm einen Schluck und runzelte die Stirn: »Junger Mann, kannst du mir sagen, warum dieser Tee ranzig schmeckt?«

Vater war sauer. Mutter sagte immer zu mir: »Du weißt gar nicht, wie lammfromm dein Vater heute ist, die reine Boddhisattva. Du hättest ihn einmal früher erleben müssen, da ist er beim kleinsten Bisschen in die Luft gegangen!«

»Ranzig, wieso?«

Chen dachte einen Augenblick nach und sagte: »Ranzig wie die Schweinedarmnudeln vom Laden an der Siebenheiligenbrücke!«

Vater war völlig perplex. Tatsächlich hatte er heute dort zu Mittag gegessen.

»Kannst du dir nicht die Hände waschen, bevor du die Teeblätter in die Kanne tust?«, fragte Meister Chen mit strengem Blick. »Geh, wasch dir die Hände, und mach mir einen frischen Tee!«

Vater musste ihm wohl oder übel gehorchen. Er stand neben Chens Schreibtisch und beobachtete, wie Chen den Tee kostete. Der zeigte auf einen Bambusrohrstuhl gegenüber und befahl: »Setz dich.«

»Ich möchte lieber stehen, Meister«, sagte Vater.

Chen Xiuliang konnte nicht wissen, dass Großmutter

Vater den Hintern so arg versohlt hatte, dass ihm jede Bewegung schmerzte und er nicht wagte, sich hinzusetzen. Chen lachte freundlich und sagte: »Hör mal zu, du musst nicht meinen, dass ich einem kleinen Prinzen wie dir das Leben schwer machen will. Lass dir eins gesagt sein – das Wichtigste in dieser Fabrik ist der Geruch nach Bohnenpaste! Und noch etwas. Wenn es etwas gibt, auf das ich mich verstehe, dann ist es, genau diesen bestimmten Geruch hinzubekommen. Deine Mutter meint es also gut mit dir, wenn sie dich zu mir schickt, denn so lernst du, wie Bohnenpaste zu riechen hat, und damit wirst du diese Fabrik im Griff haben.«

»Was geht mich die Fabrik an«, grummelte Vater.

»He! Was bist du Bengel doch schwer von Begriff! Alles geht dich diese Fabrik an. Ihr jungen Leute wollt heutzutage alle hoch hinaus und denkt, so eine Fabrik ist unter eurer Würde. Du denkst, du hast bei deiner Mutter die Niete gezogen, was? Von wegen, ich sage dir: Deine Mutter hält die Hand über dich. Jetzt bist du erst einmal bei mir in der Lehre und lernst, was der richtige Geruch ist, und wenn der Laden einmal läuft, wird er dir gehören. Hast du das verstanden?«

Solange Vater denken konnte, hatte noch nie jemand mit so leidenschaftlichem Ernst mit ihm gesprochen.

Und so lernte Vater bei Meister Chen das Geschäft von der Pike auf kennen, von der Wahl der richtigen Chilisorte über die Untersuchung des Pelzes, der auf den gärenden Bohnen wuchs, bis hin zur Mischung der Paste und der Frage, wie man sie während des Gärungsprozesses in der Sonne umzurühren hatte – doch das war alles eher nebensächlich. Wichtiger war es, für den Meister Heißwasser zu holen, Tee aufzugießen, seinen Reden zuzuhören und gelegentlich zusammengestaucht oder verdroschen, o ja, und dann zum Zigarettenholen geschickt zu werden. Einmal bot Meister Chen Vater sogar eine Zigarette an.

Was das Rauchen betraf, fand Vater, brauchte niemand ihm etwas beizubringen. Er nahm die Zigarette an, hielt sie zwischen zwei Fingern, zündete sie an und zog daran. Es war bereits später Nachmittag, der Tag neigte sich dem Ende zu und für Meister und Schüler war Feierabend. Chen Xiuliang betrachtete Vater und lächelte.

»Was gibt es zu lachen, Herr Chen?«, fragte Vater verwirrt. Etwas juckte ihm in der Nase.

»Du hast jetzt den Bogen raus, was das Bohnenbreirühren angeht, Shengqiang«, sagte Chen.

»Ach, woher denn«, sagte Vater peinlich berührt.

Chen antwortete nicht und zog bedächtig an seiner Zigarette. Dann schnaubte er kräftig durch die Nase. »Manchmal bist du wirklich schwer von Begriff, Shengqiang. Aber wenigstens bist du kein Besserwisser, du bist schon in Ordnung so.«

»Was meinen Sie, Meister?«, fragte Vater und stieß ebenfalls den Rauch durch die Nase aus. Der herbe Tabakgeschmack gab ihm ein verdammt gutes Gefühl.

»So ein kleiner Grünschnabel wie du, der noch meine Anweisung braucht, um in einem Topf zu rühren, wie willst du denn bloß einem Mädchen einen dicken Bauch machen, he?«

Vater erwiderte nichts. Großmutter hatte ihm unmissverständlich eingetrichtert, dass man über solche Dinge mit niemandem sprach.

»Hast du schon einmal den nackten Hintern eines Mädchens gesehen?«, fragte Chen grinsend.

Oja, das habe ich! Vor ein paar Tage habe ich sogar einen weggesteckt!

»Na, Shengqiang, weißt du was?«, sagte Chen und deutete mit der Zigarette zwischen den Fingern auf ihn. »In ein paar Tagen nimmt dich dein Meister mit auf eine Runde Spaß, was meinst du?«

Jetzt begriff er. Zum ersten Mal im Leben hatte er ein richtig schlechtes Gewissen – was war er für ein armseliges Arschloch, seinen Meister dreizehn Tage lang für nichts und wieder nichts die billigen Yinshan-Zigaretten rauchen zu lassen.

Natürlich brachte Vater es nicht fertig, sich von Meister Chen in die 15-Yuan-Straße einladen zu lassen. Wie hatte Großvater immer zu ihm gesagt: »Man leiht kein Geld vor Buddhas Tempel, man nimmt keinen Kredit im Bordell.« Ob er das so gemeint hatte? Ganz bestimmt sogar. Am nächste Morgen überreichte Vater Meister Chen ehrfurchtsvoll ein Päckchen teurer Mudan und versäumte über Jahre hinweg nie mehr, seinen Meister mit guten Zigaretten zu versorgen. Auch die Hong Ta Shan, die Chen Xiuliang jetzt im Aschenbecher ausdrückte, waren ein Geschenk Vaters.

Das interessierte Chen in diesem Augenblick allerdings wenig. Sein Zorn musste heraus, ganz egal, von wem die Zigaretten in seiner Hand stammten, und Vater war es, den sein Geschrei und seine Spucke ins Gesicht trafen.

»Meister«, Vater tätschelte Chen seufzend die Schulter.
»Hören Sie mir doch erst einmal zu. Wir haben den Gärhof doch seit Ewigkeiten nicht genutzt, warum ihn also
nicht sauber machen und für die Geburtstagsfeier nutzen? Meine Mutter wird schließlich achtzig!«

»Wer sagt, dass man den Hof nicht mehr gebrauchen
kann? Ich nutze ihn noch!«, bellte Chen Xiuliang. Das
stimmte. Einmal pro Jahr, komme, was wolle, rollte der
alte Mann die Ärmel auf und kümmerte sich persönlich
um ein paar Tontöpfe mit Bohnenpaste. Seit Vater denken
konnte, war Chen Junggeselle. In den Tontöpfen zu rühren war das Einzige, was den Alten am Leben zu erhalten
schien, also ließ Vater ihn gewähren.

»Jaja, schon gut«, sagte Vater. »Aber der Geburtstag
meiner Mutter ist doch schon nächste Woche, also noch
im April. Ich verspreche Ihnen, dass wir bis Anfang Mai
wieder alles so weit haben, dass Sie ihn nutzen können,
in Ordnung?«

»Von wegen in Ordnung. Ihr habt ihm das Wesentliche
geraubt! Was soll ich da noch nutzen?«

So hatte ihn seit Jahren niemand mehr angeschrien,
dachte Vater, Chens Speichel im Gesicht. Wahrscheinlich
seit dem Jahr 2000 nicht mehr, als der damalige Fabrikdirektor Zhu von Großmutter in den Ruhestand kompli-
mentiert wurde und Vater schließlich im Büro des Direktors Einzug halten konnte. Seither hatte niemand gewagt,
sich mit ihm anzulegen, und schon gar nicht, sich bei ihm
zu beschweren oder ihn einen Grünschnabel zu nennen.
Großmutter hatte fraglos weiterhin ein strenges Auge auf
ihn, aber sie besprachen alle Angelegenheiten in Ruhe.

154

»In unserer Familie weiß man sich zu benehmen«, pflegte sie zu sagen. »Sich aufzuregen ist reine Energiever-schwendung. Sparen wir uns die Wutanfälle, und bleiben wir vernünftig.« Und das sagte sie so oft, bis tatsächlich niemand mehr sich ihm gegenüber im Ton vergriff, egal, ob er Affären hatte, Mutter und Großmutter anlog oder diskret die Leute bestach, die bestochen werden mussten. Selbst wenn er jemanden gehörig zur Schnecke machte, biss der Betroffene die Zähne zusammen und machte kei-nen Mucks.

»Meister, bitte! Nun regen Sie sich doch nicht so auf! Ich kümmere mich darum«, sagte er beschwichtigend. Dabei war ihm selbst verdammt mulmig zumute.

Er brauchte den ganzen Nachmittag, um Chen ver-söhnlich zu stimmen, und es wäre nur logisch gewesen, wenn er danach völlig erschöpft gewesen wäre. Stattdes-sen fühlte Vater sich geradezu wiederbelebt, als sei er wieder siebzehn, mit ständigen dröhnenden Ohren vom Gebrüll seines Meisters und schmerzendem Hinterteil von den Schlägen seiner Mutter. Scheißegal war ihm das damals. Er hatte einfach ein paar Zigaretten geraucht, ein paar Schüsseln Nudeln gegessen, Feierabend, raus aus der Fabrik und ab zu den Chun'an-Wohnungen, um seine Ladung loszuwerden.

Ich gehe jetzt einfach zu Xinyu und besorg es ihr, dachte er fröhlich. Zhu Cheng war noch anderswo unterwegs, aber er hatte keine Lust zu warten, ging einfach vor das Tor und sprang in das nächste Taxi. Auf dem Weg rief er Onkel an und verabredete sich mit ihm zum Abendessen, um weitere Details für den Geburtstag zu besprechen.

»Um sieben dann«, sagte er. Dann sah er auf die Uhr und korrigierte sich: »Halb acht, ja, sagen wir lieber halb acht.«

Kurz bevor er auflegte, überlegte er es sich noch einmal. »Zhiming? Eher zwischen halb acht und acht. Fangt ihr ruhig schon ohne mich an zu essen, kann sein, dass es ein bisschen später wird bei mir.«

Exakt um zehn vor Acht stieß Vater die Tür zu dem Separee des Restaurants auf, wo er einen voll besetzten Tisch vorfand. Onkel, Zhong und Gao Tao saßen dort, und Gao Taos jüngere Brüder rutschten ebenfalls mit ihren Hintern auf ihren Stühlen herum. Und ein paar Mädchen waren auch da, hübsche Mädchen. Normalerweise hätte Vater sie sich gleich einmal näher angesehen, aber heute war ihm überhaupt nicht danach.

Zhong bemerkte ihn zuerst. »Shengqiang! Du kommst spät. Wo hast du dich denn rumgetrieben? Wieder hinter den Weibern her, was?«

»Ach, lass mich in Frieden«, winkte Vater ab. Er setzte sich auf den Stuhl am anderen Ende von der Eingangstür. »Eine Cola, bitte«, bestellte er. »Kalt!«

»Shengqiang, hast du sie nicht mehr alle? Kommst zu spät und dann trinkst du nicht mal was! Bist du noch ganz dicht?«, fragte Gao Tao.

»Was ist denn los, Shengqiang?«, fragte auch Onkel besorgt.

»Lasst mich, ich bin geladen!«, gab er zurück und sah zu, wie die Bedienung seine Cola einschenkte. Sie zischte und spritzte über, dem Mädchen direkt auf das Dekolleté.

Es interessierte ihn nicht. Er nahm das Glas und trank es in einem Zug leer.

Ach Vater. Er war zwar körperlich anwesend, aber seine Gedanken waren ganz woanders. Vor seinen Augen sah er nur das Bild Xinyus, Xinyu, die an seiner Brust weinte, bis ihr Make-up verlaufen war wie auf einer Opernbühne. *Du hast wohl nicht geglaubt, dass du so weinen würdest, Xinyu? Wozu sonst das ganze Make-up?*, dachte Vater. Gesagt hatte er nichts. Er hatte ihr die Schultern gestreichelt und auf ihren runden Hintern in den engen Jeans geschielt. *Heute wird wohl nicht mehr gevögelt.*

»Zwei Mal war ich beim Arzt«, sagte Xinyu unter Tränen, »aber ich habe nicht gewagt, dir davon zu erzählen. Du hast so viel um die Ohren, ich wollte dir keine Schwierigkeiten machen. Ich hatte einfach nicht damit gerechnet …«

»Komm, macht doch nichts. Ist nicht so schlimm. Ich überlege mir was.« Er hatte wohl den ganzen Nachmittag lang nur immer wieder dasselbe wiederholt.

»Ich überlege mir was«, sagte er noch einmal. Er war es müde, auf ihren Hintern zu schielen, und wandte den Blick nach oben. Von der Decke hing eine Lampe mit drei Glühbirnen. Eine davon war kaputt und er starrte in das Licht der beiden übrigen kugelrunden Birnen. Irgendwie ließ ihn das an die beiden runden Dinger zwischen seinen Beinen denken. *Ihr Schlawiner habt mir einen Bauch voll Ärger eingebrockt.*

Er konnte keinen klaren Gedanken fassen, sein Kopf war leer – ausgerechnet jetzt, wo er ihn dringend brauchte, kam ihm nichts anderes in den Sinn als der Film *Lenin*

1918, in den Großvater ihn und Onkel einmal geschleppt hatte. Auf einer riesigen Freifläche voller Menschen war das, die Vater, weil er damals noch ein Kind war, die Sicht versperrten. Irgendwann sagte jemand im Film: »Sieh mich an! Sieh mir in die Augen!« Daran erinnerte er sich noch.

Wohin soll ich sehen? Vater wünschte sich nichts sehnsüchtiger als den nötigen Durchblick, aber er starrte ins Leere.

Tatsächlich erinnerte sich Vater immer wieder an diese Szene, wenn er mit einer Frau im Bett war. Es war ein Trick, den Hong Yaomei ihm beigebracht hatte – einmal, als sie gerade fertig geworden waren, hatte sie ihre kühlen Finger auf seinen schweißnassen Rücken gelegt und gesagt: »Nun hör mal zu, junger Mann. Weißt du, dein Kleiner ist manchmal ein bisschen arg schnell, das ist nicht weiter schlimm, bist ja noch jung. Ich will dir verraten, wie du ihn etwas zügeln kannst, das funktioniert todsicher. Denk einfach an etwas anderes, irgendetwas ... an die Arbeit, ans Essen, ans Radfahren, solche Sachen. Du wirst sehen, wie lange du dann durchhalten kannst.«

Wenn Vater auch in der Schule nicht der Beste war, war er dennoch nicht auf den Kopf gefallen. Ruck-zuck hatte er sich den Kniff angeeignet und verlor seitdem nie wieder einen Tropfen zur falschen Zeit. Ob er nun beim Vögeln war oder Großmutters Tiraden über sich ergehen ließ, mit Freunden die vierte Flasche Schnaps köpfte oder die Nase in den Gärtopf steckte, um den Schimmel auf den Bohnen zu prüfen – es tat ihm gut, seine Gedanken einen Augenblick lang in eine ganz andere Richtung zu lenken, nur so zu tun als ob. Und dann zu besorgen, was zu besorgen war, zu unterschreiben, was zu unterschreiben war, runterzukippen, was runterzukippen war.

Auf das richtige Timing kommt es an.

So wartete er auch an diesem Tag ab und erzählte erst am Ende des Essens Onkel und den anderen, was los war. Erst als die zweite Flasche aufgemacht wurde, die Gläser aneinanderklirrten, jeder der Männer sich eins der Mädchen gegriffen hatte und zu begrapschen begann und mit ihr auf die ewige Liebe trank. Da machte Vater plötzlich den Mund auf und sagte: »Ich habe ein Problem.«

»Was ist los?«, fragte Zhong ungeduldig. »Jetzt raus damit. Egal, was los ist, wir sind für dich da.«

Onkel sagte nichts und sah Vater abwartend an, ebenso Gao Tao.

Alle starrten sie auf Vater, ein bisschen so wie Großmutter, wenn sie früher ihren strengen Blick über seine Examensnoten wandern ließ. In diesem Augenblick fühlte er sich, als habe er hundert Punkte erreicht. Sollten die anderen sich aufregen, er war plötzlich stolz auf sich.

Er griff nach seinem Glas und leerte es. Jetzt war er mutig genug.

»Gut, ich sag's euch«, verkündete er. »Ich habe dem Mädchen einen dicken Bauch gemacht.«

Kapitel 6

Es war ein ganz gewöhnlicher Aprilmorgen in Pingle. Über vierzig Mal hatte Vater diese Szenerie schon erlebt: Die Bäume schlugen aus, überall blühte und grünte es durcheinander, und war die goldene Rapsblüte vorbei, begann die rote Azaleenblüte, man zog die Nase hoch und es roch nach Rekordernte – und inmitten dieses Dufts drängten die Menschen auf die Straße: Reisende, Singende, Kartenspieler, fliegende Händler und alles, was Beine hatte. Und dazwischen die Pärchen, die sich fanden und wieder trennten. Auch wenn die jungen Leute von heute die Dinge anders hielten als zu seiner Zeit. Vater stand vor der Fabrik, rauchte und sah einem Paar zu, das sich inmitten des Blumenbeets auf der Kreuzung eng umschlungen hielt und überall befummelte, Brüste, Hintern, Hüfte. *Ach du Scheiße, die lassen sich wohl bis zum Mittagessen nicht mehr los.* Das hätte man vor zwanzig Jahren so nicht gesehen. Im alten Pingle konnte man jemanden, der am Osttor stand und rief, bis zum Westtor hören. Nichts blieb je verborgen, jeder, der auf der Straße ging und stand oder in seinem Laden hockte, war ein Spion. 1987, vielleicht war es auch erst 1988, hatte er Mutter im Yong Hui Restaurant des dicken Zhou am Westtor getroffen, nichts weiter. Ich bring dich nach Hause, hatte er gesagt, und sie waren hintereinander ein Stück die Straße hinab geschlendert, bis zum Wohnkomplex des Kreisparteikomitees. Dort hatte Vater kehrtgemacht und war zurückgegangen. An der nächsten Kreuzung traf er auf Zhong, der Vater so heftig auf die Schulter schlug, dass er vor Schmerz das Gesicht verzog.

»He, geht's vielleicht ein bisschen zarter?«, schrie er auf.

»Xue Shengqiang, kleiner Drecksack! Du lässt auch nichts anbrennen, wie? Eben noch hast du was mit dieser Xi Hongzhen und schon fängst du was mit Chen Anqin an, nicht schlecht!«

Die Nachricht verbreitete sich, noch bevor der Satz zu Ende gesprochen war. War Xi Hongzhen am Morgen noch Vaters Freundin, die er abends von der Arbeit im Laden mit lokalen Produkten am Nordtor zum Essen abholen sollte, wusste sie schon vor dem Dunkelwerden, dass daraus nichts werden würde. Um jedermann wissen zu lassen, dass er jetzt endgültig mit Mutter zusammen war, genügte es, drei Schritte Hand in Hand mit ihr die Weststraße entlang zu gehen. Und schon war jedem, der nicht taub, blind oder strohdumm war, klar: »Xue Shengqiang von der Bohnenpastenfabrik geht jetzt mit Chen Anqin vom Getreideamt!«

Vater blies den Rauch in die Luft und beobachtete das Paar beim fortgesetzten Fummeln. Ohne eifersüchtig zu sein sagte er sich, dass er offenbar vor seiner Zeit geboren war. Dann ließ er den Stummel fallen und trat ihn mit der Schuhsohle aus.

Er blickte auf die Uhr. Fast Zwölf. Gerade wollte er Zhu Cheng anrufen und fragen, wo er bleibe, als der schwarzglänzende Audi um die Ecke bog. Vater zupfte sein Hemd zurecht, drückte den Rücken durch und ließ noch ein paar Autos vorüberziehen in der leichten Frühlingsbrise, bis sein Audi vor ihm zum Stehen kam. Er öffnete die Wagentür.

Tante Lishan saß auf der Rückbank, mit fast fünfzig vielleicht keine strahlende Schönheit mehr, aber immer noch eine ausgesprochen attraktive Erscheinung.

»Hallo Schwesterherz! Wie war die Reise?« Vater streckte ihr freudestrahlend die Hand entgegen und half ihr aus dem Auto.

»Ach!«, sagte Tante beim Aussteigen lächelnd. »Für mich kein Problem, nur der arme Zhu Cheng musste mich ja in aller Frühe abholen.«

»Aber ich bitte Sie«, sagte Zhu Cheng höflich. »Dafür bin ich schließlich da.«

»Da hörst du's. Ist doch selbstverständlich«, pflichtete Vater ihm bei. »Schließlich wollte Zhiming dich unbedingt hier haben. Das war das Mindeste, was wir für dich tun konnten.«

Tante lächelte kopfschüttelnd, während sie Vater die Hand tätschelte. »Wie geschwollen du redest! Wir sind doch eine Familie.«

162

Die leichte Berührung ihrer Hand genügte, um Vaters ganzen Kummer vom Grunde seines Herzens an die Oberfläche steigen zu lassen. Normalerweise war er zum Glück eher cool. Wenn ihm irgendetwas sauer aufstieß, zermalmte er es mit den Zähnen, verdaute es ein paar Tage in seinem starken Magen und schiss es aus. Er war nicht der Typ, der sich mit Problemen aufhielt, ganz gleich, ob sie die Firma, sein Leben oder das anderer betrafen, Onkel eingeschlossen. Tantes Rückkehr gehörte ohnehin nicht in die Kategorie »Probleme«.

Er bat Tante Lishan in die Fabrik. Auf dem Weg erzählte er, wie sich das Geschäft in den letzten Jahren entwickelt hatte und was sie für Großmutters Geburtstag geplant hatten, was er mit Onkel seit dessen Rückkehr unternommen hatte und dergleichen.

Bei den Büros hielt Vater inne. »Geh du schon mal nach oben und mach es dir bequem, Lishan. Zhiming wird jeden Augenblick hier sein, dann holen wir Mutter ab und unterhalten uns beim Mittagessen weiter.«

Die Worte waren nur so aus ihm herausgesprudelt, doch hatte er im Überschwang seiner guten Laune jemanden vergessen. Tante Lishan jedoch nicht. »Und was ist mit Anqin?«, fragte sie. »Kommt sie nicht mit?«

Da fiel ihm wieder ein, dass es außerhalb des Westtors ein Haus gab, sein Haus, in dem seine Frau wohnte. Er klopfte sich auf die Schenkel. »Natürlich! Klar kommt sie auch mit. Das wird sie sich nicht entgehen lassen, wo du schon mal hier bist. Ich rufe sie gleich an.«

Und das stimmte. Wenn es eine Person gab, die in der gegenwärtigen Situation Mutter, Vater und Großmutter dazu bringen konnte, sich in aller Ruhe am selben Tisch zu versammeln und freundlich miteinander zu plaudern, dann war es wahrscheinlich allein Tante Lishan.

Es war Onkels Idee, Tante Lishan herzubitten. Vater war entschieden dagegen gewesen.

»Zhiming, du kommst immer auf die absurdesten Ideen. Sie hat doch seit Jahren keine Sendung mehr gemacht. Wie kommst du nur darauf, sie herzubitten, und die Moderation der Veranstaltung zu übernehmen? Das ist doch zu viel für sie.«

»Kann schon sein«, sagte Onkel. Er saß Vater gegenüber und steckte sich eine Zigarette an. »Aber sie hat doch zurzeit nichts zu tun und Mutter wird nicht alle Tage Achtzig. Sag mir mal, wen du sonst als Moderator anheuern würdest, es gibt niemand Besseren.«

»Ich bin nicht einverstanden. Das ist einfach zu viel verlangt.« Vater schüttelte weiter energisch den Kopf.

»Ich weiß, wie sehr du sie schätzt, Shengqiang, aber das tue ich auch. Außerdem habe ich sie schon gefragt und sie hat sofort zugesagt. Sie hat gesagt, dass sie just an diesem Wochenende auch als Dian Dians Babysitter gebraucht wird. Also kann sie herkommen und sich alles in Ruhe ansehen. Sie bringt so viele Jahre Erfahrung mit, ihre Meinung kann sehr wertvoll für uns sein. Meinst du nicht?« Onkel wusste, wie man jemanden von einer Sache überzeugte.

Und natürlich setzte er sich durch. Er rief Tante an, verabredete eine Uhrzeit und Vater hatte nichts mehr zu melden. Er fluchte innerlich auf Großmutter. *Geburtstag* hier, Geburtstag da – mit ihrem ewigen Gerede macht sie uns allen das Leben zur Hölle!

Ach was! Man wird eben nicht alle Tage achtzig, sagte er sich gleich darauf etwas milder.

»In Ordnung, ich rufe Zhu Cheng, damit er sie abholt.«

»Gute Idee«, sagte Onkel.

Vater schwieg, zündete sich eine Zigarette an und nahm ein paar heftige Züge.

Die beiden saßen da und rauchten, ohne ein Wort zu sagen. Das Wesentliche war erledigt, doch sie konnten sich nicht entschließen, zu gehen. Onkel starrte Vater an, auf eine Art, die ihm Angst einjagte. Er wäre am liebsten aufgesprungen und davongerannt. Seit Vaters Bekenntnis bezüglich Xinyu zwei Tage zuvor, hatte Onkel ihn immer wieder auf diese Weise angestarrt, als würde er ihn einer gründlichen Prüfung unterziehen und von allen Seiten beleuchten.

Vater hielt es naturgemäß als Erster nicht mehr aus: »Wenn du etwas zu sagen hast, spuck's aus!«

Onkel drückte seufzend seine Zigarette aus.

»Keine Sorge, Zhiming«, sagte Vater. »Ich werde schon allein mit meinen Angelegenheiten fertig.«

»Ich weiß«, sagte Onkel. »Du bist ein erwachsener Mann, und du managst die ganze Firma. Diese Sache aber, damit ist wirklich nicht zu spaßen. Du kannst mit mir über alles reden, weißt du. Wenn du die Sache nicht in den Griff bekommst, erledige ich das für dich.«

Vater wurde bockig. *Erledigen! Erzähl du mir, wie man ein Kind »erledigt«. Oder Zhong Xinyu. Oder mich vielleicht, Xue Shengqiang? Gesteht nicht die Politik jedem Paar ein Kind zu?*

Also. Ich habe gegen kein Gesetz verstoßen, ich kann ruhig noch eins haben, was soll's also! Als ob ich mir nicht noch ein Kind leisten könnte. Wahrhaftig, seit du hier bist, gibt es in Pingle noch eine Person mehr, die mir auf die Nerven geht. Mutter mit ihren bald achtzig Jahren, die den ganzen langen Tag nicht vor die Tür geht, die hat auch immer was zu sagen, aber das höre ich mir ein paar Mal im Monat an und gut. Was sie nicht weiß, macht sie nicht heiß. Und jetzt kommst du ständig daher und hältst mir tagaus, tagein Vorträge. Eine elende Plage ist das!

Im Grunde war die Sache mit Xinyu eine gute Sache. Der alte Zhong und Gao Tao, die ganze Bande, sogar Zhu Cheng, hatten ihm gratuliert. »Gut gemacht, Shengqiang! Ist es ein Junge oder ein Mädchen? Was für ein Glück du hast!« – »Wegen des richtigen Krankenhauses mach dir keine Sorgen, Shengqiang. Da kümmere ich mich drum. Sie wird bestens versorgt sein. Willst du eine Amme? Ich kenne eine, die ist im ersten Monat für das Kind da, absolut zuverlässig, ich stelle sie dir vor!« – »Jetzt musst du dich aber ein bisschen mehr um deine zukünftige Familie sorgen, eine schwangere Frau hat's nicht leicht. Weißt du, ich sage meiner Alten einfach klipp und klar, Anfang Mai zu den Feiertagen geht's ab zu einer schönen Pauschalreise nach Singapur und Malaysia, noch zwei Mädels dazu, und sie machen sich eine gute Zeit!« – »Deine Frau ist doch ganz vernünftig. Warte nur ab, wenn das Baby erst da ist, wird sie nichts mehr sagen, so ein süßes kleines Baby, da kann man doch gar nicht widerstehen – alles wird gut, ich sag's dir!« – »Bin schon gespannt auf den Kleinen, Chef, bald stoßen wir an!«

Der einzige kühle Misston zwischen all dem warmen Zuspruch kam von Duan Zhiming. Vater drehte sich unter seinem Blick der Magen um. Streng sagte er: »Meine Güte, Shengqiang! Wie konntest du nur so einen Mist bauen!«

Man konnte Vater keinen unvernünftigen Menschen nennen. Anfangs dachte er, Onkel denke noch mit Schrecken an den eigenen Fehltritt seiner frühen Jugend, also ließ er ihn vorerst sagen, was er zu sagen hatte. Was sollte man machen, wenn man mit so einem exzentrischen Bruder geschlagen war? Sie waren jetzt beide über vierzig und schon viel herumgekommen, hatten die Nächte singend, saufend und herumhurend verbracht – kurz, sie waren gestandene Männer und wussten, wie der Hase läuft, verdammt noch mal. Wie sagte sein Freund Zhong immer: »Eine Kaulquappe findet immer nach Haus zu Mama, das wissen selbst die kleinen Kinder.«

Wie dem auch sei – Vater hatte an diesem Nachmittag absolut keine Lust auf Onkels Predigten. Wann immer sie zusammensaßen, wurde die Luft dick. Keine Ahnung, welchem Ahnen er einen Packen Totengeld schuldig geblieben war, aber unter dem Blick und dem Gerede seines Bruders würde sich selbst für einen hartgesottenen Kerl der Himmel trüben, er würde panisch werden und ausrasten. Und am Ende Tränen. Es war genug jetzt, er machte, dass er fortkam. Vater rappelte sich auf und machte sich davon. Er würde schon einen finden, mit dem er sich besaufen konnte.

So standen die Dinge vor Tante Lishans Eintreffen in Pingle.

Doch halt, noch habe ich nicht alles erzählt. Vater stapfte also in Rage aus der Bohnenpastenfabrik und rief vor dem Tor bei Zhong an. Und dabei nahm er zum ersten Mal bewusst den Frühling wahr. Es war Anfang April, der Himmel war Aprilhimmel, die Erde war Aprilerde, und was über die Erde und die Wände hinauf spross und blühte und kroch, waren die Geschöpfe des Aprils. Kurz bevor Vater sich Sentimentalitäten hingeben konnte, meldete sich Zhong.

»Los! Wir gehen was trinken«, sagte Vater.

Es war mitten am Tag, und Zhong fühlte sich überrumpelt. »Spinnst du, Shengqiang? Nicht jeder ist sein eigener Chef. Ich bin im Büro. Schau mal auf die Uhr! Ich kann hier jetzt nicht weg.«

»Ja oder nein?« Vater hatte keine Lust auf Diskussionen.

»Meinetwegen. Beim alten Chen?«

»Geht klar«, sagte Vater und legte auf.

Beruhigt spazierte Vater in Richtung von Chens Bar und dachte über seinen alten Freund nach. Nie hatten sie viel geredet, dafür umso mehr getrunken, sich über die Jahre hinweg immer besser verstanden, und je mehr sie tranken, umso größeren Durst bekommen. Die Weiber dagegen – es war schon seltsam. Je länger man mit ihnen zu tun hatte, umso mehr nervten sie.

Nachdem er sich die Kehle mit Bocksdornschnaps befeuchtet hatte, konnte er nicht länger an sich halten: »Weißt du, als Anqin jung war, war sie wirklich hübsch, vielleicht nicht so hübsch wie ihre Kollegin, diese Yufen, aber trotzdem ziemlich ansehnlich. Und unkompliziert.

So lange ist das gar nicht her. Ich verstehe einfach nicht, wie jemand sich so verändern kann.«

Zhong zog die Brauen hoch. Er schlug die Beine übereinander, zündete sich eine Zigarette an, und sagte: »Dir kann man es aber auch schwer recht machen. Du stellst einfach zu hohe Ansprüche, anstatt mit dem zufrieden zu sein, das du hast. Lass dir eins gesagt sein: Du hast eine andere nebenher, gut. Sie kriegt ein Baby, gut. Aber lass dich bloß nicht von unserer Chen Anqin scheiden. Bevor du anfängst, unser Mädchen zu tyrannisieren, hab ich noch ein Wort zu sagen!«

Vater war überrascht. Erst nahm er an, Onkel habe Zhong unter Druck gesetzt, doch dann besann er sich. Irgendwie hatte Zhong recht. Friedfertig erwiderte er: »Ist ja schon gut. Warum soll man auch wegen einem Bett in der Fremde das ganze Haus anzünden?«

Zhong blies den Rauch aus und nickte. Dann stieß er mit Vater an.

Die beiden verbrachten einen entspannten Nachmittag, tranken Bocksdornschnaps, zermalmten ein paar Erdnüsse zwischen den Zähnen und genossen ihre Zhonghua-Zigaretten. Gut zwanzig Jahre kannten sie sich nun schon. Und das dank Tante Lishan.

1981 oder 1982 war es wohl gewesen. Vater und Onkel gingen noch zur Schule, während Zhong bereits in der staatlichen Papierfabrik arbeitete, mit einem sicheren Monatslohn. Er sprach ausgezeichnetes Hochchinesisch. Damals bestand Pingle natürlich aus nicht mehr als den vier Straßen, Nord-, Süd-, Ost- und Weststraße, und alles, was ging und lief und kroch, musste früher oder später durch diese Straßen kommen. Unter den Strommasten an der Brücke am Westtor hatte jemand mithilfe schlichter Ziegelsteine drei Tischtennisplatten aufgebaut, um die sich jeden Nachmittag oder abends nach dem Essen die Dorfjugend scharte.

Er war selbst erstaunt, wie genau er sich noch an die erste Begegnung mit Zhong erinnerte. Das Abendessen war beendet und Tante Lishan verkündete, sie wolle noch eine Runde Tischtennis spielen gehen. Onkel schloss sich an und nahm auch Vater in Schlepptau. Sie waren zweifellos spät dran und alle Tische waren längst besetzt. Sie standen daneben und sahen den anderen Mädchen und Jungs in ihren blauen und khakifarbenen Einheitswesten zu, wie sie die Bälle hin und her schmetterten. »Lasst uns gehen«, sagte Tante Lishan. »Sieht nicht so aus, als kämen wir heute an einen Tisch.« Vater hätte gerne den dicken Mann markiert und seiner Schwester einen Platz ergattert, aber er war einfach noch zu jung, gerade mal in der achten Klasse, sein Bruder in der zehnten. Ihre Schwester hatte schon ihre erste Stelle, aber sie war eben ein Mädchen. Pech gehabt. Sie wollten schon gehen, als plötzlich einer rief: »Kommt her, ihr könnt mitspielen. Wir brauchen Leute zum Einwechseln.«

Der da rief, war Zhong. Und mit dieser Begegnung war Vaters und Onkels Laufbahn als coolste Jungs von Pingle vorgezeichnet.

Nicht lange, nachdem sie sich angefreundet hatten, nahm Zhong all seinen Mut zusammen und fragte Onkel: »He, Zhiming, hat deine Schwester eigentlich einen Freund?«

170

Onkel warf ihm einen verächtlichen Blick zu: »Klar hat sie einen. Und den heiratet sie demnächst.«

Vater war gutherzig genug, um die Sache Zhong gegenüber danach nie wieder zu erwähnen. Zhong selbst tat so, als hätte er nie etwas gesagt, und er unternahm auch nichts, um Tante Lishan für sich zu gewinnen. Bald kehrte Onkel dem Städtchen den Rücken und der Kontakt zu Zhong brach ab. Nur Vater, das schlichtere Gemüt von beiden, blieb zurück und raufte sich mit Zhong zusammen. Seitdem waren sie wie Schwurbrüder: unbesiegbar, unzertrennlich im Saufen, Mahjongspielen und Frauenaufreißen.

Wenn sie einmal über die Vergangenheit redeten, dann machten sie sich am liebsten über Vaters beharrliches Verlangen nach Hong Yaomei lustig, schlugen sich auf die Bäuche und sagten: »Was waren wir als junge Kerle noch dünn!«

Ach ja, einmal, nur ein einziges Mal, redeten sie doch über Tante Lishan. Das musste 1993 gewesen sein, als die Papierfabrik dichtmachte und Zhong seine Stelle einbüßte. Wie eine verlorene Seele wanderte er durch die vier Straßen Pingles und wagte sich kaum nach Hause, wo Gao Yang ihm mit der Schöpfkelle eins überbriet. Eines Tages saß er mit Vater in der Kneipe und sagte: »Shengqiang, mein Leben hat einfach keinen Sinn mehr.«

»Du hast sie ja nicht mehr alle«, sagte Vater entsetzt. »Die Welt liegt dir zu Füßen, die Straßen sind voller Weiber, die nur auf dich warten! Geht's noch?«

»Du hast doch keine Ahnung. Ich habe keinen Fen in der Tasche, ich kriege nichts mehr auf die Reihe. Wie soll ich mich um Frau und Kind kümmern?«

»Aber ich hab Geld, Mann. Warum machst du dir solche Gedanken? Ich sorge für deine Frau und dein Kind wie für meine eigene Familie, wenn es sein muss.«

Wider Erwarten fand Zhong dieses Angebot beleidigend. Er verpasste Vater eine Kopfnuss, so hart, dass Vater aufschrie, und sagte: »Von wegen! Du glaubst wohl, alles gehört dir. Aber meine Frau bleibt meine und mein Kind meins, dass das klar ist!«

Vater begriff, dass er sich zu weit vorgewagt hatte. Lachend entschuldigte er sich. Zhong lachte ebenfalls, und sie brachen beide in ein solches Gelächter aus, dass ihnen die Luft wegblieb.

An diesem Tag war es, ganz gewiss war es an diesem Tag, erzählte Vater, an dem sie sich endlos unterhielten, sämtliche Begebenheiten ihrer Jugend in diesem Kaff wiederaufleben ließen, Jahr für Jahr, 1981, 1982, 1983, 1984.

Und am Ende brach Zhong, dieser Scheißkerl, in Tränen aus. Er flennte wie ein Mädchen, erzählte Vater. Und Vater weinte mit. Seine Augen röteten sich, und irgendwann konnte er nicht mehr an sich halten, und die Tränen rannen ihm übers Gesicht wie Pferdepisse.

Die beiden Männer heulten, dann fingen sie wieder an zu lachen, tranken weiter, dann bemitleideten sie sich wieder und begannen erneut zu weinen.

Und damit hatte es sich. Selbstverständlich war nie mehr die Rede davon und sie würden nie mehr ein verdammtes Wort darüber verlieren.

Jetzt aber redete Vater. Als er genug getrunken hatte und der Augenblick passend schien, sagte er: »Morgen kommt meine Schwester nach Hause. Auf Zhimings

172

Wunsch. Er möchte, dass sie die Geburtstagsfeier unserer Mutter leitet.«

»Im Ernst? Das steckt aber die Latte ziemlich hoch.«

Vater machte eine längere Pause. »Ich wollte dich etwas fragen«, sagte er dann.

»Mhm.«

»Die Sache mit dem Kind. Was meinst du, soll ich es meiner Schwester sagen? Mein Bruder weiß es ja schließlich auch.«

»Spinnst du? Wieso? Da kannst du's ja gleich in die Zeitung setzen.« Zhong war völlig perplex.

»Hör mal«, sagte Vater und bemühte sich, Zhong in Ruhe an seinen Gedanken teilhaben zu lassen. »So ein Kind lässt sich nicht verstecken, wenn es einmal da ist, damit ist nicht zu spaßen. Noch hat Anqin keine Ahnung, aber die Leute werden reden, und früher oder später findet sie es heraus. Und dann ist die Kacke am Dampfen. Die einzige Person in der ganzen Familie, auf deren Wort sie etwas gibt, ist Lishan. Deshalb will ich sie einweihen, je früher sie Bescheid weiß, desto besser.«

Erst jetzt begriff Zhong, wie ernst es Vater mit diesem Kind war, und dass er versuchte, vorausschauend zu denken. Wenn es jemanden auf dieser Welt gab, der Vater kannte, war es Zhong. Sein Freund wollte dieses Kind, und wenn er es wollte, dann war alles andere nebensächlich.

»Dann sag es ihr«, sagte Zhong. »Deine Schwester ist gewiss die zuverlässigste Person in eurer Familie.«

Wenn die Leute aus dem Ort Anfang der achtziger Jahre über die Familie Duan von der Chunjuan-Bohnenpastenfabrik redeten, schüttelten sie die Köpfe. »Mit denen ist nicht zu spaßen!« Xue Yingjuan galt überall als eiserne Lady. Gleich nach der Kulturrevolution hatte sie die Geschäfte der Fabrik übernommen, nach zehn Jahren, in denen die Familie furchtbar gedemütigt worden war. Der alte Familienbesitz war enteignet, und mein beinahe achtzigjähriger Urgroßvater Xue, der damals Fabrikdirektor war, vor die Tür gezerrt worden, wo man ihm öffentlich das Haar zu einer Yin-und-Yang-Tonsur schor. Sein Schwiegersohn wurde zur Arbeit in einem Ziegelofen verdonnert und dessen Frau Xue Yingjuan zu einer Arbeiterin in der eigenen Fabrik degradiert, sie spritzte den Gärhof mit dem Schlauch sauber, putzte die Toiletten, fütterte die Schweine. Sie schuftete schwerer als die Männer. Aber sie biss die Zähne zusammen und hielt durch. Schließlich schaffte sie es mit Unterstützung des Kreisparteikomitees zurück auf den Posten der Fabrikdirektorin. »Das kann nicht mit rechten Dingen zugegangen sein! Man kann es drehen und wenden, wie man will, die Frau ist einfach außergewöhnlich! Mit der legt man sich besser nicht an«, sagten die Leute. Das war das eine Familienmitglied, mit dem man sich besser nicht anlegte.

Das andere war der älteste Sohn der Familie, Duan Zhiming. Es hieß, er sei als kleiner Junge immer mit seinen ungleichen Händen winkend herumgerannt, doch sobald ihn jemand wegen seiner deformierten Hand aufgezogen habe, sei er in Tränen ausgebrochen. Und unversehens war er zu einem siebzehn-, achtzehnjährigen Mann herangereift. Und es stand außer Frage, dass dieser Junge der Augapfel seiner Mutter war, sie tat alles für ihn. Und die

Seidenraupe spann Seide – der Junge enttäuschte seine Mutter nicht, er war gut in der Schule und auch mit den Fäusten, er reifte zu einem hübschen jungen Mann heran, der talentierte älteste Spross der Familie, alle Mädchen waren verrückt nach ihm und seine Freunde standen ihm treu zur Seite. Einmal, kurz vor Neujahr, hatte irgend so ein Blinder beim Billard ein Auge auf eins seiner Mädchen geworfen – das neue Jahr war noch nicht eingeläutet, als derjenige unten am Südtor zusammengeschlagen wurde. Und was den jüngeren Bruder betraf, Xue Shengqiang, den er immer im Schlepptau hatte – der sah zwar wie ein Einfaltspinsel aus, aber auch mit dem legte man sich besser nicht an. Der Kleine sagte selber nichts, aber ein Wort von seinem Bruder genügte, und er zeigte jedem, wo der Hammer hing. Die beiden Schwestern, Xue Lishan, die im Getreidezentrum arbeitete, und Duan Xianjun, die beim Kreisarchiv einen Schemel plattdrückte, waren brave und nette Mädchen, die nicht weiter von sich reden machten. Doch wer aus einer so hoch angesehenen Familie stammte, mit dem legte man sich selbst dann besser nicht an.

Und, man stelle sich vor, kaum war es an der Zeit, das älteste Mädchen zu verheiraten, war der Bräutigam prompt ein Beamter in der Provinzregierung. Nicht schlecht, oder? Natürlich war die Hochzeit ein Riesenfest, etwas anderes war bei einem Familienoberhaupt wie der eisernen Lady Xue nicht drin. Zumal bei den Xues und Duans jeder Furz von einem Ereignis zu einer großen Sache wurde. Für die Hochzeit musste es das Restaurant Zur großen Freundschaft sein, das vornehmste Etablissement der Stadt in den 1980ern, an der Ringstraße hinter dem Westtor gelegen, und zwar alle achtzig Tische! Wenigstens achtzig oder neunzig Yuan muss das Essen pro Tisch gekostet haben. Und natürlich Hong Ta Shan Zigaretten und Wuliang-Likör auf jedem Tisch. Und was den Hausrat betraf – was man damals die »vier Ausstattungen für jedes Heim« nannte – ließ sich Madame Xue auch nicht lumpen: »Wir kaufen nur japanische Produkte!« Das ganze Volk von Pingle drängte sich dort, zum Fressen und zum Staunen. Xue Lishan war schon immer ein ansehnliches Mädchen gewesen, doch so gehudelt und gepudelt war sie die personifizierte Anmut. Und der Bräutigam, »Sohn eines hochrangigen Provinzmilitärs«, wie es hieß, konnte sich ebenfalls sehen lassen. »Sieht der nicht aus wie der Held aus dem Film *Eine Liebe in Lushan*?« Noch viele Jahre später redete man in Pingle von dem Filmstar-Bräutigam der jungen Xue.

Der einzige, der nicht einverstanden war, war vermutlich Vater. Ausgerechnet am 1. Mai, das wusste er noch ganz genau, dem Tag der Arbeit, musste seine Schwester heiraten, und vernichtete einen ganzen verdienten Feiertag! Von morgens bis abends war er auf den Beinen, Leute grüßen, Leute verabschieden, schweißgebadet war er, was für eine Plackerei! Obendrein wurde seine Mutter mal wieder von einer ihrer obsessiven Ideen geritten und nötigte ihn und Onkel, sich wie die Brautleute rote Blumen ans Revers zu heften. Von wegen Blume, ein verdammtes Messer war das, vom Feind in die Brust gerammt! Kannte ihn hier nicht etwa jedermann, vor allem seine Mitschüler? Und nun musste er mit einem Blumenbeet vor der Brust den Leuten die Hände schütteln, es war einfach hochnotpeinlich. Aber nicht nur deshalb wurde jener Tag für ihn zu einem einzigen Albtraum. Alles war daneben. Großmutter und Großvater? Von Teufeln und Dämonen besessen. Leckere Delikatessen? Nichts als Schweineschmalz und Wokgemüse. Der Bräutigam, der aus dem Jeep stieg? Wie ein Lackaffe von der Kuomintang sah der aus. Sein Bruder hatte seine Freundin Zhou Xiaoqin mitgebracht. Vor den Leuten benahmen sie sich zwar manierlich, aber in jedem unbeobachteten Moment quiekten und wisperten sie wie zwei kleine Mäuse, die sich einen Tunnel gruben. Einfach daneben. Das ganze Fest eine Versammlung von pervertierten Irren. Selbst das Feuerwerk geriet armselig. Ein einziges Elend.

Vater betrachtete seine Schwester in ihrem leuchtend roten Qipao und der weißen Stola um die Schultern, das Gesicht schon ganz gerötet, wie sie grimassenhaft lächelnd mit ihrem Mann von Tisch zu Tisch zog, um mit den Gästen anzustoßen. Vater hatte die Aufgabe, ihnen zu folgen und ihre Gläser zu füllen. Schließlich kamen sie an einen Tisch mit alteingesessenem Volk aus Pingle, Zhang Yao, mit Sohn und Schwiegertochter, Zhu Schlotterhemd mit seiner Frau und der alte Chen Xiuliang. Die jüngere Generation saß etwas abseits an einem Nebentisch, der Sohn der Zhus war darunter, Zhong und ein paar Freunde. Alle erhoben sich unisono und prosteten den Jungvermählten zu. »Danke! Ich danke euch allen!«, rief Onkel Liu. Dann stürzte er sein Glas hinunter. Er dachte wohl, er sei besonders schlau, aber er hatte nicht mit der scharfen Beobachtungsgabe dieser Bauerntrampel gerechnet. »He, Bräutigam, du hast ja gar nichts im

Glas! Shengqiang, du kümmerst dich ja gar nicht richtig um deinen Schwager, schenk ihm ein!« Onkel Liu musste klein beigeben und sich das Glas füllen lassen. Damit waren die Gäste aber noch nicht zufrieden. »Lishan, was ist mit dir?« Und Tante Lishan musste mithalten, ganz gleich, wie viele Tische und wie viele Gläser sie schon hinter sich hatte. Brav stieß sie mit all den Onkelchen und Tantchen an, und mit dem ganzen Jungvolk ebenso, warf den Kopf zurück und kippte den Schnaps hinunter.

Selbst nach so vielen Jahren noch verfolgte das Bild von seiner Schwester mit dem Schnapsglas in der Hand Vater im Schlaf. Sie hatte getrunken, als gelte es das Leben, Kopf zurück, das Glas hoch und runter damit. Er sah ihren Nacken vor sich, weiß wie eine Lotuswurzel, und ihre feinen Ohren, die erst zartrosa, dann zornesrot anliefen. Sie tat ihm leid. Wenn er ihnen nachschenkte, füllte er Onkel Lius Glas stets randvoll, das seiner Schwester aber nur halb. Ein halbes Glas mal achtzig Tische war immer noch eine Menge Holz. An vielen dieser Tische saßen irgendwelche hochrangigen Militärs aus der Provinz, die ganze elende Verbrecherbande. An jedem dieser Tische hielt sich Onkel Liu besonders lange auf, klopfte den Leuten auf die Schulter und trank auf ihr Wohl. Und die erbarmungslose Horde feuerte natürlich auch jedes Mal Tante Lishan zum Trinken an. Und sie trank. Vielleicht kam sie allen immer noch zu schön vor, als habe sie noch nicht genug intus. Irgendein Vollidiot schrie: »He, Liu! Komm, küss die Braut!« Der ganze Tisch grölte, während die feineren Gäste an den übrigen Tischen pikiert den Mund verzogen. So etwas kannte man damals höchstens aus ausländischen Filmen. Tante Lishan lief dunkelrot an und sagte kein Wort. Vater spürte, dass sie gleich in Tränen ausbrechen würde. *Was fällt euch ein, meine Schwester so zu piesacken, verdammtes ignorantes Bauernpack!* Damals war er noch ein hitzköpfiger Jungspund, und jetzt platzte ihm tatsächlich der Kragen: »Was fällt euch ein! Hört auf, meine Schwester zu belästigen, und benehmt euch wie anständige Genossen!«

Heute war Vater dieser Unfug furchtbar peinlich. Wenn ihn jemand mit seinem »benehmt euch wie anständige Genossen« aufzog, winkte er ab und rief: »Ach, du Arschloch, was soll das? So etwas habe ich nie gesagt! Schluss damit.« Weiß der Himmel, ob er es wirklich gesagt oder nur gedacht hatte. Jedenfalls – das war das Hochzeitsbankett. So lang wie drei Bankette, denn es wurde endlos Essen aufgefahren: mit Ginkgoblättern gegartes Huhn, gepökelte Ente, süß gebratenes Schweinefleisch. »Ist noch was von dem süß gebratenen Schweinefleisch da?« – »Nein, ist schon alle.«

Dann kam das eingelegte Gemüse: »Mit eingelegtem Gemüse geht der Reis besser runter!«

Und sie stopften sich die Mäuler mit Reis, als seien sie kurz vorm Verhungern, und spülten mit noch mehr Schnaps nach. Dann wurden die Karten ausgepackt und die Mahjong-Steine, es herrschte ein Mordskrach. Das Fest wollte gar kein Ende nehmen. Noch Monate danach schwärmte das ganze Kaff davon. »Was haben wir's uns gut gehen lassen! Voll bis zum Anschlag waren wir!«

Tante Lishan war ganz gewiss voll bis zum Anschlag. Dunkelrot angelaufen, saß sie apathisch am Tisch und stocherte in den Resten, während Onkel Liu mit seinen Freunden weiterzechte. Vater setzte sich zu ihr. Von verschiedenen Platten klaubte er ein paar Happen gutes Fleisch für sie zusammen.

»Iss du, Shengqiang«, sagte sie abwehrend.

»Ich habe keinen Hunger«, sagte er, »das ist für dich.«

Sie aß ein bisschen und fragte: »Wo ist denn Zhiming abgeblieben?«

Vater sah sich um. Es war niemand mehr zu sehen, nicht einmal Onkel.

»Vielleicht ist er bei Mutter und den anderen.«

»Mhm.« Sie nickte und aß weiter. Vater füllte ihr etwas Hühnersuppe in eine Schüssel.

Tante Lishan verlor nun doch die Beherrschung. Als sie die Schüssel hochhob und die Suppe trank, kullerten ihr Tränen die Wangen hinunter.

»Warum weinst du denn, Lishan, nun wein doch nicht! Das ist doch dein Festtag!«, rief Vater.

»Schon gut, schon gut«, sagte sie nur.

Vater war um die richtigen Worte verlegen. Er zögerte einen Augenblick, bevor er sagte: »Schwesterherz, mach dir keine Sorgen. Zhiming und ich, wir sind immer für dich da, wenn dich unser Schwager schlecht behandelt. Ein Wort und wir knöpfen ihn uns vor.«

Das brachte Tante Lishan zum Lachen. Gerne erzählte sie später davon. »Mein Bruder, der Familienmensch. Der war schon als Kind so.«

Vater widersprach ihr dann nicht, kratzte sich nur verschämt am Kopf und ließ sie reden. Er war eben noch jung damals, da redet man noch nicht wie der weise Konfuzius.

Tante Lishan war fast acht Jahre älter als Vater und alles andere als unbedarft. »Shengqiang«, sagte sie zu ihm, »rede nicht so ein dummes Zeug. Das ist mein Ehemann und wir werden ein glückliches Paar. Im Grunde genommen habe ich nie dieser Familie gehört, so wie keine Tochter ihrer Familie gehört. Wenn du in ein paar Jahren deine eigene Familie gründest, wirst du begreifen, wovon ich rede. Jeder kehrt vor seiner eigenen Tür.«

Es war das erste Mal, dass seine Schwester sich für ihn wie seine Mutter anhörte.

Ein seltsamer Widerwille bemächtigte sich seiner, als er sich der Erinnerung an Tantes Hochzeitstag hingab. Warum, wollte er gar nicht genauer wissen. Er trank lieber noch einen. Ein paar Kurze, und die bösen Geister würden verschwinden. Obwohl man sagen muss, dass natürlich die Trinkerei daran schuld war, dass der Tag so katastrophal endete.

Wenn er mit Zhong in einer Kneipe saß, kamen sie in der Regel nicht vor Mitternacht nach Hause. So auch diesmal. Sie tranken Bocksdornschnaps, dann machten sie mit Korn weiter, dazu Schweinskopfsülze mit viel Sichuanpfeffer. Vater genoss mit geschlossenen Augen, die Füße auf dem Tisch, seinen Schnaps und seine Schweinskopfsülze. Der Himmel persönlich hätte ihn nicht dazu bringen können, dieses wohlige Nest aufzugeben.

Kein Wunder, dass Vater und Zhong am Ende völlig breit in Chens Bar saßen. Hinterher dachte Vater, dass seine Intuition ihn gewarnt hatte und er sich gerade deshalb so hatte volllaufen lassen. Er saß beim zigsten

181

Korn, als Gao Tao mit Freunden auftauchte, um sie zum Essen abzuholen. Mit hochrotem Kopf begrüßte sie Vater: »Hallo Gao! Ich werde noch einmal Vater. Das gilt es zu feiern. Kommt, trinkt mit uns!« Woraufhin er selbst gleich mehrere Gläser hintereinander kippte.

Scheiße! Wie konnte ich mich nur so besaufen?, dachte er am nächsten Morgen beim Aufwachen reumütig. *Du blöder Hornochse! Trinkst ein paar Gläser zu viel und meinst, du könntest Wunder vollbringen.*

»So war er schon immer«, erzählte mir Mutter. »Ein paar Schnäpse, und dein Vater denkt, er könne fliegen! Er sei ein Heiliger! Dann kann man ihn wirklich vergessen.«

Dass man an einem einzigen Tag so viel Mist bauen konnte! Er erinnerte sich, dass es schon am Nachmittag anfing:

Als Erstes wollte er seinen Bruder verkuppeln. Zhong hatte nebenbei erwähnt, dass Zhiming seit seiner Ankunft in Pingle mächtig für Furore gesorgt habe. »Dein Bruder, der berühmte Professor! Macht sich in der ganzen Welt einen Namen, aber zu Hause macht er sich rar wie ein Mauerblümchen, von dem man nur den Duft wittert. So geht das nicht. Er ist viel zu zurückhaltend. Es wird Zeit, dass wir endlich ein bisschen auf die Pauke hauen. Ihn ein bisschen ins Rampenlicht stellen. Ich habe schon einiges dafür getan, an drei Mittelschulen hat er bereits Vorträge gehalten, und dann kommt noch einer in der Kulturbehörde und einer im Schulamt. Und sogar ein paar Firmen haben Interesse an ihm angemeldet. Nicht schlecht, oder? Ich habe mich gehörig ins Zeug gelegt.« Zhong zählte seine Erfolge zufrieden an den Fingern ab.

»Na, da hast du dich ja schön bei ihm eingeschleimt«, sagte Vater naserümpfend. Am liebsten hätte er gar nichts gesagt.

»Ha, von wegen!«, lachte Zhong. »Was heißt hier einschleimen? Aber mir ist es egal, was du sagst. Es wird noch besser: Vorgestern hat meine Mutter mich gefragt, ob Zhiming wirklich noch nicht verheiratet sei, sie würde ihm gerne jemanden vorstellen.«

Das wäre das Richtige. Am darauf folgenden Morgen saß Vater mit einem gewaltigen Kater auf dem Bett und ließ es sich noch einmal durch den Kopf gehen. Als junger Mann war Zhiming immer so entschlossen gewesen. Warum jetzt so ein Larifari? Ihm fehlte einfach eine Frau. Dabei konnte er jede haben, wenn er wollte (das lag doch bei den Duans sozusagen in der Familie). Wie man es auch drehte und wendete, es ging einfach nicht an, keine Frau zu Hause zu haben. Er begann nachzuzählen und stellte fest, dass sein Bruder jetzt vierundvierzig sein musste. Nicht zu fassen! Wie verdammt schnell doch die Zeit verging. Wenn Zhiming so weitermachte, würde er noch ohne letztes Geleit im Grab enden.

Zhong hatte an Vaters Gesichtsausdruck sofort gemerkt, dass er in die richtige Kerbe gehauen hatte. Also fuhr er fort: »Was denkst du? Würdest du ihn darauf ansprechen? Ich gehöre nicht zur Familie, und so gut kenne ich ihn auch wieder nicht. Und dann ist er ein bekannter Akademiker, was weiß ich, was für eine Frau zu ihm passen könnte. Meine Mutter hat ein paar im Sinn, die gar nicht übel sind. Sollen wir sie zusammenbringen?«

Vater erwiderte nichts. *Also darum geht's.* Zum Donner,

sie redeten ja immerhin von seinem eigenen Bruder, seiner eigenen Familie. Es war sicher nicht leicht für Zhiming zu sehen, dass sein kleiner Bruder Frau und Kind und noch eine Geliebte dazu hatte – und noch ein Kind war unterwegs! *Wahrscheinlich bricht es ihm das Herz, wenn er mich sieht.* Vater schlug sich auf die Schenkel. Jetzt musste er selbst tief seufzen. Zhong sah ihn ganz besorgt an. Vater sagte: »Recht hast du! Da hätte ich längst selber drauf kommen sollen. Mein Bruder hat ein ernstes Problem, und wir sollten uns darum kümmern.«

Das war der erste Mist, den er baute.

Dann noch der Anruf bei Xinyu. Das war irgendwann während des Essens und Zechens, und wahrscheinlich hatte Vater sich schon einmal übergeben. Er hatte diesen sauren Geschmack im Mund. Und dann sagte Gao Tao: »Shengqiang, wann stellst du uns eigentlich dein Mädchen vor? Wenn wir gar nicht wissen, wie sie aussieht, gehen wir am Ende auf der Straße an ihr vorbei, ohne zu grüßen. Und das macht man doch nicht, oder?«

»Gar nicht möglich. Mit den Hübschen warst du doch längst im Bett«, sagte Zhong. »Aber die Schnalle kannste vergessen.«

So redeten sie beim Saufen immer, aber diesmal war Vater sauer. Er sprang auf und haute so kräftig auf den Tisch, dass die abgenagten Knochen aus der Schale in Zhongs Schoß hüpften. »Sag das noch mal, Zhong! Schnalle, was? Hab ich schon mal was mit einer gehabt, die nicht umwerfend gewesen wäre? Sag's mir!«

»Na klar, Supermann. Bestimmt hast du schon jedes hübsche Mädchen vor Ort gevögelt«, gab Zhong zurück.

Mit beiden Händen an den Schläfen erinnerte sich Vater an die Auseinandersetzung mit Zhong. Sie knallten sich gegenseitig Beschimpfungen um die Ohren.

»Shengqiang, du bist echt ein Arschloch«, wütete Zhong. »Was willst du? Hältst dich für einen tollen Hecht mit deinem Stummelschwänzchen. Ich hab dich kleinen Scheißer groß werden sehen, und jetzt willst du den starken Mann markieren, he? Alles, was du hast, ist ein Arsch voll Geld. Meinst du, irgendeine würde mit dir ins Bett gehen, wenn du nicht so scheiß reich wärst? Im Traum nicht!«

Vater war so in Rage, dass er nicht mehr klar denken konnte. So musste es gewesen sein, denn er rief augenblicklich bei Zhong Xinyu an.

Sie musste bereits geschlafen haben. Mit benommener Stimme meldete sie sich: »Shengqiang?«

»Hallo meine Kleine. Ich muss dich etwas fragen. Also … ich will eine ehrliche Antwort.«

»Was ist denn mit dir los? Ist alles in Ordnung?« Sie war jetzt hellwach.

»Ach, Xinyu, ich hab ein bisschen viel getrunken heute, also, ich … ich frag dich jetzt mal was. Aber du antwortest auch ehrlich, ja?« Vater redete so feucht, dass das ganze Telefon nass war.

»Jetzt sag schon, Shengqiang. Was willst du?«

»Wir sind jetzt schon so lange zusammen, stimmt doch, oder? Hab ich dich jemals schlecht behandelt?«, fragte er schließlich.

»Was redest du denn da, Shengqiang, natürlich hast du mich nie schlecht behandelt. Wie … Hör doch nicht auf den Blödsinn, den andere reden«, stammelte Xinyu.

Vater war sternhagelvoll. Vor seinen versammelten Freunden und der Restaurantbedienung schrie er (möglicherweise hatte er auch nicht geschrien, er wollte sein Gedächtnis in dieser Frage lieber nicht überstrapazieren): »Xinyu, sag mir, liebst du mich? Sag es mir, sag mir die Wahrheit!«

Das war ungefähr so bescheuert wie sein »benehmt euch gefälligst wie anständige Genossen.« Das konnte er nicht wirklich gesagt haben.

Xinyu war ein liebes Mädchen. Und sie kannte Vater nun schon seit zwei Jahren, lange genug, um zu begreifen, dass er tatsächlich sternhagelvoll sein musste. Ihre Stimme war gleich viel entspannter, als sie sagte: »Shengqiang, wie könnte ich dich nicht lieben! Natürlich liebe ich dich.«

»Also ja!«, blökte Vater ins Telefon. »Ich liebe dich auch! Warte kurz. Ich gebe das Telefon jetzt an Zhong weiter, und du sagst ihm klipp und klar, dass du mich liebst, ja? Der Drecksack behauptet, jede Frau würde nur meines Geldes wegen mit mir ins Bett gehen. Elendes Gewäsch! Sag du's ihm, sag ihm, dass du mich liebst!«

Er wollte Zhong das Telefon reichen, aber es fiel ihm aus der Hand und er selbst vom Stuhl.

Oh Mann, das war der zweite große Mist, den ich gebaut habe, dachte Vater, und rieb sich den Hintern.

Damit war noch nicht Schluss. Vater saß auf der Bettkante und rief sich alles schmerzlich ins Gedächtnis. Stöhnend sah er sich im leeren Schlafzimmer um. Sein Schädel dröhnte.

Diesmal habe ich wirklich ganz, ganz großen Mist gebaut.

Anfangs war es keine große Sache. Gao Tao hatte ihn nach Hause gebracht. Zu diesem Zeitpunkt war er immerhin schon wieder halb nüchtern. Darin kannte er sich aus. Erst aß man ein bisschen, um den Alkohol zu kompensieren, dann ging man ein Stück durch die frische Luft, und wenn man zu Hause ankam, war man schon wieder halbwegs zurechnungsfähig und konnte in Ruhe seinen Rausch ausschlafen.

Vater versuchte den Schlüssel ins Schlüsselloch zu bekommen und ächzte. Gar nicht so leicht, geradeaus zu zielen. Eben schien es ihm zu gelingen, als die Tür aufflog. Mutter stand mit eisigem Blick vor ihm, dunkel angelaufen vor Zorn. Auch sie war fraglos älter geworden, wie sie so in ihrem Morgenmantel vor ihm stand, wirkte sie sogar ziemlich alt. Wirres Haar, die Augen zusammengekniffen wie ein wild gewordener Dämon.

Vor Schreck wurde Vater noch nüchterner. Er schaffte sogar ein Lächeln. »Anqin!« Mit einem fröhlichen Kichern fiel er ihr in die Arme und versuchte sie zu küssen.

»Xue Shengqiang! Du bist ja nicht mehr ganz dicht vor lauter Suff!« Sie hatte nicht die geringste Lust, sein Lächeln zu erwidern, sondern zog ihn finster nach drinnen und schubste ihn auf das Sofa. Vater fiel wie ein nasser Sack in die Kissen. Dort lag er mit hängendem Kopf und wimmerte.

»Wer sich anständig benimmt, den suchen auch keine bösen Geister heim.« Diesen Spruch kannte er von Großmutter. Und wie hatte sie noch gesagt: »Ich weiß, dass ich dir zu viel rede, Shengqiang, aber ich sage nichts ohne Grund. Es gibt auf dieser Welt keine Wände ohne Ohren. Es hilft nur, sich brav und ordentlich zu benehmen.«

Großmutters guter Rat kam allerdings zu spät. Damals dachte Vater noch: *Und das sagst du mir jetzt?* 2000 war das gewesen, und er und Mutter waren schon zwölf Jahre verheiratet. Gerade war er zum Direktor der Firma ernannt worden, die nun wieder im Familienbesitz war. Eine dauerhafte Geliebte hatte er damals zwar noch nicht, aber er ließ durchaus nichts anbrennen, immer mal wieder hatte er eine andere. Gerechterweise musste man sagen, dass seine Frau ihm auch einmal untreu gewesen war, und das musste er schließlich wieder wettmachen. Mutter wusste genau, was lief, aber sie wollte den Frieden wahren und schwieg.

Zu mir sagte sie einmal: »Diesmal aber war er zu weit gegangen. Es ging ums Prinzip.«

Dieser verdammte Bastard Duan Zhiming hat sein Maul nicht halten können!

Mutter wusste es jedenfalls. Es war der Tropfen, der das Fass zum Überlaufen brachte. Die ganze, über all die Jahre hinweg aufgestaute Wut musste heraus.

Es konnte nur noch schlimmer werden. »Willst du diese Familie noch, Shengqiang? Du willst sie nicht mehr, sag es nur!«

Sie machte weiter: »Sag es mir geradeheraus. Hätte ich nur auf meinen Vater gehört! Aber ich wollte dich ja unbedingt heiraten. Nie, nie hätte ich gedacht, dass du so ein Schwein bist! All die Jahre habe ich mir das gefallen lassen. Jetzt reicht's. Geh zu deiner Schlampe, das ist mir so was von egal, ich halte dich nicht zurück!«

Ihre Tränen tropften auf den Boden. »Es war immer ein Fehler, nicht auf meinen Vater zu hören. Deine ganze

Familie ist unmöglich. Deine Mutter zum Beispiel, seit Jahren sieht sie mich schief an, wegen eines einzigen Fehlers, sogar Xingxing musste darunter leiden – ich habe es hingenommen. Und du? Du nimmst dir eine nach der anderen, und sie sagt kein Sterbenswort. Als du dann auch noch im Krankenhaus gelandet bist, hatte sie den Nerv, mich aufzufordern, dir zu vergeben. Das war das letzte Mal. Jetzt kann sie mich bearbeiten, wie sie will, jetzt ist Feierabend. Das ist einfach zu viel. Du kannst machen, was du willst. Pack deine Sachen und verschwinde. Ich habe es satt, deine Amme zu sein, es reicht. Genug ist genug. Dein ganzes Verhalten ist ein einziger Beweis dafür, dass du nicht bei mir bleiben willst, also. Lassen wir uns scheiden, und ich habe endlich meine Ruhe!«

Mutter ließ sich Vater gegenüber auf das Sofa plumpsen und schleuderte einen Aschenbecher zu Boden. Dann eine Vase. Vielleicht war es auch ein Teeservice. Vater starrte auf die Scherben auf dem Boden und erinnerte sich an die Szene. Niedergeschlagen ging er in die Küche, um Schaufel und Besen zu holen.

Mutter zeterte, heulte und zerschlug weiter, was ihr in die Finger kam. Vater lag auf dem Sofa und sah zu. *Jetzt habe ich mir jahrelang für nichts und wieder nichts den Arsch aufgerissen und Geld gescheffelt und leider eine Megäre geheiratet.*

»Gut. Wenn du's nicht länger aushältst, dann eben nicht. Dann geh doch, wenn du willst. Geh!«, sagte er schließlich.

Was bist du für ein bescheuertes Großmaul, Xue Shengqiang, schimpfte er sich und wäre fast in eine Glasscherbe getreten.

Das war der dritte große Mist, den er gebaut hatte. Er nahm die Scherbe und schleuderte sie in den Mülleimer, wo sie klirrend zerschellte.

Sein Kopf hämmerte. *Wie zum Teufel hat Anqin nur so schnell Wind von der Sache bekommen?* Er konnte es einfach nicht nachvollziehen. Aber es war letztendlich auch egal. Jetzt hatte er ein ganz anderes Problem: Die dumme Kuh war abgehauen! Er musste sie zurückholen. Irgendwie würde sie das Kind schon akzeptieren, das konnte doch nicht so schwer sein. Tausend Gedanken schossen gleichzeitig durch seinen Kopf. Er versuchte einen klaren zu erwischen. Wo konnte sie hin sein? Und wann würde sie wieder kommen?

Da klingelte sein Telefon. »Duan Zhiming« verriet das Display. Unwirsch ging er dran. Onkel wollte wissen, ob Zhu Cheng schon weg sei. Da fiel Vater ein, dass er längst in der Firma sein wollte, um Tante Lishan zu treffen.

Er wischte noch den Tisch ab, kehrte die restlichen Scherben zusammen und ging hinaus in den sonnigen Apriltag. Heute würde Tante Lishan in Pingle ankommen.

Kapitel 7

Er rief Mutter an. Es klingelte und klingelte, doch niemand meldete sich. Das war nun nicht weiter ungewöhnlich. Anders als die Männer hatten die Frauen ihr Telefon nicht immer griffbereit, wie Granaten am Gürtel baumelnd oder wie ein zweites Herz in der Brusttasche. Es musste Zhong gewesen sein, der einmal konstatiert hatte: »Frauen und Handys, man fragt sich, warum sie überhaupt eins haben. Ständig lassen sie es irgendwo herumliegen, tief unten in der Handtasche versenkt, die auf irgendeinem Sofa liegt. Man ruft sie an, und sie hören es nicht mal. Was wollen die überhaupt mit einem Telefon? Ein Pager tut's auch.« Recht hatte er. Vater hatte sich mittlerweile daran gewöhnt. Abgesehen davon, rief er Mutter ohnehin so gut wie nie an. In einem Kaff wie diesem brauchte man nicht zu fragen, wo jemand steckte und was er gerade machte. Das war so offensichtlich wie Sesamsamen im Mehlsack.

Mutter arbeitete schon seit zwanzig Jahren im Getreideamt, zuerst im Vertrieb, später in der Verwaltung. Das war ein gemütlicher Job: So gegen zehn trudelte sie ein, kochte sich einen Tee und setzte sich hinter den Schreibtisch. Dann nahm sie ihr Strickzeug, knackte ein paar Melonenkerne zwischen den Zähnen, las oder surfte im Internet, ganz wie sie wollte, plauderte ein bisschen mit den Kollegen über die Familie und die Politik, und das war's. Viele der Kollegen waren alte Bekannte wie Liu Yufen, sie kamen alle aus derselben Gegend. Sie kamen prächtig miteinander aus. Gegen zwölf knurrte ihr ein bisschen der Magen, und sie ging in die Kantine, wo man für schlappe fünf Yuan aus zwei Fleisch- und drei Gemüsegerichten wählen konnte, Suppe inklusive. Huhn, Ente, Schwein gehörten zum Menü und ab und zu frischer Flussfisch. Sie mussten nicht einmal abräumen. Man ließ die Essstäbchen fallen, und es kam jemand, der das Geschirr wegbrachte. Dann machte sie entweder mit einer Kollegin einen Spaziergang, einen kleinen Einkaufsbummel, oder sie gönnte sich ein Nickerchen auf dem Sofa im Gemeinschaftsraum. Zwischen zwei und drei ging es zurück ins Büro, um die letzten paar Stunden totzuschlagen. Das war ihr Arbeitstag.

Um vier stieg sie dann in ihren roten Toyota und fuhr zum Markt, kaufte etwas für das Abendessen ein, dann weiter nach Hause. Manchmal kam Vater zum Abendessen nach Hause, manchmal auch nicht. Wenn sie alles aufgeräumt hatte, streckte sie sich auf dem Bett aus, sah fern, strickte oder blätterte in einem Roman. Um halb elf putzte sie die Zähne, wusch sich und ab ins Bett.

192

Beneidenswert, fand Vater. Einmal kam er abends nach einem Geschäftsessen nach Hause, in den Kleidern den Geruch nach Bratfett, Schnaps und Zigaretten und fand Mutter ein Buch lesend auf dem Bett, hingestreckt wie eine Grazie unterm Granatapfelbaum.

»Sieh mal einer an, Anqin«, hatte er gesagt, »wie gut du es hast. Wollen wir nicht mal tauschen?«

Mutter hatte nur gelächelt und ein Bein unter der Decke hervorgestreckt, um ihm einen Tritt zu versetzen. »Na klar«, hatte sie gesagt. »Drei Tage lang nicht mehr ausgehen und saufen. Mal sehen, wie dir das behagt.«

Vater hatte nach ihrem Fuß geschnappt und sich auf das Bett fallen lassen. Er hatte seinen nach Schnaps stinkenden Mund auf ihren gedrückt und gekontert: »Na gut. Wenn du eine Woche lang kein Mahjong mehr spielst, hör ich auf zu trinken.«

Das stand außer Frage. Mahjong war für Mutter das Wichtigste im Leben. Jeden Samstag pünktlich um 13 Uhr, unverrückbar. Und hin und wieder auch unter der Woche, wenn sich die Gelegenheit dazu bot, Montag- oder Dienstagabend, vielleicht auch Mittwoch- oder Donnerstagnachmittag, oder sonntags nach dem Abendessen. Nicht wenige Frauen des Städtchens, vor allem die richtig Süchtigen (zu denen Mutter natürlich nicht zählte) setzten sich tagtäglich an den Spieltisch. Wer alles verlor, grämte sich, wer den Tisch abräumte, stieß schrille Freudenschreie aus. An diesen Tischen herrschte geballte Energie, weiße Arme reckten sich in die Höhe, es ging drunter und drüber. Sie konnten auf ihren Stühlen kleben, bis ihnen die Ärsche taub wurden, unberührt vom

Wechsel der Tages- und Jahreszeiten und dem Wechsel des Glücks, das bald die Verliererinnen siegen und die Siegerinnen verlieren ließ und die Sucht befeuerte. Hat ein Telefon geklingelt? »Wessen Handy klingelt da? Meins nicht!« Natürlich stand keine von ihnen auf, um dranzugehen.

Daher wussten alle Ehemänner, genau wie Vater, was Sache war. Wenn ihre Damen nicht ans Telefon gingen, dann gingen sie gerade im Untergrund der Stadt im Spielrausch auf. Also kratzten sich die Männer am Kopf und spazierten zurück ins Separee zu den anderen Jungs, tranken noch ein paar Gläser, tätschelten die Hostessen und warteten, bis die Chefin fertig war, ein Anruf kam – »Feueralarm!«, krakeelten sie dann –, und sie setzten die Segel und nahmen Kurs auf die Mahjonghalle, um die jeweilige Dame des Hauses abzuholen. Dann kehrten Mann und Frau unter dem Licht des Mondes und dem Glanz der Sterne friedlich zusammen heim.

Vater wurde ganz wehmütig zumute. Er stand vor der Fabrik, dachte an die guten Zeiten zurück, die er mit Anqin gehabt hatte, und wartete darauf, dass sie ans Telefon ging. Nachdem er es schon zwanzig Mal hatte läuten lassen, gab er auf. Er steckte sein Handy in die Hosentasche und ging hinauf, um seine Schwester zu begrüßen.

Herr Zeng schien heute richtig auf Zack. Kaum hatte Vater seinen Fuß ins Büro gesetzt, erblickte er Tante Lishan, die mit einer Tasse Tee in der Hand die brandneuen Firmenbroschüren studierte.

»Wie findest du unseren neuen Flyer? Nicht schlecht,

oder? Ich habe Herrn Zheng, den Lehrer von der Mittel-schule, gebeten, die Werbetexte zu schreiben, und alle fanden es ziemlich gut«, sagte Vater.

»Mhm, nicht schlecht«, sagte Tante Lishan und legte die Broschüren zurück auf den Teetisch. »Kommt Anqin nun mit zum Mittagessen?«

»Ach, stimmt!«, sagte Vater, als falle es ihm gerade wie-der ein. »Sie geht nicht ans Telefon. Wahrscheinlich liegt ihr Handy wieder in irgendeiner Ecke herum. Aber was soll's, dann gehen wir eben allein, wir müssen nicht auf sie warten. Sie meldet sich bestimmt gleich.«

»Hast du ihr denn gestern nicht erzählt, dass ich komme?«

»Ich bin erst spät nach Hause gekommen. Sie hat schon geschlafen, und ich wollte sie nicht wecken.« Vater setzte sich. Instinktiv wanderte seine Hand in seine Tasche zu den Zigaretten, doch dann war es ihm peinlich, vor sei-ner Schwester zu rauchen, und er zog die Hand schnell wieder zurück.

»Wie läuft es zwischen dir und Anqin?«

»Wie soll's schon laufen. Wir sind wie jedes andere alte Ehepaar. Du kennst doch Anqin.« Vater lachte etwas gekünstelt.

Aber Tante Lishan ließ so schnell nicht locker. »Ihr seid jetzt schon zwanzig Jahre verheiratet, nicht wahr?«

Vater zählte die Jahre an den Fingern ab. Sie hatte recht. Neujahr 1988 war es gewesen, an Mutters zwanzigstem Geburtstag. Zwanzig Jahre dieses Jahr.

»Richtig! Zwanzig Jahre.« *Scheiße.* Vater konnte die Schwermut in seiner Stimme nicht unterdrücken.

Tante Lishan nippte lächelnd an ihrem Tee. Vater betrachtete sie. Die steile Falte zwischen den Augenbrauen verlieh ihrem Gesicht einen Anflug von Melancholie. Na gut, er wusste es ja. Wenn man zu viele Tausendjährige Eier isst, färbt das die Sicht auf die Dinge. Ging ihn ja nichts an. Man konnte in ganz Pingle jede beliebige Nase auf der Straße fragen – keiner, der nicht sagte, dass Xue Lishan verdammtes Glück gehabt hatte. Ein Mädchen aus ganz gewöhnlichen Verhältnissen, das im Getreideamt arbeitete, hatte einen Mann mit einem Posten im Provinzparteikomitee abbekommen und wohnte in einem schicken neuen Haus in Yong'an. »So ein Glück! Das bekommt auch nur die alte Frau Xue hin, die weiß, wie man so etwas anstellt!« Im Handumdrehen wurde Lishan Doktorandin an der Uni, und einen Augenblick später durften wir sie als Fernsehmoderatorin bewundern. Die ganze Nachbarschaft tratschte. »Jetzt ist sie schon im Fernsehen! So weit hat es bei uns doch noch keine gebracht, sag bloß! Diese Xues haben doch wirklich unverschämtes Glück!« Großmutter wurde ständig auf der Straße angehalten und mit Glückwünschen überschüttet. Sie würde erröten, und mit einem bescheidenen Lächeln abwehren: »Ach was, das ist doch nichts Besonderes. Ich sage ihr immer, dass es keinen Grund zur Überheblichkeit gibt. Sie hat noch viel zu lernen, vor allem, wie man Ehrgeiz mit Demut verbindet.« Das war nun schon lange her, 1999. Mit vierzig verschwand Tante Lishan von den Bildschirmen, bildete von da an Nachrichtensprecher aus und arbeitete im Programmbereich. Das störte die Leute von Pingle gar nicht, für sie zählte das große Ganze: »Sie ist ja immer noch eine Fernsehfrau!« Der Glorienschein der Fernsehfrau würde für Generationen über ihrer Familie leuchten.

»Und wie steht es bei dir? Geht es dir gut?« Mehr wagte Vater nicht zu fragen.

Tante Lishan lächelte noch einmal und stellte die Teetasse ab. Sie wog die Worte ab, bevor sie Vater antwortete: »Es gibt da etwas, worüber ich mit dir reden möchte, Shengqiang. Es ist nichts Schlimmes. Früher oder später wird es ohnehin jeder erfahren. Ich fürchte nur, dass Mutter sich furchtbar aufregen wird. Deshalb will ich es dir zuerst sagen. Ich habe gestern die Scheidung eingereicht.«

Vater verspürte ein Stechen in der Brust, als habe er sich an klebrigen Reisbällchen verschluckt oder zu viele scharfe Chilis im Essen gehabt, die ihm in der Nase brannten. Ohne seine Antwort abzuwarten, fuhr sie fort: »Zhiming weiß schon Bescheid, und er versteht mich – es konnte einfach nicht so weitergehen. Jetzt kann ich in Frieden weitermachen. Ich habe ihm auch gesagt, dass ich, wenn es euch recht ist, gerne bei Mutters Achzigstem aushelfen werde und dafür sorge, dass sie ein schönes Fest bekommt.« Sie ließ ihre Handgelenke kreisen und lächelte Vater abwartend an.

Jetzt erst begriff Vater, was hier gespielt wurde und wie alles zusammenhing. Sein erster Gedanke galt Onkel. *Duan Zhiming, du Wichser! Schon wieder hast du mich zum Deppen gemacht!*

Dann dachte er an seinen Schwager, mit seinem blöden Teiggesicht hinter der Goldrandbrille. *Liu Jukang!*

Sieh zu, dass du mir nie wieder unter die Augen kommst! Lass dich bloß nie wieder hier blicken! Seine Eingeweide feuerten eine endlose Salve stummer Flüche ab.

Keiner dieser Flüche wäre ihm je in Tante Lishans Gegenwart entschlüpft. Er hielt lieber ganz den Mund, verzog nicht einmal eine Miene. Schließlich riss er sich zusammen und brachte einen Satz heraus: »Was machen wir also mit Großmutters Geburtstag?«

Noch bevor er den Satz zu Ende gesprochen hatte, hätte er sich ohrfeigen können. Zum Glück nahm Tante Lishan es gelassen. Sie hielt sich an ihrer Tasse fest und sagte: »Ich habe bereits mit Zhiming darüber gesprochen. Wir sind uns einig, dass sie nichts davon wissen darf. Es ist schließlich ihr achtzigster Geburtstag. Dein Schwager wird dabei sein, und auch Xingchen mit Frau und Kindern.«

»Hast du es Liu Xingchen denn schon gesagt? Was wird er tun?«, sagte Vater wieder, ohne zu denken.

Wie konnte er so etwas Lächerliches von sich geben? Was sollte Liu Xingchen denn tun? Ein junger Mann von paarundzwanzig Jahren, mit Frau und Kind, einer guten Stelle beim Staatsfernsehen, einer großen Vierzimmerwohnung und einem eigenen Auto. Viele Gleichaltrige mussten ihn beneiden. Gar nichts musste er tun.

Tante Lishan lächelte unverdrossen: »Er hat eine eigene Familie und ein Zuhause, und er wusste schon lange von den Affären seines Vaters. Er hat sogar zweimal versucht, sie ihm auszureden, es war zwecklos. Danach hat er es einfach ignoriert. Als ich ihm von der Scheidung erzählt habe, hat er sehr verständnisvoll reagiert. ›Mutter‹, hat er gesagt, ›es besteht ja ohnehin keine Zuneigung mehr zwischen dir und Vater, du hättest dich schon lange scheiden lassen sollen. Das ist heutzutage keine große Sache. Wenn es das Beste für euch ist, stehe ich voll dahinter.‹«

Jetzt verzog Vater doch das Gesicht zu einer Grimasse. *Dieser verwöhnte kleine Bengel.* Der wusste doch gar nicht, was Leben heißt, wurde von klein auf verhätschelt und bekam immer nur das Beste zwischen die perlweißen Zähne gestopft. Seine Eltern ließen sich scheiden, und er raspelte Süßholz wie ein Mädchen. *Das muss er von seinem Vater haben! So hätten wir in dem Alter nie geredet!*

Als Vater um die fünfundzwanzig war, hatte er schon zehn Jahre in der Bohnenpastenfabrik geschuftet. Natürlich waren die Lehrjahre an den Gärtöpfen längst passé, und er war inzwischen Verkaufsleiter. »Shengqiang«, hatte Großmutter gesagt, »Verkaufen ist keine leichte Arbeit. Sieh zu, dass du dich gut anstellst. Im Leben gilt es einige Widerstände zu überwinden, aber das bringt dir Erfahrung und Respekt ein. Ich glaube fest daran, dass du Karriere machen wirst.«

Oja, verdammte Scheiß-Karriere. Nach einem Monat im Verkauf wurde ihm klar, was für einen Stuss Großmutter verzapfte. Tatsache war, dass die Arbeit im Verkauf vor allem eins bedeutete: Saufen. *Prost! Hoch die Tassen! Jeder blöde Hansel war jetzt Blutsbruder. Hast du ein Problem, dann komm zu mir! Du willst einen schmieren? Geht klar. Du willst ein Mädchen? Kein Problem. Frag mich, und ich bin dein Dreifachservice.* In jenen Jahren verstand Vater, was es mit der Floskel »rund um die Uhr arbeiten« auf sich hatte.

Er war den ganzen Tag in- und außerhalb Pingles unterwegs, kannte alle Landkreise, verschliss seine Ledersohlen, ruinierte sein Bett, weil er vom vielen Alkohol kotzen musste, und bekam eine dicke Wampe von all den Geschäftsessen. Sein Bauch blähte sich auf mit seinen Verkaufserfolgen. »Eins muss man ihm lassen«, hieß es in der Firma, »Xue Shengqiang weiß, was er tut. Und er rackert sich ganz schön ab.« Der geschäftsführende Direktor, ein Mann namens Zhu Shangquan, sah seinen Stuhl wackeln. Ab einem gewissen Zeitpunkt hielt sich sogar Vater für unbesiegbar. Unter seiner Hand verwandelte sich alles in Gold. Es gab nichts, was ihm nicht gelang. Doch dann kam die Wei-Wei-Geschichte, und über Nacht begriff er die Unbeständigkeit der menschlichen Welt.

Er erinnerte sich daran, wie er am Tag danach nach Hause gekommen war – damals lebten sie noch in dem alten Haus hinter der Fabrik. Mutter argwöhnte nichts, sie war davon ausgegangen, dass er auf Geschäftsreise in Chongning sei.

Es war schon beinahe Mittag, als er plötzlich aufkreuzte. Mutter war im Hof und hängte Wäsche auf. Sie trug, er sah es noch genau vor sich, ein blaues Kleid mit weißem Muster und elfenbeinfarbene Sandalen. Sie hatte die Arme hochgereckt, um die Laken über die Leine zu werfen, und der Anblick der dunklen Haare in den weißen Achseln weckte zärtliche Gefühle in ihm. Mit zwei großen Schritten war er bei ihr, nahm ihr die Laken ab und sagte: »Lass mich das machen, Anqin.«

»Was machst du denn um diese Zeit zu Hause?«, fragte sie verwundert. Sie strich ihm über den Kopf. »Warst du gestern wieder mit Kunden aus zum Trinken? Du siehst gar nicht gut aus. Hast du schon gefrühstückt? Auf dem Herd stehen noch ein paar frisch frittierte Fettstangen, nimm dir zwei. Dann leg dich ein bisschen hin, und ruh dich aus. Xingxing hat die ganze Nacht geweint, ich habe sie gerade erst zum Einschlafen gebracht. Schlaf du auch.«

Seite an Seite hängten sie die Laken über die Wäscheleine. Vater hatte den Geruch von Weiße-Katze-Waschpulver in der Nase. Mutters Gesicht war rosig. Vater war innerlich aufgewühlt. Er schimpfte sich selbst einen elenden Hund, drehte sich zu Mutter und packte sie energisch an der Hüfte. Butterweich fühlte sich das an, als würde sie unter seiner Berührung schmelzen.

»Shengqiang!«, rief Mutter verlegen und stupste ihn weg. »Doch nicht am helllichten Tag. Denk an das Baby.«

Vater ließ sich nicht so leicht abwimmeln. Er trug Mutter ins Haus, drückte seine Lippen an ihr Ohrläppchen, flüsterte »Das Baby schläft«, und packte ihre weichen, runden Brüste.

Der Gedanke daran kitzelte ihm noch heute die Eier. *Der Ostwind bläst, es wirbeln die Trommeln, der süße Aprikosenblütenregen durchtränkt die Kleider mit Verlangen.* Zu spät hatte er bemerkt, dass sein Schwanz mausetot war.

Daran mochte er sich lieber nicht erinnern. Noch eine ganze Woche lang war er sich vorgekommen wie ein lebender Toter. Mutter gab sich alle Mühe, so zu tun, als wäre nichts. Liebevoll sagte sie zu ihm: »Du darfst nicht so viel arbeiten, Shengqiang. Pass ein bisschen auf dich auf, und trink nicht mehr so viel.« Wenn Vater in jener Woche zur Toilette ging, nahm er seinen Penis in die Hand und sagte sich: *Hier stimmt was nicht! Sieht doch völlig gesund aus. Ich habe dir doch nie etwas getan, oder? Mit noch nicht mal dreißig schon den Pimmel abgenutzt, wie soll das gehen? Ich habe mir doch nicht etwa bei dieser Schlampe was eingefangen?*

So sehr er sich auch den Kopf zerbrach, er kam nicht auf die Ursache seines Problems. Sein bestes Stück wollte einfach nicht mehr stehen. Am Ende wandte er sich an Zhong: »Meinst du, ich sollte zum Arzt gehen?«

Zhong war acht Jahre älter als Vater. Stirnrunzelnd hörte er ihm zu und schwieg. »Mach dich nicht verrückt, Shengqiang. Heute Abend gehen wir zusammen in die 15-Yuan-Straße, okay?«

»Da hin?« Vater schnaubte verächtlich. »Und was soll ich da jetzt, bitte schön?«

»Komm einfach mit«, sagte Zhong und tätschelte Vaters Hand.

Sie zogen los und fanden einen neu eröffneten Nachtklub, wo sie sich in einem dämmrigen Nebenraum niederließen, mit blinkenden Scheinwerfern und dem Geruch nach frischer Farbe. Bier wurde gebracht, Knabberzeug und Obst. Dann wurde die Karaokeanlage eingeschaltet, und zwei Mädchen erschienen. Mit dem Mikrofon in der einen und je einem Mädchen in der anderen Hand sangen Vater und Zhong »Felder der Hoffnung« und »Treffen in der Jurte«, dann »Mein süßer Schatz« und zu guter Letzt alle zusammen die Hymne der Asienspiele »Power of Asia«.

Und irgendwie war es dann auch so. »Die Berge Asiens recken stolz ihre Köpfe.« An jenem Abend jedenfalls gewann Vater seinen Stolz zurück. Zwar konnte er sich nicht einmal mehr erinnern, wie das Mädchen aussah, aber an ihr umfangreiches Hinterteil, das er wild mit den Fingern knetete, erinnerte er sich sehr gut. »Aiya, aiya!« stöhnte die Dame im perfekten Rhythmus der Asienhymne. Mit nichts als diesem Rhythmus im Kopf vögelte Vater zwei Runden lang, als habe man ihm Hühnerblut gespritzt.

Dieser verdammte Zhong hatte manchmal tierisch gute Ideen. Er hatte gesiegt. Er war frei. Er hatte kapiert. Als er das Etablissement in der 15-Yuan-Straße verließ und unter dem Halbmond durch Pingle lief, wusste er genau, wohin sein Weg führte. Er war nach Hause gerannt, geradewegs in Mutters Bett, hatte sie gepackt und den besten Sex seines Lebens mit ihr gehabt.

Das waren Mutter und Vater in ihren besten Zeiten. *Verfluchte Scheiße, wir können es doch nach all den Jahren nicht total vermasselt haben!* Vater schielte zu Tante Lishan gegenüber auf dem Sofa und traute sich nicht zu sagen, was er wirklich sagen wollte. Immerzu dachte er daran, wie verliebt er und Mutter einmal gewesen waren, und seine Schläfen pochten heftig dabei.

Doch zuerst das Fressen, dann die Moral. Beinahe zwölf und von Mutter immer noch keine Spur. Sie entschieden sich für Rinderkutteln-Feuertopf. Großmutter hatte die scharfe Brühe nie gemocht, sie sagte immer: »Ich habe mein ganzes Leben mit scharfer Bohnenpaste verbracht, zwischendurch brauche ich mal was Leichtgewürztes.« Doch Tante Lishan mochte es scharf, sie bestellte sogar zu heller Rübensuppe zwei Esslöffel gemahlenen Chili.

203

Also schlug Onkel vor, in ein Feuertopf-Restaurant zu gehen. »Habe ich auch lange nicht mehr gegessen«, sagte er.

Sie zogen los zum legendären Südtor Rinderkutteln Feuertopf an der alten Stadtmauer. Zhu Cheng chauffierte Vater und Tante Lishan, und Onkel holte Großmutter ab. Sie bestellten Yuanyang Feuertopf – die Doppelversion, scharfe Brühe auf einer Seite, salzige auf der anderen. Nachdem sie alle um den runden Tisch saßen und sich Sojamilch und Bier einschenkten, fragte Großmutter unvermittelt: »Wo ist denn Anqin?«

Stille. Vater sagte: »Sie muss arbeiten.«

Großmutter wollte gerade ein Stück Brühwurst aus der hellen Brühe fischen. Sie ließ es fallen und legte ihre Stäbchen beiseite. »Shengqiang, willst du deine alte Mutter hochnehmen? Seit wann hat Anqin eine Stelle, bei der sie nicht mal Mittagspause machen kann? Und selbst wenn sie sonst nicht käme, dann doch wohl, wenn deine Schwester da ist? Kann es sein, dass das Fräulein ein bisschen ausgeflippt ist?«

Was das Fräulein betraf, lag Großmutter vielleicht etwas daneben, das wollte auf Mutter mit ihren neununddreißig Jahren nicht ganz passen. Aber darum ging es nicht. Als sie ausgeredet hatte, griff sie sich ihre Stäbchen, fischte erneut nach dem Stück Brühwurst, tunkte es in die Soße und verleibte es sich elegant mit den Stäbchen ein.

Niemand wagte ein Wort zu sagen. In Vater brodelte es. Am Ende unterbrach Onkel die Stille: »Mutter, wie geht es eigentlich deinem Magen? Wie wär's mit ein bisschen Rindervene?«

»Der Himmel bewahre!«, rief sie. »Viel zu zäh.« Sie legte die Stäbchen ab und inspizierte den Tisch. »Tu ein paar Shiitakeklößchen für mich rein.«

»Gerne!« Onkel erhob sich und schüttete fast den halben Teller für Großmutter in die Brühe. »Die sind ganz weich. Probier mal, Mutter.«

Vater warf ihm einen Blick zu und trank einen Schluck Bier.

Tante Lishan dagegen saß kerzengerade da, blickte starr geradeaus und tunkte das Stück Schweinedarm zwischen ihren Stäbchen in die scharfe Brühe. Den Darm richtig zu kochen war eine Kunst für sich. Manche sagen, man solle ihn achtzehn Sekunden in die heiße Brühe halten, andere sagen fünfzehn. Tante Lishan konzentrierte sich ganz darauf, den Darm auf den Punkt zu garen.

»Wie gut, dass wir unter uns sind«, sagte Großmutter schließlich. »Dann können wir uns ganz ungezwungen unterhalten.«

Onkel, der jede Situation zu handhaben wusste, machte den Anfang. Die Vorbereitungen für das Geburtstagsfest seien in vollem Gange, der Gärhof wie aus dem Ei gepellt, der Ablauf festgelegt und Professor Zhu von der literarischen Fakultät der Yong'an-Universität habe ein Gedicht auf die Chunjuan-Bohnenpaste verfasst, das Herr Yin elegant kalligrafiert habe. Acht prominente Persönlichkeiten des Kreises hätten je ein Glückwunschbanner verfasst, und die Werbefirma habe einen acht Meter breiten und vier Meter hohen, mit Leinwand bespannten Rahmen dafür herstellen lassen, wie man ihn in Pingle noch nie gesehen habe. Schon seien achtundvierzig

Schautafeln auf dem Hof platziert worden und wer weiß noch alles … Am großen Tag würden dann achtunddreißig Banner von der Siebenheiligenbrücke bis zur Fabrik durch die Straßen getragen werden, und überhaupt! Jeder der Gäste bekomme eine Geschenktüte mit Flyern, Bohnenpaste, Notizbuch, Stift und Taschentüchern mit dem Firmenschriftzug. Onkel war so aufgeregt, dass er seine Pläne mit den Stäbchen auf dem Tisch illustrierte. Vater schnaubte innerlich verächtlich: *Gao Tao, du alter Aasgeier, hast uns ja wirklich ordentlich abgezogen, was? Die Rechnung deckt deiner Familie wahrscheinlich ein Jahr lang den Tisch, wie?*

Sogar Großmutter fragte: »Und wie viel wird das alles kosten, Zhiming?«

»Aber Mutter«, sagte Onkel. »Bei einem solchen Anlass fragt man nicht, was es kostet.« Er wischte alle Einwände vom Tisch. »Dann zu den Auftritten … in Yong'an gibt es eine Künstlergruppe, die auf Großevents spezialisiert ist. Eigentlich sind wir eine Nummer zu klein für sie, aber mir zuliebe haben sie eingewilligt. Sie kommen mit einigen bekannten Sängern und anderen Showstars und einer speziellen Licht- und Soundshow. Und wir haben Lishan als Moderatorin, was dem Ganzen noch mehr Glanz verleiht. Also keine Sorge, Mutter, das wird ein unvergesslicher Tag für dich.«

Onkel verstand es wirklich, die Leute zu überzeugen, das musste man ihm lassen. *Der größte Arschkriecher aller Zeiten.* Schon als Kind war er darin unschlagbar. Natürlich strahlte Großmutter über das ganze Gesicht. Ihre Falten formten sich zu einer vielblättrigen Blüte. Sie wandte sich an Vater: »Shengqiang, was hältst du von den Vorschlägen deines Bruders?«

»Gut! Ausgezeichnet!« Vater riss sich zusammen, sprang auf und schlug so kräftig auf den Tisch, dass die Leute am Nebentisch zu ihnen herübersahen.

Tante Lishan musste lächeln. Großmutter sah sie an. »Lishan«, sagte sie liebevoll, »ich bin dir aufrichtig dankbar für deine Mühe. Du hast sicher genug eigene Sorgen zu Hause und auf der Arbeit, und kommst trotzdem eigens angereist, das ist wirklich rührend von dir.«

»Ach was, sag doch so etwas nicht, Mutter. Zhiming und Shengqiang haben die ganze Arbeit gemacht, was ich tue, ist selbstverständlich. Hauptsache, du hast einen wunderbaren Tag!«

»Oja, ganz bestimmt sogar!«, versicherte Großmutter, als habe sie schon die ganze Szenerie vor Augen. »Natürlich ist das eine wunderbare Sache, unsere Gäste werden staunen. Die größte Freude für mich ist allerdings, dass endlich die ganze Familie einmal wieder zusammenkommt, das gab es seit der Beerdigung eures Vaters nicht. Ihn würde es genauso freuen.«

Nicht unbedingt, befand Vater. Wäre Großvater noch am Leben, würde er vermutlich die meiste Zeit rauchend mit Chen Xiuliang in einer Ecke des Gärhofs sitzen und gleichgültig zusehen, wie die Sänger sich auf der Bühne abwechselten. »Duan Xianjun«, würde Meister Chen sagen. »Du hast es wirklich gut.« Großvater würde dann wahrscheinlich einen Mundvoll Tabak ausspucken, den Kopf wiegen und – ja, was würde er sagen? Über die Toten nur Gutes! »Wenn ihr sagt, dass es mir gut geht, dann geht's mir wohl gut. Wenn ihr sagt, ich hätte ein gutes Leben gehabt, dann wird das wohl stimmen.«

So kam unversehens das Gespräch auf Großvater. Obwohl er schon seit zwei Jahren nicht mehr war, redete Großmutter hin und wieder gerne über ihn. Wenn sie zum Beispiel zu Vater sagte, sie würde sich gerne etwas Neues zum Anziehen kaufen. »Ich würde ja nie auf die Idee kommen, dass ich etwas Neues zum Anziehen brauchen könnte, ich meine, in meinem Alter? Schließlich habe ich genug, und alles passt mir immer noch. Und wenn ich mir etwas Neues kaufe, ziehe ich es sowieso nicht an. Aber nun muss ich an deinen Vater denken. Wäre er noch am Leben, würde er wünschen, dass ich es gut habe, gut esse, mich gut kleide, nicht wahr? Deshalb sollte ich mir vielleicht ein, zwei Kleider kaufen, deinem Großvater zuliebe.« Dann wieder aß sie gedämpftes Schweinefleisch und sagte: »Weißt du noch, was das Leibgericht deines Vaters war, Shengqiang? Mir war es immer zu fettig, aber im Andenken an deinen Vater sollte ich vielleicht ein bisschen mehr davon essen, für ihn etwas mitessen sozusagen.« Oder sie sagte: »Die Fabrik läuft wirklich gut, Shengqiang, aber ruh dich bloß nicht auf deinen Lorbeeren aus. Nächstes Jahr musst du dich noch ein bisschen mehr anstrengen. Denk an deinen Vater. Sein letzter Wunsch war, dass die Firma floriert.« *Als ob mein Vater sich je einen Dreck um die Bohnenpastenfabrik geschert hätte!*, dachte Vater. Aber er hörte brav zu und nickte. Sie meinte es sicher gut, und irgendwo hatte sie auch recht.

Heute, wo ihre drei Kinder versammelt waren, wurde

sie besonders nostalgisch. »Euren Vater und mich, uns hat das Schicksal zusammengeführt, meint ihr nicht? Immerhin hat er an der Uni studiert, und ich habe nicht einmal einen Volksschulabschluss. Was war er für ein stattlicher junger Mann! Alle Mädchen waren verliebt in ihn. All die Jahre hindurch sind wir zusammengeblieben und hatten mit euch drei so wohlgeratene Kinder. Hätte er mich nur nicht so früh verlassen. Manchmal sitze ich allein zu Hause und möchte gar nicht mehr weiterleben. Es ist unerträglich, für immer von ihm getrennt zu sein. Doch ich weiß genau: Wenn er noch unter uns wäre, würde er nur das Beste für mich wollen. Also halte ich tapfer durch, mache weiter Tag um Tag, nicht meinetwegen, sondern seinetwegen.«

Vater hatte das schon so oft gehört, dass er es auswendig konnte. Heute hörte er noch weniger zu als sonst, denn er hatte andere Sorgen. Und Tante Lishan war mit ihren Gedanken sicher auch ganz woanders. Onkel Zhiming hörte es tatsächlich zum ersten Mal, daher legte er den Arm um sie und sagte: »Mutter, nun rede doch nicht so. Sei gut zu dir, achte auf deine Gesundheit, iss gut, und zieh dich schön an. Überleg doch mal, wie gut du es hast, du hast noch viele schöne Tage vor dir.«

Gut gesagt, weiter so. Rede du mal. Vater widmete sich den Fischbällchen, dem durchwachsenen Rindfleisch, dem Kaninchen, den Entenblutwürfeln, den Rindervenen und dem Wels, die er vorsichtig in die scharfe Brühe legte. Während er in die trübe, blubbernde Suppe starrte und sich einen guten Bissen nach dem anderen garte und einverleibte, vergaß er für eine Weile seinen Kummer. Dann läutete plötzlich schrill das Telefon in seiner Hosentasche.

Es war Mutter. Das »Anqin« auf dem Display jagte ihm einen Schrecken ein. Er sprang auf, verließ schnell den Raum und sagte: »Ich muss eben diesen Anruf annehmen.«

Vater stand auf dem Bordstein an der Straße, und der Verkehr rauschte an ihm vorbei. »Bist du endlich nüchtern?«, fragte Mutter. »Warum hast du mich angerufen?«

Sie sprach mit gewohnt ruhiger Stimme. Angesichts eines so gerissenen Gegenspielers beschloss auch Vater, sich nicht in die Karten schauen zu lassen. Um die Bombe zu entschärfen, sagte er: »Meine Schwester ist heute zurückgekommen. Sie hat gefragt, ob du mit zum Essen kommst. Mutter und Zhiming sind auch da. Sie haben alle nach dir gefragt.«

»Oje«, seufzte Mutter. »Ich hatte mein Telefon liegen lassen und war im Büro nebenan. Ich habe gar nichts gehört. Seid ihr schon fertig mit dem Essen? Soll ich noch kommen?« Sie klang ernsthaft zerknirscht.

Vater sah einem Suzuki Alto in pink metallic hinterher. So eine Farbe hatte er noch nie an einem Alto gesehen.

»Shengqiang. Soll ich nun kommen oder nicht?«, wiederholte Mutter mit sanfter Stimme.

»Wie?« Vater kam wieder zu sich. Das war offenbar keine Halluzination. »Nein, schon gut, wir sind fast fertig. Nicht nötig, dass du eigens noch hergerannt kommst.« Irgendwie hatte er den Satz zu Ende gebracht.

Was soll das verdammte Gelaber?, grummelte es in ihm. Er schaute immer noch den Autos nach.

»Na gut. Ist sie denn heute Abend noch hier? Wir könnten doch zusammen zu Abend essen«, schlug Mutter vor.

»Sie fährt heute Nachmittag nach Hause, Zhu Cheng
fährt sie. Heute Abend muss sie für Dian Dian babysitten.«

»Ach, wie schade. Und du, kommst du heute zum
Abendessen? Ich gehe etwas früher und habe Zeit zum
Einkaufen. Soll ich dir Schweinedarm in dunkler Soße
machen?«

*Du willst doch nicht wirklich Schweinedarm für mich kochen,
oder?* Vater wandte das Gesicht nach oben. Die Mittags-
sonne strahlte wie eine 120-Watt-Birne auf ihn herab, und
er konnte sein Glück nicht fassen. »Gerne!«, sagte er. »Ich
liebe Schweinedarm.«

Sie plauderten weiter über Belanglosigkeiten. Mutter
erzählte, dass der Sohn einer Kollegin am Wochenende
heirate, sie seien eingeladen. »So gut kenne ich sie gar
nicht, aber wir arbeiten schon seit einer Weile zusammen.
Wie viel tut man da in den roten Geschenkumschlag?«

»Das musst du schon selbst wissen. So viel du möchtest«, antwortete er großmütig. Und er müsse morgen
mit dem Wagen nach Yong'an für ein paar Erledigungen.
Und …

So ging es in einem fort, bis Vater der Magen knurrte,
und er sagte: »Ich gehe mal besser zurück zum Tisch, die
anderen warten. Wir sehen uns beim Abendessen.«

Er beendete das Gespräch und stand noch einen Augenblick lang wie benommen auf dem Gehsteig. Es war, als
sei er eben von einem furchtbaren Albtraum erwacht,
und die wild gewordene Hyäne von gestern Nacht habe
sich in ein gurrendes Turteltäubchen verwandelt.

Bevor er wieder hineinging verlor er sich in einem anderen Tagtraum, in der Erinnerung an Zeiten, als Mutter tatsächlich noch ein Turteltäubchen war.

1987 war das. Er hatte sich von Xi Hongzhen getrennt und bemühte sich um Mutter. Großmutter war darüber sehr erfreut, während Anqins Vater, Chen Xiuxiao, sich fürchterlich aufregte. Was dann geschah, bekam Vater zwar nie mit eigenen Ohren zu hören, aber in einem Kaff wie Pingle gab es genug Ohren, die mithörten und ihn erfahren ließen, dass Herr Chen sich nicht zu schade war, seine eigene Tochter mit dem Staubwedel erst um die Residenz der Kreisparteikomiteemitglieder zu jagen, und dann das Mädchen vor aller Augen zu verdreschen und zu schreien: »Bist du von Sinnen? Was hast du mit so einer Familie zu schaffen? Weißt du, was das für Leute sind? Lass dir bloß nicht einfallen, da einzuheiraten! Eins will ich dir sagen, solange ich noch einen Atemzug tue, wirst du niemanden namens Xue heiraten, dass das klar ist! Wozu habe ich dir dein Leben lang Prinzipien eingetrichtert, für nichts und wieder nichts! Wozu deine Schulausbildung bezahlt? Einen Bohnenpastenmischer willst du heiraten? Das könnte dir so passen!« So ungefähr musste er gezetert haben.

Vater war ein pragmatischer junger Mann. Als er eine Weile vergeblich an der verabredeten Ecke auf Mutter gewartet hatte, dachte er nur: »Na, die Sache mit mir und Anqin kann ich wohl vergessen.« Doch dann kam Mutter überraschenderweise doch. Trotz des schwülheißen Wetters trug sie ein langärmliges weißes Hemd und lange Drillichhosen, sie sah aus wie der Vorsitzende des Nach-

212

barschaftskomitees. Vater musste lächeln, als er sie in diesem Aufzug sah. Er freute sich wirklich, sie zu sehen. »Anqin! Wir wollten doch nicht in die Parteischule, sondern ins Kino.« Mutter sah ihn an und sagte: »Schön, gehen wir.« Sie sahen sich »Eine Stadt namens Hibiskus« von Liu Xiaoqing an. Vor dem Kino stand ein Eisverkäufer. »Lust auf ein Eis?«, fragte Vater, als sie aus dem Kino kamen. »Ganz schön heiß heute, nicht wahr?«

Jeder ein Eis in der Hand, gingen sie weiter, und Vater meinte noch einmal: »Du musst ja vergehen vor Hitze. An so einem heißen Tag läufst du langärmelig herum.« Sie antwortete nicht, doch ihre Augen röteten sich in beunruhigender Weise. Endlich dämmerte es Vater. Er fasste sie am Arm und schob ihren Ärmel hoch. Ihr Arm war grün und blau. Der Staubwedel hatte seine Spuren hinterlassen.

Sie standen an der Mauer außerhalb des alten Filmtheaters und küssten sich wie Hollywoodstars. An diesem Tag hatte Vater den Entschluss gefasst, Chen Anqin zu seiner Frau zu machen.

Vater stand immer noch auf dem Gehsteig, im Mund den Geschmack von öligem Feuertopf. Seine Gedanken entzerrten sich und kamen wieder auf gerade Linie. *Ganz, wie sie will! Wenn sie nicht mehr davon anfängt, dann werde ich es auch nicht. Wenn doch, dann gestehe ich meinen Fehler ein. Auf keinen Fall will ich mich scheiden lassen!* Sein Entschluss stand fest. Und jetzt meldete sich sein Magen wieder. Er riss sich zusammen und freute sich darauf, in Ruhe weiterzuessen.

Daraus wurde nichts. Beim Betreten des Restaurants

sah er, wie Tante Lishan gerade die Mahlzeit mit Süßkartoffelpudding beendete und Großmutter die Bedienung anwies, die Reste zum Mitnehmen einzupacken. »Ach, Shengqiang, bist du endlich fertig mit dem Telefonieren? Du isst nichts mehr, oder? Bringst du mich nach Hause? Dein Bruder möchte deiner Schwester noch den Gärhof zeigen.«

So lange war ich doch gar nicht weg? Wieso sind sie schon fertig?, wunderte sich Vater. Onkel kam gerade von der Kasse zurück, die Rechnung in der Hand, und rief: »Das war ja gar nicht teuer! Nicht zu fassen, wie günstig man heutzutage noch in Pingle essen kann. Gerade mal 200 Yuan für alles!«

Obwohl er so laut deklamierte wie ein Opernsänger, würdigten die anderen ihn keines Blickes. Sogar Großmutter sah zum Fenster hinaus.

Onkel bemerkte das Schweigen und hielt sofort den Mund. Er legte die Rechnung auf den Tisch und rubbelte mit einem Essstäbchen das Los frei. Niete. Er faltete das Papier zusammen und steckte es in die Hosentasche.

Vater und Tante Lishan tauschten Blicke. Er hätte viel zu sagen gehabt, und hungrig war er auch. Wer hätte gedacht, dass das Essen so enden würde?

Beim Hinausgehen schloss Onkel rasch auf und hakte sich bei Großmutter ein. Tante Lishan ging neben Vater und flüsterte ihm ins Ohr: »Meine Güte, dein Bruder ... Mutter hat ihn nur gefragt, warum er denn immer noch Single ist, und sie haben sich furchtbar gestritten.«

Im Grunde hätte Vater seinen Bruder in Schutz nehmen müssen, aber der Hunger hatte ihm die Laune verdorben.

Duan Zhiming, du alter Schleimscheißer, wie kann dich eine so simple Frage aus der Fassung bringen?, dachte er, während er auf Onkels Rücken starrte.

Er verabschiedete seine Geschwister und rief mit knurrendem Magen Zhu Cheng an. Der meldete sich erst beim zweiten Versuch.

»Ich bin sofort da«, sagte Zhu Cheng hastig. Vater war klar, dass sein Fahrer wohl selbst gerade beim Essen war, aber da war nichts zu machen. Warum sollte es dem Diener besser ergehen als dem Herrn? Wenn der Chef rief, hatte man zur Stelle zu sein.

Ich bringe Mutter nach Hause, und dann gehe ich mit Zhu Cheng ein Pfund Jiaozi in scharfer Soße essen.

Das war leichter gesagt als getan. Großmutter hielt ihn noch eine Stunde lang mit ihrem Geschnatter auf. Als er endlich ihre Wohnung verließ, fühlte er sich so ausgehungert, dass er kaum einen Fuß vor den anderen setzen konnte. Er ließ sich auf den Rücksitz des Wagens plumpsen und streckte sich stöhnend lang. »Zurück zur Fabrik?«, fragte Zhu Cheng.

»Noch nicht. Fahren wir erst einmal zu Xies Jiaozi-Imbiss, ich habe praktisch noch nichts gegessen heute. Du kannst auch etwas essen.«

Zhu Cheng fuhr los Richtung Osttor. Der Jiaozi-Imbiss lag etwas außerhalb, beinahe schon am Ling Yan Tempel. Es war nicht mehr als eine von Ungeziefer umsurrte Bretterbude. »Ist dir dein Geld zu Kopf gestiegen, Shengqiang?«, hatte Zhong gefragt, als er ihn einmal hierher geschleppt hatte. »Wieso fährst du so weit raus, um dieses

Zeug zu essen? Komm zu mir nach Hause, und ich koche dir ein paar anständige Nudeln.«

Wahrscheinlich stellte Zhu Cheng sich ähnliche Fragen, aber er befolgte brav die Anweisungen seines Vorgesetzten. Wenn Vater nach Osten wollte, dann fuhr er nicht nach Westen, ganz einfach. Wenn Vater schwieg, dann hielt er ebenfalls den Mund. Wollte Vater rauchen, dann gab Zhu Cheng ihm Feuer. Zhu Cheng wusste Vaters Wünsche genau zu lesen. Er musste nur eine Arschbacke anheben, und Zhu Cheng roch schon den Furz. Es war geradezu unheimlich. Niemand sonst, weder all die Nutten noch Xinyu und noch nicht einmal Mutter, die ihn zwanzig Jahre kannte, verstand sich so gut darauf, Vater zu lesen. *Mein Fahrer hat es wirklich drauf!*, dachte Vater oft gerührt. Er erinnerte sich noch, wie Großmutter Zhu Senior damals dazu bewegen wollte, endlich in den Ruhestand zu gehen, und er die Bedingung stellte, dass sie seinem Sohn nach dem Militärdienst eine Stelle geben würde. Großmutter war eine verständige Frau. »Natürlich! Er kann unseren Santana fahren«, schlug sie vor. Und Zhu Cheng hatte sich über die Jahre hinweg demütig an seine Arbeit gewöhnt. Es gab nichts, was er nicht für Vater tat. Bei Trinkgelagen nahm er ihm ein paar von den Pflichtschnäpsen ab. Er überbrachte Vaters Mätressen Geldgeschenke und hielt seinen Kopf für Vaters Versäumnisse hin. Und wenn Vater die rote Flagge hisste, sorgte Zhu Cheng dafür, dass zu Hause weiter die weiße Friedensfahne wehte.

»Hast du dich um die Sache mit Zhong Xinyu gekümmert?«, fragte Vater.

»Ich habe eine Wohnung angemietet. Möbliert und mit Fahrstuhl im Haus. Morgen helfen ihr die Möbelpacker beim Umzug«, antwortete Zhu Cheng pflichtbewusst.

Vater nickte zufrieden. »Und die Amme? Hat die Frau, von der du neulich gesprochen hast, zugesagt?«

»Ich habe sie angerufen und ihr 1500 pro Monat angeboten. Sie schien sehr zufrieden und sagte, sie würde ab nächsten Monat zu Xinyu rübergehen und sie unterstützen.« Zhu Cheng stoppte an einer roten Ampel. »Ich weiß, dass Sie 2000 gesagt haben, Chef, aber 1500 sind bei Weitem genug. Mehr müssen Sie nicht ausgeben.«

»Ist doch egal«, sagte Vater. »Ich gebe dir jedenfalls 2000 pro Monat, du kannst den Rest gerne behalten.«

»Nein, nein, so war das nicht gemeint!«, protestierte Zhu Cheng und drehte sich zu Vater um. Der winkte ab.

»Keine Diskussionen. Das ist meine Sache.« Dann drückte er den Knopf für die elektrischen Fensterheber, ließ das Fenster ein Stück herunter und zündete sich eine Zigarette an.

Zhu Cheng fuhr wieder an. Vater zog an seiner Zigarette und blies Rauchringe in die Luft. Seine Kopfhaut kribbelte. Er gab sich dem Gedanken an die Jiaozi hin, über die er sich gleich hermachen würde, Jiaozi, die in leuchtend roter Chilisoße badeten, mit hellen Sesamkörnern und einer Prise Zucker garniert.

Ah! Vater seufzte. Manchmal fühlte er sich so müde. Am liebsten würde er die Firma in ein oder zwei Jahren abgeben und dann ein gemütliches Familienleben führen. Ein bisschen Gartenarbeit, Abendessen im Familienkreis, Spaziergänge. Das wäre nur zu schön.

Der Gedanke gefiel ihm – doch kein Weg führte an Großmutter vorbei. Nachdem sie in ihrer Wohnung angekommen waren, hatte sie ihm einen Vortrag gehalten: »Setz dich, Shengqiang, ich habe mit dir zu reden.« Also hatte er sich gesetzt und zugehört. Die Gespräche vom Mittagessen hingen schwer über ihren Köpfen. In jede noch so private Angelegenheit musste Großmutter ihre Nase stecken. »Seit er zurück ist, hat dein Bruder sich die Hacken abgelaufen. Du musst ihn ein bisschen mehr unterstützen. Es ist ein Glück, dass nun auch deine Schwester ihre Hilfe zugesagt hat, sie ist wirklich eine vorbildliche Tochter. Ganz anders als meine werte Schwiegertochter. Wie steht es mit dem Umsatz der Fabrik dieses Jahr? Du solltest dich ein bisschen besser um den Zustand der Produktionsanlagen kümmern, Qualität ist das A und O unserer Produkte, gerade jetzt, wo wir uns einen Namen gemacht haben. Wie wäre es, wenn du nicht mehr so viel mit diesem Zhong und Konsorten herumhängst? Die haben alle ihr sicheres Einkommen in Staatsbetrieben, während wir selbst zusehen müssen, wo wir bleiben, wir haben nicht so viel Zeit zu verplempern wie diese Leute. Abgesehen davon, sind das alles Versager, die lassen sich doch sowieso nur von dir aushalten. Stimmt's oder hab ich recht? Wie kann ein erwachsener Mann nur so naiv sein wie du, Shengqiang. Deine sogenannten Freunde sind zu nichts nütze, und wenn du dich weiter mit ihnen abgibst, färbt ihr schlechter Charakter nur auf dich ab. Wie wäre es, wenn du dir ein paar nützliche Kontakte zulegen würdest? Verstehst du überhaupt, wovon ich rede?« Vater war genervt. Ihm knurrte der Magen und er wusste genau, dass es Onkel war, der Großmutter so aufgebracht hatte, aber wie immer bekam er alles ab. Verzweifelt langte er nach seinen Zigaretten, aber er kam nicht dazu, sie anzuzünden. »Shengqiang, du bist doch schon alt genug, um dich ein bisschen mehr um deine Gesundheit zu sorgen. Wenn du so weitermachst, richtest du dich zugrunde! Erwarte nur nicht, dass ich komme und dich aus dem Schlamassel ziehe, wenn es so weit ist. Ich bin fast achtzig, ich kann das nicht mehr. Werde endlich erwachsen!«

Ich weiß, ich weiß. Vater stopfte die Zigarette zurück in die Schachtel. Immer dieselbe Leier. Seit er heute Morgen deprimiert das Haus verlassen hatte, wollte er mit Großmutter über gewisse Dinge reden, doch es war unmöglich. Das Thema Xinyu musste warten, bis das Kind geboren war. Sobald er wusste, ob es ein Junge oder ein Mädchen war, würde er weitersehen. Und von Tante Lishans Scheidungsplänen sollte Großmutter vorerst besser auch nichts erfahren. Nur was Mutter anging, hätte er doch zu gerne gewusst, mit welcher magischen Formel sie ihr die Geschichte seines Zusammenbruchs in Xinyus Bett schmackhaft gemacht hatte. Auf der Fahrt zum Qingfeng-Garten war er von diesen Gedanken voll gewesen wie ein Luftballon, aber jetzt hatte Großmutter ihn zum Platzen gebracht. Er hing schlapp auf dem Sofa, ertrug gehorsam ihr endloses Gezeter und konnte es nicht erwarten, endlich zur Tür hinaus zu sein und seinen Magen mit Teigtaschen zu stopfen.

Den Jiaozi-Imbiss des alten Xie kannte er ursprünglich durch Großvater. Damals wohnte Vater im alten Haus hinter der Fabrik, unter einem Dach mit Mutter, Großvater und Großmutter, die ganze Familie auf einem Haufen, die winzigen Wohnungen nur durch hellhörige Wände getrennt. Er war in wenigen Minuten auf der Arbeit, und genauso schnell wieder zu Hause, selbst wenn er noch einen Abstecher in die Cao-Jia-Gasse machte. Mitunter machte ihn der Mangel an Privatsphäre verrückt – er konnte nicht einmal einen Streit mit seiner Frau austragen. Dann schlüpfte er hinaus zu seinem Lieblingsplatz hinter den Blumenbeeten am Eingang, wo er in der Hocke eine Zigarette rauchte. Eines Tages kam Großvater an ihm vorbei, der kurz vor dem Essen eine Runde drehte. Es war Winter, und er war dick eingemummelt. Um sechs wurde es bereits dunkel. Schnell drückte er seine Zigarette aus und rief Großvater hinterher: »Vater! Wo gehst du hin?«

Großvater drehte sich um. »Was machst du denn hier draußen?«, fragte er.

Vater wollte ungern zugeben, dass er zum Rauchen hinausgegangen war. »Nur ein bisschen abkühlen.« Etwas Besseres fiel ihm nicht ein.

Großvater grinste. »Soso, abkühlen. Komm, gehen wir zusammen Jiaozi essen, magst du?«

Vater begriff sofort, dass Großvater Krach mit seiner Frau haben musste. Er rappelte sich auf und kam hinter dem Blumenbeet hervor. »Gehen wir!«, sagte er.

Also gingen sie zum Imbiss von Fräulein Xie. Sie nahmen eine Rikscha, weshalb sie eine Weile unterwegs waren. Von West nach Ost ging es durch stockdunkle Straßen, die nur schwach von Laternen beleuchtet waren.

Ihr Atem bildete weißen Rauch in der Luft. Großvater zog eine Schachtel Tianxiaxiu heraus und bot Vater eine an. »Komm, nimm eine.«

Vater war perplex. Natürlich war er schon seit Jahren ein Gewohnheitsqualmer, in Gegenwart seiner Eltern hatte er sich jedoch stets zurückgehalten. Es war das erste Mal, dass Großvater ihm eine Zigarette anbot.

Na dann. Vater nahm eine Zigarette und bot seinem Vater Feuer an. Dann zündete er seine eigene an.

An jenem Abend hatten sie den Imbiss fast für sich allein, nur ein Tisch war mit lärmenden, zechenden Arbeitern besetzt, die Schweinesülze aßen. Die hübsche Wirtin brachte ihnen zwei Schüsseln Jiaozi in scharfer roter Soße, mit duftenden Sesamkörnern obendrauf. Ein wenig Zucker milderte die beißende Schärfe des Chilióls. Mit jedem Bissen mischte sich die Hackfleischfüllung mit der pikanten Soße, und die heiße Brühe verbrannte ihnen die Zungen. Sie aßen je eine große Schüssel, dann bestellten sie geröstete Erdnüsse, die sie mit warmem Sake hinunterspülten. In die pechschwarze Nacht hinaus blickend, stieß Großvater einen tiefen Seufzer aus.

»Zahlen, bitte!«, rief er schließlich die Wirtin und legte ihr das Geld abgezählt in die zarte kleine Hand.

Vater erhob sich, und sie gingen das Stück bis zur zweiten Ringstraße zu Fuß. Von dort brachte sie eine Rikscha nach Hause.

Als seien sie gerade von einer langen Reise zurückgekehrt, standen Vater und Sohn vor dem Wohnkomplex und starrten auf die erleuchteten Fenster. »Ich bringe dich zur Tür, Vater«, sagte Vater.

»Nicht nötig. Geh du mal schnell zu dir. Anqin wird sich Sorgen machen. Ich gehe alleine.«

Wir Männer sind wie die tosenden Wasser des Jangtse, hatte Vater von diesem Tag an verinnerlicht. *Ganz gleich, was für erschütternde Kämpfe wir mit unseren Frauen austragen, ob uns das Dach über dem Kopf einstürzt, die wilden Wasser finden über kurz oder lang ihren Weg in den Ozean.*

An jenem Tag war er mit Großvater zum Osttor hinaus gefahren, sie hatten Jiaozi gegessen, eine Auszeit genommen. Dann war jeder nach Hause zu seiner Frau gegangen. Und so hatten sie es ein paar Jahrzehnte lang gehalten.

Kapitel 8

Zwei Tage später zog Zhong Xinyu glücklich in ihre neue Wohnung ein, und Vater besuchte sie zu einem Hauseinweihungsessen. Die Wohnung war sehr gemütlich, mit hellgelben Tapeten und Gardinen mit Blumenborten an den Fenstern. Auf dem Tisch standen Vaters Lieblingsgerichte, und an dem Tisch saß eine wirklich bezaubernde Zhong Xinyu. Ein Schluck Bier, ein bisschen Händestreicheln – Vater durchströmte ein wohliges Glücksgefühl, aus dem heraus er das Gespräch auf den Namen für das Kind brachte.

»Aber wir wissen ja noch gar nicht, ob es ein Junge oder ein Mädchen wird«, wandte Xinyu ein.

»Das macht doch nichts, wir können ja für beide Fälle einen aussuchen!«, meinte Vater, trank sein Glas aus und nahm sich von dem geschnetzelten Schweinefleisch in Sojasauce.

Xinyu kannte die Sitten der Xues und Duans natürlich nicht. Vater kannte den Prozess dagegen nur allzu gut. Großvater hatte die Namen seiner Söhne – der Name der Tochter spielte keine Rolle – mit großem Bedacht und nach festen Regeln gewählt. Beide trugen seine subtile Handschrift.

Sogar Großmutter gestand: »Euer Vater hat wirklich literarisches Talent, er hat euch ganz besondere Namen gegeben, geschmackvolle.«

Ehrlich gesagt, hatte Vater seinen Namen nie als besonders geschmackvoll empfunden. »Xue Shengqiang« sagte er laut und es klang für ihn so gewöhnlich wie ein Haufen Dreck. »Ach, Junge, du verstehst gar nichts!«, sagte Großvater mit einer Zigarette im Mundwinkel und zerrte Vater in sein Arbeitszimmer.

»Lies vor, Shengqiang«, sagte er und deutete auf die Wand.

Damals lebten sie noch in dem flachen Haus hinter der Fabrik, mit den nachlässig gestrichenen Wänden, von denen der Putz abbröckelte wie bei einem zu dick geschminkten Mädchen. Das störte Großvater nicht weiter, der die Wände wahllos mit seinen liebsten Stücken verhängte. Er lenkte Vaters Blick auf eine Kalligrafie neben der Weltkarte.

»Lies das, Shengqiang. Du kennst doch alle Schriftzeichen?«, forderte Großvater ihn auf.

Vater war noch ziemlich klein, eben erst in die Mittelschule gekommen. Tapfer studierte er die Kalligraphie und las dann laut vor: »Andere zu kennen ist Intelligenz, sich selbst zu kennen ist Weisheit. Andere zu beherrschen ist Stärke, sich selbst zu beherrschen aber ist wahre Größe.«

»Sehr gut!«, lobte Großvater zufrieden. »Genau so ist es: Zhiming – Selbsterkenntnis, und Shengqiang – Selbstbeherrschung!«

Vater fand den Gedanken beruhigend. Sein Name ging also auf ein berühmtes Zitat zurück!

Als es an die Namen für die nächste Generation ging, machte Großvater noch mehr eine Wissenschaft daraus: »Was haltet ihr von diesem Namen, na? Er geht auf ein Gedicht von Li Bai zurück, Li Bai, einem wahrhaft großen Dichter! *Berauscht, wir beide, lassen wir die Gedanken fliegen, hin zum blauen Himmel und dem Licht des Mondes.* So werden wir eure Tochter nennen, Duan Yixing – berauscht!« Und er nickte selbstzufrieden ob seiner trefflichen Namensfindung.

»Wirklich«, pflichtete ihm Mutter eifrig bei. »Klingt sehr kultiviert.«

Auch Großmutter war sehr angetan: »Das ist ein wirklich außergewöhnlicher Name. In unserer Familie bekommen selbst die Mädchen einen klangvollen Namen, nicht das übliche billige Muster, rote Blüte und Trauerweide und was weiß ich. Ein sehr schöner Name. Hin zum blauen Himmel und dem Licht des Mondes. Wenn das nicht aussichtsreich klingt!«

Es dauerte nicht lange, bis sie ihre Meinung änderte. »Was hat dein Vater da bloß für einen Namen ausgesucht«, beklagte sie sich. »Li Bai, Li Bai, dieser durchgeknallte Dichterfuzzi mit seinen wirren Gedichten, wie kann man so einen Namen wählen? Duan Yixing, meine Güte, als hätte gerade sie nach einem Gedicht über den Rausch benannt werden müssen! Dieser Name hat unsere Xing-xing verrückt gemacht. Ausgerechnet Yixing! Und jetzt lachen die Leute über uns.«

Selbstverständlich sagte sie das nie in Großvaters Gegenwart, der seinen Stolz behalten durfte. Beim Namen für Tante Lishans Sohn hielt er sich heraus. Eine verheiratete Tochter gehörte zur Familie des Bräutigams, die ihre Nachkommen nach eigenem Gutdünken benennen durfte. Dennoch grummelte er Vater gegenüber: »Wie können Angehörige der Provinzregierung ihrem Kind nur einen Namen wie Liu Xingchen geben? ›Sternenklar‹, was ist denn das für ein Name? Kein Vergleich zu den von mir gewählten.«

»Recht hast du«, sagte Vater Erdnüsse kauend und stieß mit ihm an.

Doch das Leben nimmt unberechenbare Wendungen. Im nächsten Augenblick gab Großvater den Löffel ab und machte sich auf zur gelben Quelle, und noch einen Augenblick später durfte Vater sich am Kopf kratzen und nach einem Namen für sein außereheliches Kind suchen. Nach der Familientradition (einer lächerlichen Familientradition) trug jeder Nachkomme abwechselnd den Familiennamen Großmutters und Großvaters, Xue und Duan. Dieses Kind also würde mit Nachnamen Xue heißen, so viel stand fest. Aber der Vorname? Ein Mädchen wäre natürlich in Ordnung, aber ein Junge wäre besser. »Was sagst du zu Xue Tenglong? Aufsteigender Drache, wenn das nicht erhaben klingt!«

Xinyu zog die Brauen hoch und unterdrückte ein

Lachen. Sie wägte die Worte ab und sagte dann: »Der Name ist nicht schlecht, aber bei uns zu Hause hieß es immer, man solle den Kindern besser keine Namen geben, die ›Drache‹ beinhalten oder ›Phönix‹, denn das sind himmlische Fabelwesen, das bringt Unglück. Am besten ist immer noch ein ganz normaler Name, der das Schicksal nicht herausfordert, damit das Kind friedlich aufwächst.«

Vater lächelte. *Dieses Mädchen*, dachte er, *wirkt wie eine zarte Pflanze, aber tatsächlich ist sie ziemlich gut geerdet.* Er legte ihr den Arm um die Schultern und sog den Duft ihres Haars ein. »Ach was«, sagte er. »Wie könnte ein Kind je vom Pech verfolgt werden? Mir gefällt der Name. Zerbrich dir nicht zu sehr das Köpfchen. Hast du übrigens alles, was du brauchst? Ich war zuletzt so mit Mutters Geburtstag beschäftigt, und dann kamen noch mein Bruder und meine Schwester hier an. Sollte es dir an irgendetwas fehlen, ruf einfach Zhu Cheng an, und er besorgt es dir. Er weiß Bescheid, also zier dich nicht, in Ordnung?«

»Sicher. Mach dir keine Sorgen um mich, Shengqiang, ich kümmere mich schon selbst um mich. Kümmere du dich erst einmal um deine Familienangelegenheiten.« Sie lehnte den Kopf an seine Schulter und sah zu ihm auf. Wie ein zerbrechliches kleines Vögelchen. Vaters Herz zog sich vor Verlangen zusammen.

Man muss der Fairness halber sagen, dass Vater Mutter nicht absichtlich betrogen hatte. Warum sollte man grundlos Streit mit seiner Frau provozieren? Doch er mochte Xinyu wirklich sehr – ein einfaches Bauernmädchen, das eine schwere Kindheit gehabt hatte, bei der er sich aber gut aufgehoben fühlte. Ganz anders als Mutter, die in der Residenz des Kreisparteikomitees groß geworden war und die Nase hoch trug. Allein die Art, wie sein Schwiegervater ihn am Hochzeitstag gemahnt hatte: »Anqin ist unsere einzige Tochter, Xue Shengqiang, sie ist der Augapfel unserer Familie. Du tust gut daran, wenn du dich um sie kümmerst. Ihr hat es nie an etwas gemangelt, und sie hat ihren eigenen Kopf. Ihr seid jetzt eine Familie, also benimm dich wie ein erwachsener Mensch, und sei verständig!«

»So ein verständiges Mädchen«, sagte Vater und nahm Xinyus Gesicht zwischen seine Hände. Dann beugte er sich vor und küsste sie. Der Duft ihres Parfums war einfach betörend.

Vater hatte sein ganzes vierzigjähriges Leben in Pingle im Landkreis Yongfeng verbracht, und die Straßen der Stadt waren ihm besser vertraut als jede Frau, mit der er je geschlafen hatte. Im Lauf des Jahres wurden die Straßen verbreitert und dann wieder verengt, neue Geschäfte eröffneten und schlossen wieder, doch das hielt Vater nicht davon ab, sich nach den Zeiten zurückzusehnen, als er sich mit den Jungs auf der Straße raufte, Skat oder Billard spielte und Bier trinken ging – und nach seinen ersten Liebschaften, gewöhnliche Mädchen aus den gewöhnlichen Gassen dieses gewöhnlichen Städtchens.

Von Ost nach West und Nord nach Süd, überall begegneten ihm die Erinnerungen. Der Billardsalon am Westtor war schon lange abgerissen worden, und an seiner Stelle stand ein Imbiss mit Lammspießen, doch immer, wenn Vater in der Gegend ein Bier trinken ging, musste er an die kleine Wei Wei denken. Die alte 15-Yuan-Straße war gründlich modernisiert worden, statt Billigpuffs gab es dort jetzt schicke Nachtklubs. Hong Yaomei war natürlich schon längst nicht mehr im Geschäft, aber wenn er dort heute seinen Kopf zwischen die Brüste der ausländischen Nutten steckte, hatte er noch immer ihren Geruch in der Nase. Beim Nachtmarkt am Osttor, im Kuixing-Gebäude wohnte Deng Juan, die Frau von Bai Yongjun, und wenn er jetzt in einer Sommernacht dort vorbeikam, erinnerte ihn der Schweißgeruch der Passanten an den Spaß, den sie miteinander hatten, als sie auf dem Bett herumtollten, sich ohne groß zu reden die Hosen herunterrissen und drauflosfickten wie die Karnickel. Dann war da noch Xiao Jingmei, die Krankenschwester vom Kreiskrankenhaus, die später den Direktor der Kinderklinik heiratete und schon früh Oberschwester geworden war. Einmal kam er mit Halsentzündung ins Krankenhaus, und sie führte ihm mit strenger Miene die Infusionsnadel in den Handrücken ein. Ein Schauer durchfuhr ihn bei dem Gedanken daran, wie er einmal ihre weißen Schenkel im Schwesternwohnheim auseinandergeschoben hatte. Und in dem staatlichen Andenkenladen am Nordtor arbeitete einmal eine Xi Hongzhen, die letztes Jahr in Frührente gegangen war, als das Geschäft an einen privaten Händler für Elektrofahrräder verkauft wurde. Doch er hatte nicht vergessen, wie sie ihn neckisch auf das Bett geworfen und sich rittlings auf ihn gesetzt hatte. Xi Hongzhen mit dem süßen spitzen Kinn und den schmalen Augen war seine erste richtige Freundin gewesen. Es folgten noch viele andere … zu viele.

Für Vater war die Hochzeit mit Mutter ein Schnitt, sein vierzigster Geburtstag ebenfalls, und der nächste Schnitt war die Beziehung mit Xinyu. Seit wann konnte er nicht so genau sagen, aber irgendwann war er geläutert und ein besserer Mensch geworden. Seine alten Liebschaften gingen ihre eigenen Wege, und abgesehen von ein bisschen Geschäker mit den Hostessen in einem Nachtklub wilderte er nicht mehr auf fremdem Territorium. »Für ein einziges Gefecht drillt man die Armee tausend Tage.« Als Vater an diesem Abend auf dem Heimweg von Xinyu bei »Qianlima-Elekrofahrräder« vorbeikam, entfuhr ihm unwillkürlich ein tiefer Seufzer.

Wie hatte er nur in diese verfahrene Situation geraten können? Auf der einen Seite Mutter, die ihn mit ihrem aufgesetzten Lachen und ihrem Süßholzraspeln ganz kirre machte, auf der anderen Xinyu, die ihn zurückwies und Vorträge darüber hielt, wie gefährlich Sex während der Schwangerschaft sei, auch wenn er vor Geilheit fast explodierte. An beiden Enden fischte er im Trüben, im Umkreis von Kilometern kein Trost in Sicht, während er am helllichten Tag belämmert durch die Straßen zog mit seinem still und verzweifelt um Aufmerksamkeit buhlenden Pimmel, erbärmlich wie eine Fliege ohne Flügel oder ein Pirol ohne Stimme.

Aber man soll die Hoffnung nie aufgeben. In einem Ort wie Pingle war es unmöglich, die Straße entlang zu gehen, ohne auf mindestens drei Bekannte zu stoßen. Gerade als Vater zaudernd auf der Straße stand, lief Liu Yufen an ihm vorbei. Yufen war Mutters Arbeitskollegin und eine alte Schulfreundin Onkel Zhimings. Er hörte ab

230

und zu von ihr, hatte sie aber schon ein halbes Jahr lang nicht mehr gesehen. Ihr Anblick zauberte ein Lächeln auf sein Gesicht: »Hallo, schöne Frau Liu!«

In ihrem pfirsichfarbenen Blümchenrock fiel Liu Yufen in dieser Straße sofort auf. Sie wandte überrascht den Kopf um, und strahlte, als sie Vater erkannte. »Shengqiang! Wir haben uns ja eine Ewigkeit nicht gesehen!«

»Wirklich lange her«, sagte Vater. »Hast du schon Feierabend?«

»Nein, nein. Ich war gerade mittagessen und mache einen kleinen Spaziergang.«

Er musterte sie beim Reden und sagte sich, wie unbarmherzig doch die Zeit war. So schnell ging das mit den Frauen, unversehens wurden sie alt, fett, verwittert, jede Schönheit vom Winde verweht.

Das sagte er natürlich nicht. »Du wirst jeden Tag hübscher«, log er fröhlich.

»Von wegen«, lachte sie. »Du bist der Einzige hier, der immer noch gut aussieht. Anqin kümmert sich offenbar gut um deinen Aufzug!«

Das hatte gesessen. Kaum erwähnte sie Mutters Namen, verlor Vater jede Lust auf eine Fortsetzung des Geplänkels. »Ist Anqin nicht mit dir essen gegangen?«, fragte er, ganz der brave Ehemann.

»Nein«, sagte sie kopfschüttelnd. »Zurzeit geht sie nicht gerne bummeln. Sie macht ständig ein langes Gesicht und ist ganz wortkarg. Habt ihr euch gestritten?«

Unverschämtes Luder. Was sollte er sagen? »Du weißt ja, wie das ist, wenn man lange verheiratet ist ...«

»Shengqiang«, sagte Yufen mit unverändertem Lächeln.

»Wir kennen uns seit dreißig Jahren, und seit fünfzehn arbeite ich mit Anqin zusammen. Euch geht es nicht anders als mir in meiner Ehe. Wenn ich sehe, dass es ihr schlecht geht, dann geht es mir auch schlecht. Viele Dinge renken sich von selbst wieder ein, lasst euch das gesagt sein. Sieh dir mich an, meinst du, es ist besser, allein zu sein?«

Du scheinst mir doch ganz gut beieinander zu sein. Vater behielt den Kommentar für sich. Da er nicht wusste, was er sonst sagen sollte, hüstelte er verlegen. »Ja, ja, stimmt schon.«

Gerne wäre er weitergegangen, aber diese Frau ließ nicht locker. Nach ihrer Scheidung schien sie sich tatsächlich zu Tode zu langweilen. Sie ergoss einen endlosen Redeschwall über ihn, erst ging es um Mutter, dann um Großmutters Geburtstag, dann fragte sie nach Onkel.

»Ich bekomme kaum etwas von ihm zu sehen«, sagte Vater. »Er ist ständig unterwegs.«

Yufen musste lachen. »Das ist ja ein gutes Zeichen. Man sieht, wie gefragt er ist.«

»Ach was, er rennt einfach nur konfus in der Gegend rum, ohne etwas Sinnvolles zu tun«, sagte Vater, mit den Gedanken schon ganz woanders.

Als könne sie seine Gedanken lesen, sagte Yufen: »Mach dir keine Sorgen. Dein Bruder weiß schon, was er tut.«

Wenn du wüsstest! Vater machte weiter gute Miene und sagte: »Ich muss jetzt leider zurück auf die Arbeit, Yufen. Und Mutters Geburtstag hält mich auch ganz schön auf Trab. Wir sehen uns ein andermal!«

Bevor sie eine Delle in die Straße stehen würden, riss

Vater sich endlich los, zog die Hosen am Bund hoch und winkte ein Taxi herbei, das ihn zurück zur Fabrik brachte.

In der Fabrik herrschte geschäftiges Treiben. Der Lärm und das Trommelschlagen ringsum lenkten Vater von seinen Sorgen ab. Hatte er etwas verpasst? Nun wusste er es wieder: Vorvorgestern hatte Onkel Tante Lishan den Gärhof gezeigt, und während sie sich umsahen, hatte jemand (Zhiming natürlich!) die Idee gehabt, dass die Angestellten ebenfalls eine Darbietung geben sollten. Sie sollten eine Ode mit dem Titel »Chunjuan Bohnenpastenfabrik« mit musikalischer Begleitung einstudieren. Und damit nicht genug. Tante Lishan hatte angeboten, dazubleiben, und die Chorleitung zu übernehmen. Und Vater dürfe auf keinen Fall etwas darüber nach außen dringen lassen. »Es soll eine Überraschung für sie sein.« Am ersten Tag sah Vater sich das Treiben an. Die Büroangestellten, die Arbeiter, die Verkäufer, sogar zwei der Aushilfen aus der Kantine hatten sich freiwillig für die Proben gemeldet und deklamierten jetzt in einer Kakofonie von Dialekten auf der improvisierten Bühne: »Die alte Stadt Pingle, älter als die Dynastie der Qin, zwischen hohen Bergen und klaren Flüssen, ein fröhliches Völkchen, und ein Meer von Köstlichkeiten, gekrönt von der Chunjuan-Bohnenpaste ...« Der Enthusiasmus seiner Mitarbeiter kam Vater befremdlich vor. Doch dann erzählte ihm Onkel, dass er jedem, der mitmache, einen Bonus von 200 Yuan versprochen habe. Vater war stinksauer gewesen, hatte auf dem Absatz kehrtgemacht und war gegangen. *So, der werte verlorene Sohn! Schmeißt mit anderer Leute Geld um sich! Am* selben Nachmittag hatte ihm Herr Zeng eine Rechnung für das Geburtstagsbankett (mittlerweile auf »Chunjuan Bohnenpastenjubiläum« umgetauft) zur Unterschrift vorgelegt, die mit einem Wimpernschlag auf 8000 Yuan angewachsen war. Er unterschrieb. *Für einen Haufen quakender Frösche! Hauptsache, die alte Dame ist glücklich!* »Als ob die keinen Lohn bekämen«, beklagte er sich bei Zhu Cheng.

»Ach, Chef! Lassen Sie ihnen doch den Spaß. Das macht sie alle glücklicher, und dann bringen sie auch mehr Leistung.«

»Von wegen.« Vater zündete sich eine Zigarette an. »Die wollen sich alle nur die Wampe vollschlagen und leben wie die Fürsten. Sollten die jemals produktiver werden, fresse ich einen Besen.«

»Regen Sie sich nicht auf, Chef. Das wird schon«, sagte Zhu Cheng.

Nicht aufregen. Wie hatte Großmutter ihm stets eingebläut: »Ärgere dich nicht darüber, dass der Rosenstrauch Dornen trägt, sondern freue dich darüber, dass der Rosenstrauch Rosen trägt.« Vaters Laune besserte sich, als er aus dem Taxi stieg und die bunten Flaggen mit der Firmenwerbung aus den Blumenbeeten rechts und links des Eingangs wehen sah. *Das hat er nicht schlecht gemacht. Vielleicht kann er doch mehr, als nur mein Geld verschwenden.*

Er nahm den Weg in sein Büro über den Gärhof. Es war schon fast Mai und im Licht der Nachmittagssonne ziemlich warm. Tante Lishan stand immer noch auf der Bühne und wies mit lauter Stimme die zehn Teilnehmer Silbe für Silbe in ihren Part ein. Vater ging zu ihr hinüber. »Schwesterherz, das ist doch viel zu heiß hier. Ihr könnt die Probe auch im Versammlungszimmer fortsetzen«, sagte er.

»Ist schon in Ordnung«, antwortete sie. »Das sind schließlich keine Profis. Und außerdem möchte ich dem Lampenfieber vorbeugen und gewöhne sie lieber gleich an die richtige Bühne.« Tante Lishan, mit einem aufgerollten Notizblock in der Hand, ließ ihre Augen nicht von der Bühne.

Vater hatte von solchen Dingen keine Ahnung und hielt sich lieber raus. Stattdessen fragte er: »Habt ihr genug zu trinken? Zeng soll euch ein paar Kisten Wasser besorgen.«

»Haben wir schon«, sagte sie und deutete auf die Kisten mit Mineralwasser am Rand der Bühne.

»Wo ist Zhiming?«, fragte Vater und sah sich suchend um. Normalerweise summte Onkel hier ständig wie eine Biene herum, damit niemand auf die Idee kam, dass das ganze Spektakel nicht sein Verdienst war.

»Nach dem Mittagessen hat er sich mit den Worten verabschiedet, er habe etwas zu erledigen.« Zum ersten Mal hob Tante den Kopf, und er sah die Schweißperlen, die in ihren Augenbrauen hingen.

Sie tat Vater leid. Sofort wurde er wieder wütend auf seinen Bruder. *Nun lässt du also unsere Schwester mit der ganzen Arbeit allein, Duan Zhiming.*

Vor drei Tagen erst hatte Onkel zu ihm gesagt: »Shengqiang, ich möchte unserer Schwester auf keinen Fall zu viel zumuten. Aber du kennst ja die Geschichte mit Liu, es schadet bestimmt nicht, wenn sie ein bisschen abgelenkt wird. Hier in Pingle hat sie immerhin ihre Familie

235

und alte Freunde.« Vater fand das vernünftig. »Wenn sie hierbleiben möchte, ist nichts dagegen einzuwenden. Wir haben Platz für sie, und sie kann bleiben, solange sie möchte.«

Dieser verlogene Schleimscheißer, haut einfach ab und lässt sie allein in der Sonne rösten. Vater stapfte fluchend in sein Büro, nachdem er noch einmal vergeblich versucht hatte, ihr das Versammlungszimmer schmackhaft zu machen.

Diesmal war er wirklich wütend. Als sich auch nach einem Schluck Tee sein Ärger noch nicht gelegt hatte, rief er Onkel an.

Er ließ es zwanzig Mal läuten, aber niemand ging dran. Ohne zu überlegen, wählte er noch einmal. Er legte auf, zog gedankenverloren einen Kugelschreiber aus dem Etui und ließ ihn gereizt zwischen den Fingern kreisen. Wo mochte er verdammt noch mal stecken?

Wenn ich dich nicht sehen will, turnst du jeden Tag vor meiner Nase herum, aber wenn ich dich einmal brauche, bist du vom Erdboden verschwunden!, dachte Vater und malte große runde Kreise in die Luft.

Nicht, dass er Onkel wirklich vermisste, er war einfach nur sauer auf ihn. Und dann war da noch Zhong, der alte Idiot, mit seinen blöden Kuppelversuchen! In alles musste er seine Nase stecken und nichts als Ärger machen. Vater drehte weiter den Stift hin und her und runzelte die Stirn. *Seit wann muss man alles für voll nehmen, was einer im Suff sagt?*

Aber Zhong hatte es ernst genommen und konnte sich mühelos herausreden: »Das ist jetzt wirklich nicht meine Schuld, Shengqiang! Ich hatte den Eindruck, dir sei es ernst damit. Seit wann kann ich Gedanken lesen? Ich bin gleich nach Hause gegangen und habe meiner Mutter davon erzählt. Und sie hat sofort eine bestimmte Frau im Sinn gehabt, Frau Wang, die in unserer Papierfabrik gearbeitet hat. Zweifellos eine sehr nette Person, sonst würde ich sie niemals deinem Bruder vorstellen. Dreiunddreißig Jahre, gut aussehend, noch nie verheiratet gewesen, freundliches Gemüt, hat ihren eigenen Schönheitssalon. Und eine eigene Wohnung und ein Auto. Die ideale Frau für Zhiming. Jetzt ist es an dir, den Stein ins Rollen zu bringen, sonst wird nichts draus, und meine Mutter gibt mir was auf die Ohren, weil es ihr peinlich ist.«

Vater war genervt von diesem Schwachsinn. Jetzt waren sie seit so vielen Jahren befreundet, und dieser Mistkerl Zhong meinte, er könne ihn zum Narren halten. Er sagte nur: »Mein lieber Zhong, wie alt bist du, fünfzig? Das glaubst du doch selbst nicht, dass dir deine Mutter noch was auf die Ohren gibt!«

»Ach komm, Shengqiang, jetzt fahr mir nicht in die Parade! Du redest mit Zhiming, und wir gehen alle zusammen essen, die beiden lernen sich kennen, mehr nicht. Die Frau hat schon zugesagt, und es wäre jetzt wirklich peinlich, wenn er nicht will«, flehte Zhong.

Wie gesagt – Vater war ein gutmütiger Mensch. Zhongs Lamento und das exzentrische Benehmen seines Bruders sagten ihm, dass er etwas unternehmen musste. Daher war er nun gleich am nächsten Tag nach dem Essen bei Xinyu in die Fabrik geeilt, um seinen Bruder zu sprechen.

Er rief ihn noch einmal an. Wie hatte Zhong gesagt – mit guten Taten sollte man nicht lange warten. Das

237

Wochenende stand bevor, und er wollte Onkel möglichst noch heute Nachmittag erreichen. Ungeduldig hörte er, wie es tutete. Ein Geräusch wie zarte Frauenhände, die an seinen Nerven zerrten. Schließlich meldete sich Onkel.

Er gab ein gekünsteltes Hüsteln von sich und sagte freundlich: »Shengqiang, was gibt's? Ich sehe gerade erst, dass du angerufen hast. Ich habe mein Telefon gar nicht gehört.«

»So!« Vater wollte sich nicht weiter aufregen und seufzte: »Wo steckst du? Ich habe schon zigmal angerufen.«

»Ich, ähem, ich bin am Nordtor.«

»Am Nordtor? Da komme ich gerade her, aber dir bin ich nicht begegnet. Was treibst du da?«

»Nichts Besonderes, ich hab etwas zu erledigen«, sagte Onkel. »Weshalb rufst du an?«

»Also, weißt du, Zhong hat vorgeschlagen, dass wir heute Abend zusammen essen gehen«, fing Vater an. Es war zwar sein eigener Bruder, aber er konnte ihn einfach nicht einschätzen und verstieg sich lieber zunächst auf eine Notlüge, um ihn an Bord zu holen.

»Schon wieder Ausgehen?«, fragte Onkel. »Ich wollte nur schnell etwas essen und dann zurück ins Hotel, ich muss noch arbeiten.«

Jetzt erst fiel Vater auf, dass Onkel schon seit zwei Wochen in Pingle war, anstatt seinem Unterricht nachzugehen. *So läuft das eben an der Uni*, hatte er geschlussfolgert. *Die Professoren arbeiten sich wirklich nicht tot.*

So leicht ließ Vater sich vom Herrn Professor nicht abwimmeln, er wusste schon, was er wovon zu halten hatte. »Zhiming, komm, wo du schon mal hier bist! Zhong hat für uns reserviert. Wir gehen nur essen, und hinterher kannst du immer noch an den Schreibtisch zurück. Keine Sauferei anschließend.«

»Also nur essen gehen und nichts mehr trinken, okay? Ich habe wirklich noch zu tun«, insistierte Onkel.

»Ja, sag ich doch, nur essen. Punkt halb sieben im Springenden Fisch, komm nicht zu spät!«, sagte Vater bekräftigend, während er dachte: *Nur essen und nichts trinken? Das Buch habe ich während meines ganzen Lebens noch nicht gelesen.*

Nun hatte er ihn an der Angel, blieb nur noch der Anruf bei Zhong. »Erledigt! Um halb sieben im Springenden Fisch. Wir sind dabei.« Dann hielt er es für besser, Zhong doch die Wahrheit zu sagen: »Ich habe ihm nichts von dem Blind Date erzählt, sonst wäre er bestimmt nicht mitgegangen.«

Eine Hand wäscht die andere. Also sagte Zhong friedfertig: »Alles klar, kein Problem!«

Das war also erledigt. Erleichtert steckte er den Stift zurück ins Etui und trank noch einen Schluck Tee.

Es gab in diesem Städtchen zwei junge Kerle vom Westtor, die jeder kannte: Der eine war Qin der Stotterer und der andere Duan mit der Krüppelhand. Von Qin dem Stotterer erzählte man gern die Geschichte, wie er einmal auf dem Markt frühmorgens am Stand mit den frisch geschabten Nudeln aufgetaucht war. »Möchtest du eine Schüssel Nudeln?«, hatte der Inhaber gefragt. »Ei ... eine ... Schü ... Schü ...«, hatte Qin gestammelt. Der

Mann warf die Nudeln ins zischende Wasser. Dann endlich brachte Qin seinen Satz zu Ende: »Schüssel ... a ... a ... am Nachmittag.« Über Duan Krüppelhand ging eine andere Geschichte um. Eines Tages sei er ins Kino gegangen und habe ein hübsches Mädchen gesehen, das ganz in seiner Nähe saß. Er war näher an sie herangerückt und hatte angefangen, sie mit seiner kleinen Hand zu befingern. Das Mädchen hatte empört gesagt: »Kümmert sich denn niemand um dich, Kleiner?« Dann erst hatte sie ihn gesehen und gerufen: »Meine Güte, du bist ja schon groß!«

Vielleicht waren es einfach nur Legenden. Jedenfalls gab es niemanden in Pingle, der sie nicht erzählen konnte. Wenn man sonst nichts zu erzählen hatte, kam man eben damit. Bei der Pointe riefen dann alle unisono: »Eine Schüssel am Nachmittag!« oder »Du bist ja schon groß!« Die Leute unseres Städtchens waren einfach gestrickt, sie wurden auch der blödesten Witze nicht müde.

Vater hatte sich immer aufgeregt. Wer es wagte, in seiner Gegenwart die Geschichte von Duan Krüppelhand zu erzählen, hatte schnell eine sitzen. Dann war Onkel fort an die Universität gegangen und hatte sich jahrelang nicht mehr blicken lassen, und Vater hatte aufgehört, sich etwas aus dem Witz zu machen. Wenn jetzt einer mit der Geschichte kam, lachte er manchmal sogar aus Geselligkeit mit. *Ist doch nichts dabei*, dachte er.

Bis er sich im Springenden Fisch einfand, sich neben Zhong Shizhong der entzückenden Wang Yandan gegenüber setzte. Onkel war noch nicht da, und Yandan plapperte drauflos. Irgendwann sagte sie: »Shengqiang, ich möchte ja nicht neugierig erscheinen, aber stimmt es, dass dein Bruder ein Problem mit seiner Hand hat?«

Da hatten sie's. Nun gut, da er sie mit seinem Bruder verkuppeln wollte, kam man um die Frage sowieso nicht herum. Also räumte er die Tatsache ganz gelassen ein, erzählte den alten Witz und fügte hinzu: »Wie man an der Geschichte sieht, ist mein Bruder mit seiner kleinen Hand sehr geschickt.«

Wang Yandan krümmte sich natürlich vor Lachen. Anscheinend hatte er ihre Bedenken zerstreut. Sie nippte an ihrem Sichuaner Rotweißtee, und sagte: »Du hast wirklich Sinn für Humor, Shengqiang. War Professor Duan, als er jung war, wirklich so beliebt bei den Mädchen?«

»Na, aber ganz bestimmt, und er ist es noch. Er war immer ein hübscher Kerl. Wer war in seiner Jugend nicht beliebt?« Er musterte ihr satinglattes, weißes Gesicht. *Mit einem eigenen Schönheitssalon kann man schon etwas aus sich machen*, dachte er.

Yandan lachte klirrend, gab das Kompliment aber nicht zurück. »Du machst ja wieder Witze, Shengqiang. Das mag auf andere zutreffen, aber Leute, die wie ich im Papierfabrikviertel aufgewachsen sind, waren immer viel zu schüchtern. Wir sind davongerannt, wenn einer wie dein Bruder kam.«

»O ja, das kann ich mir vorstellen, Yandan. Du hattest immer so ein feines Mückenstimmchen und fingst bei jeder Kleinigkeit an zu weinen. Aber jetzt bist du ja ein großes Mädchen und lässt dich nicht mehr so leicht einschüchtern«, sagte Zhong und machte einen auf großer Bruder.

»Red nicht so ein Zeug, Zhong. Ich bin schließlich über dreißig und noch nicht verheiratet, ein altes Mädchen bin ich vielleicht, ein großes Mädchen ist etwas anderes.« Bei dem Stichwort »groß« warf Vater verstohlen einen Blick auf ihre Brüste und nahm Maß. *Doch, schön groß*, war sein Urteil.

Von Onkel war noch nichts zu sehen, aber das Gespräch an ihrem Tisch war schon in Fahrt gekommen. Vaters Bauchgefühl entschied, dass es mit seinem Bruder und dieser Frau durchaus klappen könnte. Sie sah gut aus, war offen, freundlich und nicht auf den Kopf gefallen. Und offenbar der Idee bereits sehr zugetan. *Ich kann mir nicht vorstellen, dass er ihr einen Korb gibt*, dachte er.

In diesem Augenblick klingelte sein Telefon. Onkel hatte eben vor der Tür geparkt und fragte: »In welchem Zimmer seid ihr?«

»Ich komme und hole dich«, sagte Vater schnell und sprang auf. Er warf Zhong einen Blick zu und ging hinaus.

Was dann geschah, fasste Vater so zusammen: »Ich habe ja schon viel erlebt, aber so ein unromantischer Grobian wie dein Onkel Zhiming ist mir nie untergekommen!« Und in Rage fügte er noch hinzu: »Verdammter undankbarer Stoffel!«

Da konnte man anderer Meinung sein. Wie Onkel in seinem blaugrauen Nadelstreifenhemd und beigefarbenen Hosen das Restaurant betrat, bot er jedenfalls eine ausgesprochen elegante Erscheinung. Kaum jemand konnte seinem Bruder in Aussehen und Stil das Wasser reichen, befand bei seinem Anblick auch Vater. Onkel winkte ihm und kam rasch auf ihn zugerannt. »Tut mir leid, dass ich zu spät komme«, sagte er.

Onkel steuerte sofort das Separee an, doch Vater hielt ihn zurück. »Warte kurz, Zhiming. Ich muss dir noch etwas sagen.«

Onkel hielt inne und sah Vater stirnrunzelnd an. »Was ist denn mit dir los?«

Vater fühlte sich gar nicht wohl. *Wage nur nicht, mir die Schuld zu geben! Jetzt muss ich wieder meinen Kopf hinhalten, verdammt!*

Doch er kam aus der Sache nicht mehr heraus. Er musste wohl oder übel erklären, was hier gespielt wurde. Es sei Zhongs Idee gewesen, oder vielmehr die seiner Mutter, die beide so begeistert von dieser Wang Yandan seien, wirklich nicht von schlechten Eltern, die Dame. »Nun lass uns eben hineingehen und zusammen essen, dann lernt ihr euch ein bisschen kennen und nichts weiter!«

Vater war sich sicher, sehr vernünftig und überzeugend zu wirken. Wo Onkel jetzt schon einmal hier war, gab es keinen Grund, wieder umzukehren. Doch genau dazu schickte Onkel sich an. Rot vor Zorn sagte er: »Wie kannst du so etwas tun, Shengqiang? So etwas musst du vorher mit mir absprechen! Das macht man nicht, so etwas macht man einfach nicht! Unter diesen Umständen möchte ich lieber gehen.«

Vater lief ihm nach und hielt ihn am Ärmel zurück. Die beiden Brüder standen wie festgenagelt im Eingang zum Springenden Fisch und blockierten einigen unschuldigen, hässlichen Gesichtern, die hinein oder heraus wollten, den Weg. »Zhiming, bitte, bleib!«, flehte Vater ver-

243

zweifelt. »Ich verliere sonst mein Gesicht. Bitte komm wieder herein. Wie sieht das denn aus!«

»Hör auf, an mir zu zerren. Ich möchte jetzt wirklich gehen. Ich spiele nicht mit!« Onkel blieb unerbittlich.

Vor Wut und Enttäuschung den Tränen nahe, hätte Vater ihn am liebsten angeschrien: *Damals mit der kleinen Hong Yaomei warst du auch nicht so schüchtern! Jetzt sei ein Mann!*

Bevor er die Beherrschung verlor, tauchte Zhong auf. Er kam wie gerufen. »Ah, da bist du ja, Zhiming. Was macht ihr denn hier vor der Tür? Kommt herein, na los.«

Vater und Zhong nahmen Onkel in die Mitte. Jetzt war kein Entkommen mehr. Außerdem wollte er nicht vor anderen Leuten eine Szene machen.

Jetzt wird alles gut, dachte Vater. Selbst ein Duan Zhiming würde den Reizen einer Wang Yandan nicht widerstehen können. Sie würden jetzt schön zusammen essen, und dann würde man weitersehen. *Das wird schon.*

Es wurde nichts. *Ein verdammter Scheißdreck wurde es!*, fluchte Vater später.

Onkel setzte sich, grüßte höflich, und Frau Wangs Miene hellte sich bei seinem Anblick sichtlich auf. So ein stattlicher und gewandter Mann, wacher Blick, schickes Outfit! Sie säuselte ein respektvolles »Professor Duan« und wollte ihm mit ihren jadeweißen Händen Tee eingießen.

Doch Onkel wies sie brüsk zurück: »Ich mache das selbst, danke!« Er nahm ihr die Teekanne ab, schenkte sich ein, trank den Tee wie Wasser und leerte die Schale bis auf den letzten Tropfen.

Schnell dämmerte ihr, dass Onkel gegen seinen Wil-

244

len hier saß. Doch sie war zu gut erzogen, um sich etwas anmerken zu lassen, setzte sich lächelnd wieder und wandte sich an Zhong: »Wollen wir nicht bestellen?«

Besser erst einmal die Mägen stopfen, um die Atmosphäre etwas zu lockern. Im Handumdrehen kamen die dampfenden Woks mit Knochensuppe und Weißfischkopfsuppe auf den Tisch, in denen sie nach und nach grätenlosen Aal, Schweinehirn und Fleischbällchen garten, Kartoffeln und Shiitake und Bambussprossen. Dazu gab es roten und grünen Sichuanpfeffer. Langsam kam die Unterhaltung wieder in Gang.

Vater verneigte sich innerlich vor Zhongs Redegewandtheit. Er wechselte mit solch akrobatischem Geschick das Thema, dass der Tisch beinahe abhob und in der Luft rotierte. Zuerst redete er über Onkel, wie er es als junger Mann verstanden hatte, eine Gruppe von loyalen Freunden um sich zu scharen. Niemals habe er, Zhong, gewagt, ihm zu widersprechen, obwohl er ein paar Jahre älter war. Dass Zhiming damals sein Universitätseintrittsexamen mit Bravour gemeistert hatte, musste man ja nicht mehr erzählen. Und jetzt war er sogar Professor für Mathematik an der Yong'an Universität, ausgerechnet Mathematik! Dafür musste man schon einen ziemlich hohen IQ haben. Und ständig im Fernsehen war er auch, nicht wahr? Da hatte jemand tüchtig Karriere gemacht. Das dürfte nicht einfach gewesen sein, das hatte sicher viel Verzicht bedeutet, so viele Jahre der Karriere zu opfern. Und dann Wang Yandan. Die Blüte des Papierfabrikviertels war sie gewesen und auch ihre Noten konnten sich sehen lassen. Alle jungen Männer lagen ihr damals zu Füßen und hatten keine Chance. Und dann erkrankte, als sie zwanzig war, ihr Vater an Leberzirrhose, das ganze Geld ging wegen der Krankheit drauf, und das Mädchen musste arbeiten gehen, statt die Oberschule abzuschließen. Trotzdem ist sie ihren Weg gegangen und, sieh einer an, was aus ihr geworden ist, gerade einmal dreißig und ein eigener Schönheitssalon über zwei Etagen, zwei Eigentumswohnungen, ein eigenes Auto und dabei eine so attraktive wie bescheidene Frau. So eine war nicht leicht zu finden.

Zhong malte sie in solch schillernden Farben, dass Wang Yandan ständig dazwischenrief: »Hör doch auf, Zhong, jetzt übertreib doch nicht so! Was soll denn Professor Duan denken? Das ist doch alles nicht der Rede wert.« Vater trank sein Bier und fragte sich, ob Zhong sich nicht besser scheiden lassen sollte, um Wang Yandan zu heiraten. Onkel jedenfalls hörte genau zu, bevor er sagte: »Nicht schlecht, Frau Wang. Wirklich nicht leicht, sich das alles aus eigener Kraft zu erarbeiten.«

Der ganze Tisch nahm das als Zeichen dafür, dass er sich endlich einließ. Wang Yandan sagte bescheiden: »So ist das gar nicht, hören Sie nicht auf Zhongs Geschwätz, ich schlage mich nur so durch.«

»Ihr Schönheitssalon scheint jetzt aber gut zu florieren, nicht wahr?«, fragte Onkel freundlich weiter, wie ein Lehrer, der einen Schüler zum Reden bringen will.

Jetzt lass es gut sein, Duan Zhiming! So ein hübsches Ding, was soll das, sie so auszufragen? Ist das deine Art, ein Mädchen aufzugabeln? Na dann kein Wunder, dass du noch Single bist, dachte Vater skeptisch.

Laut sagte er nichts, und Onkel fuhr fort: »Also, Ihr

Salon geht über zwei Etagen, ja? Und etwa dreißig Ange-
stellte? Da müssen Sie ja in etwa eine Million Umsatz
machen. Und zwei Wohnungen haben Sie, so war es
doch, oder? Wo? Wow, keine schlechte Gegend, die müssen ja bei den heutigen Immobilienpreisen anderthalb
Millionen wert sein. Haben Sie Aktien? Noch nie gehabt?
Sehr vernünftig, besser so.«

Wang Yandan war natürlich völlig verwirrt. Während
sie Onkels Fragen beantwortete, blickte sie immer wieder
Hilfe suchend zu Zhong. Der sah sich in der Bredouille.
Irgendwie war der Schuss nach hinten losgegangen. Was
führte dieser Duan Zhiming im Schilde? War das etwa die
Art, wie diese Akademiker Frauen aufrissen? So würde
der nie eine abkriegen.

Vater seinerseits fluchte tonlos vor sich hin und hätte
am liebsten den Kopf in den Wok gesteckt.

»Also, Frau Wang«, setzte Onkel nach. Er streckte den
Rücken durch, schöpfte sich eine Kelle perlweiße Fischsuppe nach, sprengte ein bisschen gehackte Schalotten
darüber, tauchte den Löffel ein, rührte um und sagte
dann: »Verzeihen Sie, dass ich gleich bei unserem ersten
Treffen so neugierig bin, aber schließlich sind wir keine
Kinder mehr. Wir wollen uns ja ernsthaft kennenlernen
und Freunde werden, warum also ein Blatt vor den Mund
nehmen? Am besten sind wir ehrlich miteinander.«

»Da haben Sie recht, Professor Duan«, sagte sie, »wir
sollten ehrlich miteinander sein. Fragen Sie ruhig, was
Sie möchten.«

»Eine Frage hätte ich schon noch«, sagte Onkel, hob
einen Löffel Suppe an den Mund, blies darüber und trank.

»Ich hoffe, ich trete Ihnen damit nicht zu nahe. Aber ich bin nun mal ein Intellektueller, ich muss alles ganz genau wissen. Da ich nun damit angefangen habe, möchte ich auch fragen. Aber nehmen Sie es bitte nicht persönlich.«

»Zhiming, nun reicht's aber. Wenn du doch selbst schon sagst, dass die Frage sich nicht gehört, dann frage auch nicht. Was soll denn die Fragerei!«, mischte sich Vater jetzt doch ein.

»Wirklich kein Problem«, sagte Wang Yandan. »Fragen Sie nur.«

»Gut.« Onkel stellte die Schüssel und den Löffel ab und legte beide Hände säuberlich daneben auf den Tisch. »Was ich Sie fragen wollte, Frau Wang: Sie sind im Papierfabrikviertel aufgewachsen, haben nie die Schule beendet und als Friseuse angefangen. Sie investieren nicht an der Börse und haben keine Preise gewonnen. Ich frage mich also, wie Sie als Dreißigjährige bereits so wohlhabend sein können. Sicher, Sie waren fleißig, aber irgendwie geht die Rechnung nicht auf. Ich würde gerne wissen, wo das viele Geld herkommt. Ich kann mir einfach nicht vorstellen, dass ein Schönheitssalon so viel abwirft.«

Vater schwört, dass er in diesem Augenblick am liebsten tot umgefallen wäre.

Totenstille. Nur das Blubbern der Fischsuppe war zu hören.

Yandan war sichtlich bemüht, die Tränen zurückzuhalten. Sie legte ihre Stäbchen hin und holte tief Luft. Bei ihrem Anblick wünschte Vater, er hätte keinen Bruder namens Duan Zhiming. *Du elender Drecksack! Schämst du dich denn gar nicht?*

»Professor Duan«, sagte sie mit leicht bebender Stimme. »Ich habe verstanden, dass Sie heute nicht aus freien Stücken zu diesem Essen gekommen sind. Mir war das leider nicht bewusst, ich habe mir, ehrlich gesagt, auch nicht so viele Gedanken gemacht. Ich dachte, wir könnten Freunde sein. Das sehen Sie offensichtlich nicht so, deshalb will ich jetzt lieber gehen.« Sprach's, stand auf, nahm ihre Handtasche und verließ den Raum.

»Yandan!«, schrie Zhong und lief ihr hinterher. Bevor er aus dem Zimmer war, drehte der gute Kerl sich noch einmal um und fuhr Onkel an: »Zhiming, egal was du dir einbildest und wie sehr du auf andere herabschaust – das war jetzt echt nicht nötig!«

Die Tür schlug zum zweiten Mal zu, und weg waren sie. Vater blieb mit Onkel allein zurück, seine Fäuste wie zwei Steine geballt auf den angespannten Oberschenkeln, wie er später erzählte.

Wenn er darüber nachdachte, hatte er sich schon genau drei Mal im Leben so gefühlt wie jetzt. Einmal, als Großmutter ihn zum ersten Mal mit den Gärtöpfen im Gärhof allein gelassen hatte. Dann, als er von Mutters Seitensprung erfahren hatte. Das dritte Mal bei dem unsäglichen Leichenschmaus an Großvaters Beerdigung. Und nun zum vierten Mal.

Und jedes Mal hatte er sich gefragt: *Und was nun? Was zum Teufel soll ich jetzt machen?* Nun, er konnte einfach die Fäuste ballen, den Tisch umwerfen und sich davonmachen. Sollten andere die Scherben aufkehren. Oder es aussitzen, die Dinge nehmen, wie sie kamen, zuhören, beob-

249

achten, zusehen, was diesen Irren noch so alles für Possen in den Sinn kamen. Mit anderen Worten – den Buddha machen. Obwohl Vater das natürlich nie so gesagt hätte.

Vater schwor jedenfalls, dass er so weit war, aufzuspringen, die geballte Faust in die Luft zu reißen, Onkels Kopf zu packen und auf den Tisch zu schlagen, immer feste drauf, scheiß auf die Schüsseln und Teller und Tassen, und ihn anzubrüllen: »Spinnst du, Duan Zhiming? Wenn du mir an den Kragen willst, dann nicht auf diese Art, ist das klar?«

Er sah Onkel an. Sein makelloses Outfit, die glänzende stählerne Uhr am rechten Handgelenk. Doch wenn er den Kopf gesenkt hielt, sah man die Falten, die sich an seinem Hals kräuselten. Schließlich schluckte Vater mit steinerner Miene die Flüche hinunter, nahm einen Schluck kaltes Bier, und sagte: »Zhiming, heute bist du wirklich zu weit gegangen, lass dir das gesagt sein. Das Mädchen hat dir nichts getan. Warum musstest du sie so durch den Dreck ziehen?«

Onkel schwieg. Er nahm seine eigene Bierflasche und trank. Und seufzte.

Als Vater die Traurigkeit aus diesem Seufzer heraushörte, wurde ihm gleich ganz anders zumute. »Zhiming«, brach es aus ihm heraus. »Ich weiß, dass du nun schon seit Ewigkeiten in diesem intellektuellen Milieu zu Hause bist und hohe Maßstäbe hast. Klar, du machst, was du willst, aber denk doch auch mal an Mutter, an Schwester, an mich. Wir machen uns Sorgen um dich. Es wird Zeit, dass du heiratest, Kinder hast, eine Familie.«

Onkel öffnete den Mund und schloss ihn wieder. Dann sagte er: »Das ist nicht so leicht, wie du denkst, Shengqiang. Du bist der Jüngste von uns, intelligent und begabt, immer warst du an Mutters Seite, immer war sie für dich da, nie hat es dir an irgendetwas gefehlt. Bei mir war das anders. Mich haben sie noch als Teenager rausgeworfen, ich war auf mich allein gestellt. Was weißt du schon, was ich durchgemacht habe? Du hast ja keine Ahnung … Glaubst du nicht, dass ich mir nichts sehnlicher wünsche als Frau und Kinder?«

Bei dir piept's doch! Am liebsten hätte Vater laut gelacht, als er seinen Bruder so reden hörte, doch das Lachen blieb ihm im Halse stecken. Das war doch alles absurd. Schließlich schenkte er sich Bier nach, leerte das halbe Glas und sagte: »Mach dich nicht lächerlich, Zhiming! Glaubst du wirklich, ich hätte es nie schwer gehabt? Du bist auf die Uni gegangen und hast mich allein hier zurückgelassen, wo ich tagtäglich im Gärhof den Brei rühren und die Töpfe auswaschen musste und den Hintern versohlt bekam. Meinst du das mit ›an nichts gefehlt‹?«

Ein Außenstehender sieht die Dinge oft klarer als die unmittelbar beteiligten. Mutter begriff das Verhältnis zwischen Vater und Onkel am besten. »Weißt du«, sagte sie einmal zu mir, »sie ergänzen einander. Da ist zum einen dein Vater, der einfach stur drauflospprescht, und zum anderen dein Onkel, der jeden Schritt so lange abwägt wie eine Ameise, die nicht aus dem Labyrinth herausfindet. Mir kommen die beiden so lächerlich vor, aus allem müssen sie ein Drama machen, das war schon immer so.«

Irgendwann sah selbst Vater ein, dass Mutter recht hatte. »Ich weiß auch nicht, warum ich jahrelang auf meinen Bruder nicht gut zu sprechen war.«

1983 hatte es angefangen. Zuvor waren sie immer in derselben Gang herumgezogen, ein unzertrennliches Brüderpaar, und beide schliefen sie abwechselnd mit Hong Yaomei. Und dann verschwand der ältere Bruder mir nichts, dir nichts aus Pingle, mit der Schlafmatte auf dem Rücken und der Thermoskanne in der Hand gen Yong'an zum Studium, während der jüngere Bruder zu Hause mit der Bohnenpaste verschimmelte, die Töpfe auf dem Gärhof hin- und herschob und vom alten Chen beim kleinsten Anlass Dresche bezog. *Was hab ich mir da einge-brockt? Ich war einfach nicht so gut in der Schule wie mein gro-ßer Bruder, nie hätte ich die Prüfung geschafft! Ich tauge eben zu nichts als Schufterei und Prügel beziehen.*

Inzwischen waren zwanzig Jahre vergangen, in denen Vater sich seinem Schicksal ergeben und demütig die Bohnentröge durch die Gegend gehievt hatte, und nun musste er sich diese aberwitzige Sichtweise der Dinge durch seinen Bruder anhören.

Auch Onkel leerte in einem Zug ein halbes Glas Bier. »Shengqiang«, fuhr er fort, »du willst doch nicht allen Ernstes behaupten, dass Mutter sich nicht um dich geküm-mert habe. Von uns dreien bist du derjenige, um den sie sich am meisten kümmert! Denk doch mal darüber nach, wer in dieser Familie, in dieser Firma das Sagen hat, wem gehört alles, wenn nicht dir? Und was habe ich? Was hat Lishan? Wie kommst du nur darauf, Mutter schere sich nicht um dich?«

Vater verschlug es die Sprache. Da hatte er, Xue Sheng-qiang, sein Leben lang gemütlich in diesem verschnarch-ten Kaff namens Pingle eine daumengroße Fabrik namens

Chunjuan Bohnenpaste gehütet und sich zwischendurch nichts als ein paar Schnäpse und ein paar Mädchen gegönnt. Und nun hieß es, er habe das größere Los gezogen als sein Bruder. Wie bitte?

Ein Einwand kam ihm immerhin in den Sinn, während er zusah, wie Onkel in einem Zug sein Bier austrank: »Die Fabrik gehört der Familie, nicht mir. Wenn du oder Lishan sie gerne leiten wollt, bitte sehr.«

»Was du nicht sagst.« Onkel griff nach einer weiteren Bierflasche, doch sie war leer. Er griff sich Vaters Flasche und füllte sein Glas, dann redete er weiter: »Damals, als Zhou Xiaoqin schwanger wurde, habe ich Mutter auf Knien angefleht, mich nicht auf die Uni zu schicken. Ich wollte hierbleiben und in der Fabrik arbeiten. Ich wollte Geld verdienen, damit ich sie heiraten und mit ihr eine Familie gründen kann. Weißt du, was Mutter gesagt hat?«

Diese Version der Geschichte hatte Vater noch nie gehört. Er starrte Onkel an und sah, wie seine Augen feucht wurden, sah die feinen Falten in den Augenwinkeln. *Was möchtest du mir erzählen?*

Gewiss war allein, dass Großmutter ganz ruhig geblieben war. Geschrei macht es nicht besser, pflegte sie zu sagen. Es war nicht einfach, immer alles in Balance zu halten, wenn man drei Kinder großzuziehen hatte, ein bockiges, ein romantisches und ein cholerisches. Sie hatte zu Onkel gesagt: »Zhiming, wie alt bist du? Noch keine zwanzig und willst heiraten und Kinder ernähren? In der Fabrik arbeiten? Ich will dir eins sagen: Davon darfst du in deiner Situation nicht einmal träumen.« Sie hatte auf Onkels verkümmerte Hand gezeigt: »Es wird Zeit, dass du endlich einmal begreifst. Seit du klein bist, sind wir das Gespött der Leute. Was willst du in der Fabrik arbeiten? Der Einzige, der für die Fabrik in Frage kommt, ist Shengqiang. Deine Zukunft liegt im Studium, dein einziger Ausweg ist, von hier fortzugehen, um dich nicht weiter lächerlich zu machen, dich nicht und uns nicht.« Großmutter hatte kurz innegehalten, Onkel gemustert und mit einem Seufzer ihre Rede fortgesetzt: »Und was diese Zhou Xiaoqin betrifft – du bist noch viel zu jung, um zu verstehen, in was du da hineingerätst. Ich weiß, wovon ich rede, ich habe genau den gleichen Fehler gemacht, Fehler, die man macht, weil man jung ist. Nun, was geschehen ist, ist geschehen, und ich will dich nicht länger dafür zur Rede stellen. Wir wollen die Sache ja nicht an die große Glocke hängen. Genug davon. Lass dir das eine Lehre sein. Ich werde das für dich regeln, nur dieses eine Mal, aber so etwas darf nicht wieder vorkommen. Du wirst fleißig studieren und gute Noten nach Hause bringen. Wenn du das Eintrittsexamen dieses Jahr nicht bestehst, dann eben im nächsten Jahr. Du hast keine Wahl, hast du gehört? Es gibt keine Alternative.«

Zumindest in einem Punkt war Vater sich sicher – sein Bruder war ein hervorragender Student. All das war viele Jahre her, aber Onkel hatte keine Silbe von dem vergessen, was Großmutter gesagt hatte. Ehrlich gesagt, konnte Vater sich zwar nicht mehr genau erinnern, wie es sich zugetragen hatte, aber am Ende war ihm die Schuld an Zhou Xiaoqins Schwangerschaft in die Schuhe geschoben worden. Alle hatten ihn verdroschen, Großmutter, Großvater, Herr Zhou. Wie sehr hatte er sie alle verflucht!

254

Zum Teufel damit. Wie es Onkel damals ergangen war und was wirklich geschehen war – darüber hatte er sich nie Gedanken gemacht. Soweit er sich erinnerte, hatte Onkel sich mit seinen Büchern ins Zimmer eingeschlossen und für die Aufnahmeprüfung eine Übung nach der anderen durchgekaut.

Mein Bruder war schon immer anders. Er zog mit den Jungs herum, er prügelte sich, und er paukte für die Examen. Und in allem war er gleichermaßen gut.

Ach, verdammt. Vater saß auf seinem Stuhl, hörte Onkel zu und verzehrte sich nach einer Zigarette. Der Gasbrenner unter dem Wok mit der Fischkopfsuppe war schon lange aus, und die Fettaugen auf der Suppe versiegelten den Fisch und die roten Chilis mit einer Ölschicht. Er hielt es nicht mehr aus. Hastig zündete er sich eine Zigarette an und nahm einen tiefen Zug. Dann stieß er den Rauch aus, und das Zimmer füllte sich mit weißen Schwaden, durch die hindurch er Onkel sah, Onkel, der mit geröteten Augen dasaß und erzählte, von sich, von Großmutter, seiner Hand, seiner alten Liebe Zhou Xiaoqin und davon, wie einsam er all die Jahre gewesen war.

»Ich beneide dich, Shengqiang«, sagte er. »Von klein auf habe ich dich beneidet. Du warst Vater am nächsten und wurdest von Mutter in Schutz genommen. Egal, wie man es dreht und wendet, dieses ganze große Familienunternehmen gehört dir, und du wirst ganz gewiss den größten Anteil davon erben. Es geht mir nicht ums Geld, es geht um Gefühle, verstehst du? Ich habe mich immer schikaniert gefühlt. Wenn Mutter mal wieder sauer auf Vater war, warf sie ihm vor, er sei schuld an meiner verküm-

merten Hand.« Er hob kurz seine kleine Hand an. »Aber
es ging ihr nicht um Vater. Ich war derjenige, den sie treffen wollte. Sie sagte es stets so, dass ich es hören konnte,
um mich wissen zu lassen, dass ich verunstaltet war. Nie
konnte ich so sein wie du, Shengqiang, nie konnte ich tun,
was ich wollte. Immer musste ich der vernünftige, brave
Sohn sein, der zur Freude seiner Eltern gute Noten nach
Hause brachte. Mir blieb gar nichts anderes übrig. Du
warst nie besonders gut in der Schule, aber Mutter hat
nichts dazu gesagt. Doch kaum gerätst du in Schwierigkeiten, ist sie zur Stelle und regelt es für dich. Du lebst aus
dem Vollen und hast Geld ohne Ende, nimmst dir eine Geliebte, und Mutter geht hin und beschwichtigt deine Frau.
Ich armseliger Herr Lehrer dagegen musste eben selbst
zusehen, wo ich bleibe. Und mein Liebesleben habe ich
nie in den Griff bekommen. Dabei wünsche ich mir nichts
sehnlicher als das. Diese Sache mit Xiaoqin ...« In seinen
Augen standen Tränen, und er schniefte. »Ich habe mir
deswegen riesige Vorwürfe gemacht. Nie könnte ich jemand anderen heiraten. Und an allem ist Mutter schuld.
Wenn sie nicht gewesen wäre ... Und jetzt? Jetzt führt sie
sich auf, als wäre ich ein Verbrecher, weil ich noch nicht
verheiratet bin! Ich weiß, dass ich heute Abend mit Yandan zu weit gegangen bin, und ich weiß auch, dass Zhong
und du die besten Absichten hattet ...«, Onkel wischte
sich mit seiner kleinen Hand die Augen und nahm noch
einen großen Schluck Bier, » ... aber ich lasse mich von
niemandem verkuppeln. Weißt du, Xiaoqin und ich ...« Er
konnte nicht weitersprechen. Er setzte das Glas ab und
wischte sich die Tränen fort.

Vater konnte nicht sagen, ob er erschrocken oder nur überrascht war. Onkels Worte flatterten ihm um die Ohren wie die Sutren vom Heiligen Berg. So manches Detail war ihm entgangen, doch er hatte etwas Grundsätzliches begriffen. Das war also der Grund für Zhimings Eigentümlichkeit und die seltsame Traurigkeit die ganze Zeit!

Im nächsten Augenblick fühlte Vater sein Herz zerbröseln als würden tausend Ameisen daran nagen. Onkels Augen waren nun so rot wie das Chiliöl in den Dipschälchen. Er reichte ihm eine Papierserviette.

Vater hätte sterben können vor Reue. Vergessen waren Wang Yandan oder Zhong Shizhong, sollten sie doch bleiben, wo sie waren. *Was bin ich doch für ein beklopptes Rindvieh!*

Ganz am Anfang der Liste seiner Selbstvorwürfe standen die zwei Tüten Sichuanpfeffer und ganz am Ende, dass er dort im Golden Leaf Hotel höchstpersönlich, mit seinen eigenen Händen, diese beiden Tüten wie Bomben in die Hände seines Bruders gelegt hatte.

Gerne hätte er gesagt: »Zhiming, es tut mir so leid, nie hätte ich dir diese Chilischoten mitbringen dürfen. Mach dir keine Sorgen mehr um Xiaoqin. Es geht ihr gut, du brauchst kein schlechtes Gewissen mehr zu haben.« Gerne hätte er gesagt: »Warum hast du all die Jahre kein Wort gesagt, Zhiming? Und die Sache mit Mutter, wieso hast du nie mit mir darüber geredet? Dann rede doch mit mir, sag mir, was du willst. Ich habe jetzt die Dinge in der Hand, ich unterstütze dich. Du brauchst dich nicht mehr zu grämen, jetzt ist Schluss damit. Aus und vorbei. Jetzt beginnt ein neues Leben für dich, ein gutes Leben.

Du bist doch ein hoch angesehener Professor, das ist doch was!« Und er hätte gern gesagt: »Ich habe mich wie ein Idiot benommen. Ich hätte erst mit dir reden sollen, anstatt dich hierher zu locken, das war mein Fehler.« Und er dachte, es wäre angemessen, zu sagen: »Mach dir keinen Kopf wegen Mutter. Sie hat nur so dahergeredet, aber im Grunde stand sie immer hinter dir. Sie ist so stolz auf dich, ständig wiederholt sie das. Wenn sie über dich redet, strahlt sie immer über das ganze Gesicht.«

Aber Vater brachte kein Wort heraus. Er saß da und hörte Onkel zu. Er hatte eine nach der anderen geraucht, und die Luft war zum Schneiden dick. Es fehlte nicht viel, und der Feueralarm würde losgehen. Schließlich gingen Onkel die Worte aus. Er hatte sich müde geredet, er konnte einfach nicht mehr.

»Komm, Zhiming, trink.« Vater nahm noch eine Flasche Bier aus dem Kühlschrank an der Seite, machte sie auf, schenkte erst Onkel das Glas randvoll und füllte dann sein eigenes Glas.

Onkel trank gierig aus. Vom vielen Reden war seine Kehle wie ausgetrocknet. Vater trank ebenfalls. Dann füllte er beide Gläser abermals auf.

Kapitel 9

Die Dinge hatten sich Schritt für Schritt entwickelt. Anfangs, als Vaters Gürkchen anfing, eine Gurke zu werden, war er wahnsinnig beeindruckt von den Jungs am Südtor und ihren Raufereien. *Die sind cool!*, dachte er. Nur wenige Jahre später war er der Raufereien müde, und er traf auf die auswärtigen Geschäftsleute, die sich am Nordtor tummelten. Schicke Anzüge und zwei Extraportionen Fleischsoße auf den Nudeln. *Die haben Geld!*, dachte er. Als er dann selbst zu arbeiten begann und genug Geld für Fleischsoße, Zigaretten, ja, sogar für Mädchen hatte, wechselte seine Bewunderung hinüber zu den Söhnen und Töchtern der Funktionäre am Osttor. Wenn er die schwarzen Limousinen aus den Kreisverwaltungsgebäuden, dem Kreiskrankenhaus oder dem Pensionärwohnheim für Kader und den Residenzen des Kreisparteikomitees herausfahren sah, dachte er: *Die haben alle eigene Telefone!* Das hatte ihm Zhong erzählt. Nicht lange danach begann die Geschichte zwischen ihm und Mutter, und er ging plötzlich selbst dort ein und aus, lernte das Haus seines zukünftigen Schwiegervaters Chen Xiuxiao kennen – und merkte, dass das so eine große Sache auch wieder nicht war.

Vater fühlte sich wie das lebende Gedächtnis von Pingle, er kannte hier jeden dreckigen Winkel, wusste, wer was in seinem Hinterhof hatte und welches neue Gerücht die Alte nebenan in die Welt gesetzt hatte. 1995, kurz vor Vaters dreißigstem Geburtstag, sah es so aus: Vater war Assistent des Direktors der Bohnenpastenfabrik, also der zweitwichtigste Mann. In wenigen Jahren würde Zhu Shangquan in den Ruhestand gehen. Vater hatte ausreichend gute Beziehungen aufgebaut, um den Laden am Laufen zu halten, direkt oder durch die Hintertür. Er kannte genug Leute, die Unterschriften leisten konnten, und auf deren Worte man etwas gab. Auch außerhalb der Firma machte er eine gute Figur, groß, damals noch gut in Form und ohne Bauch, hohe Stirn und immer großzügig. Die Mädchen waren verrückt nach ihm. Zu Hause hatte er eine Tochter, die zur Grundschule ging, und eine knackige Ehefrau, die nicht nur gut kochen konnte, sondern auch ziemlich wortgewandt war. Und obendrauf hatte er noch einen Kader als Schwiegervater im Hintergrund, um den ihn seine Freunde beneideten. Dieser Xue Shengqiang, der hat sich seine Frau gut ausgesucht, sagten sie.

Und so kam der Frühling 1995, die ganze Stadt war voll leuchtend roter Azaleen, Liebe lag in der Luft, und Vater zog durch Pingles Straßen, und mit dem Frühlingswind

260

auf seinem Gesicht regten sich die Frühlingsgefühle in seinen Lenden.

Die Dinge entwickelten sich für Schritt für Schritt. Zuerst fragte ihn Zhong bei einer ihrer Zechrunden: »Wie geht es eigentlich Anqin?«

»Prächtig!«, sagte Vater sofort. »Weißt du, wenn sie nichts zu tun hat, geht sie zum Schönheitssalon, lässt sich die Haare machen, das Gesicht aufpäppeln, das ist ihr Ding.«

Und dann war er mit ein paar Freunden aus, und einer sagte etwas wie: »Shengqiang, du solltest ein bisschen aufpassen!«

»Aufpassen, wieso?«, fragte Vater. Niemand antwortete, und er vergaß es schnell wieder. Doch nach einer Weile überkam ihn ein ungutes Gefühl. Wenn er sich mit Mutter unterhielt, wenn sie zusammen aßen, sogar beim Sex – etwas war faul. *Verdammt, hat sie etwa gemerkt, dass ich etwas mit einer anderen hatte? Das war doch nichts weiter!*, rätselte er. Er beschloss, einfach abzuwarten und die Augen offen zu halten. Besser keine schlafenden Hunde wecken. Ein paar Wochen später rief ihn Großmutter zu sich: »Stimmt etwas nicht zwischen dir und Anqin, Shengqiang?«

Vater fiel das Herz in die Hose. Anqin, du hinterhältiges Miststück, statt erst mit mir zu reden, rennst du gleich zu Mutter!

Er würde ums Verrecken nichts zugeben. Doch unerwarteterweise saß Großmutter, die schon viel im Leben gesehen hatte, kerzengerade auf dem Sofa und sagte ganz ruhig zu ihm: »Die Leute erzählen, Chen Anqin gehe fremd.« Während sie sprach, studierte sie jede seiner Regungen.

»Aber Mutter! Was für ein Unsinn! Dafür ist sie überhaupt nicht der Typ.«

»Nun, so wurde es mir erzählt«, sagte Großmutter. »Und mir wurde auch gesagt, um wen es sich handelt. Sonst hätte ich niemals davon angefangen. Wenn du mir nicht glaubst, dann geh besser nach Hause, und frag sie selbst.«

Seitdem war im Verhältnis zwischen Mutter und Großmutter der Wurm drin, kein Zweifel. »Deine Großmutter ist einfach unausstehlich«, sagte Mutter einmal zu mir. »Immer knüpft sie irgendwelche Intrigen. Was musste sie ihre Nase in eine Sache stecken, die nur mich und deinen Vater etwas anging? Nur zu gerne wäre sie mich losgeworden.«

Doch Mutter war nicht ganz fair. Zu den wenigen Personen, die ein gutes Wort für sie einlegten, gehörte neben Zhong und Tante Lishan auch Großmutter. Vater war knallrot vor Zorn und schrie sich heiser, aber am Ende brachten ihn diese drei wieder auf die Spur. Großmutter tat seine Verzweiflung in der Seele weh. Geduldig versuchte sie, ihn zu beschwichtigen: »Du kannst aus diesem Verdruss nur lernen, Shengqiang. Siehst du nun, wie recht ich hatte, als ich dir gesagt habe, dass man die Menschen nie bis in ihr Innerstes kennt? Man darf sich niemals zu Arroganz verleiten lassen. Damit macht man sich nur angreifbar. Hochmut kommt vor dem Fall, und sobald die Leute dich im Staub sehen, treten sie schadenfreudig nach. Deshalb sei zurückhaltend und bescheiden in allem, was du tust. Das erst zeichnet eine Persönlichkeit aus.«

Vater hatte seine Lektion gelernt. Wenn danach einer kam und anfing mit: »Deiner Firma geht es ja wirklich blendend!«, sagte er: »Ach, ich bin auch nicht mehr als ein besserer Fabrikarbeiter. Ständig muss ich meinen Kunden hinterherrennen und sie aushalten, und es kommt nichts dabei herum.« Und wenn die Leute sagten: »Wie erwachsen deine Tochter schon ist, Shengqiang!«, sagte er: »Ach woher, sie ist nur ein bisschen gewachsen und immer noch ein ziemliches Kind. In der Schule ist sie gar nicht gut.« Wenn die Nachbarn Mutter mit Tüten beladen nach Hause kommen sahen und zu ihm sagten: »Da gibt es wieder was Gutes zum Abendessen für Sie, Herr Xue!«, sagte er: »Was Gutes? Nur ein paar einfache Happen, die Reste vom Vortag.« Wenn es beim Zechen mit seinen Freunden ruppiger wurde und sie sagten: »Mensch, so ›ne brave Ehefrau und so ’ne hübsche kleine Tochter daneben! Hast du’s gut!«, seufzte er nur und sagte: »Da bin ich einfach so hineingeschlittert und wusste gar nicht, wie mir geschah. Wenn ihr mich fragt, ich bin es müde.«

Die Leute schwiegen und dachten sich ihren Teil. Allein Zhong wurde deutlich: »Wo hast du denn so gut heucheln gelernt, Shengqiang? Die Show brauchst du vor mir nicht abzuziehen!«

Es erübrigt sich, zu sagen, dass Zhong Shizhong Vaters bester und treuester Freund war, daran hatte er nie gezweifelt. Selbst das Debakel mit Onkels Blind Date nahm er ihm nicht krumm. Vater rief am nächsten Tag bei ihm an. Zhong meldete sich fröhlich, bevor er loslegte und eine Zornessalve nach der anderen abfeuerte, Drecksack, Arschloch, Kotzbrocken. Was blieb Vater übrig als eine Reihe Entschuldigungen zu stammeln? Zhong sagte nur: »Warum entschuldigst du dich in einem fort? Dein Bruder ist derjenige, der sich entschuldigen sollte. Wie ein Idiot hat er sich benommen und die arme Wang Yandan regelrecht vorgeführt. Und natürlich lag mir gestern Abend meine Mutter deswegen in den Ohren. Was konnte ich schon sagen?«

»Ach, Zhong!« Vater war froh, dass sein Freund ihn nicht zur Rechenschaft zog, und versuchte ihn zu beschwichtigen: »Du kennst ihn doch, Zhong. Die ganze Studiererei hat ihm den Verstand vernebelt. Nimm es nicht persönlich. Im Grunde ist er ganz in Ordnung, er ist einfach ein alter Pedant!«

»Alter Pedant, von wegen. Der kann ganz schön gerissen sein, denk nur an die Sache mit Gao Tao. Du brauchst ihn nicht in Schutz zu nehmen, Shengqiang, und dich für ihn entschuldigen, mit dir hat das nichts zu tun. Auf ihn bin ich sauer, nicht auf dich.«

Es wäre falsch zu behaupten, dass Vater bei diesen Worten nicht schlucken musste. In ihm brodelte es. *Duan Zhiming, verflucht noch mal!*

Andererseits hält man sich vor Außenstehenden bedeckt. Er blieb besser bei den üblichen Ausreden: »Er rackert sich wirklich ab zur Zeit. Ein bisschen Bestechungsgeld kassieren ist auch nicht leicht, man verhilft anderen zu Geld und hilft sich selbst damit. Natürlich hat er Mist gebaut, aber er ist immer noch mein Bruder, was soll ich machen? Und hast du nicht selbst gesagt: Dein Bruder ist auch mein Bruder? Sei nicht sauer auf ihn. Ich werde bei deiner Mutter vorbeifahren und ihr ein schönes Geschenk mitbringen. Sie wird es zufrieden sein, verlass dich drauf!«

Unweigerlich musste Zhong lachen. »Ts, ts«, hörte Vater ihn sagen. »Mensch, Shengqiang, dir haben sie wohl das Maul in Duftöl gebadet. Da kann man ja nur schwach werden. Na gut, wir werden sehen.«

»He, ich mein's ernst. Ich komme. Sag mir, wann, und ich werde da sein.« Vater wollte die Angelegenheit unbedingt vom Tisch haben.

So viel davon. Vater ging sich die Zähne putzen und setzte sich zu Mutter an den Frühstückstisch. »Weißt du eigentlich, wie besoffen du gestern warst, Shengqiang? Dein Bruder hat dich nach Hause bringen müssen. Schämst du dich denn gar nicht?«, sagte sie.

Doch Vater ärgerte sich nicht weiter. Er nahm sich einen Spieß mit frittierter Ente, biss ab und sagte: »Ach, komm schon. Kann sich ein Mann nicht zwischendurch mal betrinken?«

»Zwischendurch?« Sie schnaubte verächtlich.

Sie aßen weiter und redeten, was man eben so beredet beim Frühstück. Was gibt es heute zum Abendessen und morgen zum Mittagessen, wann könne man gemeinsam mit Tante und Onkel essen? Vater sah zu, wie Mutter seine leere Schüssel nahm und in die Küche ging, um ihm noch Reissuppe zu holen. Sie tat ihm leid. *Was habe ich für eine wunderbare Frau*, dachte er. *Kein Wort mehr über die Geschichte mit Xinyu. Ich habe wirklich verdammtes Glück.*

Als sie mit der Schüssel voll cremiger weißer Reissuppe wiederkam, konnte er nicht anders, als zu sagen: »Wenn wir erst Mutters Geburtstag überstanden haben, machen wir Urlaub. Wo würdest du gerne hinfahren? Hongkong? Macau? Oder vielleicht Singapur, Malaysia, Thailand? Ich kauf dir was Schönes.«

Mutter gluckste. »Du hast wohl im Lotto gewonnen, was? Wieso bist du denn so gut drauf heute? Erst strahlst du über jede Schüssel Reissuppe, dann willst du sogar Urlaub im Ausland mit mir machen!«

Vater löffelte ruck, zuck die halbe Schüssel leer. »Na und? Darf ich nicht mal gute Laune haben?« Als der zarte Reisbrei ihm den Magen wärmte, fielen ihm wieder die Sorgen anderer ein. »Wenn wir übermorgen mit Lishan zu Abend essen, sagst du kein Wort wegen ihrer Scheidung, okay?«

»Schon gut. Wie oft willst du mir das noch sagen? Natürlich sage ich nichts.«

»Und zu Mutter sagst du auch nichts!«

So begann der Tag. Es gab jede Menge zu erledigen, und Vater ordnete gedanklich seinen Tagesablauf. Die Tage bis zum großen Fest konnte man schon an einer Hand abzählen. Zeit, die Schüssel abzustellen. Er nahm sein Handy und beschloss, sich gleich einmal in der Fabrik sehen zu lassen und ein bisschen Lob und Tadel auszuteilen, damit seine Mitarbeiter wussten, dass es ihn noch gab.

Mutter liebte ihn. Seufzend erzählte sie mir später: »Dein Vater ist kein schlechter Mensch, ehrlich. Betrachte ihn bloß nicht als ein Ungeheuer oder so. Er hat ein gutes Herz. Wenn er einmal mit jemandem Freundschaft schließt, dann steht zu er seinem Freund, selbst wenn es zu seinem Schaden ist.«

Wo sie recht hatte, hatte sie recht. Vater mochte das anders sehen. Auf dem Weg in die Fabrik dachte er wieder an die Provision, die Onkel eingestrichen haben musste. Früher hätte er ihn dafür zur Rede gestellt, aber seit dem vergangenen Abend ging das nicht mehr. *Ist doch gar nicht so schlecht, wenn er ein bisschen was dazulernt. Mein großer Bruder heimst Provision ein. Gut so!* Er schlug sich auf die Schenkel. *Gao Tao hat wohl gedacht, er hat es mit jemanden mit mehr Geld als Verstand zu tun. Als ob mein Bruder sich über den Tisch ziehen ließe! Haha.*

Geld war doch nur Papier! Das hatte er schon immer so gesehen. Das Geld, das die Firma abwarf, ausgeben, um sich ein gutes Leben zu machen, das war sein Schlüssel zum Glück.

Mutter darf nichts davon wissen, dachte er noch einmal, als er das Taxi zahlte.

Wer Vater nicht gut kannte, nahm meist an, dass ihm die Bohnenpastenfabrik quasi auf dem Silbertablett serviert worden war. Ein gewaltiger Irrtum. Tatsächlich war Vater mühsam die ganze lange Bohnenstange hinaufgeklettert, und dass er in Pingle überall ein gern gesehener Gast war, lag daran, dass er selbst ein großzügiger Gastgeber war.

Und all das ging auf Großmutters Erziehung zurück.

Er, Onkel Zhiming und Tante Lishan waren in schweren Zeiten aufgewachsen. 1968 und 1969 war Großvater zur Arbeit im Hochofen abkommandiert worden, und Großmutter musste öffentliche Kampfsitzungen der Roten Garden durchstehen. Hunger war an der Tagesordnung. Ihnen blieb zum Essen oft nichts als die Spucke, die ihr

267

Magen aufstieß. Mittags gab es immerhin eine Schüssel gekochten Reis, abends dann nur noch ein bisschen Süßkartoffelschale, ein paar Scheiben Rettich und eine dünne Reissuppe. Dafür wurde eine Handvoll Reis in einem waschschüsselgroßen Topf gekocht. Wenn Großmutter zum Essen rief, stellten sich die drei in eine Reihe. Zuerst Onkel. Vorsichtig tauchte er die Aluminiumkelle ein und ließ sie auf dem Topfboden kreisen, bis er sie schließlich langsam am Topfinnenrand hochzog. Am oberen Rand hielt er inne, um das Wasser von der Kelle in seine Schüssel laufen zu lassen, bevor er seinen Anteil Süßkartoffel und Rettich nahm und die Schale zum Tisch trug. Dann war Vater an der Reihe. Er tauchte forsch die Kelle ein, zog sie hoch und kippte den Inhalt fix in seine Schüssel, dann noch eine Kelle voll. Noch im Gehen schlürfte er ein bisschen vom Rand ab. Tante Lishan kam zuletzt. Sie handhabte die Kelle wie einen Wassereimer im Brunnen, sodass sie den Boden nicht berührte, und schöpfte sich bescheiden eine knappe Kelle voll ein, ganz langsam ließ sie die Brühe am Rand ihrer Schüssel hineinlaufen. Dann ging sie an ihren Platz.

»Nimm noch ein bisschen, Lishan«, sagte Großmutter. »Das ist doch zu wenig.«

»Gib es Zhiming und Shengqiang. Jungs haben immer so großen Hunger.«

Die Familie saß um den Tisch versammelt, und Vater trank gierig zwei Schüsseln Suppe leer. Er musste nur einmal pinkeln gehen und war schon wieder hungrig. Zu klein, um die Not der Erwachsenen zu verstehen, sagte er dann zu Großmutter: »Mama, ich habe Hunger.«

Sie seufzte. »Was soll ich machen? Geh ins Bett. Morgen sehen wir weiter.«

Vater kam fast um vor Hunger. »Warum bekommt mein großer Bruder mehr als ich?«, protestierte er. »Und immer darf er sich zuerst nehmen!«

Onkel und Tante sahen schweigend zu, wie Großmutters Gesicht sich verfärbte. Sie zog Vater ins Kinderzimmer, nahm das Lineal und schlug ihm auf die Handflächen. »Weißt du, warum ich dich schlage, Shengqiang?«, fragte sie. »Sieh dir deine Schwester an. Warum nimmst du sie dir nicht zum Vorbild? Wir sind eine Familie, wir müssen zusammenhalten. Großmut zahlt sich aus. Gibt es in dieser Stadt nicht schon genug Leute, die auf unsere Familie spucken? Und da fällt dir nichts Besseres ein, als deinem Bruder das Essen streitig zu machen. Er ist dein Bruder! Hast du verstanden? Stell dir vor, ich oder dein Vater oder deine Schwester würden dasselbe mit dir tun, wie könnte man das noch eine Familie nennen? Sag es mir!«

Vater war damals erst drei Jahre alt und verstand nicht viel von dem, was Großmutter sagte, aber seine Handflächen brannten wie Feuer, und der eine Satz brannte sich in sein Gedächtnis ein: Großmut zahlt sich aus.

Das musste die erste Lehre gewesen sein, die ihm Großmutter erteilt hatte.

So ging er zum Beispiel jetzt in die Fabrik, wo gerade Sekretär Zeng im Büro im Erdgeschoss mit Meister Zhou, der die Spruchbanner aufgezogen hatte, das Geschäftliche regelte. Ein Banner mit dem Firmenlogo und acht weitere mit Glückwünschen, alle schon fertig auf Seide aufgezogen, zum Preis von 560 Yuan. »Als guten Nachbarn könnten Sie uns doch etwas mit dem Preis entgegenkommen, Meister Zhou«, sagte Zeng.

»Auf gar keinen Fall«, entgegnete Zhou. »Sehen Sie mal, was für ein gutes Material das ist und wie sauber die Arbeit gemacht ist. Das ist doch schon der beste Preis!«

Zeng warf einen Blick aus dem Fenster auf den Minibus, der gerade hinter Zhou auf der Straße hielt. »Also gut, sagen wir zehn Yuan weniger, 550!«

Vater unterbrach das Hin und Her. »Gib ihm das Geld, Zeng, genau so viel, wie er verlangt. Er hat ordentlich dafür gearbeitet. Was soll das, mit ihm handeln zu wollen?«

Zhous Miene heiterte sich bei Vaters Anblick sofort auf. Schnell steckte er sein Geld ein. Sekretär Zeng nahm schweigend die Spruchbandrollen unter den Arm und ging mit Vater die Treppe hinauf in den ersten Stock.

»Ist mein Bruder noch nicht da?«, fragte Vater, und dachte daran, dass Onkel sich gestern genauso betrunken hatte wie er.

»Ich habe ihn heute noch nicht gesehen«, sagte Zeng. »Er hat angerufen und gesagt, er komme später, er habe noch etwas zu erledigen.«

»Und was ist mit meiner Schwester? Schon beim Proben?«

»Sie hat gesagt, nach den vielen Durchgängen gestern könnten sie heute allein weiterüben. Sie wolle einen Tag frei machen und sei am Wochenende wieder zurück für die Kostümproben.«

»Klar«, nickte Vater. »Sie braucht ein bisschen Ruhe nach all der Arbeit.«

270

Nun waren alle abgezählt und nichts weiter zu tun, also bat Vater Zeng um eine Tasse Tee und entrollte die Spruchbanner auf dem Seitentisch. Die prall gefüllten roten Umschläge hatten die Kalligrafen offenbar inspiriert, ihre Pinsel hatten Großmutters Tugenden in prächtige Schriftzeichen verewigt, zu Glück verheißenden Sinnsprüchen: »Rosige Wangen, goldene Gesundheit«, »Das Glück währe ewiglich«, »Alle Welt preist deine Tugend«. Vater fühlte sich beim Lesen regelrecht beschwingt. Sein Bruder hatte wirklich einen guten Griff getan. Was die Kunst der eleganten Lobhudelei betraf, das musste man diesen alten Recken wirklich lassen, konnte ihnen kein Jüngerer das Wasser reichen. Sein Schwiegervater Chen Xiuxiao hatte ein paar Zeilen im klassischen Versmaß verfasst:

Achtzig Jahre die herrliche Lilie,
Vor dem Lotuspavillon steigt der Kranich auf.
Ein langes Leben für Xue Chunjuan,
Im duftenden Garten wartet die weise Schildkröte.

Vater las die Verse einmal, dann noch einmal. »Wie kann man nur so pathetischen Schmus in so exquisite Poesie verpacken?«, dachte er. »Darauf versteht er sich wirklich.«

Beim Durchsehen der Spruchbänder trank er seinen Jasmintee und rauchte zwei Zigaretten. Frühlingsluft erfüllte das Zimmer, die Vögel zwitscherten, und die Blumen dufteten. *Mutter wird an ihrem Geburtstag bestimmt ihre Freude haben*, dachte er.

In diesem Augenblick klingelte sein Handy. Das Display zeigte »Mama«, und diesmal war Vater richtig froh über Großmutters Anruf. »Mutter«, rief er gleich ins Telefon. »Warte nur ab, wie schön du es an deinem Geburtstag haben wirst! Zhiming hat wirklich etwas auf die Beine gestellt.«

Zu seiner Überraschung sagte Großmutter nicht einmal »Wie geht's?«, sondern war kurz angebunden: »Komm bitte sofort zu mir herüber, Shengqiang. Ich muss mit dir reden.«

Das war der Ton, den Vater nur allzu gut kannte. Etwas hatte der alten Dame wieder einmal die Laune verdorben. Während er die Treppe hinunterlief, prüfte er sein Gewissen und ging alles durch, was kürzlich vorgefallen war. War es wegen seiner Schwester? Wegen Xinyus Schwangerschaft? *Diese Frau hat wirklich das zweite Gesicht.* Kalter Schweiß stand ihm auf der Stirn, als er sich von Herrn Zeng verabschiedete und zum Qingfeng-Garten eilte.

Erst beim Betreten des Vorgartens, in dem die Birnbäume in üppiger Blütenpracht standen, fiel ihm auf, dass er seit Xinyus Auszug und Onkels steten Umtrieben wegen der Geburtstagsfeier kaum mehr hier gewesen war. Wie auch immer, sie würde ganz die Alte sein, in ihrem Seidenjäckchen auf dem Sofa sitzen, die Zeitung lesen, in Zeitschriften blättern, Fernsehen, wie an jedem anderen Nachmittag. Sie pflegte zu sagen: »Nach all dem Tohuwabohu in meinem Leben will ich endlich meinen Frieden haben. Also lasst mir meine Ruhe, solange es nichts Wichtiges gibt.« Dann wieder sagte sie: »Ich arme alte Frau, der Mann verstorben, die Kinder aus dem Haus, und jetzt fragt keiner mehr nach mir.«

Wie auch immer. Vater stand vor der Haustür und rauchte zunächst seine Zigarette genüsslich zu Ende, bevor er den Stummel austrat und sich auf den Weg nach oben machte.

Tatsächlich präsentierte sich ihm das gleiche Bild wie immer – sie saß auf dem Sofa in einer petrolfarbenen Seidenbluse, mit einer geblümten Stola über den Schultern. Als sie Vater hereinkommen sah, legte sie die Zeitung weg, stand auf und ging Richtung Küche. »Da bist du ja, Shengqiang.«

»Mhm.« Vater setzte sich auf das Sofa, das sofort unter seinem Gewicht einsank. »Steht etwas Interessantes in der Zeitung, Mutter?«

Großmutter kam mit einer Teetasse in jeder Hand aus der Küche, stellte die Tassen sehr vorsichtig vor Vater auf dem Teetisch ab, nahm dann selbst auf ihrem breiten Sessel Platz und sagte: »Es gibt nichts Neues, es gibt nur eine Sache, nach der ich dich fragen möchte.«

»Nur zu, Mutter.« Vaters Herz klopfte ungefähr so laut wie beim Aufrubbeln eines Loses für den Hauptgewinn.

»Hast du am Freitag zusammen mit Zhiming und einer Frau zu Abend gegessen?«

Eigentlich hatte er geglaubt, für alle Fragen gewappnet zu sein, doch für diese war er es nicht. Er brauchte es nicht einmal an den Fingern abzuzählen. *Verdammte Scheiße*, dachte er. *Das ist keinen Tag her, und sie weiß schon Bescheid.*

»Wer hat dir denn das erzählt, Mutter?«

»Das tut nichts zur Sache. Stimmt das, ja oder nein?«, fragte Großmutter noch einmal höflich, aber bestimmt.

Welcher elende Drecksack hat schon wieder sein Maul nicht halten können?, grollte Vater innerlich. Zu Großmutter sagte er: »Ja, wir waren zusammen etwas essen.«

»Meine Güte, Shengqiang«, seufzte Großmutter. »Du bist doch ein erwachsener Mann und dein Bruder genauso. Wie konntet ihr so etwas Unbesonnenes tun?«

»Wir waren nur zusammen zum Essen aus. Was ist denn dabei?«

»Jetzt tu nicht so blöd, Shengqiang. Willst du deine Mutter für dumm verkaufen?« Großmutter richtete sich kerzengerade in ihrem Sessel auf. »Das war nicht nur ein Essen. Du wolltest Zhiming verkuppeln, oder etwa nicht? Hast du nicht daran gedacht, vorab über diese Frau Erkundungen anzustellen? Wie kommst du dazu, ein gewisses Fräulein Wang, von der du nicht einmal weißt, aus welchen Verhältnissen sie stammt, deinem Bruder, einem angesehenen Universitätsprofessor, vorzustellen? Sieh doch nur, woher die stammt und woher er stammt. Also? Was für ein Schlamassel.«

Vater hatte es die Sprache verschlagen. Großmutter fuhr fort: »Die alte Zhong aus der Nordstraße ist eine stadtbekannte Furie, als junges Mädchen das absolute Flittchen und jetzt, wo sie älter ist, der Typ, mit dem man sich besser nicht anlegt. Und ausgerechnet die macht ihr zum Kuppelweib? Und jetzt, wo Zhiming das Mädchen, das sie ihm andrehen wollte, nicht will – wie könnte auch einer meiner Söhne so eine wollen –, gibt sie keine Ruhe mehr. Hast du eine Ahnung, was sie für Dinge erzählt?«

Natürlich wusste Vater nur allzu gut über Zhong Shizhongs Mutter Bescheid. Sie war schon als junges Mädchen nicht wie die anderen, war die Erste, die in einem schwingenden Glockenrock durch die Straßen Pingles spazierte, und als Zhongs Frau Gao Yang starb, jagte sie die Gaos davon, als sie ihren Erbteil verlangten. Und sie war die Frau, die jetzt als sechzigjährige Witwe ihrem Sohn und seiner zweiten Frau wenn nötig die Mucken austrieb. Fraglos war sie es, die Großmutter die Geschichte brühwarm erzählt hatte.

Es war sein Schicksal. Er und Zhong, die so oft damit prahlten, dass ihre Frauen ihnen gar nichts konnten, teilten ausgerechnet denselben Schlag Mütter. Nur Großmutter konnte ihm mit ihren Worten die Nase mit Staub verstopfen, den er nicht fortzuwischen wagte. Er sagte nur: »Du hast recht, Mutter. Ich hätte mir das besser überlegen sollen.«

»Ja, hättest du. Ich weiß ja auch, dass du es sicher gut gemeint hast, aber mal ehrlich, Shengqiang, das nächste Mal schalte erst dein Gehirn ein! Du bist doch alt genug. Muss deine alte Mutter dir denn alles vorbeten?«

Vaters gute Laune war wie fortgeschwemmt. Er starrte auf die beiden Jasminblüten in seiner Teetasse und nickte.

Immerhin war seine Mutter keine solche Furie wie die alte Frau Zhong. Was sie sagte, klang vernünftig. Und sie ließ es dabei bewenden und brachte das Gespräch auf Onkel.

»Sag mal, Shengqiang, hat Zhiming dir erzählt, ob er eine Freundin hat? Ich traue mich nicht zu fragen, aber ich mache mir aufrichtig Sorgen um ihn.«

Und jetzt erinnerte sich Vater wieder an das Gespräch des gestrigen Abends im Springenden Fisch, als sie schon ordentlich einen sitzen hatten. War nicht er es gewesen, der das Gespräch darauf gebracht hatte? »Ich verstehe dich, Zhiming«, hatte er gesagt. »Aber so kannst du nicht weitermachen, für immer Single bleiben. Irgendeine muss es doch geben, die dir gefällt. Wenn es etwas gibt, wobei ich dir helfen kann, verlass dich auf mich. Ganz egal, was Mutter sagt, ich kümmere mich darum!«

Schließlich hatte Onkel ihm sein Herz ausgeschüttet: »Mach dir keine Sorgen, Shengqiang, ich regle das schon selbst. Ehrlich gesagt, hat mein Besuch auch damit zu tun. Aber ich kann dir noch nichts weiter verraten. Wenn die Zeit reif ist, stelle ich sie euch vor.«

Da hatte der Palasteunuch sich einmal wieder mehr Sorgen gemacht als der Kaiser. *Dann ist ja alles gut*, dachte Vater in seinem Suff. *Er hat längst eine gefunden! Was war ich für ein Idiot!*

Doch jetzt war er nüchtern, und ihm war klar, dass Großmutter nichts davon wissen durfte. »Zhiming weiß selbst, was er tut. Wir brauchen uns keine Gedanken um ihn zu machen«, sagte er.

Großmutter, die sich eben im Sessel zurückgelehnt hatte, richtete sich wieder auf: »Shengqiang, dir geht's wohl zu gut! Du hast vielleicht gut reden. Du hast eine Familie und hast dir dein Leben gemütlich eingerichtet, während dein älterer Bruder mit über vierzig immer noch allein ist. Wie können wir glücklich sein, wenn er es nicht ist? Dir scheint das alles gleichgültig zu sein, nur weil es dich nicht persönlich betrifft. Du machst dir keine Gedanken, aber ich mache mir welche.«

Entweder spinnt mein Bruder, oder ich spinne. Vater sah

276

Mutter fassungslos an. *Wie kommt er dazu zu behaupten, sie hüte mich wie ihren Augapfel, wo es ihr immer nur um ihn geht?*

Schweigend trank er seinen Tee. Das heiße Wasser musste schon abgestanden gewesen sein, denn der Tee war nicht richtig aufgequollen und hinterließ einen metallischen Geschmack im Mund.

Als Vater nichts sagte, hörte auch Großmutter auf zu reden. Sie saßen sich schräg gegenüber, fühlten sich nicht wohl in der Gegenwart des anderen und mussten einander doch ertragen.

»Soll ich dir noch heißes Wasser nachgießen?«, fragte Großmutter.

»Nicht nötig.«

Großmutter seufzte und schlug einen milderen Ton an: »Ich weiß doch, Shengqiang, dass du auch einiges durchmachst. In dieser Familie, auch wenn ich normalerweise nichts dazu sage, weiß jeder, dass du es am schwersten von allen hast. Deine Schwester hat nach auswärts geheiratet und dein großer Bruder ist ständig unterwegs, also bleibt alles an dir hängen. Alles in dieser großen Familie und dieser großen Firma bleibt letztendlich an dir hängen.«

Beinahe hätte Vater sich hingekniet und ihr mit Kotaus seinen Dank bezeugt, aber er konnte sich gerade noch beherrschen und sagte nur sehr ernst: »So etwas darfst du nicht sagen, Mutter, das ist doch alles selbstverständlich.«

Großmutter nickte. »Ich habe mir viele Gedanken über deinen Bruder gemacht und will ihm keine Vorwürfe machen, schließe trage ich eine gewisse Mitschuld daran. Ach, ich habe wirklich immer geglaubt, er sei ein intelli-

277

genter, fähiger Mensch, der sich um sich selbst zu kümmern weiß, und habe mich deshalb nie eingemischt. Und nun sehen wir, was dabei herausgekommen ist.«

»Nun mach dir keine Vorwürfe, Mutter. Auf so etwas hat man keinen Einfluss, alles eine Frage des Schicksals.«

Nun schüttelte Großmutter energisch den Kopf. »Du machst es dir zu einfach. Mit Schicksal hat das nichts zu tun. Zhiming hat einfach zu hohe Ansprüche, dem ist keine gut genug. Ich wüsste auch keine, die zu ihm passen könnte.«

Da konnte Vater nur zustimmen. *Mir würde auch keine einfallen*, dachte er. *Erst hat er gesagt, dass er immer noch an Xiaoqin hängt, aber dann hat er wieder eine andere. Das muss ja eine regelrechte Göttin sein.*

Mehr war zu dem Thema nicht zu sagen. Großmutter hatte jedoch noch einiges anderes zu erzählen. Über die harten Zeiten damals, das gute Leben jetzt, den süßen kleinen Enkelsohn der Nachbarn nebenan, ihre kleinen Alltagssorgen, den neuesten Tratsch von den Gassen und aus den Höfen, einen Zhang, der seinen Stock verloren und einen Li, der ein Magengeschwür hat.

Vater hatte das Gefühl, er versinke tiefer und tiefer in den weichen Polstern. Jetzt erst merkte er, dass er schon lange nicht mehr so entspannt gewesen war, seit seinem Ausfall bei Zhong Xinyu nicht mehr, seit Onkel und Tante zurück in Pingle waren nicht mehr. Wie angenehm, hier bei Großmutter zu sitzen und sich die neuesten Gerüchte anzuhören, während zwei, drei Stunden vergingen. Sie redete, was sie wollte, er hörte nur das, was er wollte. Jeder lebte sein eigenes Leben.

Lasst uns schnell diesen achtzigsten Geburtstag hinter uns bringen, dann zurück mit den Unsterblichen ans Südliche Himmelstor und fort mit den Spinnengeistern in die Seidenhöhle, damit ich endlich meine Ruhe habe, dachte Vater, während er entspannt zurückgelehnt Großmutters Redeschwall an sich vorbeirauschen ließ und dabei fast einnickte. Er gab sich einen Ruck und stand auf, um in der Küche heißes Wasser auf seinen Tee zu gießen.

Obwohl er viel hatte einstecken müssen, ging er gutgelaunt zu Fuß nach Hause. Unterwegs kamen ihm eine Menge Dinge in den Sinn, und er erledigte gleich ein paar Anrufe.

Zuerst rief er Onkel an. Es klingelte und klingelte, aber niemand antwortete. *Ob er wieder in der Firma herumwuselt?* Er wählte Tante Lishans Nummer, die sofort dranging. »Na, meine Liebe, ruhst du dich ein bisschen aus heute? Anqin würde gerne morgen Abend mit dir essen gehen, hat sie es dir schon gesagt? Hast du heute schon etwas vor? Dann komm doch zu uns, was willst du denn ganz allein … Ach so, alte Schulfreunde haben dich eingeladen? Kein Problem, dann gehst du eben mit denen essen, lasst es euch gut gehen!«

Dann war Xinyu an der Reihe. Zuerst ging sie nicht dran, aber noch vor seinem zweiten Versuch rief sie zurück.

Ihre Stimme klang nicht gerade fröhlich. »Was ist los? Stimmt etwas nicht?«, fragte Vater mit aufmunterndem Lachen. »Oje, es geht dir nicht gut? Eine Erkältung? Da grassiert gerade ein Virus, pass auf dich auf. Ich muss am

279

Wochenende bei meiner Familie sein, deshalb kann ich mich leider nicht um dich kümmern, tut mir leid. Aber nächste Woche, wenn die Feier rum ist, komme ich zu dir ... Du musst gut essen, hörst du? Kauf dir alles, was du willst, ja?«

Sein nächster Anruf galt Mutter. Nach dem Lärm zu schließen, der durch das Telefon an sein Ohr drang, war sie gerade auf dem Markt. Sofort fragte sie ihn: »Hättest du heute Abend gerne Entensuppe?«

»Klar, gerne«, sagte Vater freundlich. »Außerdem bleibe ich heute Abend mal zu Hause ... Ach, komm, so ist das nicht. Ich will gar nicht jeden Abend ausgehen, ich bin gerne zu Hause bei dir, meine Holde ... Was denn jetzt, darf ich dich nicht mal ›meine Holde‹ nennen, ohne dass du sagst, bei mir sei 'ne Schraube locker? ... Jaja, schon gut. Schluss jetzt. Bis später.«

Zuletzt überlegte er noch, ob er Zhong anrufen sollte. Großmutter hatte es zwar nicht ausdrücklich gesagt, aber die Sache war klar: Der alten Frau Zhong musste dringend ein Deckel auf den brodelnden Topf gesetzt werden. »He, Zhong, wo steckst du? ... So. Ich komme gerade von meiner Mutter ... Das brauchst du mir gerade zu sagen, du verdammter Idiot. Meine hat mir die Ohren vollgejammert. Wie bitte? Na, weil ich meinem Bruder eine Frau suchen wollte. Mutter hat erfahren, dass Zhiming Wang verschmäht hat, und war außer sich. Ich hätte mich nicht einmischen sollen, ich solle sofort zu deiner Mutter gehen und mich entschuldigen ... Was sagst du dazu? ... Ist aber so, Mann. Das ist eben keine Sache, die nur uns angeht, die Alten machen immer gleich ein Drama draus.

Lass gut sein, morgen besuche ich deine Mutter, okay? ... Wirklich? Na, dann. Bis morgen früh also, mach's gut.«

Er rief Zhu Cheng an. Der nahm gleich nach dem ersten Klingelton ab. »Hallo? Zhu Cheng, du bist aber fix heute! Hast wohl auf Anweisungen von deiner Chefin gewartet, wie? ... Haha. Ja, ja, ja. Hör mal, da ist etwas, das du für mich tun kannst. Hat deine Frau nicht etwas mit importierten Gesundheitsprodukten zu tun? Meine Frau hat sie ausprobiert und gesagt, die seien nicht schlecht. Könntest du mir welche besorgen, ich brauche sie für einen Besuch morgen früh. Du kannst um die 1000 bis 2000 Yuan ausgeben, kein Problem ... Es ist für eine ältere Dame, also so etwas wie Spirulina, Eiweißpulver, Propolis ... jaja, genau ... Gut, morgen früh holst du mich ab und bringst die Sachen mit, so gegen neun ... Ich rufe dich dann noch mal an.«

Als er diese Anrufe erledigt hatte, war er auch schon fast zu Hause. Großmutters Worte fielen ihm wieder ein. Absolut recht hatte sie, immer war er derjenige, der in diesem chaotischen Klan für jeden alles richten musste, jede Zänkerei und jede Intrige. Verdammt anstrengend war das. Wer außer ihm, Xue Shengqiang, wäre in der Lage, alles zu richten, zu glätten, wiedergutzumachen?

Dennoch kam er ebenso gut gelaunt zu Hause an, wie er gegangen war, aß zu Abend, sah ein bisschen fern, nahm ein Bad.

Im Schlafzimmer fand er Mutter im Schneidersitz auf dem Bett, wo sie sich gerade die Beine mit einer duftenden Lotion einrieb. Der Schein der Nachttischlampe ließ ihr Gesicht rosig leuchten. Es schien, als sei es endgültig vorbei mit der trüben Stimmung der letzten Tage. Ungestüm stürzte er sich auf ihren wohlriechenden, weißen Körper. Die angestaute Munition musste sich entladen und der Feind außer Gefecht gesetzt werden. »Fick deine Mutter!«, jubelte Vater, verjüngt und vergnügt.

Danach sank er in die Laken und schlief sofort ein. Mutter stand noch einmal auf, um ans Telefon zu gehen. Dann kam sie zurück und saß noch lange still auf dem Bettrand, während Vater ahnungslos schnarchte.

Der nächste Morgen hielt für ihn einige unangenehme Überraschungen bereit. Tausend Worte, doch drei genügten, um es zusammenzufassen: Nichts als Ärger.

Es ging damit los, dass Mutter, als er aufstand, nicht da war. Auf dem Herd stand ein halber Topf Reis und auf dem Tisch eine Schale mit gebratenem Schweinefleisch und eingelegte Erbsen. Da sie am Abend Gäste erwarteten, nahm Vater an, sie sei einkaufen gegangen. Also setzte er sich allein an den Frühstückstisch und rief Zhu Cheng an – doch der antwortete nicht. Er würde bestimmt zurückrufen. Vater aß sein Frühstück, dann versuchte er es noch einmal. Immer noch keine Antwort. Er starrte aus dem Fenster auf den Nieselregen. Eine halbe Stunde verging und noch immer kein Piep von Zhu Cheng. Es war schon fast zehn.

Verdammt noch mal! Dieser Zhu Cheng wird immer dreister! Jetzt reicht's mir aber. Würde er allzu spät zu den Zhongs gehen, müsste er zum Mittagessen bleiben. Und Geschenk hatte er auch keins. Er durchforstete die Schränke nach vergessenen Mitbringseln anderer Leute. Tee, Milchpulver und spezielle getrocknete Pilze fielen ihm in die Hände. Grummelnd stopfte er alles in eine Tüte, fluchend lief er die Treppe hinunter.

Wegen des Regens kam ewig kein freies Taxi vorbei, und er stand sich die Beine in den Bauch, bis er endlich eins anhalten konnte. Beim Einsteigen sah er, dass seine Hosenbeine voller Dreckspritzer waren.

Er stöhnte. »Wohin?«, fragte der Fahrer.

»Zur Wohneinheit der alten Papierfabrik, hinter dem Nordtor, über die Siebenheiligenbrücke, kennen Sie das? … Sagen Sie, haben Sie vielleicht ein Taschentuch für mich?«

Er wischte den Dreck von der Hose und den Schuhen, zahlte das Taxi, hastete mit seiner Tüte zu den Zhongs und klopfte leidgeprüft an die Tür.

Frau Zhong selbst öffnete die Tür, in einer roten Seidenjacke, das dauergewellte Haar stand ihr wild in alle Richtungen ab. Sie sah aus wie ein Chemiker, dem gerade etwas im Labor explodiert ist. Bei ihrem breiten Lächeln überzog sich ihr ganzes Gesicht mit feinen Falten. Sie bat ihn freundlich herein. »Willkommen! Der Herr Fabrikchef persönlich, welch eine Ehre!«

»Bitte, Frau Zhong, nennen Sie mich nicht Fabrikchef. Shengqiang genügt.« Unbewusst sprach Vater lauter, für den Fall, dass sie schwerhörig war.

Zhong kam aus einem Hinterzimmer und begrüßte ihn. »Geh uns schnell einen Tee kochen!«, befahl seine Mutter, und er trollte sich in die Küche.

Vater musste sich beherrschen, um nicht zu lachen. Er stellte seine Geschenke ab und setzte sich auf das Sofa. »Lange nicht gesehen. Wie geht es Ihnen, Frau Zhong?«

»Gut! Bestens!«, sagte Frau Zhong mit einem übertrieben schleimigen Lächeln.

Vater wollte seinen Besuch so schnell wie möglich hinter sich bringen. Daher kam er gleich auf die Geschichte
mit der gescheiterten Eheanbahnung zu sprechen und
erging sich in überschwänglichen Entschuldigungen.

Zu seiner Überraschung sagte Frau Zhong: »Ach ja, ich
weiß schon, da war ich einfach zu voreilig und habe mich
nicht frühzeitig schlau gemacht. Jetzt, wo wir wissen,
dass Zhiming eine Freundin hat, ist ja alles in Ordnung.«

Vater warf Zhong einen Blick zu, der gerade mit
zwei Tassen Tee aus der Küche kam. »Mein Bruder hat
eine Freundin?«, fragte er, sichtlich bemüht, nicht allzu
erstaunt zu wirken.

»Aber ja! Gestern Abend, als ich vom Mahjong nach
Hause ging, habe ich ihn vor den Chun'an-Wohnungen
gesehen, als ihn gerade eine Frau verabschiedete. Ein hübsches Ding, groß und schlank, ein ziemlicher Hingucker!«

Zhong sah Vater mit einem vielsagenden Blick an. Er
kannte diesen Blick. Es war derselbe Gesichtsausdruck,
den Zhong annahm, wenn sie gerade zu viert Mahjong
spielten und einer der anderen Idioten kurz davor war,
Vater eins reinzuwürgen.

*Na, glaubst du immer noch, dass dein Bruder ein wohlfeiler
Stubenhocker ist?*, schien dieser Blick sagen zu wollen.

Der Mistkerl hat uns alle hinters Licht geführt! Die Nachricht schlug bei Vater wie eine Bombe ein. Er saß auf dem
Sofa der Zhongs und starrte Mutter und Sohn an.

*Die Chun'an-Wohnungen – dort habe ich doch Xinyu unter-
gebracht!* Der Gedanke ließ ihn nicht los.

284

Damit war es noch nicht genug. Während Vater, nach dem er die Zhongs verlassen hatte, die Straße hinunterging, überlegte er hin und her, ob er Onkel anrufen sollte. Noch immer unentschlossen, kam er auf der Höhe des alten Souvenirladens an.

Wie bereits erwähnt, arbeitete dort seine erste Freundin Xi Hongzhen. Vater hatte sie wirklich gemocht und hätte sie vielleicht sogar geheiratet, aber Großmutter war entschieden dagegen gewesen: »Du hast wohl etwas Falsches gegessen, Shengqiang! Abgesehen davon, dass sie zwei Jahre älter ist als du, ist sie auch noch ziemlich kurz geraten. Was will ich mit so einer mickrigen Schwiegertochter? Chen Anqin dagegen, die ist wirklich vorzeigbar. Tochter eines Kreisparteikomiteemitglieds, ein anständiges, wohlerzogenes Mädchen. Wäre sie nicht mit deiner Schwester befreundet, würde sie dich keines Blickes würdigen, Shengqiang. Wann siehst du endlich ein, dass ich nur das Beste für dich will?« Großmutter war so aufgebracht, dass sie zwei Tage lang nichts essen konnte. Weshalb Großvater sich aufraffte, den Mittler zu spielen. »Sei nicht so stur, Shengqiang«, sagte er zu Vater. »Hat deine Mutter nicht schon genug Sorgen? Also hör auf sie und treffe dich mit dem Mädchen.«

Vater war jung damals, noch keine zwanzig. Empört sagte er zu Großvater: »Ich soll auf sie hören? Wann hat sich je einer dafür interessiert, was ich will?«

Großvater hatte ihm eine solche Ohrfeige gegeben, dass der Schlag von der Decke widerhallte. Noch heute brannte Vater die Wange, wenn er daran dachte.

Feiger Sack! Der Gedanke an die Ohrfeige forderte Vaters Stolz heraus. Sofort wählte er Onkels Nummer.

Onkel war beim zweiten Läuten am Telefon: »Shengqiang, was gibt's?«, fragte er sanft.

Das war das schlechte Gewissen, Vater war sich ganz sicher. Forsch fragte er: »Wo bist du?«

»Wo ich bin?« Onkel zögerte. »Warum fragst du?«

»Wo bist du? Ich muss mit dir reden!«, wiederholte Vater grimmig.

Onkel schien Vater anzuhören, dass etwas nicht stimmte. Er antwortete nicht. Vater hörte nur ein Rascheln. Offenbar reichte Onkel das Telefon weiter.

»Shengqiang, dein Bruder ist bei uns zu Hause. Komm her, ich muss mit dir reden«, sagte Mutter.

Sie klang so ruhig und besonnen, als fürchte sie, Vater noch mehr zu reizen. *Dreckskerl, jetzt benutzt du auch noch Anqin, um dich zu decken!*, fluchte er innerlich.

Er ging nach Hause. Richtung Westtor, drei Ampelkreuzungen nach dem Qingfeng-Garten. Er musste diesen Weg wohl schon eine Million Mal genommen haben, in den Hof, dritter Block rechts, fünfter Stock.

Während er die Treppen hinaufkeuchte, dachte er an Großmutters Worte: »Immer lässt du dich so schnell gehen, Shengqiang, damit bringst du nur die Leute gegen dich auf. Wie oft muss ich dir noch sagen, dass du deine Stimme im Zaum halten sollst. Wenn man einen Schritt zurück tut, hat man sofort mehr Raum.«

Vor seiner Wohnungstür ging er tatsächlich einen Schritt zurück, bevor er aufschloss.

Mutter und Onkel saßen im Wohnzimmer. Als die Tür

286

aufging, sprangen beide auf, als sei gerade ihr Chef her-
eingekommen.

»Setz dich, Shengqiang«, sagte Onkel.

»Komm her, setz dich zu mir«, sagte Mutter lächelnd.

Chen Anqin, Chen Anqin, kein Wunder, dass du die Tage
plötzlich so getan hast, als wäre nichts, du hinterfotziges Weibs-
bild! Willst du dich über mich lustig machen? Vater wurde
inwendig ganz frostig. Zwischen den Beinen auch.

Er setzte sich und wartete darauf, dass ihm einer der
beiden Tee brachte. Aber niemand machte ihm Tee. Sie
saßen nur da und es herrschte verlegenes Schweigen.

Irgendwann hielt Vater es nicht mehr aus: »Was habt
ihr mir zu sagen? Heraus damit! In meinem Alter haut
mich nichts mehr um, keine Bange. Ich fürchte mich vor
gar nichts.« *Fehlt nur noch, dass du die Nerven hast, Mutter*
Xinyu als deine neue Freundin vorzustellen!

»Nun bleib auf dem Teppich, Shengqiang. Es geht um
die Sache mit Fräulein Zhong.« Onkel sprach zuerst, während Mutter von ihrem Sessel aus schweigend ihren Blick
auf ihn heftete.

»Schieß los.« Vater zündete sich eine Zigarette an, blies
den Rauch aus und wartete ab, was für einen Unfug sein
Bruder ihm auftischen würde.

»Du weißt, dass mir die Sache mit Zhong Xinyu deinetwegen viel Kopfzerbrechen bereitet hat, ganz zu schwe-
gen von Anqin. Sie hat mich deshalb um Hilfe gebeten.
Es geht uns wirklich vor allem um dich, und es gibt keinen Grund, uns Vorwürfe zu machen. Ich war gestern bei
Xinyu und habe mit ihr sehr behutsam über die Schwangerschaft gesprochen. Shengqiang – du bist doch ein

erwachsener und vernunftbegabter Mann ... Dieses Kind sollte nicht geboren werden. Wie willst du dieses Kind unserer Mutter gegenüber rechtfertigen, deiner Frau gegenüber? Ein Kind ohne Namen und Status ist kein glückliches Kind und macht noch dazu andere unglücklich. Das siehst du doch auch ein, oder?«

Vater inhalierte wortlos den Rauch seiner Zigarette und ließ Onkel reden.

»Ich war also bei Xinyu und habe ihr dargelegt, wie wir die Sache sehen. Für sie wäre es sicher auch das Beste. Ich meine ... sieh die Dinge doch realistisch. Eine alleinerziehende Mutter. Wenn sie doch einmal heiraten will, wird sie es schwer haben, einen Mann zu finden.«

Obwohl ihm nun klar war, dass er Onkels Besuch bei Xinyu falsch gedeutet hatte, kochte Vater innerlich vor Wut. Er drückte seine Zigarette aus und hob den Kopf. »Meine Angelegenheiten gehen euch einen Scheißdreck an!«, schimpfte er. »Es ist mir ganz egal, was du mit Xinyu beredet hast. Ich sag dir eins: Ich will, dass dieses Kind geboren wird, und wem das nicht passt, der kann mich mal!«

»Shengqiang!« Jetzt hielt Mutter es für an der Zeit, Vater Einhalt zu gebieten. »Kommst du mal bitte von deinem hohen Ross herunter? Immer nur ›ich will, ich, ich, ich‹. Wer bist du denn, so mit uns zu reden?«

»Anqin, bitte.« Onkel streckte beschwichtigend die Hand nach ihrem Arm aus, aber sie sprang mit einem Satz auf. »Xue Shengqiang!« Sie baute sich vor Vater auf und spuckte ihm ins Gesicht. »Von wegen ich, ich, ich, der Vater dieses Kindes! Du bist mir ein schöner Vater. Ich sag dir, was du bist, ein elender Idiot bist du! Du glaubst doch nicht wirklich, dass das Kind von dir ist! Du willst der Vater dieses Kindes werden? Vergiss es! Du blödes Arschloch!«

So hatte Mutter seit einer Ewigkeit nicht mehr mit Vater geredet. Sie gab viel darauf, aus einer guten Familie zu stammen und achtete sehr auf ihre Wortwahl. Zetern wie ein Marktweib war nicht ihr Ding. Aber jetzt war das Fass übergelaufen. Ihre Stimme überschlug sich so vor Zorn, dass Vater kaum verstand, was sie sagte.

Er saß stumm auf dem Sofa. *Eine Zigarette*, dachte er, aber er war so perplex, dass er nicht mehr wusste, in welcher Tasche sie steckten.

»Anqin.« Onkel war aufgestanden und zupfte Mutter am Ärmel.

Sie drehte sich zu Onkel um. »Schau dir dieses Arschloch an, Zhiming! Und du hast noch gemeint, ich soll es ihm nicht sagen, ich soll es ihm ersparen! Aber wenn ihm nicht endlich einer sagt, was zu sagen ist, bleibt er für den Rest seines Lebens ein ignorantes Arschloch!«

Die liebende Mutter, der strenge Vater. Mutter war nicht bereit, das Spiel länger mitzuspielen. Sie wandte sich wieder dem »ignoranten Arschloch« zu und gab wieder, was Onkel ihr erzählt hatte: »Hör gut zu, Shengqiang. Dein feines Püppchen ist nichts weiter als ein übles Flittchen. Von Anfang an hat sie dich mit Zhu Cheng betrogen. Das Kind ist von ihm. Dein Bruder hat mit beiden geredet, und es ist sonnenklar, es gibt überhaupt keinen Zweifel. Sie haben dich alle beide hinters Licht geführt, du blöder Vollidiot!«

289

Sein ganzes Leben zog im Galopp vor Vaters innerem Auge vorbei, jedes kleine Detail, jedes Lachen und jede Träne. Xinyus verführerische Posen, ihre doppelzüngige Diplomatie.

In diesem grausamen Augenblick kam Vater ausgerechnet Großmutter in den Sinn. Er erinnerte sich wieder an den Frühlingstag 1995 oder '96, als er mit Großmutter und Zhu Cheng im Birnenblütental die Birnenblüte bewundert hatte. Er hatte sich bereits gedacht, dass es der alten Dame bei dem Ausflug nicht um die Birnenblüte ging. Zum einen war sie um ihren Sohn besorgt. Erstens ginge in seiner Familie eins nach dem anderen schief, seine Frau betrog ihn, seine Tochter, das arme Mädchen, war verrückt geworden. Zum anderen klagte sie sich selbst an. Sie sei es gewesen, die Anqin über den grünen Klee gelobt hatte, Anqin hier, Anqin dort, sie habe diese Ehe um jeden Preis gewollt. Jetzt würde sie sich am liebsten dafür ohrfeigen. Zu spät, es blieb nur, aus dem Haus zu gehen und sich mit schönen Dingen abzulenken.

Auf dem Rückweg hatte Großmutter auf der Rückbank des Santana gesessen und ihre Hand nach Vaters ausgestreckt. »Weißt du, Shengqiang«, hatte sie gesagt, »die großen Männer der Geschichte hatten anderes im Sinn als Frauengeschichten. Du musst immer das große Ganze im Blick behalten und darfst dich nicht von den kleinen Dingen aus der Ruhe bringen lassen. Die Menschen sind nun einmal so, je näher sie dir stehen, umso eher können sie dich verletzen, umso mehr muss man vor ihnen auf der Hut sein – das heißt nicht, dass man selbst andere verletzen sollte, aber man sollte sich zu schützen wissen. Du kannst dich auf niemanden außerhalb unserer eigenen Familie verlassen, alle sind falsch, jeder ist ein Heuchler. Und deshalb solltest du dich auch ihretwegen nicht grämen, verstehst du?«

Hand in Hand hatten Mutter und Sohn auf der Rückbank gesessen und über die Erbarmungslosigkeit der anderen und die eigenen Versäumnisse sinniert.

Doch, meine Mutter sorgt sich um mich, dachte Vater.

Kapitel 10

Vater hatte es sich zur Regel gemacht, seinen anderen Frauen gegenüber kein Wort über Mutter zu verlieren. Natürlich wussten alle, was Sache war: Es gab eine Frau, mit der er zu Hause sein Bett teilte, die Frau, die er als »die zu Hause« bezeichnete.

Beim ersten Rendezvous mit Xinyu hatte sie ihn gefragt: »Was ist denn Ihr Tierkreiszeichen, Herr Xue?« »Ich bin Jahrgang 1966, Jahr des Pferdes«, hatte er geantwortet. »Und Ihre Frau?«, hatte sie weitergefragt.

So! Die kommt ja gleich zur Sache!, dachte Vater. »1967. Jahr des Schafes«, sagte er frei heraus.

»Das passt ja ziemlich gut«, sagte sie mit einem feinen Lächeln und nippte an ihrer Ginseng-Abalonensuppe.

»Passt gut zusammen, pah!«, entfuhr es Vater, als hätte ihn jemand getreten. »Gut auf die Nerven geht sie mir. Aber was versteht ihr jungen Leute schon davon. Was soll man machen? Wenn man erst ein paar Jahrzehnte auf dem Buckel hat, trennt man sich nicht einfach so, nur weil die Gefühle nicht mehr dieselben sind.«

Xinyu hatte bei seinen Worten den Kopf gesenkt. *So ist das!* Er nahm es als ein gutes Zeichen und trank sein Asahi Bier.

Seinem Freund Zhong zufolge gab es drei eiserne Regeln, um eine Frau herumzukriegen: Rede schlecht über deine Ehefrau, wirf mit Geld um dich, und sei witzig. So ungefähr. Jedenfalls wirkte das. Vater hatte sich daran gehalten und die Geschichte mit Xinyu unter Dach und Fach gebracht. Zwei Jahre gingen sie nun schon miteinander. In besonders romantischen Augenblicken oder vor Feiertagen brachte Xinyu unweigerlich das Gespräch auf Mutter: »Deine Frau spielt gerne Mahjong, nicht wahr?«, sagte sie dann, oder: »Wie steht es mit deiner Frau? Streitet ihr euch?«

In solchen Momenten fühlte Vater sich immer getestet. Unbeirrt rümpfte er dann die Nase, räusperte sich, runzelte die Stirn und sagte: »Ach, hör mir auf von der! Können wir nicht über etwas anderes reden?«

Mit der Zeit war er daher selbst schon überzeugt, dass zwischen ihm und Mutter keine Zuneigung mehr bestand und das Zusammenleben mit ihr unerträglich geworden war.

Die Wirklichkeit sah jedoch ganz anders aus. Letztendlich meldete sich sein Gewissen zu Wort und sagte ihm: *Meine Frau ist schon in Ordnung. Das ist die Frau, mit der ich mein Leben verbringen will.*

Den wahren Freund erkennt man in der Not, hieß das.

Nach Jahren auf Abwegen war er schließlich voll in die Hundescheiße getreten, seine Geliebte und sein Fahrer hatten ihn ganz unverhohlen gehörnt. Doch Mutter war nicht der Typ, der jemanden trat, der am Boden lag und giftige Bemerkungen im Sinne von »du suchst dir deine Mätressen ja gut aus, Xue Shenqiang« machte. Das Gegenteil war der Fall. Sie besann sich auf ihre gute Kinderstube, und nicht umsonst hatte sie viele Romane gelesen und Fernsehdramen gesehen, nein, sie fragte nach seinem Wohlbefinden, zeigte sich besorgt und war wie die warme Frühlingssonne auf dem von Winterfrost überzogenen Feld.

Morgens beim Aufstehen fragte sie: »Was hättest du gern zum Frühstück, Reisbällchen oder Nudelsuppe? Komm, trink erst einmal eine Tasse Tee mit Honig!«

In ihrer Mittagspause rief sie ihn an: »Wie lief es heute Vormittag, Shengqiang, steht die Bühne schon? Alles in Ordnung? Was für eine Hitze, geh bloß nicht zu viel in die Sonne und pass auf, dass du genug trinkst, ja? Mach besser einen kleinen Mittagsschlaf nach dem Essen.«

Wenn er abends nach Hause kam, bog sich der Tisch unter den Platten für das Abendessen. Sie aßen, als sei jeden Tag Neujahrsfest: Fisch in scharfer Soße, Huhn mit Morcheln, Schweinefleisch mit Balsambirne, Knochensuppe mit Kürbis, geschmorte Ente, Rindfleisch in Sojasoße, täglich fuhr sie andere Köstlichkeiten auf. Wenn Vater dann schweigend vor sich hin mampfte, fragte sie obendrein: »Wie wär's mit ein bisschen Schnaps dazu, Shengqiang?«

»Nein, danke«, antwortete Vater dann und stopfte sich noch mehr von dem zarten Duftreis in den Mund.

Einmal pappsatt, fing er dann jedes Mal aufs Neue an, sich zu entschuldigen: »Es tut mir alles irrsinnig leid, Anqin. Und du bist auch noch so nett zu mir. Ich ... also ehrlich, sag mir, was du möchtest, ich tue alles für dich!«

Wenn sie Vater in seinem jämmerlichen Zustand sah, sagte Mutter dann gönnerhaft: »Es ist alles gesagt, was gesagt werden musste. Schwamm drüber.«

»Diese Zhong Xinyu hat mir in der Tat einen großen Gefallen getan«, gestand sie mir gegenüber ein.

Wohl wahr. Am Vorabend hatten Vater und Mutter Händchen haltend auf dem Sofa gesessen und sich ausgesprochen.

Tatsache war, dass das Baby in Xinyus Bauch Mutter wie eine Zeitbombe vorgekommen war, kalter Schweiß brach ihr aus, wenn sie nur daran dachte. Damit war die Grenze ihrer Toleranz endgültig überschritten. Und dennoch konnte keine Rede davon sein, sich deswegen scheiden zu lassen, da waren sie sich hinterher einig. Als Vater nach ihrem Streit wieder nüchtern geworden war, hatte er alles bereut, was er gesagt hatte. Und Mutter hatte unterdessen in ihrem Büro gesessen und sich gefragt, wie es nun weitergehen sollte.

»Was machst du denn für ein Gesicht?«, hatte ihre Kollegin Liu Yufen gefragt.

Es fiel ihr schwer, vor ihrer Freundin die Wahrheit zu verbergen. »Weißt du, es stimmt, was du mir erzählt hast. Ich habe es Shengqiang gestern auf den Kopf zugesagt, und er hat alles gestanden. In meiner Wut habe ich gesagt, ich wolle mich scheiden lassen. Was soll ich jetzt machen? Und dann ist da noch meine Schwiegermutter … Soll ich all die Jahre vergeudet haben? Keinen Fen werde ich kriegen, wenn ich jetzt aufgebe und dieses Flittchen den Sieg davontragen lasse.«

Yufen rollte mit den Augen. »Nun mach dir nicht so viele Gedanken. Lass uns zusammen überlegen, was du machen kannst. Und wenn du Duan Zhiming um Hilfe bittest?«

»Ob der etwas ausrichten kann?«

»So wie es jetzt aussieht, scheint er mir der Geeignetste zu sein, um ein gutes Wort für dich einzulegen. Du würdest doch das Gleiche für ihn tun. Ruf ihn am besten gleich an, er gehört schließlich zur Familie. Was hast du denn zu verlieren?«

Mutter rief Onkel an, damit er Zhong Xinyu weichklopfte. Um jeden Preis wollte sie eine Scheidung vermeiden, ganz gleich, was dieses Fräulein sich einfallen ließ. »Die hat sich die Suppe doch selbst eingebrockt. Umso besser für uns!«, sagte Mutter.

Vater gegenüber wägte sie ihre Worte sorgfältiger ab. Sie zog die Stirn in Falten, knetete die Finger und legte Vater ihre Position sehr vernünftig dar.

Das verfehlte seine Wirkung nicht. *Mannomann, was bin ich für ein Mistkerl gewesen*, dachte Vater. *So viele Jahre hat sie sich mit mir arrangiert, und selbst jetzt will sie sich nicht scheiden lassen, sie will mich zurück! So eine Frau muss man erst einmal finden!*

Er wurde zu weichem Wachs in ihrer Hand. Sie hätten sich gegenseitig so gerne versohlt wie versöhnt. Es blieb bei liebevollen Klapsen und zärtlichen Streicheleinheiten … Zhong Xinyu sei Dank!

Danach setzten sie sich gemeinsam zum Abendessen

an den Tisch, Vater wiederholte seine Reuebezeugungen, Mutter pickte ihm mit ihren Stäbchen das beste Stück Schweinefleisch heraus, ein Zeichen ihrer Liebe. Beide hatten das Gefühl, als hätten sich die dunklen Wolken verzogen und der Himmel gelichtet.

Drei Tage schon war Vater nicht mehr mit Zhong und seinen Freunden unterwegs gewesen, was denen gar nicht passte: »Shengqiang, bist du irgendwo und scheffelst Kohle?«, fragten sie. »Gehst du gar nicht mehr mit uns aus? Stehst du unter Hausarrest, oder was?«

»Hab mir nur ein paar Tage Ruhe gegönnt, nichts weiter«, gab Vater halbherzig zur Antwort. So leicht ließ sich die Bande nicht lumpen. »Den hat seine Anqin an die Kandare gelegt!«

Vater ließ sie reden, ihm war es gleichgültig. Die eigene Familie jedoch war etwas anderes. An einem Nachmittag saßen Vater und Onkel im Licht der untergehenden Sonne in Vaters Büro, tranken Tee und ließen die Geschichte noch einmal Revue passieren. Vater pries Mutter in den höchsten Tönen: »Es ist allein Anqin zu verdanken, und dir natürlich auch, dass ich mich jetzt nicht mehr zum Narren halten lassen muss. Diese zwei! Noch vor wenigen Tagen habe ich mich darüber aufgeregt, welches Schandmaul die Sache wohl Anqin gesteckt und den Streit mit ihr provoziert hat. Und jetzt? Verdammte Scheiße, beinahe hätten die mich erfolgreich hochgenommen!«

Onkel erwiderte nichts. Er nippte an seiner Teetasse und beobachtete die Teeblätter, die auf der Oberfläche trieben, als sei er nicht gemeint.

297

Vater entging Onkels demonstrative Gelassenheit. Er griff zur Zigarette, um sich die Lunge noch mehr zu schwärzen.

Schließlich musste er doch nachfragen: »Wie hast du die Sache geregelt, Zhiming?«

Onkel lehnte sich im Sessel zurück und stellte die Teetasse ab. »Ich habe dir doch gesagt, du brauchst dir keine Sorgen zu machen. Ich kümmere mich schon darum«, sagte er.

Vater drückte unwirsch die Zigarette im Aschenbecher aus. Es half nichts. Sein Zorn glühte weiter. »Zur Hölle mit ihnen! Ich lasse es für jetzt gut sein. Aber wenn der Geburtstag erst vorüber ist, dann knöpfe ich mir die beiden vor! Zum Affen haben die mich gemacht! Ich will nicht Xue Shengqiang heißen, wenn ich ihnen keine Lektion erteile, verdammt noch mal.«

»Shengqiang.« Onkel richtete sich langsam in seinem Stuhl auf und sagte ruhig: »Überstürze nichts. Es gibt eine Menge zu bedenken. Zunächst einmal steht Zhu Chengs Vater unserer Familie sehr nahe, und außerdem war deine Beziehung zu Xinyu nie offiziell. Überlege dir besser, was passiert, wenn du das Ganze an die große Glocke hängst. Damit gewinnst du nichts, und die ganze Familie steht schlecht da. Bleib du ganz ruhig, und überlass die Sache mir, ich verspreche dir, dass ich das mit Zhong Xinyu und mit Zhu Cheng im Guten regeln werde.«

Vater griff kommentarlos zur nächsten Zigarette. Ihm lagen noch eine Reihe Hasstiraden auf der Zunge, aber er begriff sehr wohl, dass Großmutter auf keinen Fall von der Schwangerschaft erfahren durfte.

Scheiße, scheiße, scheiße, dachte er und inhalierte tief. Irgendwo und irgendwann würde er seinem Ärger Luft machen müssen. Aber für den Augenblick blieb ihm nur, wie Großmutter zu sagen pflegte, »einen Schritt zurück treten und die Dinge ihren Lauf nehmen lassen«.

Er stand mit dem Rücken zum Fenster seines Büros. Draußen glitzerten die Blätter des Eukalyptusbaums silbrig in der Sonne. »Nun gut, wir müssen ja nicht mehr über dieses Ärgernis reden. Was ist mit dir? Wie steht es mit der Sache, von der du mir erzählt hast? Bald ist das Fest vorbei. Wann willst du es Mutter sagen?«

Onkel trommelte mit den Fingern auf seine Oberschenkel. »Nun lass das doch, Shengqiang. Wie gesagt: Um mich brauchst du dir keine Sorgen zu machen.«

»Wie könnte ich mir keine Sorgen machen? Unsere ganze Familie macht sich Sorgen deswegen. Als ich zuletzt bei Mutter war, hat sie mich auch wieder danach gefragt.«

Onkel blickte argwöhnisch auf. »Du hast ihr doch nichts gesagt, oder?«

»Natürlich nicht«, Vater winkte ab. »Kein Sterbenswörtchen. Sobald du es für angebracht hältst, kannst du es ihr selbst erzählen. Aber sie macht sich große Sorgen, weißt du.«

»Die mache ich mir auch«, seufzte Onkel. »Es ist alles ein bisschen kompliziert, aber das wird schon. Bald, sehr bald.«

Onkels besorgte Miene ließ Vater lächeln. »Ich will mich ja nicht einmischen, Zhiming, aber du hast schon eine seltsame Art! Es geht schließlich um eine Frau, nicht um ein wissenschaftliches Experiment! Wenn dir eine gefällt, dann ran an den Speck, Junge.«

»So einfach ist das nicht. Sie ist nicht mehr ganz jung und hat gewisse Altlasten. Ich mache mir Sorgen, dass Mutter nicht einverstanden sein wird. Stehst du hinter mir, wenn es so weit ist?«

Das machte Vater nur noch neugieriger. *Hat er etwa eine in seinem Alter gefunden? Das klingt in der Tat nicht ganz einfach.* Er behielt diesen Gedanken für sich und sagte stattdessen: »Selbstverständlich. Ich habe dir ja schon gesagt, dass ich von jetzt an immer zu dir stehe. Was Mutter sagt, ist nicht so wichtig. Wenn sie dir gefällt, dann kriegen wir das hin. Auf sie brauchst du nicht zu hören. Außerdem, wie du selbst sagst – sie ist eine alte Frau. Seit Ewigkeiten wünscht sie sich eine Schwiegertochter, sie kann froh sein, wenn es endlich so weit ist. Deshalb hör auf mit dem Versteckspiel, und stell uns die Dame so bald wie möglich vor.«

Er tat nicht nur so als ob, er war wirklich erpicht darauf, die Freundin seines Bruders kennenzulernen. Die einzige Freundin, mit der er Onkel je zusammen gesehen hatte, war Xiaoqin, die Frau, die jetzt Sichuanpfeffer verkaufte. Damals war sie im dritten Jahr der Oberschule Nr. 1 von Pingle, im humanwissenschaftlichen Zweig, während Onkel im naturwissenschaftlichen war. Vater hatte viel von ihr gehört, ein richtiger Feger schien sie zu sein. Stets war sie es, die beim Flaggenhissen auf dem Schulhof auf dem Podest stand. Und bei den Turnübungen in der Pause war sie immer die Vorturnerin der Jahrgangsstufe 3. Ein kleiner Pimpf wie Vater damals einer war, sah zu ihr auf wie zu einer Göttin. Hübscher als die Mädchen im Fernsehen war die. Abgesehen von ein paar nutzlosen Burschen, die auf zänkische Weiber wie Liu Yufen standen, waren sich die Jungs damals einig, dass Zhou Xiaoqin die unbestrittene Blüte unter den Pflänzchen von Pingle sei.

Einmal schloss Vater sich Onkel und seinen Freunden beim Tischtennisspielen auf dem Sportplatz an, als auch Xiaoqin dabei war. Noch heute erinnerte er sich an die Bluse, die sie damals trug, eine hellgelbe, fast weiße Bluse, und ihren Pferdeschwanz, der glänzte wie schwarze Seide. Vater war den anderen nachgelaufen, doch bei ihrem Anblick stoppte er seinen Lauf und starrte sie sprachlos an. »Ist das dein kleiner Bruder, Zhiming?«, fragte sie und schenkte ihm ein Lächeln. »Der ist dir wie aus dem Gesicht geschnitten.«

Onkel stand mit seinem Tischtennisschläger in der Hand da und drehte sich nach ihm um. »He, Shengqiang, sag Xiaoqin Guten Tag!«

Onkel mit dem Frühlingswind im Gesicht und Frühlingsgefühlen im Herzen, wie er zum Schlag ausholte und drei, vier Gegner nacheinander bezwang, war einfach beeindruckend. *Mein Bruder ist einsame Spitze*, dachte Vater damals voller Bewunderung.

Aber Onkel ging immer noch zur Schule, und obwohl jeder wusste, dass Xiaoqin seine Freundin war, benahmen sie sich sehr wohlerzogen. Nie sah Vater sie in der Öffentlichkeit Händchen halten, sie gingen immer mit einer Handbreit Abstand nebeneinander her, Xiaoqin die Tasche über der Schulter. Zhong Shizhong, der alte Gammler, machte sich über Onkel lustig: »He, Duan Zhiming, hast du schon alles verlernt, was dir Hong Yaomei beigebracht hat? Hast du sie noch alle?«

Onkel sah ihn dann nur herablassend an und sagte ruhig: »Die hier ist etwas anderes, meinst du nicht?«

Vater war damals etwa fünfzehn, es musste also um 1983 gewesen sein. Er hatte selbst noch gar keine sexuellen Erfahrungen gemacht, aber er begriff sofort, dass es Onkel mit diesem Mädchen ernst war. Wann immer er Zhou Xiaoqin sah, wurde ihm warm ums Herz. *Meine zukünftige Schwägerin ist echt der Hammer!*, hatte er jedes Mal gedacht.

Es blieb beim Wunschdenken. Der edle Han verlor in der Schlacht seine zarte Geliebte, die schöne Zheng erwählte den Falschen. Vater ballte bei dem Gedanken daran die Fäuste. *Diesmal wird alles gut, ganz bestimmt.* Und er wiederholte: »Ganz gleich, was sie sagt, ich stehe zu dir, Zhiming, du kannst dich auf mich verlassen.«

Der Tag ging bereits zur Neige, als Vater im Licht der bunten Laternen, die inzwischen die Wände schmückten, die Fabrik verließ und zu Fuß zum Abendessen nach Hause schlenderte. Onkel hatte gesagt, er habe noch etwas vor, und Tante Lishan war nach der letzten Chorprobe nicht mehr aufgetaucht. Die Hitze trieb ihm schon nach wenigen Schritten Schweißperlen auf die Stirn. Er fühlte sich völlig ausgelaugt. *Das habe ich diesem elenden Luder und diesem Armleuchter Zhu Cheng zu verdanken, richtig mitgenommen hat mich das in den letzten Tagen,* sagte er sich. *Sobald ich daheim bin, nehme ich ein paar Tabletten, es müssten doch noch ein paar da sein vom letzten Mal.*

302

Aber besser erst noch mal ein paar Zigaretten rauchen. Als er nach dem Softpack fummelte, fühlte es sich ganz platt an, nur eine einzige Zigarette war noch übrig. Er zündete sie an, zerknüllte das Päckchen, warf es weg und nahm einen Umweg über Zhous Kiosk an der Brücke, um neue zu holen.

Wie der Zufall es wollte, traf er dort ausgerechnet auf seinen alten Meister Chen Xiuliang. In einem silbergrauen Hemd, unter dem sein weißes Unterhemd hervorlugte, stand er am Kiosk.

»He, Shengqiang!«, grüßte er Vater freudig, in der Hand ein Päckchen Weiße Hibiskus.

»Meister Chen! Haben Sie die Zigaretten, die ich Ihnen geschenkt habe, schon alle geraucht? Dann lasse ich Ihnen morgen noch zwei Stangen bringen.«

»Ach was, nicht nötig«, winkte Chen ab und riss das Päckchen in seiner Hand auf. »Ich habe noch genug. Na ja, du weißt doch, dass dein alter Meister keinen guten Geschmack hat und ab und an gerne noch eine Weiße Hibiskus raucht.«

»Dann gib mir auch mal eine!«, lachte Vater.

»Na klar.« Chen Xiuliang schüttelte gut gelaunt eine Zigarette aus seinem Päckchen und gab sie Vater. Genüsslich rauchend, standen Meister und Schüler nebeneinander vor Zhous Kiosk. »Ihr seid mir ein schönes Paar«, kommentierte der alte Zhou lachend. »Zwei Firmenchefs, die nichts Besseres zu tun haben, als Weiße Hibiskus zu rauchen!«

»Mein Lehrling ist jetzt der Chef, ich bin keiner mehr«, sagte Chen und klopfte Vater auf die Schulter.

Was brauchte es mehr. In den Lungen und in der Nase der Geschmack ihrer Billigzigaretten, beobachteten sie das Gewusel im Park neben der Siebenheiligenbrücke. »Jetzt ist es bald so weit mit dem Fest für deine Mutter, nicht wahr?«, fragte Chen.

»Ja, am kommenden Samstag. Sie kommen doch auch, Meister, oder? Es wird bestimmt ein schönes Fest, jede Menge Programm und Geschenke gibt es auch.«

»Ich kann leider nicht, bin bei meiner alten Sippe in Chongning. Der Termin steht schon seit einer Ewigkeit fest.«

»Ach, kommen Sie, das kann doch so wichtig nicht sein. Bei uns wird richtig was los sein, es kommen sogar ein paar bekannte Showstars!«

Vater wusste im Grunde, dass er Chen umsonst umwarb. Wenn der Alte nicht kommen wollte, dann kam er nicht. Er war nun mal ein sturer Bock. Vater nahm noch ein paar Anläufe, prallte aber an Chens eisernem Willen ab.

»Dann kommen Sie wenigstens morgen zur Kostümprobe«, sagte Vater schließlich. »Da ist nur die Familie. Und hinterher kommen Sie mit uns essen.«

»Mit der ganzen Familie?«

»Ja! Mein Bruder ist da, und meine Schwester ist auch eigens hergekommen.«

»Lishan ist also auch da«, sagte Chen und drückte mit dem Schuh seine Zigarette aus. »Dann komme ich. Ich kann mich auch ein bisschen nützlich machen.«

»Nützlich machen? Unsinn! Sie kommen vorbei, schauen ein bisschen zu und essen was mit uns.«

Nach der Begegnung mit Chen und ein paar Zigaretten

fühlte sich Vater gleich viel besser. Als Chen sich verabschiedete, kaufte Vater seine üblichen Softpack-Zigaretten.

Und wie er gerade dort stand und sein Geld herausholte, klingelte sein Handy. Die süßen Klänge von »Die schöne Jasminblüte«. Vater schob dem alten Zhou eine Hunderternote über den Tresen, damit er die Hand frei hatte, und ging dran.

Zum Teufel noch mal. Es war sein Schwager Liu.

»Hallo Shengqiang!« Onkel Lius Stimme hatte den üblichen salbungsvollen Duktus.

»Ah! Hallo!«, rief Vater und verkniff sich, ihn mit »Schwager« anzureden, was irgendwie unangemessen schien. »Was gibt's?«

Vater nahm das Wechselgeld an und steckte es in die Hosentasche, dann wandte er sich zum Gehen, innerlich Onkel Liu inbrünstig verfluchend. *Dieses Arschloch, warum muss der mich jetzt anrufen! Das bedeutet bestimmt nichts Gutes. Na los, raus damit, damit ich endlich heimgehen und in Ruhe essen kann.*

»Ich bin zurück in Pingle, Shengqiang«, hörte er Onkel Liu sagen. »In der Nähe vom Nordtor. Du hast nicht vielleicht einen Augenblick Zeit, um dich mit mir zu treffen? Ich würde gerne mit dir reden.«

Bestimmt ging es um Tante Lishan, worum auch sonst, und es würde Vater nichts anderes übrig bleiben, als seinen Fuß in diese Schlammpfütze zu setzen. Zu schade, dass Mutter mit einem Tisch voller Köstlichkeiten zu Hause wartete, zu dumm, dass Vater todmüde war und nur noch nach Hause wollte, Tabletten nehmen und die Beine hochlegen, und doch auf dem Absatz kehrtmachte und in Richtung Nordtor ging. Diese Familie war einfach zu groß, wie sollte er es je jedem recht machen können? Großmutter hatte es ja gesagt, es war schwer, verdammt schwer, der Manager für die ganze Familie zu sein.

Onkel Liu saß im Teehaus. Ein Blick genügte, und Vater war alles klar: Onkel hatte einen Dreitagebart, und die dunklen Bartstoppelinseln ließen sein Gesicht wie angeschimmelt aussehen. Er trug ein zerknittertes altes Hemd, und neben ihm stand eine Damenaktentasche. Als er Vater entdeckte, sprang er so hastig auf, dass er beinahe seine Teetasse umstieß, und winkte ihm mit einem breiten Lächeln zu. »Hier bin ich, Shengqiang!«

Worüber der wohl reden will? Innerlich fortgesetzt fluchend setzte sich Vater zu ihm. *Wahrscheinlich hat er es sich anders überlegt und will wieder mit Lishan zusammenkommen. Vergiss es, du Idiot. Zu spät!*

Onkel jedoch gab sich den Anschein von Arglosigkeit. »Wie steht's mit meiner Frau? Fällt sie euch nicht langsam zur Last?«

Vater war in diesen Tagen die Lust auf Heuchelei vergangen. *Keine gute Idee herzukommen, Liu Jukang,* dachte er wütend, *jetzt hast du den Fuß direkt in die Tretmine gesetzt.* »Was hab ich dir damals gesagt, Jukang? Kümmere dich um deine eigenen Angelegenheiten! Wie sollte meine Schwester dir verzeihen? Wieso hast du es so weit kommen lassen?«, schimpfte er.

Onkel Liu erbleichte, dann wurde er rot, was ihm gar nicht schlecht stand. »Wie es so weit kommen konnte? Was weiß ich … Das habe ich jedenfalls nicht gewollt.«

»Und wie willst du es wiedergutmachen?«

»Worum ich dich bitten möchte, Shengqiang ... Du musst deine Schwester zur Vernunft bringen«, sagte Onkel Liu. »Sich in unserem Alter noch scheiden lassen! Das geht doch nicht. Lishan hat den Scheidungsantrag unterzeichnet und mir zum Unterschreiben hingelegt, aber ich konnte mich nicht dazu durchringen. Ich will mich nicht scheiden lassen. Sie will nicht mit mir reden, Shengqiang, du musst ein gutes Wort für mich einlegen. Mit einer Scheidung ist keinem von uns gedient. Man kann doch über alles vernünftig miteinander reden.«

Für Vater klang das alles sehr befremdlich. »Jukang, hör mal. Es kommt nicht darauf an, was ich denke. Aber meine Schwester hat ihre Entscheidung getroffen. Du musst sie ganz schön gegen dich aufgebracht haben, denn sie ist doch sonst die Gutmütigkeit in Person.«

»Ich weiß«, Onkel Liu nickte. »Zuerst war es gar kein großes Drama, doch irgendwann ist sie plötzlich durchgedreht, wollte sich auf einmal scheiden lassen, ohne jede Vorwarnung!«

Ohne jede Vorwarnung? Vater hätte ihm nur zu gerne eine gescheuert. *Du blöder Arsch, lässt mich eine Wohnung für deine Geliebte anmieten und erzählst mir etwas von wegen* »*ohne jede Vorwarnung*«. Normalerweise hätte er ihm das auf den Kopf zugesagt, und nicht nur das. Aber er blieb lieber sachlich. Am liebsten wollte er die ganze Familie glücklich sehen. Er durfte nicht ungerecht werden. Schließlich hatte er gerade selbst großen Mist gebaut und war dankbar für Mutters Großmut.

Daher beherrschte er sich und sagte: »Gut. Ich werde

tun, was ich kann. Aber ich sage dir gleich: Das ist das
allerletzte Mal. Wenn du es noch einmal vermasselst, bist
du dran!«

»Schon gut, Shengqiang.« Onkel rieb sich die Stirn.
»Ich hab's kapiert. Nie wieder baue ich so einen Mist.
Seit Lishan weg ist, ist es zu Hause wie ausgestorben.
Xingchen klagt die ganze Zeit, ich hätte seine Mutter
vertrieben, und jetzt habe er niemanden mehr, der auf
das Baby aufpasst. Mein Leben ist total sinnlos geworden.«

Vater sagte nichts dazu, es gab viele Fragen und keine.
Und trösten wollte er ihn wirklich nicht, er hatte nur bekommen, was er verdiente. Sein Blick fiel auf die Damenaktentasche auf dem Stuhl neben Onkel Liu. In diesem
Augenblick fiel der Bedienung ein, ihn zu fragen, was er
trinken wollte. »Nichts«, wehrte er ab. »Ich bin schon wieder am Gehen.«

Er stand auf und ging, ohne auch nur zu fragen, ob
Onkel schon gegessen hatte oder was er an diesem Abend
noch vorhatte. Onkel Liu rief ihm hinterher: »Shengqiang! Du kümmerst dich darum, ja?«

Vor der Tür parkte Onkel Lius schicker Citroën. Bei
dem Anblick geriet Vater gleich wieder in Rage. Aber gut,
er hatte sein Wort gegeben. Er zog sein Handy heraus
und rief Tante Lishan an. *Einer nach dem anderen kommt ihr
angerannt! Als hätte ich nicht genug an der Backe!*

Sein Magen knurrte. Während er wartete, dass sie ab-
nahm, murmelte er unablässig Verwünschungen vor sich
hin. Er wusste nicht, dass er Onkel bald dankbar sein
würde. »Verdammt noch mal, ich hatte wirklich eine lange

Leitung«, sagte er kurz darauf. »Ohne meinen Schwager wäre ich auf ewig ein Trottel geblieben.«

Doch wer außer den Heiligen kennt schon das Was-wäre-wenn? Bei uns in Pingle gibt es ein Volkslied:

Ein alter Bettler, jedem ein Graus
Nimmt eine Hacke, geht zur Stadt hinaus,
Geht zum Feldrand, gräbt und gräbt
Süßkartoffeln, welch ein Schmaus,
Gräbt 'nen großen Schatz dann aus,
Am Ende hat er Weib und Haus.

So kann es gehen. Doch als Vater zu Tante Lishan ins Golden Leaves Hotel rannte, wusste er noch nicht, was dabei herauskommen würde. Tante Lishan saß in ihrem Zimmer und las ein Buch. Sie ließ ihn herein und fragte: »Was machst du denn hier, Shengqiang? Ist etwas passiert?«

Obwohl er sich seine Worte sorgfältig zurechtgelegt hatte, brachte er von Angesicht zu Angesicht mit seiner Schwester nichts mehr heraus. Er ging erst einmal zur Toilette und fragte dann nach etwas zu essen. Tante Lishan bestellte beim Zimmerservice eine Schüssel Nudeln mit Rindfleisch. Die Nudeln ließen eine Ewigkeit auf sich warten. Schließlich machte Vater doch den Mund auf. »Lishan, ich sollte mich in diese Sache eigentlich nicht einmischen, aber, weißt du, Jukang war bei mir, und auf die Gefahr hin, dass …«

»Das hat er ja geschickt gemacht, dich für sich einzuspannen!«, unterbrach ihn Tante Lishan, die ihr Buch zur Seite gelegt hatte.

»Lishan …« Vater wusste nicht, was er sagen sollte, und sein leerer Magen machte es nicht besser. »Nun ja, vor zwei Tagen hat Anqin ebenfalls zu mir gesagt, dass sie sich scheiden lassen will.«

»Wie bitte? Was ist denn mit euch los?«

Also beichtete ihr Vater die ganze Geschichte, dass er längst mit ihr darüber habe reden wollen, aber nie sei der richtige Augenblick gewesen. Als er ihr im Schnelldurchgang von den Ereignissen der letzten Tage erzählte, von Mutter, von Xinyu und der Schwangerschaft, wurde er von seinen eigenen Gefühlen überwältigt. Als mittendrin endlich der Zimmerservice mit den Nudeln anklopfte, ließ er sie unangerührt stehen. »Verstehst du, Lishan«, sagte er, »als du mir erzählt hast, du wolltest dich scheiden lassen, hielt ich das spontan für das Beste. Aber jetzt, nach der Geschichte mit Anqin, sehe ich das anders. Es ist nicht immer leicht, sich zusammenzuraufen, aber wenn es eine Chance gibt, zusammenzubleiben, dann sollte man sie nutzen. Und nun kommt auch noch Jukang und bittet mich um Hilfe … Auch wenn es mir nicht gefällt, den Vermittler zu spielen, möchte ich dich bitten, es dir noch einmal zu überlegen. Sind die Papiere erst einmal unterzeichnet, dann gibt es kein Zurück mehr. Nach so langer Zeit. Was denkst du?«

Als sie Vater so anschaulich wie nachdenklich reden hörte, wusste Tante Lishan nicht, ob sie lachen oder weinen sollte. *Nun ist er doch noch erwachsen geworden*, ging es ihr durch den Kopf. Er kam ihr vor wie ein Nilpferd, das plötzlich wie eine Amsel singt.

»Iss deine Nudeln«, sagte sie.

Vater erinnerte sich wieder an seinen Hunger und haute rein. Schlürfend und kauend wartete er auf Tante Lishans Antwort.

Aufmerksam sah sie ihm beim Essen zu und bemerkte ein paar weiße Haare an seinem Haaransatz. »Du solltest mehr essen, du bist ja hungrig wie ein Wolf.«

Sie hatte nur gescherzt, aber Vater erinnerte sich unwillkürlich an die Zeiten, als sie wirklich Hunger gelitten hatten. »Mehr darf ich gar nicht essen, Lishan. Schau dir nur meinen Bauch an!«

Sie lachten beide. Dann sagte seine Schwester: »Was Jukang angeht, ist alles gesagt. Nicht nötig, dass du dich bemühst. Ich lasse mich scheiden, und das war's.«

»Aber warum denn?« Vater hatte nicht damit gerechnet, dass sie so stur sein würde.

»Überleg doch mal.« Sie legte beide Hände auf die Knie. »Zwischen uns herrscht schon seit vielen Jahren Eiszeit. Im Grunde schon von Anfang an. Aber jetzt, wo Mutter älter wird, muss ich eine Entscheidung treffen. Ich will nicht, dass er absahnt, wenn Mutter stirbt und wir drei dann erben. Alles andere ist mir egal, dass er mit meinem Geld seine Freundin aushält zum Beispiel. Aber dass er mir auch noch mein Erbe nimmt, das mache ich nicht mit.«

Vater war völlig überrascht. Das hörte er zum ersten Mal. Völlig verwirrt stellte er seine Schüssel ab und fragte: »Ich verstehe kein Wort, Lishan, wovon redest du? Was für ein Erbe? Davon weiß ich gar nichts.«

Seine Schwester sah ihn an. Offenbar hatte er wirklich keine Ahnung. Nun war sie wieder die große Schwester,

311

die ihren kleinen Bruder liebevoll aufklärte. »Das Vermögen unseres Großvaters. Inzwischen müsste eine siebenstellige Summe daraus geworden sein. Das alles wird sie uns vermachen.«

Eine siebenstellige Summe? Seit wann hätte Großmutters Familie je ein solches Vermögen besessen? Und warum hatte er bisher keinen blassen Schimmer davon gehabt? »Wie kann das denn sein? Oder bezieht sich das auf die Firma?«

»Die Firma ist eine Sache, Großmutters Vermögen eine andere«, entgegnete sie. »Vielleicht hat Mutter dir nie etwas gesagt, weil du jünger warst als wir. Den Xues hat einmal die halbe Straße hinter der Fabrik gehört. Dann wurde der gesamte Grundbesitz zu Staatseigentum, aber unser Großvater hat heimlich die wertvollsten Antiquitäten aus den Häusern zur Seite geschafft. Sie sind heute ein Vermögen wert.«

Vater starrte sie mit offenem Mund an, als erzähle sie ihm Märchen. In seinem Kopf summte ein Bienenschwarm. Das Geld war ihm gleichgültig, er hatte mehr Geld, als er brauchte, aber die Tatsache, dass Großmutter ihm nie davon erzählt hatte, verletzte ihn.

»Und du und Zhiming, ihr habt das gewusst?«, fragte er. Die Szene im Springenden Fisch zog vor seinem inneren Auge vorüber, in der sein Bruder das Wort »Erbschaft« benutzt hatte.

»Ja«, sagte Tante Lishan. »Ich weiß es von Zhiming. Er sagte …« Sie zögerte einen Moment. »Er sagte, Anqin habe es ihm erzählt.«

Tantes Haut war im Licht des Hotelzimmers weiß und

durchschimmernd wie Porzellan. Sie schien kein bisschen gealtert. Vater musste daran denken, wie er früher
jeden Tag vor dem Fernseher saß, um sie als Nachrich-
tensprecherin zu bewundern: Die USA hatten irgendwo-
hin Truppen entsandt, in Afrika starben die Menschen an
Hunger, am nächsten Tag würde es regnen und am übernächsten wieder die Sonne scheinen. Mit dem Leben in
seinem kleinen Heimatkaff hatte das alles wenig zu tun,
aber Vater hatte immer wie gebannt auf den Bildschirm
gestarrt, und bei der Bewunderung für seine Schwester
war ihm warm ums Herz geworden.

Die Nachrichten, die sie ihm heute verkündete, verur-
sachten einen Kloß in seinem Hals.

Ihre Scheidung war kein Thema mehr. Sie begleitete
ihn hinaus und sagte zum Abschied fürsorglich: »Ruh
dich aus, Shangqiang. Morgen ist Generalprobe, und wir
haben noch eine Menge zu tun. Mach dir nicht so viele
Gedanken, okay?«

Vater murmelte einen Abschiedsgruß und ging seiner
Wege. Seine Brust zog sich schmerzhaft zusammen. Er
rief bei Onkel Zhiming an. Als er sich nicht meldete, fiel
ihm ein, dass Onkel noch etwas vorgehabt hatte. Also
rief er Zhong an. »Kommst du endlich aus deiner Höhle
gekrochen, Mann!«, rief Zhong fröhlich ins Telefon. »Ich
habe schon gedacht, sie hätten dir lebenslänglich verpasst.«

Vater ging gerade die Stufen vor dem Hoteleingang
hinunter. Beim Klang der vertrauten Stimme wäre es fast
aus ihm herausgeplatzt: *Alter, sie haben mich zum Narren
gehalten! Meine Mutter hortet hinter meinem Rücken einen*

Haufen Geld! Und noch etwas lag ihm auf der Zunge: *Sag mal, Zhong, meinst du Anqin ist so lieb zu mir, weil sie auf das Geld aus ist? Mein Bruder und meine Schwester könnten es gut gebrauchen, aber ich habe mehr als genug. Ich schwimme in Geld. Sie wird doch nicht nur deshalb …?* Und schließlich: *Ehrlich, Mann, ich bekomme es einfach nicht auf die Reihe. Was bin ich für ein Idiot. Komm, lass uns einen trinken gehen!* Aber nichts von alldem sagte er laut. Wie hatte Großmutter immer gesagt: »Pass auf, was du sagst, Shengqiang. Man muss immer überlegen, was man sagen kann und was nicht. Familienangelegenheiten gehen Außenstehende nichts an. Hüte deine Zunge!«

Stattdessen sagte er: »Du, Zhong, dieser Arzt, von dem du neulich geredet hast, der, bei dem Yao war, wie hieß der gleich? Mir geht es wirklich nicht gut, ich habe so ein Ziehen in der Brust, ich brauche dringend einen guten Arzt.«

Er hörte, wie Zhong am anderen Ende ehrlich besorgt aufschrie: »Shengqiang! Meine Güte! Geh bloß nach Hause, und ruh dich aus, hörst du? Mit Herzkrankheiten ist nicht zu spaßen! Hast du Tabletten?«

»Ja, ja, sicher, ich bin gerade auf dem Nachhauseweg. Kein Grund zur Aufregung.« Vater hatte das Gefühl, sein Herz klopfe im Takt seiner Schritte.

»Nun spiel es nicht herunter. Und am Ende soll ich niemandem davon erzählen, was? Hör mal, ich rufe jetzt gleich Anqin an und sage ihr, sie soll auf dich aufpassen, wenn du es selbst nicht tust! Am Montag fahren wir nach Yong'an zum Arzt.«

»Nein, nein, bloß nicht!« Mutters Name ließ Vater nur

noch mehr verzweifeln. »Kein Wort zu Anqin, schon gar nicht in den nächsten Tagen.«

»Wieso denn das?« Zhong regte sich zunehmend auf. »Alles wegen des Geburtstags deiner Mutter? Was hast du davon, wenn du sie hochleben lässt und selbst dabei draufgehst?!«

Vater verstand, dass Zhong es nur gut meinte, und versuchte ihn zu beschwichtigen. »Es geht nicht um den Geburtstag, sondern um Anqin und mich.«

»Es ist wegen der kleinen Zhong, nicht wahr? Oje, Shengqiang, ich wollte ja nichts sagen, aber da hast du wirklich einen Bock geschossen diesmal.«

Vater war todmüde, er hatte nicht die Nerven, noch länger mit Zhong zu reden, daher sagte er nur: »Ich will nicht am Telefon darüber sprechen. Komm doch morgen in der Fabrik vorbei. Wir haben Generalprobe, und hinterher gehen wir mit der ganzen Familie essen, alle sind da. Am Samstag werden wir uns vor lauter Leuten ohnehin nicht unterhalten können.«

»Geht klar«, sagte Zhong sofort. »Ich komme und greife euch ein bisschen unter die Arme. Und du gehst dich jetzt ausruhen, Schluss mit dem Rumgerenne.«

Vater ging die stockdunkle Straße entlang bis zur Kreuzung. Und auch seine Laune verdüsterte sich mit jedem Schritt. Hier hatte er früher jeden Laden und jeden Laternenpfahl gekannt. An der Kreuzung bog er rechts ein in Richtung Westtor. Früher gab es in dieser Straße eine Privatschule mit einem Minyang-Buchladen, vor der Befreiung war das. Großvater hatte dort unterrichtet.

315

Dann wurde daraus die Grundschule Nr. 2, und jeden Nachmittag strömten die Eltern herbei, um ihren Nachwuchs am Schultor abzuholen. Gleich nach der Schule kam die Siebenheiligenbrücke, dahinter die Bohnenpastenfabrik, und dahinter die Cao-Gasse, wo der Eingang zu ihrem alten Wohnblock lag. Gegenüber standen heute die Gebäude der Qingfeng-Wohnanlage. Die zweite Ringstraße führte von dort stadtauswärts, und an ihrem Anfang lag die Wohnung meiner Eltern.

Nicht selten hatte Vater in der Vergangenheit keine Lust gehabt, nach Hause zu gehen. Dann war er eben mit seinen Kumpanen etwas trinken gegangen, oder zu Xinyu, oder, wenn ihm gar nichts mehr einfiel, dann eben zu Großmutter. Wozu dieser ganze Schlamassel?, fragte er sich frustriert. Es konnte gar nicht mehr schlimmer kommen. Er schleppte sich die fünf Stockwerke hinauf und schloss die Wohnungstür auf.

Eigentlich wollte er als Erstes nach seinen Tabletten suchen, doch dann hörte er Mutter im Wohnzimmer telefonieren. Die Tür knarrte, als er sie aufstieß, und er hörte Mutter sagen: »Ich kann jetzt nicht darüber reden, morgen mehr, ja?« Sie legte auf. Vater zog sich schweigend die Schuhe aus. Mutter kam zu ihm herüber. »Warum kommst du so spät? Bist du aufgehalten worden? Hast du Hunger? Ich habe schon ohne dich gegessen, aber ich wärme dir gerne noch etwas auf.«

Ohne auf sie einzugehen, fragte er: »Mit wem hast du gerade telefoniert?«

Mutters Gesichtsausdruck blieb unverändert, sie zögerte nur eine Sekunde, bevor sie antwortete: »Liu Yufen.«

316

»Ihr habt euch ja wirklich viel zu sagen, ihr zwei. Auf der Arbeit schwätzt ihr die ganze Zeit miteinander, und dann telefoniert ihr auch noch abends.« Vater inspizierte die Reste des Abendessens, die noch auf dem Esstisch standen. Er pickte sich mit den Fingern ein Stück Schweineschwänzchen heraus und stopfte es in den Mund.

»Shengqiang! Wasch dir gefälligst erst die Hände!«, rief Mutter empört.

Er ging brav ins Badezimmer, während sie die Gerichte aufwärmte. Er aß drauflos, und sie sah ihm zu. »Iss auch etwas, Anqin.«

»Ich habe schon gegessen.«

Vater steckte sich ein paar Bissen in den Mund und kaute. Als er den Mund wieder leer hatte, sagte er: »Mein Schwager hat mich aufgesucht. Er wollte, dass ich Lishan bearbeite, ihre Entscheidung zurückzunehmen. Also bin ich zu ihr hingegangen.«

Mutter stieß ein besorgtes »Oh!« aus und fragte: »Und wie hat sie reagiert?«

Vater schüttelte den Kopf und knabberte genüsslich gedämpften Schweineschwanz. »Nichts zu machen. Sie bleibt dabei.«

»Zu blöd«, seufzte Mutter. »Lishan kann ganz schön stur sein. Sich in ihrem Alter noch scheiden zu lassen. Sie sollten sich zusammensetzen und die Sache wieder hinbiegen.«

Vater sah sie prüfend an und langte mit seinen Stäbchen nach der Platte mit den Auberginen in scharfer Fischsoße. »Wusstest du, dass Zhiming eine Freundin gefunden hat?

Ich habe ihn heute gefragt und er sagte, es gebe da noch ein paar Hindernisse aus dem Weg zu räumen.«

»Im Ernst?« Mutter setzte einen erstaunten Blick auf. »Was für Hindernisse sollen das denn sein?«

»Hat er nicht gesagt. Er tat sehr geheimnisvoll. Das Einzige, was er gesagt hat, war, dass er sie uns vorstellen wird, wenn die Zeit reif ist. Wie auch immer, mir ist es egal, wer es ist. Mein Bruder ist schließlich alt genug, um zu wissen, was er tut. Hauptsache, er hat endlich eine.«

»Ja, stimmt schon …« Bevor sie den Satz zu Ende sprechen konnte, explodierte Vater. Er hatte schließlich nicht umsonst jahrelang in gärender Chilimasse gerührt. Er warf die Stäbchen hin und sagte: »Lishan hat mir erzählt, dass Mutter ein Vermögen besitzt, das sie uns vermachen will, und dass du diejenige bist, die ihr und Zhiming davon erzählt hat. Wann war das? Und wieso hast du mir bitteschön keinen Piep davon gesagt? Warum hast du es ihnen erzählt und nicht mir?«

Mutter schluckte. Im Schein der Lampe tanzte ihr Kehlkopf auf und ab, als habe sie sich an einer Fischgräte verschluckt. Doch sie erlangte schnell die Fassung wieder. »Nun, deine Mutter …«, hob sie an, »als sie es mir damals erzählt hat, meinte sie, du seist so ein Verschwender und würdest mit Geld immer so nachlässig umgehen. Sobald du davon wüsstest, würdest du es sofort zum Fenster hinauswerfen. Deshalb hat sie es nur mir erzählt. Woher deine Geschwister es allerdings wissen, ist mir schleierhaft. Ganz ehrlich, Shengqiang, ich habe ihnen nichts davon erzählt. Ich habe doch nie mit ihnen zu tun!« Sie sah wirklich schockiert aus.

Vater bemerkte ihre ehrliche Überraschung. Ihr liebevoll zubereitetes Essen verwöhnte seinen Gaumen. *Zum Teufel damit,* dachte er. *So viel Gedöns um ein bisschen Geld! Ich habe mich auch nicht gerade vorbildlich aufgeführt, jetzt kann ich mal Nachsicht üben. Wir ziehen doch an einem Strang, wir beide!*

Wenig später bereute er, dass er das Thema so schnell hatte unter den Tisch fallen lassen. *Ich weiß schon, wann es war! Die blöde Kuh hat es immer gewusst und mir kein Wort gesagt. Wie bescheuert von mir, mir selbst Maulschellen anzulegen. Die haben mich alle nach Strich und Faden verarscht. Der Mistkerl!*

Da hatte jeder seine eigene Sichtweise. Mir hat Mutter etwas anderes erzählt. Sie kräuselte die Stirn und seufzte: »Ich hätte mir ja gleich denken können, was dabei herauskommt, ich habe es ihm gleich gesagt! Es war nicht meine Schuld, das geht alles auf das Konto deines Onkels. Da muss er mit einer anbandeln, meinetwegen, aber deshalb gleich sämtliche Hühner aufscheuchen? Als ob es nicht genug nette Frauen auf der Welt gäbe, aber nein, ausgerechnet die musste es sein. Es geht mich ja nichts an, ich gehöre nicht zur Familie, da halte ich besser den Mund.«

»Und was das Geld angeht«, fuhr sie fort, »sag mir einer, an was für eine Familie ich da geraten bin. Deine Großmutter ist einfach lächerlich. Nie hat sie mich gemocht. Sie hat tatsächlich gedacht, ich wäre so versessen auf ihr blödes bisschen Geld, dass ich nie wagen würde, mich scheiden zu lassen. Von wegen! Der einzige Grund, weshalb ich mich nicht habe scheiden lassen, warst du. Wie hätte ich denn sonst deinen Klinikaufenthalt zahlen sollen? Allein deinetwegen! Lass dir gesagt sein – die Xues können den Chens bei Weitem nicht das Wasser reichen. Schau dir dagegen deine Großeltern mütterlicherseits an. Wir Chens sind bestens erzogen und gebildet, höflich sind wir und vernünftig. Diese Xues dagegen! Kaum bekommen sie Wind von einer Erbschaft, schon sind sie zur Stelle und scharwenzeln um die alte Dame herum – einfach peinlich. Und denken auch noch, ich wäre genauso!«

Nun, das sagte sie alles, nachdem die ganze Wahrheit ans Licht gekommen war, daher kann man es getrost vergessen. An jenem Abend beendeten Vater und Mutter das Abendessen, wuschen sich und gingen ins Bett, als wäre nichts gewesen. Jeder machte sich seine eigenen Gedanken: um die Geburtstagsfeier, um die einzelnen Mitglieder dieser komplexen Familie, um das ganze absurde Theater der vergangenen Wochen. Vater tastete unter den Bettlaken nach Mutters Hand und sagte: »Sobald dieser Zirkus endlich vorüber ist, fahren wir an einem Wochenende Xingxing in der Klinik besuchen. Ob es ihr besser geht?«

Mutters Stimme verhärtete sich, als sie antwortete: »Vor ein paar Tagen hat ihr Lehrer mich angerufen und gesagt, dass es ihr besser ginge. Sie schreibt jetzt Tagebuch. Wo wir schon davon reden – deine Mutter ist wirklich grausam zu dem Kind gewesen. Sie ist doch nur ein kleines Mädchen, das etwas durchgedreht ist, und deine Mutter hat sie einfach fallen lassen.«

»Ach komm, Anqin.« *Diese zwei können einander einfach*

320

nicht riechen. »Sie ist eben eine alte Frau. Sei ein bisschen nachsichtig.«

Beide waren zu müde für mehr Konversation. Sie schliefen friedlich ein, während draußen der Vollmond schien und abgesehen vom Rauschen des Windes absolute Stille herrschte.

Schließlich war der große Tag gekommen. Vater fuhr höchstpersönlich mit dem Auto zum Qingfeng-Garten, um Großmutter abzuholen. Die alte Dame nahm sich Zeit, um majestätisch die Treppe hinunter zu schreiten. Sieh einer an, sie hatte sich wirklich fein herausgeputzt: Eine elfenbeinfarbene Seidenbluse mit einem mit Lotusblüten besticktem Kragen, darüber eine lange, elegant geschnittene rotbraune Weste und dazu maßgeschneiderte Hosen mit Silberborte am Saum und nagelneue, glänzende Lederschuhe.

Vater war wohl der Einzige in der Familie, der von diesem Aufzug nicht peinlich berührt war. Mit breitem Lächeln begrüßte er sie: »Wow, Mutter! Was hast du denn vor? Willst du Geburtstag feiern oder noch einmal heiraten? Und dabei ist dein Geburtstag erst morgen. Was willst du denn dann anziehen?«

Großmutter wurde bei Vaters vorlautem Benehmen rot vor Scham. Sie sah sich kurz um, ob auch niemand zuhörte, und fasste Vater streng am Arm. »Shengqiang, ich bitte dich! Was habe ich denn schon Besonderes an als ein paar alte Klamotten? Hör auf mit dem Quatsch.«

»Jajaja.« Vater bückte sich lachend und half ihr in den Wagen. Großmutter machte es sich auf der Rückbank bequem und fragte: »Wo ist Zhu Cheng? Warum fährst du selbst?«

»Zhu Cheng ist ein schlechter Fahrer.« Vater ließ den Motor an. »Ich habe ihn nach Hause geschickt. Ich suche mir einen neuen.«

»Das geht doch nicht!«, empörte sich Großmutter von hinten. »Wie kannst du eine so wichtige Entscheidung treffen, ohne mich zu fragen? Schließlich war ich es, die mit seinem Vater eine Vereinbarung getroffen hat. Und du entlässt ihn, ohne mir ein Wort zu sagen? Wie kommst du dazu?«

Sie hätte besser nichts gesagt, denn nun fühlte sich Vater provoziert. »Na und?«, fragte er. »Er ist nur ein Fahrer. Und übrigens, Mutter, ist mir zu Ohren gekommen, dass du über ein beträchtliches Privatvermögen verfügst. Anqin weiß davon, Lishan und Zhiming wissen davon. Nur mir hast du nichts davon gesagt. Wie wäre es, wenn du darüber einmal mit mir geredet hättest?«

Großmutter war nicht auf den Kopf gefallen. Sie verstand sofort, woher der Wind wehte. Lachend fragte sie: »Und wer hat es dir erzählt?«

»Lishan«, brummte er. »Ist das wahr, Mutter? Wo hast du all die Jahre dieses Vermögen gehortet? Ich kann es nicht fassen, dass du mir nichts davon erzählt hast. Alle wussten es, nur ich nicht. Ich glaube das einfach nicht.«

Als Großmutter sah, wie ihr Sohn, von dem sie nur den Hinterkopf mit seinem schwarz glänzenden Haar vor sich hatte, sich aufregte, musste sie noch mehr lachen. »Shengqiang, du sagst ja selbst, dass du es nicht glaubst. Wozu also die schlechte Laune?«

322

Vater drehte sich unweigerlich zu ihr um. »Stimmt es nun, oder nicht? Warum erzählt mir Lishan, dass sie und Anqin und Zhiming davon wissen?«

»Deine Frau ist eine alte Schwatzbase!« Großmutter schüttelte den Kopf. »Jetzt denk doch selbst nach. Du weißt ja gar nicht, was du angerichtet hast, als du ausgerechnet ein paar Stockwerke über mir Dummheiten triebst, die dich auch noch ins Krankenhaus gebracht haben. Was sollte ich deiner Frau sagen, als sie zu mir gerannt kam? Welch ein Gesichtsverlust! Du hast gut reden. Achtzig Jahre bin ich alt und darf dir immer noch den Hintern abwischen!« Selbstzufrieden, als hätte sie im Lotto gewonnen, fuhr Großmutter fort: »Also habe ich mir überlegt, was für ein Mensch deine Anqin ist. Sie bildet sich wunder was ein darauf, Tochter eines Kreisparteisekretärs zu sein, und ist doch nur eine Provinzgöre. Warum hat sie dich damals wohl um jeden Preis heiraten wollen? Allein deshalb, weil sie bei uns Geld gerochen hat. Also habe ich ihr erzählt, wir hätten heimlich ein Vermögen zur Seite geschafft, mindestens eine siebenstellige Summe wert. Und wäre erst mein Achtzigster vorüber, würde ich es hervorholen, ich sei schließlich eine alte Frau, was wolle ich mit so viel Geld. Ich wolle nichts als ein paar anständige Kinder haben, und würde mein Vermögen demjenigen überlassen, bei dem geordnete Verhältnisse herrschen. Ich hoffe sehr, dass du und Shengqiang das Gesicht wahrt, habe ich zu ihr gesagt. Ihr könnt euch streiten, wie ihr wollt, aber lasst euch bloß nicht scheiden. Unsere Familie darf nicht zum Gespött der Leute werden.«

Vaters Hände zitterten so sehr, dass er fast auf die Hupe gedrückt hätte. Er brachte den Audi vor dem Eingangstor der Fabrik zum Stehen. Er drehte sich zu seiner Mutter um. Die sah so fröhlich aus, als habe sie eben den besten Schweinebraten aller Zeiten verputzt. Ihm fehlten die Worte. Wenn es darauf ankam, war sie doch immer wieder die fürsorgliche Mutter, die sich schützend vor ihn stellte. Nur um seine Ehe zu retten, um ihre Schwiegertochter zu beruhigen, um die Familienehre zu wahren, dachte sie sich die abenteuerlichsten Lügen aus.

»Mutter«, Vater imitierte Zhu Chengs Art, das Lenkrad durch die Hände gleiten zu lassen, als er den Wagen in den Hof lenkte. Er hatte ein furchtbar schlechtes Gewissen. »Ich habe dich ganz schön in die Bredouille gebracht. Das mache ich nie wieder, versprochen.«

»Schon gut!«, sagte sie großmütig. »Das ist Schnee von gestern. Heute feiern wir!«

Und es war ein regelrechter Feiertag. Die warme Aprilsonne strahlte am blauen Himmel, über den ein paar weiße Wattewolken zogen, ringsum blühte es, und die bunten Banner und Flaggen wehten im Frühlingswind. Großmutter sah aus dem Fenster und war hingerissen. »Das habt ihr wunderbar gemacht! Ganz, ganz wunderbar!«

Die jüngere Generation konnte schwer nachvollziehen, was Großmutter durchgemacht hatte, als sie einige Jahrzehnte zuvor, enteignet und geschmäht, Urgroßvater am Arm nehmen und aus der Fabrik führen musste. Bis endlich das Blatt sich wendete und sie ihren eigenen Sohn stolz wieder hineinführen konnte. Als sie jetzt aus

324

dem Wagen stieg, war sie sofort von lauter freundlich grü-
ßenden, lächelnden Gesichtern umringt. Niemand wagte
mehr ein böses Wort über sie zu verlieren. Sie betrat den
alten Gärhof, der jetzt in völlig neuem Glanz erstrahlte,
und stieg auf die mit rotem Satin ausgelegte Bühne, mit
einer Wandbespannung mit traditioneller Tuschmalerei
und der Aufschrift »100 Jahre Chunjuan Bohnenpaste!«
dahinter. Großmutter drückte Vaters Hand so fest, als
wollte sie sie nie wieder loslassen. »Lass uns erst einmal
ins Konferenzzimmer gehen, bis die anderen kommen«,
sagte Vater.

Großmutter riss sich zusammen und folgte ihm nach
drinnen. Herr Zeng sprang sofort auf sie zu und servierte
Tee. »Guten Morgen, Chef! Wie geht es Ihnen, Frau Xue?«

»Schon gut.« Vater komplimentierte ihn mit einer
Handbewegung hinaus, nahm einen Schluck Tee und
war mit sich zufrieden. »Warte nur ab, Mutter, was für
ein tolles Programm dich erwartet. Lishan und Zhiming
haben sich wirklich ins Zeug gelegt.«

Schlag auf Schlag trudelten die Leute ein: Licht- und
Tontechniker, Tänzer, Kalligrafen, Schwertkämpfer, Rezi-
tatoren, Kabarettisten, Klapperkomödianten, dann Chen
Xiuliang, der alte Zhong und Tante Lishan, erstaunlicher-
weise mit Onkel Liu, ihrem nichtsnutzigen Noch-Ehe-
mann im Schlepptau. Vater suchte seinen Blick, aber
Onkel Liu gab sich beschäftigt und holte seiner Frau eine
Tasse Tee. Dass Vater sich für ihn eingesetzt hatte, schien
er schon vergessen zu haben.

Auch egal. Vater konnte allmählich nichts mehr über-
raschen, schon gar nicht die Wetterwendigkeit seines

Schwagers. Es herrschte rege Betriebsamkeit, man grüßte und plauderte, trank Tee und knackte Sonnenblumenkerne, eine richtige Party. Jetzt fehlte nur noch Onkel, und die Generalprobe konnte beginnen.

Doch Onkel ließ sich nicht blicken. Je länger sie warteten, umso mehr langweilten sie sich. Schließlich fragte Tante Lishan: »Wo Zhiming wohl steckt? Wie kommt es, dass er noch nicht hier ist?«

Vater druckste herum, doch noch ehe er den Mund aufmachte, meldete sich Großmutter zu Wort, immer noch ganz aufgekratzt: »Er hat mich heute früh angerufen und gesagt, er habe eine Überraschung für mich. Vielleicht muss er sie noch holen gehen.«

Als Vater das hörte, konnte er eins und eins zusammenzählen. *Das hat sich mein Bruder passend ausgedacht. Heute lernen wir seine Freundin kennen, und morgen feiert sie gleich mit uns Geburtstag.*

Bei diesem Gedanken fielen ihm die Schriftrollen ein, die immer noch oben in seinem Büro lagen. Er rief Herrn Zeng und bat ihn, die Rollen zu holen. »Am besten hängen wir sie schon heute auf, damit sie ihre Freude daran hat.«

Was dann geschah, hat er nie begriffen. »Deine Großmutter ist einfach unberechenbar! Da versteht man verdammt noch mal die Welt nicht mehr.« Vater schlug sich wütend auf die Schenkel, als er mir später davon erzählte.

Anfangs waren alle voll des Lobes, als nacheinander die Rollen ausgebreitet wurden. »Herrlich!« – »Wie feinsinnig!« – »Hervorragende Kalligrafie!« Als die Reihe an

Chen Xiuxiaos Spruchband war, breitete Vater es stolz vor seinem Meister Chen Xiuliang aus: »Sehen Sie mal, Meister Chen, das stammt von meinem Schwiegervater.«

Die älteren Bewohner Pingles wussten, dass Meister Chen und Chen Xiuxiao Cousins waren, doch ihr ungleicher Werdegang – der eine war ein gemachter Mann, der andere ein armer Schlucker, hatte sie einander entfremdet. Dennoch gehörten sie noch immer derselben Familie an. Also drückte Meister Chen seine Zigarette aus und begutachtete voller Wohlwollen die Doppelkalligrafie:

Achtzig Jahre die herrliche Lilie,
Vor dem Lotuspavillon steigt der Kranich auf.
Ein langes Leben für Xue Yingjuan,
Im duftenden Garten wartet die weise Schildkröte.

Auch der alte Zhong las die Zeilen. »Dein Schwiegervater ist wirklich begabt, Shengqiang!«, lobte er. »Da hat er sich ganz schön Mühe gegeben. Wirklich interessant!«

Das war auch Vaters Meinung, weshalb er sich erwartungsvoll zu Großmutter umdrehte. Aber etwas stimmte nicht. Großmutter war auf einmal ganz blass im Gesicht, weiß wie Leintuch sogar. Mit einem Satz sprang sie auf, sodass jedermann zusammenzuckte.

»Was hast du denn, Mutter?«, fragte Vater rasch.

Großmutter gab keine Antwort, stieß ihren Stuhl weg und rannte hinaus.

Vater und Tante Lishan tauschten Blicke, und Onkel Liu ließ seinen Blick durch den Raum schweifen. Der alte Zhong war so betreten, dass er nicht wusste, wo er hinschauen sollte. »Mutter!«, rief Vater ihr nach. Er wollte ihr hinterherlaufen, doch jemand hielt ihn am Ärmel zurück.

Es war Tante Lishan, die seinen Arm festhaltend Meister Chen anherrschte: »Worauf wartest du noch? Los, hinterher!« Chen Xiuliang erhob sich wie ein geprügelter Hund und machte, dass er hinauskam.

So hatte Vater seine Schwester noch nie erlebt. Tante Lishans Ton fuhr ihm in die Glieder. »Was ist denn los, Lishan?«, fragte er erschrocken.

»Halt dich da heraus. Chen soll das regeln«, sagte sie und ließ ihren Blick noch einmal über die Kalligrafie schweifen.

»Was stimmt denn nicht damit?« Auch Vater las es noch einmal und konnte nichts Verkehrtes darin entdecken.

»Nun sag schon, Lishan«, fragte auch Onkel Liu. »Was ist damit?«

Tante Lishan ignorierte ihn und wandte sich an Vater: »Shengqiang, diese Spruchbänder können wir nicht aufhängen, tu sie weg. Falls dein Schwiegervater danach fragt, lass dir eine Ausrede einfallen.«

Vater war nicht der Mensch, der sich so leicht etwas vormachen ließ. Er wollte schon genau wissen, was hier gespielt wurde. Jetzt war er es, der Tante Lishan am Arm festhielt. Zhong zog ihn weg: »Komm, Shengqiang, hör auf deine Schwester. Das Wichtigste ist doch, dass deine Mutter ihre Freude hat, es ist schließlich ihr Achtzigster!«

Sie waren nur noch zu viert im Versammlungszimmer, und damit zwei gegen einen. Onkel Liu zählte nicht. Vater war tief beunruhigt und hätte gern seine Mutter gesucht.

Dann fiel ihm sein Bruder ein. »Wo bleibt denn Zhiming? Ich würde gerne wissen, was er dazu sagt.«

Wenn man vom Teufel spricht ...

Es vergingen keine zwei Minuten, während derer sie warteten, dass Meister Chen mit Großmutter zurückkam, als jemand vorsichtig die Tür zum Versammlungszimmer aufstieß und Onkel Zhiming hereinkam – in Begleitung einer Frau. Er sah sich nach allen Seiten um und fragte: »Wo ist Mutter? Ist sie noch nicht da?«

Gute Frage. Als ob jetzt noch einer der Anwesenden den Nerv gehabt hätte, nach Mutter zu suchen. Alle vier, aber vor allem Vater heftete seinen Blick auf die Frau an Onkels Seite. Peinlich berührt, machte sie den Anfang. »Hallo, Shengqiang.«

Vater war sprachlos. *Das darf nicht wahr sein, Zhiming, das geht zu weit!*, dachte er nur.

Schließlich brach Zhong das Schweigen. Geräuschvoll räusperte er sich und fragte: »Was machst du denn hier, Xiaoqin?«

Es war Zhou Xiaoqin, die Sichuanpfefferverkäuferin, bei der Vater noch wenige Tage zuvor eingekauft hatte. Und nun stand sie auf einmal hier in seiner Firma.

Hilfe suchend sah sie Onkel Zhiming an. Er ergriff ihre Hand und sagte: »Wir werden heiraten. Ich wollte euch meine zukünftige Frau vorstellen.«

Vorstellen!, dachte Vater. *Da hast du dir ja den passenden Moment ausgesucht, um die Bombe platzen zu lassen.*

»Ich hätte es euch schon längst sagen sollen«, sagte Onkel Zhiming, als könne er Vaters Gedanken lesen. »Aber Xiaoqin musste erst die Scheidungsprozedur hinter sich bringen. Wir wollten unnötigen Ärger vermeiden und haben es deshalb lange für uns behalten.«

»Also deshalb.« Nun brachte auch Tante Lishan den Mund auf. »Als du mich angerufen und gesagt hast, du würdest zurückkommen, um dir zu holen, was dir gehört, war es das, wovon du gesprochen hast?«

»Genau.« Nicht ohne gewissen Stolz hielt Onkel Zhiming Zhou Xiaoqins Hand fest in seiner. Er richtete seinen Blick auf Vater. »Dir hat Mutter doch auch den Rücken gedeckt, als du Mist gebaut hast und ins Krankenhaus gekommen bist. Womit soll sie mir also kommen? Xiaoqin und ich wurden auseinandergerissen, aber wir haben nie aufgehört, uns zu lieben. Und jetzt wollen wir endgültig zusammenbleiben. Was könnte sie dagegen einwenden?«

Lass mich aus dem Spiel, grollte Vater innerlich. Er hätte sich dafür ohrfeigen können, dass er Onkel versprochen hatte, hinter ihm zu stehen. Zu gern hätte er jetzt den Kopf in den Sand gesteckt. »Ich hatte einen Schwächeanfall und bin eingeliefert worden, nichts weiter. Woher wisst ihr überhaupt davon? Und was geht euch das an? Deshalb seid ihr doch wohl nicht nach Hause gekommen, oder?«

Um der Sache auf den Grund zu gehen, musste ich bei allen Beteiligten genauer nachfragen.

Zuerst fragte ich Mutter. Sie fühlte sich ungerecht behandelt: »Ich habe nur Yufen davon erzählt und ihr absolute Verschwiegenheit auferlegt. Wie konnte ich wissen, dass sie alles ausplaudert? Ich hatte nicht das geringste Interesse daran, alle Leute wissen zu lassen, was mein Mann für Sachen anstellt.«

Liu Yufen verteidigte sich: »Wie hätte ich wissen können, was Xiaoqin für Ränke schmiedet. Seit einer Ewigkeit sind wir befreundet und nie hat sie mir von Zhiming erzählt. Wie hätte ich ahnen können, dass sie ihm alles brühwarm berichtet! Was habe ich mit andrer Leute Bettgeschichten zu tun?«

Das waren mehr als Bettgeschichten. In beiden Fällen handelte es sich um langjährige Affären, ob es nun um Vater ging, der seine Frau betrog, oder Onkel, der mit der Frau eines anderen schlief – er war auch deshalb zwei Jahre lang nicht nach Hause gekommen, um die Angelegenheit zu verschleiern.

An jenem Tag war Zhou Xiaoqins Mann auf Lieferfahrt gewesen. Onkel Zhiming hatte sie abgeholt und war mit ihr ins White Hibiscus Hotel am Stadtrand gefahren. Als sie erschöpft vom Sex in den Kissen lagen, kam Xiaoqin auf die Geschichte zu sprechen: »Weißt du eigentlich, was mit deinem Bruder los ist, Zhiming?«, fragte sie.

»Was ist passiert?«

Xiaoqin erzählte ihm die Geschichte voller blumiger Details, obwohl sie sie selbst nur um drei Ecken gehört hatte. Sein Bruder habe seine Geliebte in einer Wohnung direkt über seiner Mutter untergebracht, und als er dort im Bett einen Schwächeanfall erlitten habe, hätten sie seine Mutter zu Hilfe holen müssen. Seine Frau sei bereits fuchsteufelswild auf dem Weg ins Krankenhaus gewesen, um den beiden Turteltauben jede Feder einzeln auszureißen, doch seine Mutter habe sie davon abgehalten und ihr von einem umfangreichen Vermögen erzählt. »Und dann hat sie gesagt: Lass mich nur noch meinen achtzigsten Geburtstag hinter mich bringen, dann teile ich das alles unter euch auf.«

Onkel hörte sich das alles an, ohne ein Wort zu sagen. Vor seiner Freundin seine Gefühle zu zeigen war ihm peinlich. Hinterher jedoch ließ er seinen ganzen Ärger heraus.

»Deine Großmutter ist wirklich zu allem fähig!«, schimpfte er und mühte sich, seine Wut zu bezähmen. »All die Jahre hat sie deinem Vater alles in den Rachen geworfen. Und ich? Wir waren damals wirklich verliebt, Zhou Xiaoqin und ich, und hatten nur das Pech, dass sie schwanger wurde, bevor wir heiraten konnten. Sie hat uns auseinandergebracht. Dein Vater dagegen, wie der seine Frau behandelt hat! Deine arme Mutter muss es schwer gehabt haben, die vielen Affären zu ertragen. Und dann geht deine Großmutter hin und tut alles, um ihn zu decken. Und dann das ganze Geld, das sie ihm auch noch hinterherwerfen will! Versteh mich nicht falsch, es geht mir nicht ums Geld, es geht um meine Gefühle. Was besitze ich schon? Nichts und wieder nichts! Mit über vierzig wohne ich mit meinem bescheidenen Einkommen in einer Einzimmerwohnung auf dem Campus, bin immer noch nicht verheiratet und ständig unterwegs. Und wenn ich nach Hause komme, wartet niemand auf mich, nicht mal ein kaltes Essen. Wie lange schon mache ich das mit, schöpfe Wasser mit dem Bambuskorb! Ich will keinen Streit, beileibe nicht, und auch das Geld ist mir egal, aber das tut alles so weh!«

Dennoch kam Onkel zurück nach Pingle. Und meine Tante in Yong'an machte sich große Sorgen um ihn. »Weißt du, dein Onkel hat so viel Stolz. Er war so aufgebracht, dass er mich anrief und mir die ganze Geschichte erzählt hat. Er wolle sich Großmutter vorknöpfen, sagte er. Doch ich fragte ihn: Wozu soll das gut sein? Großmutters Geld, der Familienbetrieb, das alles wird gehören, wem es gehört. Seit wann lässt unsere Mutter sich etwas dreinreden? Du kennst sie doch. Und was deinen Bruder angeht – der hat es auch nicht leicht gehabt, all die Jahre hat er sie ertragen müssen. Das hätte außer ihm auch keiner von uns geschafft.«

»Abgesehen davon«, sagte sie dann voller Wärme in der Stimme zu mir. »Für eine Sache bewundere ich deinen Vater wirklich. Er war schon immer eine Frohnatur und hat sich darauf verstanden, sein Leben zu genießen und sich von niemandem einengen zu lassen. Was auch immer dabei herausgekommen ist, er ist sich stets treu geblieben.«

Im Versammlungszimmer drohte die Situation aus dem Ruder zu laufen. Alle sechs Anwesenden redeten und gestikulierten durcheinander, tischten alte Rechnungen auf und machten sich gegenseitig Vorwürfe. Onkel Zhiming wiederholte, dass er Xiaoqin heiraten werde. Xiaoqin bekam kein Wort heraus und schluchzte nur. Der alte Zhong mahnte die beiden, nichts zu überstürzen, und überhaupt, aus Rücksicht auf den Geburtstag der alten Dame solle man sie nicht unnötig aufregen. »Jetzt hast du so lange gewartet, Zhiming«, sagte schließlich

Tante Lishan ruhig, »da kommt es auf ein paar Tage auch nicht mehr an. Lass Xiaoqin nach Hause gehen. Nächste Woche redest du mit Mutter und wir alle werden zu dir stehen.«

»Ich will nicht mehr warten, Lishan. Es reicht. Warum brauche ich ihren Segen, wenn ich heiraten will? Was glaubst du, warum ich gerade heute hier mit ihr stehe? Eben weil Mutters achtzigster Geburtstag ist und wir mit der ganzen Familie feiern können.« Er legte seinen Arm um Xiaoqin. »Vor ein paar Tagen habe ich mit Shengqiang darüber gesprochen und er hat gesagt, dass er mir beisteht. Deshalb habe ich Xiaoqin gedrängt, ihre Scheidung so schnell wie möglich über die Bühne zu bringen, damit ich sie euch vorstellen kann, solange ihr alle hier seid. Ich habe dabei nur die besten Absichten, und wenn es Mutter nicht gefällt, dann eben nicht, dann ist sie es, die sich das Leben schwer macht!«

Vater fühlte sich zum Prügelknaben gemacht. *In keinem verdammten Traum habe ich gedacht, dass du von Zhou Xiaoqin redest!* Doch er schluckte seinen Ärger hinunter. »Zhiming, ich stehe ja zu dir, ich freue mich, dass du heiraten willst, aber warte doch bitte damit, bis die Feierlichkeiten vorüber sein. Du kannst uns doch jetzt nicht alles zunichte machen.«

Onkel war sich wahrscheinlich nicht im Klaren darüber, wie viel Mühe es Vater gekostet hatte, so vernünftig zu reden. Er wütete los: »Du hast gut reden, Shengqiang! Ich verderbe Mutter also den Geburtstag, ja? Und was ist mit dir? Als ob du ihr nicht genug Scherereien gemacht hättest! Sagt doch mal, Zhong, Lishan, du auch, Schwager, Hand aufs Herz: Wer hat Mutter das Leben schwer gemacht, ich oder Shengqiang?«

»Stimmt!« Ausgerechnet Onkel Liu, der von allen am wenigsten beurteilen konnte, worum es überhaupt ging, beeilte sich, Onkel beizupflichten. »Versetz dich doch einmal in die Lage deines Bruders, Shengqiang, über 40 und immer noch nicht verheiratet, lass ihn doch, da ist doch nichts dabei. Ich verstehe nicht, was eure Mutter dagegen haben könnte.«

»Halt dich da raus, Jukang!«, fuhr Tante Lishan ihn an. »Was hast du dich einzumischen?«

»Warum soll ich mich nicht einmischen?«, sagte Onkel Liu verstimmt. »Gehöre ich etwa nicht zur Familie?«

»Nein, gehörst du nicht!« Tante Lishan gab sich keine Mühe mehr, vor Außenstehenden wie dem alten Zhong das Gesicht zu wahren. »Wir sind so gut wie geschieden. Du hast hier nichts mehr zu melden.«

»Xue Lishan!« So schnell ließ sich der alte Mistkerl nicht einschüchtern. »Solange wir noch nicht geschieden sind, kann ich sagen, was ich will. Schließlich hast du mich selbst zum Geburtstag deiner Mutter eingeladen und mich gebeten, so zu tun, als sei alles in Ordnung. Ich darf also nichts sagen? Gut, dann gehe ich jetzt!«

»Dann geh doch, geh!« Tante Lishan zeigte mit dem Finger zur Tür. »Hau ab, und zwar sofort. Glaub bloß nicht, dass du mich unter Druck setzen kannst, weil meine Mutter da ist. Sie ist immerhin eine vernunftbegabte Frau. Meinst du, sie versteht nicht, dass ich mich scheiden lasse, weil du eine andere hast?«

»Wie bitte?« Jetzt konnte der alte Zhong nicht länger an

sich halten. »Wovon redest du, Lishan? Hat der Kerl dich betrogen? Dich? Wie lange schon? Hast du das gewusst, Shengqiang? Und mir nichts davon gesagt!«

Was hat das bitteschön mit dir zu tun? Musst du Idiot auch noch deinen Senf dazugeben?, dachte Vater und warf Zhong Shizhong einen grimmigen Blick zu. Er war erschöpft. Ihm dröhnte der Schädel, und vor seinen Augen flimmerte es. Er fragte sich, wo Großmutter steckte, und fürchtete, sie könnte jeden Augenblick in diesen Tumult platzen. Er hätte Onkel Zhiming und seine Braut am liebsten hinausgeworfen und Onkel Liu dabehalten. So wahr er hier stand, auch wenn er es allein mit seinen beiden Händen bewältigen musste, er würde alles daransetzen, seiner Mutter einen schönen Geburtstag zu bereiten, und wenn es ihm das Genick brechen sollte. Plötzlich durchfuhr ihn ein stechender Schmerz, er bekam solche Magenkrämpfe, dass er zitterte.

Verdammter Mist! Ich habe gestern Abend vergessen, meine Medizin zu nehmen! Das war der letzte Gedanke, der ihn durchzuckte.

Großmutter hatte sich hinter das Blumenbeet am Bambuswäldchen am Rande des Gärhofs geflüchtet. Sie wischte sich gerade mit einem Taschentuch die Tränen aus den Augen und bedauerte sich und ihr trauriges Schicksal, als sie ein Rascheln im Bambus vernahm.

Es war natürlich der alte Chen Xiuliang. Niemand außer ihm wäre darauf gekommen, sie hier zu suchen. Er legte ihr die Hand auf die Schulter. »Nimm es nicht so schwer, Yingjuan«, sagte er. »Mein Cousin ist nun mal ein dämlicher alter Einfaltspinsel. Das darfst du nicht an dich ranlassen.«

»Er ist eben kein Einfaltspinsel! Du hast doch gesehen, wie feinsinnig sein Spruch war, er weiß genau, was er tut!« Erst jetzt, wo sie mit jemandem sprach, kam ihr ganzer Frust richtig hoch. »Es gibt nichts, worum ich dich um Verzeihung bitten müsste, Xiuliang. Die Sache zwischen uns haben wir vor langer Zeit geklärt und einen Schlussstrich darunter gezogen. Sag du mir, wie dein Cousin davon wissen konnte, wie er dazu kommt, es mir öffentlich unter die Nase zu reiben? Vor meinen Kindern! Wie kann man so hinterhältig sein?«

»Ach.« Chen Xiuliang seufzte. »Es ist meine Schuld. Ich habe es ihm einmal im Suff erzählt. Es ist ja auch schon so lange her. Ich meine, wir sind doch jetzt alte Leute. Du bist Witwe, Lishan ist eine erwachsene Frau mit Kind und Enkel. Das spielt doch längst keine Rolle mehr. Weiß der Teufel, was er sich dabei gedacht hat!«

So viel dazu. Großmutter war ihr Leben lang darum bemüht gewesen, die Form zu wahren und ein anständiges Leben zu führen. »Dass du mir bloß nichts darüber schreibst!«, befahl sie mir. »Ich falle auf der Stelle tot um, wenn du ein Wort darüber verlierst!« Keiner von uns hätte gewagt, einen solchen Ausspruch Großmutters zu kommentieren. Keiner außer meinem Vater, der Einzige, der dickfellig genug war, um einen Kommentar abzugeben. Er faltete die Hände vor der Brust zusammen, verneigte sich vor ihr und sagte: »Aber Mutter, wer von uns sollte deinen Tod wollen? Wir verehren dich und wünschen dir ein langes Leben!«

Da musste Großmutter lachen. *Shengqiang hat mir von meinen Kindern schon immer am nächsten gestanden*, dachte sie zärtlich.

Sie saß im Bambuswäldchen, trocknete ihre Tränen und erinnerte sich mit Chen Xiuliang an vergangene Zeiten. Plötzlich wurden vom Bürogebäude her Rufe laut. »Direktor Xue! Was ist mit ihm? Shengqiang!«

»Es ist etwas passiert!« Bei Großmutter, die im Lauf ihres Lebens eine besondere Sensibilität für brenzlige Situationen entwickelt hatte, läuteten sofort die Alarmglocken. Sofort sprang sie auf und lief aus dem Wäldchen. Im Gärhof drängte sich die ganze Firma. Onkel Zhiming, der alte Zhong und Onkel Liu kamen aus dem Versammlungszimmer, Vater in ihrer Mitte stützend, und Tante Lishan lief hinterher, drängte die Leute zur Seite und rief: »Macht Platz! Gebt ihm ein bisschen Raum zum atmen!« Vater war leichenblass und die Umstehenden nicht weniger. »Zhiming, sag bloß nicht, du hättest nichts davon gewusst!«, wetterte Zhong. »Ich hab's dir doch gesagt, dass er Herzprobleme hat, dieses Syndrom, wie heißt das gleich. Wieso musst du ihn so aufregen?«

Selbst Onkel war jetzt um Worte verlegen. »Ich wollte ihn nicht aufregen«, stammelte er. »Ruf jemand einen Arzt. Schnell!«

Vaters Sekretär, seine Buchhalter, sämtliche Mitarbeiter drängten sich besorgt um Vater, auch die, die immer seine Launen abbekamen. So viele, dass Großmutter gar nicht durchkam, geschweige denn, dass sie Xiaoqin bemerkt hätte. Sie schwankte, und ihr wurde schwindlig.

Chen Xiuliang nahm sie am Arm. »Komm, rasch, ich führe dich zu ihm.«

Onkel Zhiming rief die Ambulanz, Zhong bat den Sekretär um ein nasses Handtuch und legte Vaters Kopf hoch. Tante Lishan fragte mit zitternden Lippen: »Wie konnte es so weit kommen mit Shengqiang? Er war doch immer kerngesund!«

»Von wegen kerngesund«, zischte Zhong. »Das geht doch schon länger so, seit seinem letzten Geburtstag. Ich habe ihn genötigt, endlich zum Arzt zu gehen, und der hat gesagt, er sei herzkrank! Aber er wollte sich partout nicht operieren lassen, und vom Alkohol, den Zigaretten und den Frauen wollte er auch nicht lassen, egal, was ich gesagt habe. Und dir durfte ich auch nichts sagen. Dieser Irre wollte sich lieber sein eigenes Grab schaufeln!«

»Schon gut, schon gut.« Großmutter teilte die Menge wie ein Kornfeld. Sie warf einen Blick auf ihren Jüngsten: »Halte durch, Shengqiang, hörst du? Gleich kommt der Rettungswagen.«

Vater war alles andere als bewusstlos. Er war hellwach und verstand jedes Wort, hörte das ganze Gezeter, und es nervte ihn furchtbar.

Geht's nicht ein bisschen leiser? Mir dröhnt der Schädel!, hätte er gerne gesagt, aber er brachte kein Wort heraus.

Großmutter, Onkel Zhiming, Tante Lishan, Onkel Liu, der alte Zhong und Meister Chen hockten ihm so dicht auf der Pelle, dass er sich wie zwischen Essstäbchen eingeklemmt fühlte.

Sein Leben flimmerte vor seinem geistigen Auge vorüber, flatternde Geister der Vergangenheit. Er als kleiner Junge, als Heranwachsender, als Lehrling, als Hong Yaomeis Freier, als Mutters Bräutigam, als Vater, gehörnter Ehemann, Vater einer Tochter, die den Verstand verlor und aus der Schule flog, als gemachter Mann, als reicher Mann, der das Geld mit vollen Händen ausgab, reichlich Frauen hatte, so viele, dass er sie nicht mehr zählen konnte.

Ich war ein schlechter Mensch, dachte er. *Es tut mir leid, wirklich. Verzeiht mir.*

Vater war sicher, dass seine Stunde geschlagen hatte. Sein Blut stockte, und tief aus seiner Magengrube kamen die Worte der Wahrheit. Ihm blieben nur wenige Minuten, mit starrem Blick und Schaum vor dem Mund kamen ihm die seltsamsten Dinge in den Sinn: die Lebewesen des Himmels und der Erde, die Weisheiten des Altertums und der Neuzeit. Alles, was gestern war, war auch heute. Pingle würde sich nie verändern, in hundert Jahren nicht, und bis auf alle Ewigkeiten nicht.

In den kommenden Jahren nimmt das Leben seinen Lauf: Zhong Shizhong bleibt Vaters ergebener Saufkumpan, bis zwei Jahre später seine Frau schwanger wird und er sich kläglich in das Schicksal des braven Familienvaters fügen muss. Vater ist darüber gar nicht glücklich, doch es bleibt ihm nichts anderes übrig, als künftig mit Gao Tao und seiner Entourage vorlieb zu nehmen. Er schickt Zhu Cheng zum Teufel, aber dann kommt ihm Großmutter in die Quere und besteht darauf, ihre Familienehre zu wahren und zu ihrer alten Absprache mit Zhu Chengs Vater zu stehen. Also wird Zhu Cheng wieder eingestellt und

340

sitzt fortan wie ein geprügelter Hund am Lenkrad von
Vaters Audi. Vater beruhigt sich allmählich. Männer müssen zusammenhalten. Er trifft sich nur noch ein einziges
Mal mit Xinyu, kurz vor ihrem Auszug aus der Wohnung,
die er für sie besorgt hat, und führt sie zum Essen aus.
In Tränen aufgelöst, bittet sie ihn um Verzeihung. »Es tut
mir so leid, Shengqiang. Ich musste einfach sagen, dass
es von dir ist, das war die einzige Chance, dem Kind
etwas Fürsorge zu sichern.« Vater betrachtet ihren wieder
flachen Bauch und bemitleidet sie. Er zieht ein Bündel
Geldscheine aus seiner Brieftasche und gibt sie ihr. Und
dann Tante Lishan. Sie lässt sich nicht von ihren Scheidungsplänen abbringen, so sehr Großmutter auch klagt:
»Meine Kinder bringen mich ins Grab! Ich habe immer
gesagt, dass meine Lishan das einzige meiner Kinder ist,
das auf mich hört. Und jetzt muss auch sie mir noch den
Frieden rauben. Da hat sie eine so gute Partie gemacht und
will sich scheiden lassen. Ihr bringt mich noch um!« Doch
Großmutter ist unverwüstlich, nichts und niemand bringt
sie ins Grab, und auch Tante Lishan schließt wieder Frieden mit ihr und kommt sie alle paar Wochen besuchen.
Und Großmutter freut sich darüber. Irgendwann hört sie
auf zu lamentieren. Der Abgefeimteste von allen bleibt
Onkel Zhiming. Mit seinem unglaublichen Talent, den
Leuten Honig um den Bart zu schmieren, ringt er Großmutter die Zustimmung zu seiner Ehe ab. Die beiden gönnen sich ein rauschendes Hochzeitsfest im Prinzenpalast,
von Vater arrangiert und bezahlt, und die ganze Stadt feiert mit. Onkel Zhiming ist so damit beschäftigt, die vielen
roten Umschläge zu öffnen, dass ihm nicht mehr einfällt,

darüber zu klagen, wie vulgär das alles ist. Allein Meister Chen sorgt für traurige Nachrichten. Es waren einfach ein paar Päckchen Tianxiaxiu zu viel. Sie fressen seine Lungen auf, dann seine Leber, seinen Magen und schließlich sein Herz. Er vegetiert vor sich hin, bis er nur noch ein Schatten seiner selbst ist, da helfen auch all die Mittelchen und Behandlungen nichts, die Vater ihm angedeihen lässt. Noch vor dem dritten Frühlingsfest nach dem legendären Geburtstag ist er nicht mehr. Vater weint sich bei der Beerdigung die Seele aus dem Leib. Großmutter weint nicht, sondern hält stattdessen Vater eine Moralpredigt seinen eigenen Lebenswandel betreffend, und er hat ein Einsehen. Xue Shengqiang gibt das Rauchen und das Trinken auf.

Vater hat sich mit seinem Leben abgefunden. Nachdem er Xinyu verloren hat, ist er ein gutes halbes Jahr lang ganz niedergeschlagen und kommt nicht auf die Idee, sich eine andere zu suchen. Stattdessen kümmert er sich ein bisschen um sich selbst und lässt sich einen Herzschrittmacher implantieren. Doch ein Steppenbrand lässt sich nicht so leicht löschen. Als im Jahr darauf der Frühlingswind wieder weht, blühen auch die Pfirsichblüten wieder. Zu seiner eigenen Überraschung heißt seine neue Eroberung ausgerechnet Wang Yandan – es ist jene Wang Yandan, die er mit Onkel verkuppeln wollte. Die beiden kommen vortrefflich miteinander aus, sind richtige Seelenverwandte. Ihr gelingt das Unglaubliche: Vater wird handzahm. Keine Techtelmechtel mehr mit diversen Mädchen, ganz zu schweigen von Besuchen in der 15-Yuan-Straße. In der Firma gelingt es ihm endlich, zwei fähige Marketing-Manager heranzuzüchten, an die er die lästigen Verpflichtungen zum Abendessen abgeben kann. Was Großmutter betrifft, würde er sich nie erlauben, auch nur heimlich über den üblen Scherz zu lachen, mit dem sie der ganzen Familie ihre Geldgier vorgeführt hat. *Meine Mutter! Die lässt sich wirklich von niemandem etwas vormachen! Alle sind wir darauf reingefallen!* Und er wundert sich, wie sich unverhofft in dieser Familie eins zum anderen gefügt hat. Mutter weiß alles über seine Affäre mit Wang Yandan, aber es lässt sie kalt. Sie geht ins Büro, spielt Mahjong, ließt ihre Romane, stattet ihrem Vater Höflichkeitsbesuche ab und geht mit Vaters Kreditkarte einkaufen. Und niemand zerreißt sich das Maul darüber – denn wer in ganz Pingle hätte so ein Glück wie Mutter, mit einem so wohlhabenden und großzügigen Ehemann, wie Vater einer ist?

Doch das kommt alles später. Jetzt sind wir noch mitten in unserer Geschichte und warten darauf, dass Vater endlich das Bewusstsein wiedererlangt, damit das ganze Heulen und Wehklagen ein Ende hat.

Er wacht auf und sagt gedehnt: »Ach ...!«

Und alle rufen wild durcheinander: »Shengqiang! Er ist wieder bei sich!«

»Geht's auch ein bisschen leiser!« Vater ist offensichtlich wieder bei Kräften und kann sich deutlich artikulieren. »Nun gebt endlich Ruhe, mir geht's gut, kein Grund, hier rumzuschreien, alles in bester Ordnung. Nun lasst uns erst einmal Mutters Achtzigsten hinter uns bringen ...«

Erläuterungen zu Schreibweise und Aussprache

Auf einer Handvoll Seiten die Besonderheiten der chinesischen Sprache und Schrift erklären zu wollen, grenzt an Vermessenheit. Hier geht es also lediglich darum, eine Hilfestellung zur Aussprache der in Yan Ges Roman vorkommenden Namen zu geben. Einen umfassenderen Überblick über das Chinesische bieten die am Ende genannten Bücher.

Die chinesische Schrift

Die Ursprünge der chinesischen Schriftzeichen lassen sich bis in die Zeit der Shang-Dynastie zurückverfolgen, also bis etwa zum 12. Jahrhundert v. Chr. Auf Knochenplatten und Schildkrötenpanzern fand man Einritzungen in einer Zeichenschrift, mit der Orakelsprüche protokolliert worden sind. Diese Schrift bestand aus in senkrechten Spalten angeordneten Piktogrammen, bildhaften Strichzeichen, die bereits als Vorläufer der heutigen chinesischen Schrift erkennbar sind: eine ideogrammatische Schrift, deren Zeichen auf vereinfachten und oft zusammengesetzten Bildsymbolen basierten und die Silben und Sinnzusammenhänge transportierten – im Gegensatz zu unserem Alphabet, dessen Buchstaben jeweils einzelne Laute repräsentieren.

Die jahrtausendealte Kulturgeschichte Chinas ist auch dafür verantwortlich, dass aufgrund einer viele Dynastien dominierenden zentralistischen Herrschaftsform sich die chinesische Schrift über all die Jahrhunderte erhalten hat, während die Aussprache je nach Region unterschiedlich war. Das ist noch heute so: Ein Deutscher heißt beispielsweise auf Hochchinesisch (auch »Mandarin« genannt) *déguórén*, während man in Shanghai *dagoni* sagt und in Taiwan *digolang*. Insgesamt gibt es acht dieser chinesischen Sprachen und Dialekte.

Wer heute Chinesisch lernt, fängt meist mit dem Hochchinesischen an, da es die im chinesischen Sprachraum gängige Verkehrssprache ist. Alle chinesischen Dialekte und Teilsprachen zeichnen sich durch die Besonderheit aus, dass eine vergleichsweise geringe Anzahl von Silben durch vier unterschiedliche Tonlagen in der Aussprache differenziert wird – dadurch entsteht der charakteristische »Singsang« in der Sprachmelodie des Chinesischen. Wer das als Westler nicht beachtet, bestellt schon mal Zucker 糖 (*táng*) statt Suppe 湯 (*tāng*). Die Schrift bietet also keinen verlässlichen Hinweis auf die Aussprache.

Schon ein erster Blick auf diese und die wenigen anderen im Buch verteilten Ideogramme zeigt den besonderen Aufbau der chinesischen Schriftzeichen. Oft werden zwei oder mehrere aus einzelnen Grundstrichen zusammengesetzte Schriftzeichen zusammengefügt, wobei ein Grundzeichen, das Radikal, als Bedeutungsanker dient und ein ergänzendes Zeichen, das Phonetikum, als Aussprachehilfe. Diese Kombinationen aus zwei oder mehreren Zeichen können zu den weitläufigsten, mal mehr und mal weniger sinnfälligen Bedeutungsnuancen des Zeichens führen. Dass aus dem Zeichen für Mensch 人 (*rén*) und der Zahl Zwei 二 (*èr*) das Ideogramm 仁 (*rén*), »Güte«, wird, ist als versteckter ethischer Fingerzeig noch nachvollziehbar. Die Kombination aus 青 (*qīng*) für »blau/grün/jung« und 米 (*mǐ*) für »Reis« zum Zeichen 精 (*jīng*) mit der Bedeutung »Essenz« erschließt sich einem schon weniger. Es verwundert daher nicht, dass zur Lektüre normaler Texte die Kenntnis einer großen Anzahl von Schriftzeichen notwendig ist: Erst ab achthundert ist man offiziell kein Analphabet mehr, und um wenigstens neunzig Prozent aller Texte lesen zu können, sollte man mindestens dreitausendfünfhundert Zeichen beherrschen (»gebildet« gilt man ab etwa sechstausend Zeichen). Mehrere Zeichen nebeneinander von links nach rechts (oder klassisch von oben nach unten und von rechts nach links) ergeben dann ein Wort oder einen Satz. Im Chinesischen erhalten Zeichen erst im Zusammenhang ihre grammatische Funktion und ihre Bedeutung.

Transkriptionssysteme

Seit vielen Jahrhunderten wurde versucht, dieses komplexe System aus Schriftzeichen und Aussprache für westliche Kulturen durch Umschriften in lateinische Buchstaben zugänglich zu machen. Die im 19. Jahrhundert von Thomas Wade und Herbert Giles entwickelte Transkription, das Wade-Giles-System, wurde zum weit verbreiteten Standard, neben dem deutschen Rüdenberg-Stange-System und der Chinese Postal Map Romanization. Die Vielzahl der existierenden Umschriften erklärt zum Beispiel auch die unterschiedlichen Schreibweisen chinesischer Städtenamen: Peking und Beijing ist einigermaßen verständlich. Wer aber ein Zugticket von Guangzhou nach Kanton buchen will, wird nur schief angeschaut – es ist nämlich dieselbe Stadt beziehungsweise Provinz.

Der heutige Standard ist inzwischen jedoch das 1957 in China offiziell eingeführte *Hanyu Pinyin*, oder kurz: Pinyin. Es wurde auch für die vorliegende Übersetzung verwendet. Wie das Chinesische selbst ist auch die Pinyin-Transkription silbenbasiert, das heißt, für jedes Schriftzeichen wird eine Silbe notiert. Die vier Tonlagen werden zusätzlich durch diakritische Zeichen angegeben – in dieser Übersetzung wurde der Einfachheit halber jedoch darauf verzichtet. Nicht alle lateinischen Buchstaben klingen allerdings im Pinyin so, wie unser deutscher Sprachinstinkt vermuten lässt. Hier sind die wichtigsten Abweichungen zur »deutschen« Aussprache:

Pinyin	Aussprache
an	*ann* wie in »Mann«, nach i, u, y: *än* wie in »kennt«
ao	*au* wie in »Baum«
c	*ts* wie in »stets«
ch	*tsch* wie in »deutsch« (aspiriert)
e	*ö* (kurz) wie in »Wörter«, nach i, u, y: *ä* wie in »hätte«
ei	*äi* wie in »Hey«

348

en	*ön* wie in »können« (nur länger)
eng	*öng* (kurz, nasal)
h	*h* wie etwas zwischen »h« und »*ch*« in »Bach«
i	*i* am Wortende, wie »nie«, in der Wortmitte kurz, nach c, ch, r, s, sh, z, zh: ein sehr kurzes *ö* (wie ein »verschlucktes« *i*)
j	*dj* wie in »Windjacke«
ong	*ung* wie in »Leitung«
q	*tj* wie in »Tja!« (aspiriert)
r	*r* wie in »Quark«
s	*ß* stimmlos wie in »Bus«
sh	*sch* stimmlos wie in »Schiff«
u	*u* wie in »gut«, nach j, q, x, y: *ü* wie in »müde«, nach i: *ow* wie in »Knowhow«
ui	*uäi* wird als *u-äi* ausgesprochen
wu	*u* wie das dt. »u«
x	*ch* wie in »kichern«
z	*ds* wie in »d« und »s« hintereinander
zh	*dsch* wie in »Dschungel«

Darüber hinaus variiert die Aussprache vieler Vokale noch, je nachdem ob sie sich im Anlaut, in der Mitte oder im Auslaut der Silbe befinden. Yan Ge wird demzufolge wie »Jän Gö« ausgesprochen, während Xue Shengqiang wie »Chüe Schöngtjiang« klingt.

Weiterführende Lektüre zum Chinesischen

Wer sich weiter mit der chinesischen Sprache und Schrift vertraut machen möchte, dem helfen diese einführenden Werke, aus denen auch die oben genannten Beispiele stammen: Kai Vogelsangs *Kleine Geschichte Chinas* (Reclam) bietet einen knappen Überblick über diese wohl älteste Kulturnation der Welt. In ihrer *Gebrauchsanweisung Chinesisch* (Reclam) erklärt Françoise Hauser verständlich und umfassend die Besonderheiten chinesischer Schrift und Sprache. Wen insbesondere die Schriftzeichen interessieren, dem sei *Die chinesische Schrift* (C.H. Beck) von Thomas O. Höllmann ans Herz gelegt. Oder man fängt am besten gleich damit an, Chinesisch zu lernen.

Isabel Vincent

»Ein Buch das uns daran erinnert,
uns für Freunde und Essen Zeit zu nehmen.«
The Globe and Mail

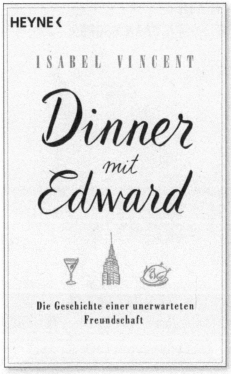

978-3-453-42263-6

Leseprobe unter **www.heyne.de**

HEYNE ‹

Fran Cooper

Wie gut kennen Sie Ihre Nachbarn?

978-3-453-43896-5

Leseprobe unter **www.heyne.de**

HEYNE